캐나다 한인 부부의 자전거 여행 1000km

강물따라 역사는흐르고

낙동강 종주 자전거길, 영산강 종주 자전거길
섬진강 종주 자전거길, 제주 환상 자전거길

강물 따라 역사는 흐르고

1판 1쇄 발행 | 2017년 9월 10일

지은이 | 손영호
발행인 | 이선우
펴낸곳 | 도서출판 선우미디어
　　　　등록 | 1997. 8. 7 제300−1997−148호
　　　　02643 서울시 동대문구 장한로12길, 40 101동 203호(장안동 우성3차아파트)
　　　　☎ 2272−3351, 3352 팩스: 2272−5540
　　　　sunwoome@hanmail.net
　　　　Printed in Korea ⓒ 2017. 손영호
값 15,000원

※ 이 도서의 국립중앙도서관 출판예정도서목록(CIP)은 서지정보유통지원시스템
　홈페이지(http://seoji.nl.go.kr)와 국가자료공동목록시스템(http://www.nl.go.kr/kolisnet)에서
　이용하실 수 있습니다.(CIP제어번호: CIP2017022887)

ISBN 978−89−5658−533−8 03810
ISBN 978−89−5658−534−5 05810(PDF)

캐나다 한인 부부의 자전거 여행 1000km

강물 따라 역사는 흐르고

손영호 글 · 사진

선우미디어 sunwoomedia

차례

008 **들어가기에 앞서**

낙동강 종주 자전거길

018 **[첫째 날] 동서울터미널 – 안동시외버스터미널 – 안동댐 – 안동하회마을까지**
무성의한 탁상행정으로, 출발부터 애를 먹다/ 첫 인증 샷을 찍다/ 오름이 있으면 내
림이 있다/ 직진하는 게 상책이다/ 세계문화유산 하회마을/ 종주 첫밤을 지낸 안동
의 민박집

027 **[둘째 날] 안동하회마을 – 상주보 – 강정고령보까지**
왜 이리 호기심이 많은 건지, 쯧쯧쯧!/ 아내가 보이지 않는다/ 평화롭고 소박한 농촌
마을/ 정자에서 만난 촌로 한 분/ 쌀, 곶감, 명주의 삼백(三白)의 고장 상주/ 우리나
라 최초로 개관된 상주자전거박물관/ 자전거는 정직한 교통수단이다/ 길에서 만난
인정 많은 사람들

040 **[셋째 날] 강정고령보 – 달성보 – 합천창녕보 – 박진고개 – '두발자전거 쉼터' 까지**
구름 안개 속에 낙동강 줄기 타고 달린다/ 내 사랑 지금, 여기에/ 520년의 역사를
간직한 대가야의 미스터리/ 류자광과 역사의 수레바퀴/ 트럭 기사의 친절로 다시 길
을 찾다/ 동요 '산토끼'와 이일래 선생/ 홍의장군 곽재우 장군의 묘소/ 지옥길, 박진
고개를 넘으며/ 늦은 저녁은 라면 3개로 때우고/ 총체적 난국이었으나 감사함으로
오늘을 마무리하다

062 **[넷째 날] '두발자전거 쉼터' – 영아지고개 – 창녕함안보 – 부산 낙동강 하구둑**
경남 의령 백산(白山)과 호암(湖巖) 생가/ 산적이 나왔을 법한 영아지고개/ 한국전쟁
때 낙동강 최후 방어선/ 구국의 현장 마분산(馬墳山)/ 영아지마을의 아름다운 전설/
영아지고개의 만만치 않은 내리막길/ 주민들의 애환과 추억의 다리인 구 남지교/ 창
녕함안보에 다다르다/ 손양원 목사와 박재훈 목사/ 악양루에 세워진 '처녀뱃사공' 노
래비/ 주남저수지와 철새탐방 관광로/ 부산고등학교 시절, 담임 김태홍 선생님/ 밀양
강 물줄기를 따라 '밀양아리랑'이 흐르고/ 밀양 아랑의 전설/ 밀양 표충사/ 천황산

과 필자와의 에피소드/ 표충사에서 열반하신 효봉스님/ 땀 흘리는 표충비와 사명대
사/ 삼랑진과 김해를 잇는 낙동인도교/ '콰이강의 다리'/ '황산강 베랑길'과 김정한의
소설 '수라도(修羅道)'/ 생뚱맞은 '이천리' 지명에 대하여/ 구포다리와 사라호 태풍/ 나
의 고향 김해와 구지봉 전설/ 김수로왕과 아유타국의 허황옥 공주/ 낙동강 하구둑
의 환상적인 야경/ 마구잡이식 개발로 인하여 파괴된 생태계 먹이사슬/ 녹산수문과
어린 시절의 추억/ 통일기원 국조 단군상 앞에서/ 낙동강 및 국토종주 자전거길 대
장정 인증 스탬프를 누르다/ 낙동강 자전거길 종주를 마치고

영산강 종주 자전거길

112 **[첫째 날] 부산 서부(시외버스)터미널 – 목포 – 영산강 하구둑 인증센터까지**
목포행 버스를 타다/ 가수 이난영과 '목포의 눈물'/ 일제강점기, 배가 고팠던 그 시절
을 생각해 본다/ 그미와 삼호대교와 남창대교 사이에서 술래놀이

122 **[둘째 날] 영산강 하구둑 – 느러지 관람전망대 – 죽산보 – 승촌보 – 북광주까지**
광주와 전남의 젖줄 영산강/ 영산강 제1경인 무안군의 영산석조/ 펑크난 그미의 자
전거 앞바퀴/ 느러지 관람전망대의 가파른 고갯길/ '몽탄노적(夢灘蘆笛)' 꿈여울에 들
리는 갈대피리 소리/ 함평군의 나비와 꽃, 곤충 축제/ 보물 제1372호 함평고막천석교/
황금물결이 넘실대는 나주평야를 달리다/ 호남 제일의 승경(勝景), 회진마을과 임제/
열녀각과 풍호나루/ 영산포 홍어집과 유래/ 나주시를 관통하는 아름다운 자전거도
로/ 영산강 제6경 '평사낙안(平沙落雁)' 승촌보/ 지석천, 황룡강, 광주천/ 칠계(漆溪)
김언거 선생이 문인들과 교류하던 '풍영정(風詠亭)'/ 무등산의 정기를 받은 광주/ 민
주인권도시, 문화관광도시, 첨단산업도시를 표방하는 광주/ 경주 지진을 광주에서도
감지하다

153 **[셋째 날] 북광주 – 담양대나무숲 – 메타세쿼이아길 – 담양댐 인증센터**
추석날 아침에 또 펑크난 그미의 자전거/ 가사문학의 산실, 대나무의 고장 담양/ 조
선시대 원림 문화의 중심지역, 담양의 10정자/ 수령 300여 년을 자랑하는 관방제림/
전국에서 가장 아름다운 메타세쿼이아 길/ 점프 이동하여 섬진강 연결 자전거길로
넘어가다

섬진강 종주 자전거길

170 섬진강 종주 자전거길 시작에 앞서

173 [첫째 날] 섬진강댐 인증센터 – 장군목 – 향가유원지 – 남원시 금지면까지
　김용택 시인의 생가와 '천국의 길'/ 임실치즈테마파크와 벨기에의 지정환 신부/ 적성
　교의 멋진 현수교/ 다시 한 번 찾아오고 싶은 '예향 천리 마실길'/ 북대미 숲 작은
　도서관/ 향가유원지의 아름다운 길/ 그미가 우먼파워를 발휘하여 위기를 모면하다/
　풍산리의 '풍계서원(楓溪書院)'/ 황희 정승의 일화 두 가지

187 [둘째 날] 남원시 금지면 – 곡성 – 화개장터 – 광양시 망덕포구까지
　남원 광한루에서 매년 5월마다 열리는 춘향제/ 영화 '서편제'와 명창 송만갑/ 구제
　를 통해 인덕(仁德)을 가르치는 보인정(輔仁亭)/ 곡성 출신의 뛰어난 역사적 인물들/
　조선의 청년 최용건과 김산을 생각해 보다/ 호곡 도깨비마을과 두가헌/ 4개의 국보
　가 보존되어 있는 지리산 화엄사/ 경주 남산(南山)/ 사적 제138호 서출지의 전설/ 구
　례구역은 구례입구(口)에 있는 역이라는 뜻/ 한국불교의 승맥(僧脈)을 잇는 승보사찰
　송광사/ 순천(順天) 옥천서원(玉川書院)/ 남도대교까지의 시원한 벚꽃나무 그늘로 라
　이딩 속도가 붙는다/ 화개장터에서 맛보는 재첩국과 참게장 정식/ 하동 쌍계사/ 지
　리산 청학동(靑鶴洞)마을/ 정기룡 장군의 태지(胎址)가 있는 금오산/ 진주대첩과 논
　개의 의절/ 하동지역 출신의 인사들/ 박경리의 '토지'의 배경무대인 평사리 악양(岳
　陽)들/ 처녀를 업고 있는 커다란 두꺼비상/ 청렴의 상징 고불 맹사성과 '맹고불고불
　길'/ 섬진강 자전거길 종착지, 태인도

229 [셋째 날] 망덕포구 – 배알도 수변공원 – 중마버스터미널
　아쉬운 듯 비가 내린다/ 부부가 함께 한 7박 8일 동안의 고국 자전거길 700km

제주 환상(環狀) 자전거길

234 또 다른 길을 들기에 앞서

235 [첫째 날] 제주공항 – 용두암 – 다락쉼터 – 해거름마을공원 – 모슬포항까지
　'제주 환상 자전거길' 234km 장정에 오르다/ 제주도 인구에 맞먹는 제주에 입국
　한 외국인 수/ 용두암에서 다락쉼터까지/ 재일 교포들의 애향심을 담은 '애향인(愛鄕
　人)의 비'/ 애월읍에서 삼별초(三別抄)를 생각하다/ '제주 화연이네'에서 점심을 먹다/
　다음 인증센터인 해거름마을공원으로 향하다/ 한 농부의 집념으로 이룩한 '생각하

는 정원'/ 현대자동차가 중국에 진출할 수 있었던 것은/ 착한 사람은 이쪽 길로 가라/ 일몰이 아름다운 해거름마을/ 제주 1132번 일주서로를 달리다/ 모슬포항에서/ 이곳 제주도에 유배되었던 추사 김정희, 교유하였던 인물들/ 제주도에서 보내는 모슬포에서의 첫날밤

264 [둘째 날] 모슬포항 – 송악산 – 중문관광단지 – 법환바당 – 쇠소깍까지
다음 목적지인 송악산 인증센터를 향해 출발/ 제주도의 상처, 역사적 아픈 사건들/ 네덜란드 표류인 하멜 상선 전시관/ 500장군과 산방산/ 비도 오는데 마음 같아선 온천이나 하며 쉬어가고 싶다/ '제주조각공원'과 '건강과 성(性)박물관'/ 중문 관광단지의 이국적인 풍경과 다양한 테마박물관/ 최영장군 승전비와 역사적 배경과 의미/ 법환바당 인증센터 다섯 번째 스탬프를 찍고/ '장군바위'로도 불리는 '서귀포 외돌개'/ 이중섭과 이중섭 거리/ 서복과 '서복불로초공원'/ 게우지코지와 생이돌/모자바위/ '소금막'이라는 리조트호텔에 숙박하다

293 [셋째 날] 쇠소깍 – 표선해비치해변 – 성산일출봉 – '토끼섬 게스트하우스'까지
우중에 표선해비치해변 인증센터를 향하여/ 맨도롱 커피 한 잔 마시멍 쉬멍 갑서예!/ 섭지코지와 오조리마을/ 그미의 친구 이영옥 권사와 반가운 해후/ 폭우 속에 달리는 아름다운 해맞이해안로/ 행운으로 만난 '토끼섬 게스트하우스'

304 [넷째 날] 구좌읍 – 김녕성세기 – 함덕서우봉 – 용두암 – 중문관광단지
눈부신 일요일 아침 햇살/ 세화리 다랑쉬오름/ 저딴 거 찍어서 뭐해!/ 일곱 번째 인증센터 김녕성세기해변/ 인어와 애틋한 사랑을 나눈 총각 이야기/ 천연기념물 98호인 김녕굴과 만장굴/ 마지막 인증센터 함덕서우봉 해변을 향하여/ 마지막 인증센터에서 스탬프를 누르다/ 주민 학살의 현장이었던 서우봉 북촌마을/ 명실상부한 완벽한 일주를 위해 용두암까지 달리다/ 한국 유일한 함몰분화구, 산굼부리/ 국민의 생수, 제주 삼다수 공장이 있는 교래리/ 풍자문학의 백미 배비장전의 무대, 제주도/ 화북동의 '동제원 전적지(東濟院 戰跡地)'/ 제주 주민의 성금으로 세운 사당 모충사(慕忠祠)에 모신 영령들/ 바람의 여신 영등 할망과 무속 제례인 영등굿/ 영주십경(瀛州十景)의 두 번째로 꼽히는 '사봉낙조(沙峰落照)'/ 제주특산물 오메기떡과 고사리육개장/ 종주인증스티커/ 노송성 장로와 이영옥 권사 부부의 극진한 환대/ 중문관광단지에서의 망중한을 즐기다/ 추억을 가슴에 담고 공항으로

333 **여행을 마치며**

강물 따라 역사는 흐르고

들어가기에 앞서

나는 아내와 함께 2016년 9월과 10월에 걸쳐 한국의 자전거길을 여행하였다. 중간에 2주간 중국 여행이 계획되어 있어 중국 가기 전에 이른바 낙동강 종주와 영산강 및 섬진강 종주 자전거길 약 700km를 7박 8일에 완주하고, 중국 다녀온 후, 10월에 제주도로 내려가 해안도로를 일주하는 '제주 환상 (環狀) 자전거길' 약 300km를 3박 4일에 완주하였다.

우리는 아날로그 세대인 60대 후반 부부로서 단 둘이서 오로지 두 바퀴에 의지하여 휴대폰 이외의 문명의 이기(利器) 없이 구름에 달 가듯, 달에 구름 가듯 페달을 밟았던 것이 시나브로 약 1,000km의 길을 달렸던 것이다.

내가 자전거길에 매료된 것은 2013년 10월에 한국을 방문했을 때, 그 전 해인 2012년 12월 26일에 개통되었다는 '북한강 종주 자전거길'을 아내와 함께 라이딩한 것이 계기가 되었다. 두어 달 먼저 가 있던 그미(아내를 때론 이렇게 부른다)는 그 때 이미 '남한강 종주 코스'를 끝내 놓고 있었다. 여기서 앞으로 전개될 자전거 종주코스에 대한 이해를 돕고, 관심있는 분들에게 길잡이를 하기 위하여 그리고 당시의 감흥도 같이 나눌 겸 해서 간략히 북한강 자전거길을 예로써 소개하는 게 좋겠다.

'봉주르(Bon Jour)' 옆 명물 기찻길이 자전거길로.

빨간 부스의 첫 번째 능내역 인증센터가 앙증스럽다.

북한강 종주 자전거길은, 1939년 개통되어 70여 년을 우리의 삶과 동고동락하다가 2010년 12월 역사 속으로 사라진 추억의 경춘선(京春線) 기찻길을 이용하여 만들었다.

팔당역에 있는 개인 자전거 대여소에서 렌트하여 달렸다. 가끔 모임이 있을 때 들렀던 '봉주르(Bon Jour)' 간판이 눈에 띈다. 아, 맞다! 한국적 멋과 맛을 지닌 그곳의 명물이 바로 그 옆을 지나가던 기찻길이었다. 이제 철로는 아스팔트로 덮어버렸지만 군데군데 포장하지 않고 본래의 레일을 속살처럼 보여주는 아이디어라든지 열차가 지나다니던 터널, 철교 등을 그대로 활용하는 것들이 아스라한 추억 속으로 달리는 듯 꽤 신선해 보였다.

가는 길에 첫 번째 만난 '능내역 인증센터'는 옛날 빨간색 공중전화 부스를 활용하여 주변의 초록색과 어울려 앙증스럽다. 북한강과 남한강이 만나는 '두물머리', 즉 옛 이름 양수리(兩水里)가 나오고, 거기서 약간 오르막과 내리막을 지나면 철교다리 밑에 카페와 인증센터가 있는 '밝은광장'에 닿는다. 능내역에 이어 두 번째 인증 스탬프를 찍는다. 여기서 곧장 북한강철교를 건너면 '남한강 종주 자전거길'로 가고, 운길산역 방향으로 돌아가면 '북한강 종주 자전거길'로 접어든다.

북한강 자전거길에 접어들기 전에 잠깐 남한강 종주코스인 옛 중앙선 철교

자전거길로 개조한 북한강 철교.

빈 액자 속에 물의 정원을 살아있는 그림으로 채워보면 '비움과 채움의 철학'이 깃든 한 폭의 풍경화가 된다.

를 개조한 북한강철교를 건너가 본다. 철교의 살짝 녹슬은 부분들이 오히려 운치를 더하고 마룻바닥을 구르는 바퀴소리가 정겹고 신난다.

철교 다른 끝쪽에 이르니 '남한강 자전거길 2011. 10. 8 개통 대통령 이명박'이라고 새긴 초석이 세워져 있다. 4대강 프로젝트에 많은 투자를 해서 말도 많았지만 그래도 자전거길은 참 잘 만들었다는 생각이 들었다. 필자가 국산차 '포니'의 첫 해외수출을 위해 1978년부터 5년이나 살았고, 그래서 아내가 자전거를 처음 배웠던 네덜란드에서도 자전거길이라면 세계적이지만 이런 멋스런 자전거길을 못 본 것 같기에 하는 얘기다. 잘못된 것은 비판 받아야겠지만 잘한 일은 잘 했다고 칭찬하는 것이 마땅하다.

다시 운길산역 쪽으로 돌아와 북한강 코스로 접어들었다. 조금 가니 왼편 너머로 운길산 자락이 보이는 곳에 멋있는 사장교가 나온다. '뱃나들이교'다. 그 좌우가 모두 물로 된 진중(鎭中) 습지인데 '물의 정원'이라고 새긴 대리석 위에 뻥 뚫린 액자 프레임이 설치돼 있다. 처음에는 광고판이 없어진 빈 테두리쯤으로 생각했는데 큰 오산이었다. 그 액자 속에 물의 정원을 살아있는 그림으로 채워보라는 배려가 숨어 있다는 것을 사진을 찍어본 후에야 알았다.

'비움과 채움의 철학'이 깃든 한 폭의 풍경화인 것을! '비움'은 채울 수 있는 준비와 여유로, '채움'은 담으면 나눌 수 있는 여유로… 정말 참신한 발상이라 칭찬해 주고 싶었다.

또한 옛 능내역 철로변엔 카페나 쉼터가 즐비하고, 7080통기타, 클래식 연주, 음악동호회 공연, 노래자랑 등 각양각색 스타일의 라이브쇼에 친구나 가족, 연인 할 것 없이 모두들 함께 참여하여 즐기는 모습이 정겹고 낭만적이다. 이 자전거길이 젊은이들에게는 새로운 만남의 장(場)이 되고, 노장년층에게는 가슴속에 가라앉아 있던 추억과 향수를 떠올리게 하는 것이다.

기실 자전거는 정직한 교통수단이다. 내 몸에 따라 내가 페달을 밟은 만큼만 달리기 때문이다. 그리고 자동차의 속도와 비교할 수 없을 정도로 느리지만 오히려 언제든지 멈춰 서서 주변 사물을 다 볼 수 있고 사람들과의 접촉도 많이 할 수 있는 장점이 있다.

날은 청명하고 공기는 맑고 강물은 도도하다. 아름다운 풍광의 강변길을 따라 북상한다. 곧뻗은 길을 달리며 평화롭고 고즈넉한 정취에 취하다 보니 달려도 속도감을 느끼지 못하는 것 같다. 바라보면 이만큼 와 있고 또 돌아보면 저만큼 떨어져 있고… 이대로 달리면 춘천까지도 거뜬히 갈 수 있을 것 같은 기분이다. 하지만 팔당역 대여점에 자전거를 반납하고 전철로 서울로 돌아가야 할 시간 때문에 더 이상 갈 수가 없었다.

월츠&닥터만 커피박물관, 남양주 유기농테마파크와 종합촬영소까지 갔다가 대성리역을 약 10km 앞둔 지점에서 귀환해야만 했다. 대략 왕복 40km 거리를 주행한 셈이다. 이 첫 번째 북한강 자전거길의 매력과 못다한 아쉬움 때문에 이번에 다시 도전

철로변엔 먹거리, 옛 능내역 역사(驛舍)엔 7080 통기타 연주회가 펼쳐지고 있다.

'물의 정원' 위에 설치된 멋있는 사장교 '뱃나들이교' 앞에 선 필자 부부.

해 볼 용기가 생겼던 것이다.

사실 아내는 3년여에 걸쳐 한국에 갈 때마다 짬짬이 종주를 해왔는데, 이번에 나의 방한에 맞춰 남은 구간 중 가장 길고 어려운 낙동강, 영산강, 섬진강 그리고 제주도 종주 자전거길 등 모두 약 1,000km를 함께 여행하게 된 것이다. 말하자면 그미의 '4대강 종주 및 국토종주' 완주를 위해 내가 파트너겸 보디가드 역할을 한 것이다. 하지만 내가 먼저 토론토로 돌아가야 할 시점 때문에 아쉽지만 '금강 종주 자전거길'은 동행하지 못했다.

그러나 처음부터 3대강과 제주도를 함께 종주할 의도가 있었던 것은 아니었다. 달리다 보니 의기투합하여 그런 의미있는 결과를 이루었다고 보는 것이 맞다. 더 정확히는 구석구석 지나는 곳마다 우리의 애환이 담긴 역사와 전통 문화의 향기가 깃들어 있어, 이를 통해 현재의 우리의 좌표를 확인하고 싶었기 때문이다.

따라서 이 글은 단순한 개인 여행 기록이나 길잡이가 아니라 조국의 삶터 속에 살아 숨쉬는 우리의 역사와 문화를 담담하고도 따뜻한 시선으로 재음미해 보는 기회이자 도전이라고 감히 말하고 싶다. 요컨대 역사(history)가 필자 손영호의 얘기(his-story)로 바뀐 셈이라고나 할까.

영남인들의 삶의 젖줄이자 근대화와 산업화의 대동맥 역할을 한 낙동강과 호남인들의 생명의 젖줄인 영산강, 섬진강 그리고 제주도를 여행하면서, 진정 우리가 대립과 증오, 분노와 저주가 아닌 이해와 화합, 관용으로 민족의 단결과 발전을 위해 뭉쳐야 할 이유를 보게 되었다.

또한 돌이켜보면 우리 부부가 당한 위기 때마다 구세주 같은 분들의 도움이 없었다면 이 장정(長征)은 무척이나 지루하고 긴 고통이었을 것은 불을 보듯 뻔하고, 아마 중도 포기했을지도 모를 일이다. 마음에서 우러나오는 인정미를 느끼게 하고 살맛 나는 세상을 만들어가는 빛과 소금의 표상이었던 그분들과, 심지어 목례와 손흔들기 또는 인사말로 지나치던 라이더분들에게 고마움을 전달하기 위해 필자는 감히 키보드를 두드리게 된 것이다.

아무튼 지금은 사라진 빨간색 페인트가 칠해진 공중전화 부스를 활용한 인증센터는 보기에도 예쁘고 동심을 자아낸다. 여기서 '인증센터(Certification Centre)'란 '4대강 국토종주 자전거길 여행 수첩'에다가 '자전거길 지도(Cycling Road Map)'에 따라 스스로 종주 구간별 완주 확인 스탬프를 찍는 곳을 말한다.

인증센터 속에 들어가 자전거 수첩에 스탬프를 찍을 때는 마치 초등학교

각 무인인증센터에서 스탬프 찍어 전 구간 완주하면(왼쪽) 유인인증센터에서 종주확인 스티커(오른쪽)를 발급받는다.

때 숙제 검사하고 도장 받는 것처럼 '해냈다'는 뿌듯한 성취감을 느낄 수 있을 뿐만 아니라 다음 코스 구간에 대한 도전 의욕과 동기 부여를 북돋운다. 또 스탬프가 잘 찍히는지를 먼저 확인해 보기 위한 별도의 종이도 비치돼 있다. 친절하고 세심한 배려라 할 수 있겠다.

구간별 인증은 무인인증센터에서 본인이 누르고, 구간종주가 끝나면 인증확인 스티커를 발급 받기 위해 유인인증센터에 가야 한다. 은메달에 해당되기 때문에 실버 컬러다. 국토종주 및 4대강 종주 확인 스티커는 골드 컬러이고, 나중에 국토교통부와 행정자치부에서 발급하는 '종주 인증서'와 함께 금메달이 수여된다.

패스포트 구입가격은 4,500원(약 $4)인데 '4대강 국토종주 자전거길 지도'가 같이 나온다. 우리 일반 여권과 똑같이 생긴 초록색 수첩은 여기서 다 얘기할 순 없지만 그 속의 내용이 참 재미있다. 종주 인증은 4단계, 즉 구간별 종주, 4대강 종주, 국토종주, 국토완주 그랜드슬램 등으로 구분된다.

여기서 이해를 돕기 위해 '4대강 국토종주 자전거길' 노선에 대한 개요를 살펴보고 가야겠다. 국토종주 자전거길은 한강·낙동강·영산강·금강 등 4개의 강이름을 따서 붙여졌는데 그 구분은 다음과 같다.

1. 한강 종주 자전거길
(1) 북한강 종주 자전거길: 남양주 밝은 광장~춘천 신매대교, 70km
(2) 남한강 종주 자전거길: 인천 아라한강갑문~한강~팔당대교~양평~충주댐, 192km
2. 낙동강 종주 자전거길: 경북 안동댐~부산 낙동강 하구둑, 389km
안동댐에서 시작하는 '낙동강 종주자전거길'은 389km이나 '국토종주 낙동강 자전거길'은 상주 상풍교에서 시작하여 324km이다.
3. 영산강 종주 자전거길: 전남 목포 영산강 하구둑~담양댐, 133km
4. 금강 종주 자전거길: 전북 군산 금강 하구둑~대청댐, 146km

'한강 종주 자전거길'은 크게 북한강과 남한강 코스로 구분되는데, 둘 다

팔당대교, 엄밀히 말하면 남양주 밝은 광장, 즉 운길산역을 지난다. 그래서 '남한강 종주 자전거길'은 남양주 밝은 광장을 기점으로 하는 팔당대교~탄금대 132km, 팔당대교~충주댐 140km 등의 코스가 있다.

'낙동강 종주 자전거길'은 4대강 자전거길 가운데 가장 길다. 영산강이나 금강의 세 배 가량 된다. 낙동강 자전거길은 국토종주길에 포함된다. 국토종주길은 아라 자전거길, 한강, 남한강, 새재 자전거길, 낙동강 자전거길이 이어져서 모두 633km에 이른다. 국토종주만 할 때는 상주상풍교에서 안동댐 인증센터까지의 65km 구간은 달리지 않아도 종주가 인정된다. 그러나 낙동강 종주 인증을 받으려면 이 구간을 전부 달려야 한다.

한강 종주 자전거길과 낙동강(새재 자전거길: 충주 탄금대~상주 상풍교 100km 포함) 종주 자전거길, 즉 인천~서울~부산(낙동강 하구둑)을 완주하면 '국토종주'가 된다. 4개의 강을 각각 완주하면 '4대강 종주'이고, 해당 자전거길의 구간별 완주는 '구간별 종주'가 된다.

그밖에 '섬진강 자전거길'(전북 임실 섬진강 댐~전남 광양 배알도수변공원, 149km), '제주 환상 자전거길'(제주도 해안도로 일주, 234km), 그리고 '동해안 자전거길'(강원구간인 고성 통일전망대~삼척 고포마을, 242km) 등이 있는데, 국토종주에는 영향이 없으나 '국토완주 그랜드슬램'을 하려면 이 구간을 완주해야 한다. 그런데 강원도 삼척에서 부산까지 거의 800km에 이르는 동해안 자전거길 구간의 연결 공사가 완료되지 않아 아직까지 '국토완주 그랜드슬램'은 존재하지 않는다.

현재 기준으로 보면 총 인증구간 거리는 약 1,800km이나 동해안 자전거길이 완성되면 2,500km가 훨씬 넘을 것으로 보인다. 또 위의 괄호 속에 표시된 거리는 표준거리로, 실제 주행거리는 접속구간, 우회도로, 갔다가 돌아오는 왕복거리 등을 감안하면 훨씬 더 길게 보아야 한다.

참고로 이를 지도로 나타내면 그림과 같다. 또한 이 자전거길은 아내 이양배가 누빈 '4대강 종주 및 국토종주 길'이다. 나는 이 중 낙동강길(안동댐~부산 하구둑), 영산강길(목포~담양댐), 섬진강길(섬진강댐~광양 배알도수변공원) 그리고 제주 환상 자전거길 등 약 1,000km를 아내와 함께 라이딩했다.

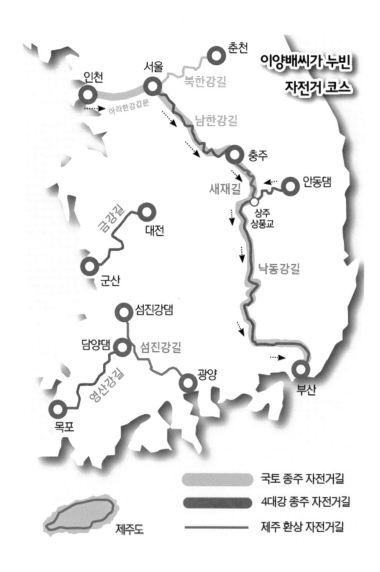

캐나다 한인 부부의 자전거 여행 1000km

낙동강 종주 자전거길

동서울터미널 – 안동시외버스터미널 –
안동댐 – 안동하회마을 –
상주보 – 강정고령보 –
달성보 – 합천창녕보 – 박진고개 –
의령군 부림면 '두발자전거 쉼터' –
영아지고개 – 창녕함안보 –
부산 낙동강 하구둑까지

강물 따라 역사는 흐르고

낙동강 종주 자전거길

[첫째 날]
동서울터미널 – 안동시외버스터미널 – 안동댐 – 안동하회마을까지

9월 8일 목요일. 동서울터미널에서 전날 팔당댐 자전거대여소까지 가서 렌트해 놓은 자전거 2대를 고속버스에 싣고 오전 9시 안동으로 향하다. 지나는 길에 터널이 무척 많다. 약 3시간여 만에 도착한 안동시외버스터미널에서 '안동 간고등어'로 점심을 들고, 고갯길을 넘어 안동댐으로 향하다.

그런데 안동댐 가는 자전거길 표시가 아예 없어 무작정 앞만 보고 달렸는데, GS주유소를 지나다 얼핏 간판을 본 것 같아 되돌아와 고수부지 쪽으로 내려가니 포장길 바닥에 '안동댐'이라고 쓴 자전거길이 나온다.

무성의한 탁상행정으로, 출발부터 애를 먹다

안동시 구간이 낙동강 종주 자전거길에서 가장 무성의해서 표지판이 있어도 잘 보이지도 않는 곳에 대충 세워놓아 길 찾는데 처음부터 애를 많이 먹었다. 또 어떤 곳에는 왕복선 모두 똑같은 표지판을 달아놓아 일부러 자전거족들을 골탕 먹이려는 의도로 비치기도 했다.

자전거 타기를 사치스런 레저 정도로밖에 생각하지 않는지, 표지판부터 노면 상태 등 무엇 하나 마음에 드는 구석이 없다. 이른바 '탁상행정'의 가장 대표적인 예가 안동시 구간이었지 싶다. 첫 시작부터 정나미 떨어지게 만든다. 다시 찾고 싶은 도시, 즐겁고 좋은 추억을 만드는 도시, 자랑스러운 자전거 여행이 될 수 있도록 배려하는 운영의 묘가 아쉽다.

겨우 찾은 안동댐 가는 고수부지길.

생태체험 박터널.

이제 제대로 된 자전거 전용길을 달린다. 저만치 보이는 마을에서 들리는 개 짖는 소리, 닭·소 울음, 까치 소리 등이 먼 향수를 불러일으키는데 무슨 넝쿨로 뒤덮인 터널이 나온다.

'생태체험 박터널'이다. 머리 위로 수세미 등 다양한 종류의 박이 아치형 지지대에 주렁주렁 매달렸다. 이 무더운 날씨에 그 안은 시원한 느낌이다. 길이가 너무 짧은 게 흠이지만 그 발상에 칭찬을 해주고 싶다. "관상용이므로 따거나 만지면 아파요! 눈으로만 감상하세요^^"란 말이 친근감을 느끼게 한다. 이왕이면 '꽃터널'도 만들면 좋을 텐데.

오른편으로 큰 다리를 두어 개 지나고 음악분수대에서 사진촬영을 하는데, 그 배경에 빨간색 아치 3개를 이고 있는 멋있는 다리가 보인다. 그 다리 밑에서 피서를 즐기고 있는 촌로에게 물어보니 '영가대교'란다. 그러면서 지도한 장을 주면서 안동댐 가는 길을 설명해 주어 가까스로 안동댐에 다다랐다. 그 지도에는 '안동 자전거여행—생명의 물길 따라 싱그러운 숲길 따라'라고 씌어 있다. 타이틀은 거창하다.

첫 인증 샷을 찍다

안동댐에 이르러 '안동 물문화관' 앞에 있는 인증센터에서 첫 도장 누르고 그 앞에 멋있고 운치있게 놓은 목재다리, '월영교(月映橋)'를 건너가 보았다. 아니 건너고 싶은 욕구를 자극하는 다리다. 다리 중간쯤에 낭만적인 누각을 멋들어지게 세워놓았다. 달빛이 비치는 밤에 그것도 연인과 함께라면 멋있는 '월영가(月映歌)' 한 수가 떠오르겠다.

다리를 건너 좌회전하니 오른쪽에 '야외민속촌'과 '한자마을' 가는 안내판이 나온다. 좀 더 가니 '안동민속박물관'이 있어 관람을 하기로 했다. 경로우대가 있어 무료란다.

시간 관계상 대충 둘러보고 나와서 "상당히 성의있게 잘 꾸며놓아 우리의 관혼상제 풍속 및 의식주 생활문화를 이해하는 데 많은 도움이 되었다."고 코멘트를 하니 그 중 나이가 좀 들어 보이는 여 사무장이 우리 부부를 보고 어디서 왔느냐고 묻기에 캐나다에서 왔다고 하자 그 먼 길을, 그것도 부부가 방문하는 일이 좀체 없다며 방명록을 들이대며 연락처와 서명을 부탁했다.

다시 월영교를 건너와 물문화관 광장 포장마차에 호떡을 파는 아줌마가 왠지 측은해 보여 말을 걸고 주문하는데 영 반응이 없다. 헬멧과 선글라스를 쓴 행색이 삐딱하게 보여서일까? 그때 그 옆에 서 있던 여자분이 말 못하는 벙어리라고 귀띔해 준다.

오름이 있으면 내림이 있다

오후 4시 경이다. 갈 길이 바쁘다. 시작부터 자전거 종주의 목적을 잊고 딴데에 너무 넋을 뺏기고 있는 것 같아 아내가 재촉한다. 안동댐까지 갔던 길로 다시 내려와 영가대교 못미처 보(洑)가 있는 곳에서 좌회전하여 낙동강의 좌

안동 영가대교가 보이는 음악분수대.

안동댐 인증센터 - 낙동강 종주자전거길 기점이자 종점.

안을 달린다. 안동대교를 지나자 안동보가 보인다.

얼마를 달리니 차도와 겸용도로가 나오는데 깔딱고개다. 고개 중간쯤에서 왼쪽으로 직각으로 꺾어지는 지점에 있는 안동시 광역매립장까지는 사력을 다해 타고 올라갔는데 잠시 쉬었다 가려니 힘들다. 에너지를 아끼기 위해 끌바(자전거를 끌고 감)하여 고개를 넘었다. 오름이 있으면 내림이 있는 법, 가파른 내리막길이 끝나는 지점에 팔각정자가 나온다. 거기에 잠시 쉬는 동안 마침 가게가 있어 보급품을 사면서 물어보니 여기는 남후면 개곡리이고 여기서 오른쪽 차도를 이용하면 검암교를 바로 건너갈 수 있다고 친절하게 가르쳐 준다.

그런데 아내가 차도가 겁이 났는지 자전거 전용도로로 가자고 한다. 한참을 우회했음을 깨닫는 데는 그리 많은 시간이 걸리지 않았다. 이와 같이 차도와 분리시키기 위해 또는 일부러 볼거리를 제공하기 위해 자전거길을 우회시켜 놓은 곳이 많고, 또 바로 강 건너 코앞에 있는 곳도 기존의 다리를 이용하기 위해 오르락내리락 우회해야 하기 때문에 자전거길이 일반차도보다 훨씬 긴 것이다.

멋있고 운치있는 목재다리 월영교(月映橋).

안동댐에서 내려와 보에서 좌회전하여 낙동강 좌안길로 접어든다.

직진하는 게 상책이다

여기서 우리 부부는 한 가지 원칙을 세웠다. '확실하게 알지 않는 한 자전거 길 표지판을 따르자!'는 게 그것이다.

낙동강을 오른쪽으로 끼고 신나게 달리는데 풍산대교 사거리를 지나자마자 갑자기 경사가 13도 이상 돼 보이는 고개가 또 버티고 섰다. 그미는 끌바로 가고 나는 타고 가는데 홀로여행을 하는 남자가 앞서 가고 있다. 고개 정상에서 그 중년의 남자를 만났다. 조기퇴직을 하고 낙동강 종주 자전거길에 도전하고 있는 듯 산악자전거(MTB)로 오늘 상주까지 갈 예정이라고 한다. 여기서 앞으로도 약 60~70km는 더 가야 할 터, 아마 그는 야간 주행을 할 모양이다.

내리막길에 들어서니 '낙암정' 가는 길과 '낙동강생태학습관'이 나온다. 그냥 지나쳐 내려가니 마을 어귀에서 우회전 표지가 나와 무조건 따라가 또 좌회전하여 제방길로 이어지는가 했는데 문제가 생겼다. 자전거길 표지판은 좌회전인데 길이 없다. 마침 반대 방향에도 표지판이 있어 봤더니 그것도 똑같이 좌회전하라는 표지? 도대체 이 외길에서 어디로 어떻게 가라는 것인지?

도로표지판은 그 안내에 의해 갈 길을 인도받으며 틀리지 않았다는 확인용임과 동시에 심리적으로 매우 중요한 역할을 하는 것이다. 자전거를 무슨 사치의 상징인 양 생각하고 라이더들을 의도적으로 골탕 먹이려는 처사같이 비쳐져 왈칵 부화가 치민다.

아내가 '이땐 직진하는 게 상책'이라며 두 갈래 길 중 제방길을 따라 앞장선다. 정말 맞았다! 여기서 또 하나의 원칙을 정한다. '표지판이 없으면 직진하라.'

길 찾느라 낭비한 시간이 많아 최대한 속도를 끌어 올려본다. 풍천면을 지루하리만큼 한참을 달리니 단호교를 지나 낙동강 우안 풍산읍으로 들어간다. 마애 선사유적지(마애석불좌상), 안동한지체험장 등 안내판이 나온다. 그러나 해 지기 전에 조금이라도 더 가자 싶어 그냥 지나친다.

열심히 달리니 풍천배수장 앞에 삼거리가 나온다. 마침 경운기를 몰고 가는 분께 물어보니 왼쪽으로 가면 병산서원을 거쳐 고개를 넘어 하회마을에 이르고, 오른쪽으로 가도 하회마을로 가는데 자세한 것은 중간에 있는 '유교문화길 안내센터'에 물어보란다.

세계문화유산 하회마을

우리는 고갯길을 넘어야 한다는 말에 오른쪽 길을 택했다. 그러나 유교문화길 센터는 5시가 훨씬 넘은 시각이어서인지 문을 닫았다. 조금 더 가니 삼거리가 나온다. 안내표지를 보니 왼편이 하회마을로 가는 길이다. 예까지 와서 그냥 지나칠 수 없어 들러 보기로 했다. 만일의 경우에 대비해 전화번호 등이 적혀있는 펜션 안내 간판을 셀카로 찍어두었다.

그러나 여기도 고개가 버티고 있다. '큰고개'라는 이름답게 제법 가파른 고개를 넘어 가니 왼쪽으로 '목석원'이라는 식당이 나온다. 그 앞에는 목각품과 천하대장군·지하여장군 등 장승 그리고 오색띠를 둘러쳐 놓은 남근석·여근석 등 여러 석상들과 각종 탈들이 도란도란 전시돼 있다.

조금 더 내려가니 '하회장터'가 나오는데 손님이 없어서인지 장 서는 날이 아니어서인지 문을 닫았다. 거기를 통과하니 '하회세계탈박물관'이 나온다. '하회별신굿탈놀이'의 본산이라 관람을 하려는데, 오후 6시 정각, 막 문을 닫으려는 찰나였다. 관장인 듯한 분이 나와 고맙게도 20분을 더 주겠다고

하회마을 입구에 있는 목석원.

하회세계탈박물관.

한다. 입장료 어른 1,500원, 경로우대는 없단다. 가로로 긴 티켓 뒷면 여백에 각종 탈 스탬프를 찍어 기념으로 간직하라는 아이디어도 신선하다.

　다양하게 전시된 흥미로운 관람을 끝내고 다시 재를 하나 넘어 내려가니 2010년 이명박 대통령 재직 시 유네스코 세계문화유산 지정을 기념하는 석비 2개가 크게 세워져 있다. 바로 풍산 류씨(豊山柳氏) 집성촌이며, 낙동강이 마을을 휘감아 돌아가며 '물돌이마을(河回)'을 이루고 있는 하회마을 입구다.

해가 저물고 땅거미가 몰려오기 시작한다. 그때 마을 쪽에서 걸어 나오는 한 남자를 만나 숙소와 식당을 물으니 하회마을 안에는 아무것도 없다며 식당은 여기 오는 길에 봤을 장터에서만 가능하고 숙소도 거기 가서 알아보라는 대답이 돌아왔다.

종주 첫밤을 지낸 안동의 민박집

낙동강 종주 첫 시작부터 예사롭지 않다. 아침 일찍 서울에서 출발해 안동터미널에서 점심 들고 안동댐 가는 길 찾느라 늦은 오후부터 라이딩을 시작한 데다 댐에서 한가로이 시간을 보내고 크고 작은 고개 몇 개를 넘어왔으나 기껏 30여 km 거리밖에 못 오고 이렇게 낭패를 당하게 될 줄이야!

그런데 그 중년남자가 늦게까지 문을 여는 곳이 딱 한 집 있다며 자기 형수가 운영하는 식당인데 지금 자기도 (걸어서) 거기로 가는 중이라고 하지 않는가…. 고맙다고 하고는 다시 고개를 넘어 장터에 당도하니 정말 불이 켜져 있는 집이 보였다. '길목에' 식당(전화 054-843-5514)이다.

전조등과 후미등을 끄고 시건장치를 한 다음 안으로 들어가니 마음씨 좋아 보이는 아주머니가 반긴다. 시동생 만난 얘기를 하며 식단표를 보니 간단

하회마을 세계문화유산 지정 석비.

안동찜닭. 두 사람이 먹기엔 양이 엄청 많다. 다음날 점심까지 먹었다.

히 먹을 만한 제목이 보이질 않는다. 할 수 없이 좀 부담스럽지만 안동의 또 다른 명물인 '안동찜닭'을 주문했다. 푸짐한 양에 맛은 좋았지만 둘이서 실컷 먹고도 남아, 남은 것은 싸서 내일 비상식량으로 쓰기로 했다.

이제 숙소를 알아보는 중요한 도전이 남아있다. 그런데 이게 웬 떡인가. 바로 옆집이 민박집이란다. 만일 없을 경우 재를 넘어가 아까 '큰고개' 입구에서 알아둔 펜션을 찾아 가야 할 터였다. 그런데 가르쳐준 민박집은 불이 꺼져 있다. 길가에 있는 간판을 살펴보니 '추임새' 식당이고 거기에 있는 전화번호(054-853-4001~2)를 눌러보니 곧 전화를 받는다. 이내 불이 켜지고 40대로 보이는 주인여자가 나타나 문을 열어준다. 아래층은 식당, 위층은 민박으로 운영하는 듯 손님은 우리밖에 없는 것 같았다. 이렇게 해서 우여곡절 끝에 종주 첫날밤을 안동시 풍천면 하회리 마을에서 보내게 되었다.

하회마을 장터. 아래 왼쪽 초가집이 우리가 저녁식사한 '길목에' 식당.

[둘째 날]
안동하회마을 – 상주보 – 강정고령보까지

9월 9일 금요일. 아침 날씨 푸근하고 엷은 안개가 끼다. 어제 생각이 있었던 병산서원은 여기서 다시 되돌아가기엔 갈 길이 바빠 아쉽지만 접기로 하다. 사실 경북 안동시 풍천면 병산리에 있는 병산서원(屛山書院)은 '징비록(懲毖錄)'을 저술한 서애(西厓) 류성룡(柳成龍, 1542~1607) 선생이 선조 5년(1572), 그러니까 임진왜란 발발 20년 전에 고려 시대의 교육기관이었던 풍산현 소재 풍악서당(豊岳書堂)을 이곳으로 옮겨오면서부터 그 역사가 시작되었다고 한다. 이름대로 휘도는 물줄기 따라 산이 병풍처럼 둘러쳐진 곳이라 경치가 수려하다는데…

왜 이리 호기심이 많은 건지, 쯧쯧쯧!

'큰고개'를 넘어 어제 들어왔던 삼거리로 나와 좌회전하여 차도로 진입하니 오른쪽으로 휘는 길 왼편 모퉁이에 '한우와 된장'(054–842–2255)이라는 규모가 커 보이는 식당이 나온다. 입구에 실물크기의 한우상이 있고 식당이 있는 언덕 위에 장독대가 쫙 진열돼 있는데, 그 앞에 느닷없이 '6·25 참전 국가

병산사원(屛山書院) 조망도. 〈위키피디아〉.

'한우와 된장' 식당에 '6·25참전국가유공자비'가 서 있다.

유공자비'가 서 있다. 사연이 궁금해서 올라 가볼까 하다가 갈 길이 멀다는 그미의 재촉에 패스하다. 이 나이에 왜 이다지도 호기심이 많은지, 쯧쯧쯧!

안동시 풍천면 광덕교를 지나자 갑자기 자전거길을 표시하는 파란선이 끊겨 한참을 헤매다 어느 마을 안으로 들어가게 되었다. 아마도 새로운 길을 내느라 원래의 자전거길 표시가 없어져 버린 모양이다.

마침 경운기를 몰고 오는 구릿빛 얼굴의 젊은이를 만나 물어 겨우 제방길 자전거길로 올라갈 수 있었다. 그 젊은 친구의 아주 소상한 정보가 없었다면 아마 한참을 더 헤매었을 뻔 했기에 새삼 고마움을 느낀다. 앞으로 바닥표시줄, 위치 및 거리 표지판, 주변 안내 및 숙식 정보 등 자전거 종주길에 필요한 편의사항들이 제대로 자리를 잡으면 더 이상 이런 불필요한 시간적·체력적 낭비는 없으리라.

아내가 보이지 않는다

낙동강 좌안(左岸) 둑길을 달려가는데 난데없이 벌초작업이 한창이다. 강둑길에 온통 굵은 가시가 있는 아카시나무 가지가 깔려있다. 제방조림의 목적으로 번식력이 강한 아카시아를 심었던 모양인데 지금도 이런 얄팍한 수를 쓰고 있나 싶어 쓴웃음이 절로 나온다. 자전거에서 내려 땀을 비오듯 흘리며 일하고 있는 학생에게 다음과 같이 말해 주었다.

6·25전쟁 후 빠른 시일 안에 산림녹화를 하기 위해 아카시나무를 대량으로 심은 적이 있지만, 일본인들이 전쟁에 부족한 연료를 채우기 위해 의도적으로 심은 나무, 베어도 끈질기게 살아남는 골칫거리라는 부정적 편견을 받고 있는 나무이다. 특히 땅속줄기, 잔뿌리가 산소(무덤)를 침범하는 것은 조상 숭배가 강했던 우리나라에서는 도저히 용납할 수가 없었던 천덕꾸러기 나무이다. 지금도 이런 잔꾀를 부리는 것은 양반근성에 바탕한 잘못된 행정이라고…

대학생은 내 말에 수긍하며 안동시에 내 얘기를 전하겠다고 약속한다. 한편으로 '알바자리를 잃을지도 모르는데' 하는 염려가 되었다.

그 사이에 아내가 보이지 않는다. 한참 가버린 모양이다. 드넓게 쭉 뻗은 둑길을 시원하게 달려가니 저만치 남실남실 달려가고 있는 그녀의 사랑스런 모습이 나타난다. 어디서 저런 신명이 나올까!

낙동강 상류의 물줄기는 맑고 푸르다. 지금 우리는 낙동강 중상류 지역인 경북 안동시 풍천면 기산리 광덕교와 구담교 사이 4km에 걸쳐 있는 구담습지(九潭濕地)를 지나고 있다. 이곳은 희귀 동식물이 대거 서식하는, 우리나라에 몇 안 되는 생태계의 보고이다.

구담교를 건너자 다시 우안길을 따라 예천군 지보면으로 간다. 긴 제방길을 따라 가다가 강변의 협곡지대를 돌아서 가기도 하고 나무데크길을 가기도 한다. 도화양수장을 지나가면 지보면에서 풍양면으로 넘어가는 풍지교가 나오는데 바로 옆에 새로 놓은 지인교가 있어서인지 폐교(廢橋)가 된 듯하다. 그래서인지 시커멓게 검이끼 긴 다리 위에 수확한 농작물들을 휠휠 펼쳐 말리고 있다.

다리를 지나 우회전하면 '안동 하천관리사무소'와 그 바로 옆에 화장실이 있는 자전거 쉼터가 나온다. 여기서 땀을 식히며 어제 먹다 남은 안동찜닭으로 꿀맛 같은 점심을 먹는데 물이 떨어졌다. 아까 용달차가 한 대 와서 하천관리사무소에 정수기 물통 몇 개를 내려놓고 간 것이 생각났다. 창을 몇 번 두드리니 아마 특과(?)로 근무하고 있던 직원이 임검 나온 줄로 착각한 듯 자다가 후다닥 일어난다. 나오는 웃음을 꾹 참고 부탁하니 아무 말 않고 시원한 정수기 물 두 병을 채워주는데 영 뜸뜸한 표정이다.

평화롭고 소박한 농촌마을

강변에는 평화롭고 소박한 농촌 풍경이 펼쳐지는데, 청곡제 제방길이 끝나면서 농촌마을을 우회한다. 우회하기 전에 '쌍절암 생태숲길'이 시작되는 곳에 쉼터가 있다. 이 숲길은 2015년 6월, 예천군 풍천면 우망리에 조성된 청곡제~삼수정(三樹亭)~쌍절암(雙節巖)~삼강(三江) 주막을 잇는 4.2km의 걷는 길이다.

쉼터를 지나면 야트막한 산이 나오는데 제법 빡시다. 정상에서 한 무리의 자전거동호인들을 만나다. 안동댐으로 올라가는 중이란다. 길이 좁아 반대편

오르막길을 힘겹게 올라오는 일행을 기다렸다 급경사의 길을 내려가는데, 평지에 이르니 시멘트 다리 건너에 삼거리가 나온다.

표지판이 없어 정한 원칙대로 직진하여 논길을 가로질러 가는데 경사가 장난 아니다. 힘겹게 계단식 논밭의 꼭대기쯤에 이르러서야 농가가 나오는데, 툇마루에 옹기종기 앉아서 일하던 마을 주민들이 일제히 길을 잘못 들었다며 도로 내려가서 우회전하라고 큰소리로 일러준다. 아마도 우리 같은 경우가 빈번했던 모양이다.

다시 삼거리로 내려오니 표지판이 보인다. 시야에서 너무 멀리 떨어져 있는데다, 논밭과 마을을 지나며 정겹고 아기자기한 정취에 취해 미처 보지 못했던 것 같다. 그 허망함이란!

정자에서 만난 촌로 한 분

풍양면 하풍리의 너른 벌판의 우회구간이 끝나고 다시 길은 강변으로 붙어간다. 얼마를 달렸을까. 앞만 보고 줄창 달리는데 우회전 표시가 있는 곳에 정자가 하나 있어 쉬어가기로 하다.

촌로 한 분이 정자에 한가로이 앉아 있기에 여쭤보니 여기가 문경시 영순면(聞慶市 永順面)이라고 설명해 주신다. 원래는 점촌시(店村市) 소속이었으나

문경시 영순면 정자에 쉬고 있는 84세의 촌로.

문경시 영순면의 끝없이 펼쳐진 논 사이로 달려가는 낙동강 종주 자전거길.

1995년 1월 1일 부로 점촌시와 문경군을 합하여 도농복합형태의 문경시가 설치됨으로써 소속이 바뀌었다. 연세가 84세라고 하는데 정정해 보이신다. 우리 보급품인 연양갱을 하나 드렸더니 잡숫지 않고 안주머니에 잘 챙겨두신다. 나중에 알았지만 이곳이 현대·기아자동차 부회장을 역임하시고 내가 입사했을 때 직속 상관이셨던 박병재(朴炳載) 장로님의 고향이란다.

　주변은 온통 전형적인 논으로 누렇게 익어가는 벼가 물결처럼 출렁이며 농부들의 낫을 기다리고 있다. 그 논을 강의 왼쪽으로 끼고 달려가니 영풍교와 상풍교를 지난다. 상주 상풍교는 '새재자전거길'이 끝나는 곳이자 '낙동강 자전거길'과 만나는 지점이다. 이곳에 인증센터가 있다. 국토종주를 할 때는 상주상풍교에서 안동댐 인증센터까지의 65km 구간은 달리지 않아도 종주가 인정되지만, 낙동강 종주 인증을 받으려면 이 구간을 다 달려야 한다. 그래서 지금 이렇게 엉덩이에서 불이 나도록 달리고 있는 것이다.

쌀, 곶감, 명주의 삼백(三白)의 고장 상주
　저만치 상주 경천교가 보일 즈음, 표지판이 '낙동강 하구둑 306km, 안동댐 79km'를 가리킨다. 그러니까 하회마을을 출발하여 약 50여 km를 달려온 셈. 아직도 갈 길이 멀다.

무척 덥다. 둑길에서 다리로 올라가는 길이 제법 가파르다. 경천교에서 우회전하면 '상주 자전거박물관'이 위용을 뽐낸다.

'자전거의 도시'답게 다리 양편에 자전거 주행모습을 형상화한 조형물로 장식해 놓았다. 또 다리 중간에 전망대도 설치돼 있다.

인구 10만여 명의 상주는 '상주 삼백(尙州三白)'이라 하여 쌀, 곶감, 명주의 생산지로 유명하다. 명주(明紬)는 누에의 고치로부터 얻은 명주실, 즉 견사(絹絲) 및 견사로 짠 천, 즉 비단을 통틀어 일컫는 말이다. 지형적으로 평지이

낙동강 하구둑까지 아직도 갈 길이 멀다.

고 전형적인 농촌형 도시이나 부농(富農)이라 1910년대부터 자전거가 보급되었던 덕에, 1925~1940년간 '조선팔도자전거대회'도 상주에서 열렸다. 1925년 상주기차역 개설기념으로 개최된 '제1회 조선팔도 전국자전거대회'는 일제 강점기 하에서 일본의 우월성을 내세우기 위한 것이었지만, 당대 조선 최고의 사이클선수인 엄복동 선수가 우승하고 상주 출신의 박상헌 선수가 우수한 성적을 거둠으로써 민족의 자긍심을 불러일으키는 일대 사건이었다.

그 영향으로 상주에서는 일찍이 자전거타기 붐이 조성되었으며, 자전거 보급 100여 년의 역사를 가진 상주의 자전거 보유대수는 85,000여 대로 가구당 2대꼴이며 전국 평균 2.1%의 10배에 달하는 교통분담율 21%로 전국 최고의 자전거 도시를 자랑한다.

교통분담율은 자전거가 자동차를 대체하는 교통수단으로서의 비중을 말

한다. 네덜란드 같은 경우는 자동차가 48.5%이고 자전거가 놀랍게도 31.2%이다. 대신 대중교통은 11%로 낮다. 그러나 한국의 자전거 문화는 갖춘 복장만 화려한 레저 문화이지 아직 출퇴근용이나 장보기 등 근거리 교통수단의 문화로 정착하기에는 대규모 자전거 보관소 등 인프라가 턱없이 부족한 실정이다.

우리나라 최초로 개관된 상주자전거박물관

상주자전거박물관은 2002년 10월 26일 상주시 남장동에 우리나라 최초로 개관하여 2010년 10월 27일 도남동 현재 위치로 확장·이전하였다. 박물관 안에는 상주시의 자매도시로 도시의 규모가 상주시와 비슷한 미국 캘리포니아 주 데이비스 시에서 기증한 자전거 바운싱 윔시클(Bouncing Wimcycle)과 각국의 이색 자전거, 그리고 막걸리통, 쌀가마 등을 나르던 짐자전거와 우체부들이 타고 다니던 빨간색 자전거, 우리들이 어린 시절 타고 다니던 옛 자전거들도 만난다. 자전거 역사 및 문화를 한눈에 볼 수 있고, 안전·건강 자전거 등을 체험할 수 있는 상설전시관이다. 관람료 및 이용료 모두 무료.

상주 경천교 양편에 설치된 자전거 타는 역동적인 모습의 조형물.

자전거는 정직한 교통수단이다

필자는 네덜란드에서 1978~1982년 햇수로 5년을 주재했던 적이 있는데, 아내는 그때 자전거타기를 배웠다. 헤이그(The Hague)의 근교에 있는 라이드쉔담(Leidschendam)의 시청 뒷마당 잔디밭에서 눈총 받아가며 넘어지기도 하면서 몇 날을 타다가 어느 날 드디어 홀로 타고 내리기를 성공하자, 그 주변에 있는 집들의 창문이 일제히 열리면서 박수와 환호가 터져 나왔다. 그동안 애기 걸음마 배우듯 안쓰럽게 이를 지켜보던 화란인들의 축하와 더불어 네덜란드의 곰살스런 자전거 문화를 스스로 체험할 수 있는 계기가 되었다. 자전거 길과 신호등이 따로 있을 정도로 자전거 천국인 네덜란드는 일찍이 저탄

상주자전거박물관.

상주자전거박물관에 막걸리통, 쌀가마, 우체부가 타고다니던 빨간자전거가 전시돼 있다.

상주자전거박물관에 설치된 자전거 관련 조형물.

상주보 인증센터.

소 녹색성장을 실현하는 방안으로 자전거를 생활화했던 것이다.

내가 자전거를 배운 것은 아마 초등학교 4,5학년이었던 것으로 기억된다. 넓은 공터에서 형에게서 배웠다. 그 덕에 어머니가 병치레를 많이 하신 편이라 시장 보는 일, 10리 떨어진 외갓집 등에 연락하는 일 등이 내 몫이었는데 그때 자전거 타는 것이 재미있어 불평 없이 도맡아 처리했다.

기실 자전거는 정직한 교통수단이다. 내 몸에 따라 내가 페달을 밟은 만큼만 달리기 때문이다. 그리고 자동차의 속도와 비교할 수 없을 정도로 느리지만 오히려 언제든지 멈춰서 주변 사물을 다볼 수 있고 사람들과의 접촉도 많이 할 수 있는 장점이 있다. 예컨대 1990년대만 해도 베이징(北京) 톈안먼(天安門) 광장에는 자전거 행렬이 장관을 이루었다. 필자가 만난 중국인 중에는 매일 자전거로 출퇴근하다가 서로 눈이 맞아 결혼했다는 사람도 적잖이 있었다. 그럴 법도 한 것이 석양이 질 무렵 여유자적 서로 대화하면서 느릿느릿 가는 자전거 행렬은 인정미가 넘치고 오히려 '느림의 철학'을 배우는 것 같은 낭만적인 볼거리였으니 말이다.

상주자전거박물관에서 불과 1km 거리인 도남서원을 지나치고 다음 인증센터인 상주보까지는 2km 정도라 금세 도착하다.

길에서 만난 인정 많은 사람들

상주보 공도교(公道橋)를 건너가 인증센터에서 스탬프를 찍고 나오니 마스크와 선글라스로 얼굴을 완전히 가린 분이 낙동강 종주 다음 코스에 대해 많은 조언을 해준다. 로키 산과 캐나다 국기 단풍나무 문양이 새겨진 옷차림과 해외 라이딩 경험담으로 보아 나이가 비교적 젊고 단순히 자전거동호인이 아닌 마니아 같아 보였다. 그리고 무슨 재단의 이사장을 맡고 있다며 자기 자랑도 은근히 늘어놓는다.

나보다 더 경험이 많은 아내와 얘기가 잘 통하는 것 같아 내버려두고 간식거리를 살 수 있는가 하고 관리센터 건물에 갔으나 보급이 안 된다. 4대강 국토종주 지도만 4,500원에 구입하고 돌아오다. 사용하던 지도의 접는 부분이 찢어지고 너덜너덜해졌기 때문이다.

여기 상주보에서 낙단보(18km), 구미보(19km), 남구미대교(25km), 칠곡보(12km), 그리고 호국의 다리(왜관역)를 거쳐 강정고령보까지 약 100여 km를 가야 하는데, 그미는 지난번에 '새재 자전거길' 종주 때 이미 이 코스의 인증을 다 받았기 때문에 시간 절약을 위해 점프이동을 하자고 제안했다. 하기야 난 어차피 그미의 4대강 국토종주 완수를 위한 보조 및 보디가드이니까… 그 때가 오후 3시경이었다.

지난번 새재종주 때 아내가 친구 박온화 교장과 함께 묵었던 '상주보 자전거민박'(010-8587-1414)에 전화하여 콜밴을 불렀는데, 직접 운전해 온 주인아줌마가 보통이 아니다. 이번엔 민박은 않고 강정고령보까지 차로 이동만 하기 때문에 8만원을 내란다. 결국 6만원으로 낙찰됐지만 굳이 말하자면 좀 미안

상주보 인증센터 앞에서. 왼쪽부터 민박집 주인, 목사님과 우리 부부.

하지만 억척같으면서도 유들유들한 또순이 스타일로 시원시원하고 인정미가 철철 넘친다.

그때 여사장님의 아들이 승용차를 몰고 왔다. 엄마와 임무교대를 하기 위함이다. 그런데 그 마스크의 주인공과 아는 사이인지 대뜸 인사를 한다. 바로 자기들이 다니는 교회의 목사님이란다. 내가 기념사진 촬영을 제안하여 아들이 한 방 찍어주었다. 가면을 벗으니 60대의 모습이다. 언변 좋고 사업수단 좋아 해외여행 다니는 부러운 하나님의 종?

차 속에서 보니 키도 크고 인물 좋은 40대의 미스터 김이 여간 싹싹하지 않다. 국토종주를 두 번이나 완주하여 메달과 상패를 받았고 이젠 미니벨로(Mini Velo) 자전거로 바꿔 다시 한 번 도전할 계획이란다. 부인이 선생이라 안동에서 살다가 자기는 어머니 민박 일을 돕기 위해 상주로 혼자 와 있고 한 달에 한 번 정도 부인과 아들을 보러 간다고 한다. 그밖에 자전거 종주길에 관한 많은 정보를 들려주었다. 세상 물정을 훤히 꿰뚫고 있을 뿐만 아니라 낙천성이 돋보이는지라 호감이 많이 가는 젊은이였다. 특히 우리나라 사람들은 처음 대면할 때 머리끝부터 발끝까지 일단 스캔을 하고서 신상 파악한 후에 대화를 하기 때문에 속옷이 아닌 겉옷이 매우 중요하다고 말해 한바탕 웃었다.

참고로 미니 벨로는 일반 자전거보다 휠이 작기 때문에 가속력은 좋지만, 빠른 속도를 장시간 유지하는 것이 힘들고 최고 속도에서 불리하다. 같은 기어비와 같은 페달 회전수라면 바퀴 큰 자전거가 훨씬 더 빠르니까. 일반적인 로드바이크나 MTB의 최고단 기어는 12T(톱니 12개)이나 미니 벨로는 9T이다.

도중에 남구미대교로 빠지는 길에 교통사고 때문에 반 시간 이상을 지체했다. 대구시 다사읍에 있는 강정빌라에 6시쯤 도착했다. 우리 부부가 오늘 쉴 곳으로 미스터 김이 오는 길에 미리 전화예약을 해둔 곳이다.

쇼트 팬츠 차림의 젊은 여자가 우리를 안내하여 방을 구경시켜 준다. 주방이 딸린 온돌방이고 아침밥 대신 라면을 지급하며 자전거는 1층 계단에 두란다. 그런데 부르는 값이 녹록치 않다. 말하자면 펜션 스타일이라 단체로 오면 모를까 2명이 쓰기에는 부담스럽다. 그때 아내가 갑자기 무슨 생각에서인지 찜질방을 찾자 그 여자는 눈치 채고 이해한다는 듯 마음대로 하라며 우리를 편하게 놓아준다.

밖으로 나와서야 그 이유를 알았다. 여기서 택시로 1만 원 정도밖에 안 되는 거리에 큰처남댁이 있기 때문에 자전거를 찜질방에 맡겨놓고 갔다 올 심산이었던 것이다. 거기서 자든 안 자든 돈만 지불하면 일단 자전거 보관문제는 해결되기 때문이다.

마침 빌라 앞 '몬스터 휠'이라는 가게 앞에 나와 의자에 앉아있는 여자분에게 찜질방 소재지를 묻던 그미가 자전거를 지키고 있는 나를 불러 대뜸 인사를 시킨다. 얼떨결에 그 분이 앞장서고 뒤따라가니 한 블록 지나 '다사농협 대실지점' 앞 'Eco Road 강정보점' 쇼룸으로 안내한다.

알고 보니 여자들끼리 얘기를 나누다 애물단지가 된 자전거를 맡기기 위해 찜질방을 찾는 까닭을 이해하고, 그 분은 자기도 달성구 우방아파트에 살았다며 이 시각에 자전거로 거기까지 가기에는 너무 멀고 위험하니 차라리 자기 가게에 맡기고 오빠댁에 편안히 갔다오라는 친절한 배려였던 것이다.

그런데 맡긴 자전거를 다음날 7시쯤에 픽업을 해야 하는 게 문제였다. 가게 문을 열기엔 너무 이른 시각이기 때문이다. 그런데 그 분이 선뜻 가게문 패드 키를 주면서 문 밑으로 키를 밀쳐 넣어놓고 가라고 하는 게 아닌가? 가게 안에 '왕통발'이 여러 대 있고 다른 물품들도 많이 진열돼 있는데도 말이다. 서로 전화번호를 교환하는데 그 분은 몬스터휠 윤옥희 사장님이다. 가게 2개를 운영하고 있단다.

우리를 무조건 믿고 가게 열쇠를 맡길 수 있다는 건 더욱이 요즘 세태에서는 좀처럼 있을 수 없는 일이다. 입장을 바

우리가 자전거를 보관했던 강정보 에코로드(Eco Road) 왕통발 가게.

꿔 나라면 이 경우에 과연 열쇠를 주겠는가? 아직도 이런 분이 우리 곁에 계시기 때문에 소금과 빛이 되어 세상을 살맛나게 만들고 있지 않겠는가!

여기서 '왕통발'이라니까 무슨 족발집 같은 식당을 떠올리겠기에 잠깐 '왕통발'에 관한 얘기를 좀 하고 넘어가야겠다. 또 이것이 최소한 그 분의 사업을 돕고 은공에 보답하는 일이라고 생각되기 때문이다.

'왕통발'인 '나인봇 미니' 스쿠터.

2015년 10월에 중국의 떠오르는 기업 '샤오미(小米, 좁쌀을 뜻한다)'가 '1인용 전동스쿠터'인 '나인봇 미니(Ninebot mini)'를 개발, 약 35만 원(캐나다화 약 400여 달러) 대의 파격적인 가격으로 선보였다.

한 번 충전으로 22km를 주행할 수 있고 최고속도는 시속 16km, 15도의 경사를 오를 수 있다. 손잡이 없이 무릎 높이까지 오는 방향 조종기를 본체에 연결한 뒤 올라타면 된다. 스스로 균형을 잡아주며 (self-balancing) 앞으로 몸을 숙이는 정도에 따라 속도가 달라진다. 왼쪽으로 움직이고 싶으면 왼쪽 무릎을 살짝 굽히면 되는 식이다. '나인봇 미니'를 중국어로는 '구호평형차(九號平衡車)'라고 하는데 우리말로 '왕통발'로 이름지은 것 같다. 부를수록 괜찮게 들린다.

아무튼 덕분에 큰처남댁을 느닷없이 방문하게 되었다. 추석을 앞두고 있는데다 그동안 건강이 좋지 않으셨기 때문에 이 기회에 문안을 드리는 게 도리일 성싶었다. 고이 모셔놓은(?) 귀한 옥돔구이로 저녁을 들면서 얘기의 꽃을 피웠다. 다행히 형님의 건강이 좋아보였다. 큰 처남댁의 지극한 보살핌 덕분이리라. 그러나 그 분들의 관심은 두 60대 노인네가 어떻게 낙동강 종주자전거길에 올라 그 고생을 사서 하고 있는지가 커다란 관심거리이자 걱정거리였다.

[셋째 날]
강정고령보 – 달성보–합천창녕보–박진고개 – '두발자전거 쉼터'까지

구름 안개 속에 낙동강 줄기 타고 달린다

9월 10일 토요일 아침, 간밤의 비로 잔뜩 흐린 날씨다. 택시기사가 다사읍에서 길을 놓쳐 2천원이 더 나왔다. 다사농협 앞에 내려 가게에서 두 자전거를 끄집어내고 열쇠를 유리문짝 밑으로 밀쳐 넣고 강정고령보로 향하다.

떠나기에 앞서 메모지에 감동에 찬 감사의 말과 함께 조그만 성의의 촌지를 놓아 두었다. 우리가 달성보를 지나 합천창녕보를 향해 달리고 있을 즈음 윤 사장님의 전화를 받았지만, 길을 놓쳐 한참 힘들어 하며 길을 찾고 있을 때라 겨를이 없어 직접 통화는 나중에 하기로 하다.

강정고령보 인증센터에서 도장 누르고 그 옆에 비치된 펌프를 사용하여 공기를 넣으려니 노즐이 맞지 않아 무용지물. 다른 라이더가 불평을 늘어놓는다. 강정보 공도교를 지나 왼쪽 제방으로 들어가는 지점에 자전거용품 판매 및 수리점이 있어 타이어 바람을 넣기 위해 잠깐 멈췄다. 나이 지긋한 아저씨가

강정고령보 인증센터.

능글능글한 괴짜다. 은근히 아내를 치켜세우는 바람에 장갑과 휴대용 펌프를 하나 구입했다. 이 공기펌프는 나중에 영산강 종주 때 요긴하게 써먹게 된다.

내 사랑 지금, 여기에

경북 고령군 다산면의 쭉 뻗은 낙동강 우안 둑길을 달린다. 아침 구름안개 속 바람이 삽상하다. 산을 휘돌아 굽이굽이 흐르는 낙동강 줄기를 타고 달리는 이 기분은 캐나다에서는 느낄 수 없는 환상적 미학이다. 사문진교를 건너 다시 대구광역시 달성군으로 들어간다. 어느 지점의 자전거길 바닥에 '안동댐 199km, 낙동강 186km'라고 씌어있다. 바라보면 이만큼 와 있고 또 돌아보면 저만큼 떨어져 있고… 외로운 투쟁이지만 이제 절반을 넘게 왔다는 생각에 다시 한 번 '아자!'를 외친다.

두 젊은이를 만났다. 자기들은 오늘 남지읍까지 갈 예정이라며 동반 종주를 권한다. 동네 자전거 같은 자전거를 몰고 마냥 즐거워하며 열심히 가는 그들과 보조를 맞추기가 쉽지 않다. 그들도 안 되겠다고 판단했는지 어느 순간 우리 시야에서 멀어졌다. 단순히 속도 때문만은 아니다. 아무래도 여자가 있다는 것이 합숙 등으로 잠자리 비용을 분담하는 경비절감에 별로 이득이 되

자전거길 바닥의 '안동댐 199km, 낙동강 하구둑 186km'라는 표시. 이제 절반 넘게 왔다.

지 않을 것으로 판단했기 때문이리라.

　그리고 보니 아직까지 부부가 함께 타는 라이더를 만나지 못했다. 단순한 장거리 라이딩이 아닌 힘든 여정이기에 여자에겐 무리여서 그럴 거라 생각하니 아내가 정말 대견해 보인다. 어쩌면 쉽게 사랑하고 쉽게 결혼하여 아내가 가장 편하고 잘 이해해 주는 사람임을 60이 넘도록 몰랐던 사실을 지금 자전거 여행을 통해 새삼 깨닫는다. "내 사랑, 지금 여기에!"

　달성보 인증센터. 처음으로 사람이 북적거리는 광경을 본다. 어느 동호회에서 온 사람들인지 자전거와 옷차림이 번들하고 화사하다. 서로 부르는 호칭으로 보아 어느 회사에서 벌이는 행사인 것 같았다. 사진 촬영을 부탁하려는데, MTB코스로 가야 한다는 의견과 우회로를 가야 한다는 얘기들이 오가고 있었다.

　마침 편의점이 있어 보급품을 챙겨 계산대에 놓으니 여주인장이 다음 코스에 대해 꼭 얘기해 줄 게 있다며 조금 기다리란다. 좀 한가해진 틈을 타 복사한 지도를 건네주며 거기에다 볼펜으로 무슨 우회길을 표시해가며 열심히 설명해 주는데 도통 무슨 얘기인지 이해가 되지 않았다.

　안내센터를 찾아가 자전거길 지도를 부탁하니 여분이 없다며 셀카로 찍어가란다. 겨우 사정해서 한 장을 얻어서 보니 대략 감을 잡게 되었다.

　요컨대 다음 목적지인 '합천창녕보'로 가는 길에 아주 힘든 고개가 두 개 있단다. '다람재' 고개와 '무심사' 고개. 그 두 곳을 피해 우회하는 길을 가르쳐 주려고 열심히 설명했음을 알 수 있었다. 다만 주인장이 갖고 있던 프린트물은 우회로가 없는 옛날 지도여서 그림을 그리며 복잡하게 설명해 준 것이었다. 아무튼 그 친절과 성의에 고마움을 전하고 싶다.

　달성보는 항해를 상징하는 크루즈선을 형상화하여 밝은 미래로 뻗어나가는 새 시대의 의미를 담았다고 하지만 다른 보에 비해 단순하고 밋밋하다. 얘기가 나서 미리 말하지만 낙동강 하류로 내려갈수록 보의 모양이 점점 특징이 없이 단순해지는 것 같다.

520년의 역사를 간직한 대가야의 미스터리

달성보 건너 낙동강 우안 북서쪽이 경상북도 고령군이다. 고령읍 지산리에 AD 42년부터 16대 520년간 존재했다는 미스터리 '대가야(大伽倻)'의 도읍지가 자리잡고 있다.

필자가 2002년에 방문했을 때는 우리나라에서 최초로 확인된 대규모 순장 무덤인 지산리 제44호 고분을 재현한 돔지붕의 '대가야왕릉전시관'만 있었는데 지금은 그 옆에 대가야역사관을 건립하여 대가야박물관으로 개관했다. 그러나 고령과 대가야의 문화를 두루 알리기에는 부족함이 있어 그 다음해인 2006년 3월, 악성 우륵이 공인(工人)을 인솔하여 가야금을 연습했던 곳으로 전해져 오는 고령읍 북쪽 금곡(琴谷)에 우륵박물관을 추가하였다.

우륵(于勒, 생몰년 미상)은 대가야의 악사였으며 가실왕의 명을 받들어 중국 진(晉)의 악기인 쟁(箏)을 모방해 가야금(伽倻琴)을 만들고 12악곡을 지어, 고구려의 왕산악(王山岳, 생몰년 미상), 조선의 박연(朴堧, 1378~1458)과 함께 한국 3대 악성(樂聖) 중 한 사람으로 꼽힌다.

그는 이후 제자 이문(尼文)을 데리고 신라에 귀순하여 진흥왕 원년(551) 3월에 낭성(娘城)의 하림궁(河臨宮)에 행차한 진흥왕 앞에서 가야금을 연주해 보였다. 진흥왕은 우륵을 국원(國原)으로 삼고, 왕명으로 대가야의 음악을 전수받게 했는데, 세 사람의 제자 중, 계고(階古)에게는 가야금을, 법지(法

달성보 인증센터.

달성보는 항해를 상징하는 크루즈선을 형상화했다. 오른쪽이 달성보 안내센터.

知)에게는 노래를, 만덕(萬德)에게는 춤을 가르친 곳이 충청북도 제천시 백운면 애련리 원서천변의 장금대(長琴臺)라고 한다. 충주시 칠금동의 탄금대(彈琴臺)와 사휴정(四休亭)은 우륵이 노닐던 곳으로 알려져 있다.

류자광과 역사의 수레바퀴

대가야박물관 1층에는 고령을 대표하는 또 다른 특별 전시 공간이 있다. 바로 조선 제10대 연산군 4년(1498) 7월에 일어난 '무오사화(戊午士禍)'로 봉변을 당한 영남학파의 종조(宗祖), 점필재(佔畢齋) 김종직(金宗直, 1431~1492)의 유물들이 있는 곳이다. 무오사화 얘기를 하려면 먼저 류자광에 대해 살펴보아야 한다.

류자광(柳子光, 1439~1512)은 천대와 설움 속에서 살아온 천첩 출신 서자였고, 그의 고모가 함양군 지곡면 수여마을에 살고 있었다. 그가 입신양명하여 경상도 관찰사로 발령을 받고 떳떳하고 자랑스럽게 고모에게 인사차 함양에 들렀다. 당시 함양부사는 김종직이었다.

류자광이 함양 학사루(學士樓)를 보고 절경에 감탄하여 시를 짓고, 그 시를 현판으로 만들어 학사루에 걸어놓았다. 군수는 관찰사보다 아래이기 때문에 융숭한 대접을 해야 함에도 오히려 김종직은 그 현판을 철거하여 아궁

왼쪽 돔지붕이 대가야왕릉전시관. 오른쪽 건물이 대가야박물관. 그 주변 사방에 고령 지산동 고분군이 널려 있다. 〈대한민국 구석구석〉.

이에 던져 태워버렸다. 이 학사루 사건으로 출신 성분에 열등감이 있는 류자광은 김종직을 증오한다.

또 전하는 얘기로는 평소 류자광을 경멸하던 김종직은 자기보다 벼슬이 높은 사람 앞에서 거만하게 행동할 수도 없고, 그렇다고 그 앞에서 굽신거리는 것은 자존심이 허락하지 않아 함양의 이은대(吏隱臺)로 숨었다고도 한다.

김종직이 관직을 그만 두고 밀양으로 낙향할 때 문하생들이 한양에서 정자에 술상을 차려놓고 송별하는 시회(詩會)를 열었다. 이때 초청받지도 않은 류자광이 이곳에 들러 인사하면서 김종직에게 술잔을 권하여 마지못해 잔을 받자, 그의 제일 나이 어린 제자 홍유손(1431~1529)이 "무령군 대감! 송별시 한 수(首) 지어 보시오! 후세 사람들 중 누가 또 대감의 시를 현판해서 걸지 모르지 않습니까?"라며 조롱하였다. 함양 학사루 사건을 빗대서 한 농담으로, 무안당한 류자광은 이후 김종직과 그 문하생들에게 원한을 품는다.

연산 4년 실록에 따르면 무오사화의 발단은 사림파인 탁영(濯纓) 김일손(金馹孫, 1464~1498)이 사간원 헌납으로 있을 때에 "극돈과 성준이 윗분의 뜻이라 하여 장차 우(牛)·이(李)의 당(黨)을 이루려 하네."라며 다소 깔보는 투로 당시 전라도감찰사인 사봉(四峰) 이극돈(李克墩, 1435~1503)을 가축인 소에 비유하며 올렸던 소(蔬)였다.

이극돈은 류자광에게 찾아가 의논을 하였고, 류자광은 머뭇거릴 일이 아니라며 노사신, 윤필상(尹弼商), 한치형(韓致亨)에게 가 세조의 은혜를 잊어서는 안 된다고 그들에게 합류를 요청했다. 이처럼 류자광은 무오사화의 발생과 전개에서 핵심적인 인물이었다. 그러나 자신의 의도대로 사건이 전개되지 않자 김종직의 '조의제문'을 문제삼아 "김일손의 죄악은 모두 김종직이 가르쳐준 것"이라고 말하며 즉시 주석을 달고 구절마다 해석해 국왕이 쉽게 알 수 있도록 꾸몄다.

연산군(燕山君, 1476~1506) 또한 즉위 이후 삼사(三司)와의 대립으로 골치가 아프던 중, 류자광의 말을 듣고 나라를 위한 일이라 여겨 죄인을 심문하라 명했다. 그러나 사화의 확대에 유일하게 반대했던 노사신(盧思愼, 1427~1498)은 류자광과 국왕을 말렸지만, 결국 연산군은 류자광의 손을 들어주기에 이른다.

　김종직이 일찍이 '조의제문(弔義帝文)'을 지었는데, 그가 죽은 지 6년 후인 연산군 4년(1498) 7월 13일에 그의 제자 김일손이 사관으로 있으면서 이것을 성종실록 사초(史草)에 적어 넣은 것이 빌미를 제공하게 된다.

　조의제문 내용은 BC 205년 항우(項羽)의 쿠데타로 살해당하여 물에 던져진 초(楚) 의제(義帝)를 추모하는 글이다. 그러나 이것은 세조의 왕위 찬탈을 비꼬는 내용으로, 살해당하여 물에 던져진 단종에 대한 묘사와 유사한 면이 있어 세조와 후인들의 정통성을 부정하는 내용이었다.

　류자광은 이 부분을 세조와 훈구공신을 비방한 증거로 들이댔다. 섬뜩한 머리놀림이며 무서운 올가미치기였다. 이로 말미암아 김종직은 대역부도(大逆不道)한 '영남사림파(嶺南士林派)의 괴수'로 찍혀 부관참시(剖棺斬屍, 관을 부수어 시체의 목을 벰)를 당하고 많은 문집이 소각되었으며, 사초에서 '조의

강정고령보, 달성보, 합천창녕보 구간 자전거길 지도. 달성보–합천창녕보 구간에 다람재 및 무심사 고개가 있다.

제문'을 언급한 김일손·권오복·권경유 등은 참형을 당하는 등 피의 복수전이 벌어졌다.

여기에서 그치지 않았다. 김종직에게 배운 적이 있고 과거를 보거나 벼슬을 할 때 지도와 자문을 받은 후학들은 대부분 '난언(亂言)'과 '붕당(朋黨)' 죄에 걸려 죽거나 유배를 당함으로써 추풍낙엽처럼 떨어졌다.

성종실록 성종 15년(1484) 8월 6일조는 도승지로 임명받은 김종직과 그 문인(門人)들에 대해 "사람들이 이를 비평하여 '경상도 선배당(慶尙先輩黨)'이라고 하였다."고 하고 "김종직도 자신을 전별(餞別)하는 문인들을 '우리 당(吾黨)'이라고 불렀는데 김종직을 종주로 삼았던 정치세력이 사림(士林)이다."라고 적고 있다.

세조 때부터 선산(善山) 출신 강호(江湖) 김숙자(金叔滋, 1389~1456)와 김종직 부자 등 여러 신진 사류가 과거 급제 등을 통해 중앙정치 무대로 진출하게 되었는데 이로써 강력한 세력을 형성하였다. 이른바 훈구파(勳舊派)와 대립하는 '영남사림파'의 등장이었고, 시쳇말로 '우리가 남이가'의 붕당정치의 시원이다. 이를 두고 이후에 이중환(李重煥, 1690~1756)이 '택리지(擇里志, 살만한 터를 선택하기 위한 책)'를 통해 "조선 인재의 반은 영남에서 나왔고, 영남 인재의 반은 선산에서 나왔다."고 언급할 정도였다.

당쟁은 붕당(朋黨)이 서로 싸우는 것을 의미한다. 또한 붕당은 같은 스승의 제자들로 구성된 편당(偏黨)을 말하므로 붕당은 학연(學緣)·혈연(血緣)·지연(地緣) 등으로 뭉친 학단(學團)이라 할 수 있다. 마치 영어의 우리(We)를 뒤집어보면 나(Me)가 되듯이 나와 다른 사람을 더 이상 '우리'의 일원으로 받아들이지 못하는 '배타적인 우리'의 성향을 띠는 것이다. 어쩌면 우리 민족은 강한 공동체라는 다분히 집단주의(Collectivism)적 사고방식과 정서를 갖고 있는 반면 자기 희생과 마음의 깊은 정을 나누는 매력인 개인주의(Individualism)는 찾아보기 힘든 것 같다.

이에 훈구파들은 김종직의 사림파가 파벌정치를 조장한다고 비난하였다. 한편으로는 조의제문을 지어 세조의 찬탈을 비판하고도 관직에 나간 것에 대해 이후 비판의 소재가 되었으며, 교산(蛟山) 허균(許筠, 1569~1618)은 '김종직론'이라는 비평을 남겨 그를 신랄하게 비난한다. 결국 학자들의 학맥, 인맥에 따라 동인, 서인, 남인, 북인, 노론, 소론, 시파(時派), 벽파(僻派) 등으로 나뉘는 붕당정치로 조선 초기부터 정국이 혼란스럽게 되었지만, 정작 조선이 망한 것은 이런 붕당과 당쟁뿐 아니라 몇몇 노론 가문의 외척 세도정치에 의해서였다.

무오사화의 또 다른 원인이 되었던 것은 세종의 다섯째 아들 광평대군 이여(廣平大君 李璵, 1425~1444)와 여덟째 아들이자 막내 아들인 영응대군 이염(永膺大君 李琰, 1434~1467)이 땅과 백성들을 사취한 사실과 승려 학조(學祖)가 대방부부인(帶方府夫人) 송씨와 간통했다는 사실을 기록한 것이었다.

대방부부인 여산 송씨는 단종의 부인 정순왕후의 친고모로 영응대군의 첫 부인이었는데 칠거지악(七去之惡)인 병을 이유로 내쫓기자, 영응대군은 아버지 세종의 명으로 참판 충경의 딸 해주 정씨를 춘성부부인으로 맞이하였다. 후에 세종은 춘성부부인의 동생인 정종을 경혜공주와 혼인시키는데, 이는 영응대군이 단종의 후원세력이 되기를 바라면서 수양대군을 견제하려는 세종의 깊은 배려가 숨어있었다.

그런데 수양대군은 이를 간파하고 본부인을 잊지 못하는 영응대군을 늘 송현수(대방부부인의 오빠)의 집에 데리고 다녔다. 이러한 잠행으로 영응대군은 궐 밖에 있는 송씨와의 사이에서 두 딸까지 두게 되자, 1453년에 즉위한 단종은 결국 춘성부부인을 폐출시키고 송씨를 다시 부인으로 맞아들이게 했다. 같은 해의 계유정난(癸酉靖難) 때 수양대군이 절재(節齋) 김종서(金宗瑞, 1383~1453)를 척살하러 가면서 김종서를 유인하기 위해 썼던 이야기도 대방부부인 문제였다.

영응대군이 죽고 난 뒤 송씨는 군장사(窘長寺)란 절을 짓고 절에 올라가 설법을 듣다가 계집종이 깊이 잠들면 학조와 사통(私通)했다는 이야기를 김종직의 제자들 중 누군가 실록을 편찬할 때 기사로 넣어 큰 파문을 일으켜 결국 무오사화까지 이어진 것이다. 평소 학조를 매우 혐오하고 불교를 미신으로 봤던 김종직은 이 간통 사건을 접하게 되면서, 이를 불교 비판의 한 근거로 삼았던 것이다.

광평대군 이여는 세종의 총애를 받았으나 사치 문제와 인사 청탁 문제를 일으켰고 20세로 요절하였다. 그의 묘는 서울특별시 강남구 수서동 산 1번지 대모산(大母山) 기슭에 있으며, 서울 유형문화재 제48호이다. 이 일대를 지나는 도로를 그의 군호를 따 광평로라 명명하였다.

사분오열되어 파벌과 유파로 얼룩진 붕당정치 속에서 서자의 서러움과 피맺힌 원한에 의한 정변인 무오사화는 23년 뒤인 1521년 신사무옥(辛巳誣獄)에서 또 한 번 되풀이된다. 서얼 출신 문신이었던 송사련(宋祀連)이 자기의 외숙부인 영모당(永慕堂) 안당(安瑭)과 그의 아들들이 조광조와 함께 역모를 꾀했다고 밀고하여 명문이 멸족 당하는 피바람이 불었던 것이다.

트럭 기사의 친절로 다시 길을 찾다

달성보의 공도교를 건너 낙동강 우안을 달리다 박석진교(礴石津橋)를 지나 다시 좌안으로 들어선다. 박석진교는 경상북도 고령군 개진면과 대구광역시 달성군 현풍면을 잇는 낙동강의 다리인데, '박석진'이라는 이름은 '박석나루'의 뜻이니 옛날엔 여기가 나루터였던 모양이다. 이때까지만 해도 다가올 고행은 모른 채 힘이 넘친다. 하지만 원래의 자전거길을 고집하는 아내와 우회 길로 가자는 내 의견의 충돌이 약간 있었다.

실랑이 끝에 결국 대구광역시 달성군 구지면 도동리의 '다람재' 고개를 피해 가는 우회길로 접어들었다. 현풍면 원교리의 들과 농로를 따라 약 5km를 제방으로 올라 하천을 가로질러 다시 제방으로 올라서는 등 좌로 우로 돌며 지나니 '달성 2차산업단지'가 나온다. 단지의 규모가 엄청 크다.

직선으로 뻗은 보행자 겸용 자전거도로를 따라가니 산업단지를 끼고 왼쪽으로 자연스럽게 꺾이며 시원스럽게 뚫린 드넓은 '과학대로'가 된다. 약간 언덕길을 올라가니 왼쪽으로 KCT빌딩이 보인다. 그대로 직진하여 길을 따라가니 이게 웬일인가, 중부내륙고속도로가 나오는 게 아닌가! 표지판을 보니 왼쪽은 대구 방향, 오른쪽은 창녕 방향이라 일단 오른쪽으로 꺾었다.

조금 내려가니 아까 달성보 아줌마에게서 들었던 '이방면'이라는 조그만 표지판이 있어 '옳거니' 하고 우회전하긴 했는데 작은 하천 다리를 건너자마자 깔딱고개가 나온다. 숨가쁘게 오르니 가파른 내리막길이고 그 끝에 마을이 보인다. 경운기를 몰고 오는 아낙네에게 여기가 이방면이냐고 물으니 쭉 길 따라 가라는 시늉만 한다. 이 일하기 바쁜 시간에 한가로이 자전거를 타는 우리가 몹시 아니꼽게 생각된 것이 분명했다.

　그래도 고맙다고 인사하고 가던 길을 가니 굴다리를 지난 지점에 삼거리가 나온다. 어디로 가야 할지 망설이는데 할머니 한 분을 만나 합천창녕보 가는 길을 물으니 쭉 가면 넥센인가 뭔가가 나온다며 왼쪽 길로 가란다. 그런데 왼쪽 길에 또 가파른 고개가 나오는데 채석장이 있어 대형트럭이 계속 들락날락 하여 상당히 위험하다.

　길을 잘못 든 건 확실한데 우리가 있는 현 위치가 어디인지를 모르니 마을 사람들에게 물어볼 수밖에 없다. 아내만 스마트폰을 갖고 있어 모든 정보를 그미에게 의존할 수밖에 없는 처지. 그러니 지금은 멘붕 상태다.

　나중에 알았지만 중부내륙고속도로와 나란히 붙어 내려가는 길은 '대동월포로'였고, 그 서쪽, 즉 오른편은 대합산업단지로, '넥센타이어 창녕공장'이 그 단지 내에 있었다. 넥센 공장은 몇 개의 고개를 넘어가서 내리막길 우측에 정문이 있는데 급경사로인데다 트럭 교통량이 많기 때문에 상당히 주의를 하여야 할 곳이다. 물론 이 길로 다닐 싸이클리스트는 없겠지만서도….

　그때였다. 소형트럭 한 대가 반대편에서 오다 우리를 보고 멈춘다. 아까 지나가면서 봤다며 친절하게 길을 가르쳐준다. 이 길을 계속 내려가서 '몽고간장'공장을 만나는 지점에서 우회전하란다. 아직도 인정은 살아있다. 정말 고맙지 않을 수 없다.

　고개를 몇 개 넘어 한참을 가니 길기도 긴 대동월포로가 끊기고 1034번 이방대합로로 연결된다. 몽고간장은 문을 닫은 듯 인적이 없는 것 같았다. 조금 가니 삼거리가 나와 표지판을 살피고 있는데 경적소리가 울린다. 아까 만났던 기사분이 그 사이에 승용차로 갈아타고 아들과 함께 어디로 가는 중이었다. 다시 한 번 고맙다는 인사를 건네고 이방쪽으로 우회전하여 가다.

얼마나 달렸을까. 왼편에 '창녕이방우체국'이 보인다. 아내가 여기서 좌회전해야 한다고 큰소리로 알린다. 드디어 자기가 갖고 있는 정보에 있는 이름이 나온 것이다. 그러니까 이제 제대로 자전거길을 찾은 것이렷다! 그 길이 67번 이방로였고 이방면사무소가 있는 곳이었다.

동요 '산토끼'와 이일래 선생

자, 이제 정리를 좀 해봐야겠다. 우리가 길을 잃고 헤맨 구간은 묘하게도 정확히 직사각형 모양이다. 가로의 북단은 달성2차산업단지의 과학남도 길, 세로의 동단은 대동월포로 길, 가로의 남단과 세로의 서단은 1034번 이방대합로 길! 에고, 그러니까 이방면이 얼마나 넓은지 보려고 완전히 변방을 한바퀴 돈 셈이었다.

구마고속도로와 중부내륙고속도로 밑에 경사도 14%, 길이 700m 정도의 고개인 '다람재'와 경상남도 창녕군 이방면 송곡리의 '무심사(無心寺)'를 피해가려다가 결과적으로 더 멀고, 힘은 힘대로 들고, 시간이 엄청 소비되는 대가(?)를 치른 셈이다. 글쎄 마음을 비워야 하는 건데…

달성2차산업단지 내 과학대로에서 KCT건물이 보이는 사거리에서 창녕 쪽으로 우회전을 했어야 했는데 그걸 놓치는 바람에 좌절감과 공포감까지 느끼는 혹독한 경험을 하게 됐다. 하지만 어차피 피할 거면 확실하게 피하는 게 으뜸! 우리는 이 덕분에 무심사 우회로에 있는 이른바 '개바우 고개'도 피했으니 그것으로 보상을 받았다고 자위(自慰)해도 좋을 터이다.

그런데 여기서 창녕군 이방면에 있는 어린이 동요 '산토끼'의 탄생지를 지나칠 수 없다. 67번 도로와 1080번 우포2로 도로가 교차하는 지점에 있는 '이방초등학교'의 뒷산(고장산) '산토끼 노래동산'이다.

1903년 5월 10일 마산시 성호동에서 태어나 본명이 부근(富根)인 이일래(李一來, 1903~1979) 선생이 일제 강점기인 1928년 이 초등학교 재직 시에 딸 명주 양(당시 1세)을 안고 학교 뒷산에 올라가서 지는 해를 바라보고 있었는데, 바로 앞에서 산토끼가 깡충깡충 뛰노는 모습을 보고 "우리 민족도 하루 빨리 해방이 되어 저 산토끼처럼 자유롭게 살 수 있으면 얼마나 좋을까"라고 생

각하면서 곡을 만들고 가사를
붙었다.

이렇게 탄생한 '산토끼'는 나
라 잃은 시기에 어린아이들에서
부터 노인까지 널리 불려졌으나,
민족 감정을 유발시켰다는 이유
로 노래를 못 부르게 하는 일제
의 탄압과 그 이후 6·25 전쟁
등 사회적 혼란으로 작사·작
곡자가 미상으로 남아 있다가,
1938년도에 출판된 '이일래 조선

이방초등학교 '산토끼 노래비' 동산에 있는 이일래 선생 흉상.
〈블로그 도움〉.

동요 작곡집'의 영인본이 1975년도에 발견되면서 뒤늦게나마 비로소 세상에
알려지게 되었다.

우리가 잘 알고 있는 홍난파 작곡의 '고향의 봄(이원수 작사)'의 원작곡자도
이일래 선생이라고 한다. 당시 마산 등 일부에서만 불려지다가 1929년에 홍난
파 선생이 다시 곡을 붙인 후부터 지금의 노래가 전국적으로 널리 불려지기
시작했다고 한다.

마산 출신 이원수(1911~1981)는 1926년, 소파(小波) 방정환(方定煥, 1899~
1931) 선생이 만든 '어린이 4월호'에 '고향의 봄'으로 입선하였는데, 당시 14세
소년이었다. 그는 그 전 해인 1925년 '어린이 11월호'에 '오빠생각'으로 당선된
당시 11세의 수원 소녀 최순애(1914~1998)와 10여 년 연애편지를 주고받다가
드디어 1936년 6월 부부의 연을 맺고 슬하에 3남 3녀를 두었다. 이 최순애 작
사의 '오빠생각'은 1929년 박태준의 작곡으로 지금의 곡으로 태어났다.

지난 1978년 12월 제자들이 힘을 모아 이방초등학교에 '산토끼 노래비'를 건
립했을 때, 이일래 선생은 제막식에 참석했다고 한다. 그로부터 1년 후인 1979
년 7월 10일 경기도 양주군 화도면 가곡리 자택에서 76세의 일기로 작고했다.
2008년 11월 6일에 이방초등학교에서 '이일래 동요비 제막식'을 가졌고, 50년
대부터 80년대까지 추억이 담긴 사진 및 여러 가지 자료를 동요비 주변에 전

시하고 '산토끼 동극제'도 열었다.

홍의장군 곽재우 장군의 묘소

또 한 군데를 지나친 곳이 있다. 대구광역시 달성군 구지면 과학남로 61길에 있는 '홍의장군 곽망우당 묘소'이다. 호가 '망우당(忘憂堂)'인 곽재우(郭再祐, 1552~1617) 장군은 조선 중기의 무신, 정치인으로 임진왜란(壬辰倭亂) 때 크게 활약한 의병장이다. 그의 출생·성장지는 지금의 경상남도 의령군 유곡면(柳谷面)이었으나 사망지는 경남 창녕군 길곡면 창암리 망우정이었는데 지금은 행정구역 개편으로 대구광역시 달성군 구지면으로 편입되었다.

선조 25년(1592) 4월 임진왜란이 일어나고 관군의 패배와 선조의 의주(義州) 피난 소식이 날아오자, 4월 22일 사재를 털어 고향인 경남 의령(宜寧)에서 의병을 일으켰다. 그는 붉은 비단으로 만든 갑옷을 입고 이불에 '천강홍의장군(天降紅衣將軍, 하늘에서 내려온 붉은 옷의 장군)'이라 적은 깃발을 만들어 백마를 타고 맨 앞에서 싸웠기 때문에 '홍의장군'이라는 별명으로 유명하였다.

의병 활동 20여 일 뒤인 5월 24일 곽재우 장군은 의병 50여 명을 이끌고 게

대구광역시 달성군 구지면에 있는 '홍의장군 곽망우당 묘소'. 〈블로그 도움〉.

릴라 활동으로 의령·창녕(昌寧) 등지의 산악에 매복하고 있다가 작전지휘관 고바야카와 다카카게(小早川隆景)의 휘하 부하 안코쿠지 에케이(安国寺恵瓊)가 이끄는 왜군 2천 명을 전멸시킴으로써 왜군의 호남 진격을 저지하고 첫 승리를 거둔다. 이른바 '정암진(鼎巖津, 솥바위나루) 전투'다. 또는 정암진이 남강과 낙동강이 합류하는 지점인 기음강(岐音江)에 있으므로 '기음강 전투'라고도 한다. 이 역사적 현장에 충익공 곽재우의 충익사(忠翼祠)가 세워져 있다.

아무튼 곽재우 장군은 신출귀몰하며 왜군을 물리치고 왜군의 보급선을 기습하여 보급을 차단하는데 성공하였으며, 김시민(金時敏, 1554~1592)의 진주성 싸움에 원군을 보내 승리로 이끄는 데 큰 도움을 주기도 하였다. 또 선조 30년(1597) 음력 8월 정유재란(丁酉再亂)이 발발하자 밀양·영산·창녕·현풍 등 네 마을에서 일본군을 막는 데 큰 공을 세웠다. 이어 사촌형 곽재겸(郭再謙, 1547~1615) 등과 함께 창녕 화왕산(757m)에 화왕산성(火旺山城)을 쌓고 성곽을 수비하여, 창녕에서부터 현풍, 달성 일대에 쳐들어온 일본군을 격퇴하였다. 그의 용맹성에 놀란 왜병들은 곽재우의 이름만 들어도 두려워했다 한다.

전란이 끝나자 그는 여러 차례 내려준 고위 벼슬도 마다한 채 낙향하여 낙동강변의 정암진(鼎巖津)에 정자를 짓고 자필로 쓴 '망우정(忘憂亭)' 현판을 걸고 세상의 온갖 잡사를 잊고 시문 등으로 소일하며 은둔생활을 하다 1617년 4월 10일 66세를 일기로 갑자기 세상을 떠났다.

"의병은 싸울 뿐이지 자랑하지 않는다."면서 필승의 전략으로 백전백승하던 유격전의 명장은 포상을 바라지도 않았고 부귀공명을 탐내지도 않았다. 전란을 당하자 도망치기 바빴고, 도망치면서도 당파싸움을 계속해 숱한 충신, 열사를 죽음의 구렁텅이에 빠뜨렸던 무능한 임금과 썩어빠진 조정 대신들이 오히려 벼슬자리를 마다했다고 2년 동안이나 귀양살이를 시킬 때에도 곽재우는 이를 묵묵히 받아들였다. 그리고 다섯 아들에게도 벼슬길에 나아가지 말도록 타이르며 이런 시를 읊었다.

부귀 영화를 버리고 구름산에 누웠으니

근심을 잊어서 몸이 절로 한가롭구나

예부터 신선이란 없다고들 하건만

오로지 마음으로 깨우친 순간 신선이로다.

　신념 대로 싸우고, 소신 대로 살다 간, 우리 역사에 보기 드문 쾌남아로 일세를 풍미한 의병장이 남긴 것은 단벌옷에 필묵과 거문고, 낚싯배 한 척 그리고 장도(長刀)가 전부였다. 곽재우가 의병을 일으킨 고향 의령군 유곡면 세간리 옛집터 앞에는 그가 북을 매달아 치며 의병을 모으던 현고수가 아직도 4백 년의 모진 세월을 버티고 살아 남아 옛일을 말없이 증언해 주고 있다. 의령군에서는 '홍의장군 곽재우'에서 따온 '홍우'라는 마스코트를 사용하고 있다.

지옥길, 박진고개를 넘으며

　67번을 따라가다 농로(農路)로 접어들어 달려가니 저만치 '합천창녕보'가 모습을 드러낸다. 합천창녕보는 국내 최대 습지인 '우포늪' 생명물길 연결을 위한 생태복원 계획의 일환으로 멸종위기에 있는 국내 유일 2마리의 따오기를 낙동강 살리기의 희망심볼로 도입하여, 푸른 날개를 달아 힘차게 날아오르는 따오기를 상징하는 새, 즉 '오름보'라는 이름을 부여하였다고 한다.

　인증샷을 하고 통합관리센터 앞 쉼터로 오니 삼삼오오 모여있는 라이더들이 모두 지쳐보인다. 어떤 이는 양말 또는 웃통을 벗어 말리며 발이 까졌다고 하고, 또 어떤 이는 다음 종주구간 또는 숙박 지점 등을 상의하고 있다.

　돌이켜 보면 달성보~합천창녕보 38km 구간이지만 우리는 그 2배를 달렸을 것 같다. 생각조차 하기 싫지만 우리 둘은 서로 마주 보고 씨익 웃었다. 그래 차라리 웃자! 인생살이가 다 그런 게 아니더냐! 돈 주고도 못 살 값진 경험으로 돌리자.

　그때 한 남자가 명함을 내밀며 숙식과 픽업이 가능하다며 필요하면 연락을 달라고 한다. 예사로 듣고 합천창녕보 공도교를 건너 낙동강 우안(右岸)을 달린다. 합천에서 흘러오는 황강이 낙동강과 합류하는 지점인 청덕교를 건너고 청덕수변생태공원 목재데크길을 지나고, 또 제방길을 가다가 국도로 들어서니 제법 빡신 고개를 맞닥뜨린다. 그미는 끌바(자전거를 끌고 감)로 고개를 넘는다. 한참을 달리니 왼쪽에 적포교가 보이고 식당가가 있는 적포삼거리에 닿는다.

그 명함의 주인공이 여기 어디쯤에서 숙식업을 하고 있는 모양이지만 아직 오후 5시쯤이라 남지읍 쯤에 가서 숙식을 하리라 예상하고 그 명함을 잊고 직진하기로 했다.

아하! 아까 당했던 트라우마 때문일까. 판단의 큰 오류를 범했다. 여기서 남지읍까지는 국토종주 자전거길 지도에는 가깝게 보이지만 당치도 않는 먼 거리이고, 거기까지에는 지옥길이라 불리는 고개들이 줄줄이 버티고 있음을 어찌 알았으리요!

낙동강 우안을 끝없이 달려도 남지읍 표지는 어디에도 보이지 않고 꿈속의 신기루처럼 아른거리고 날은 저무는데 느닷없이 뭔가 영화 스크린같이 희뿌연한 것이 코앞에 버티고 선 착각에 빠진다. 그 순간엔 정말 그랬다. 그때 아내가 마치 철 모르는 소녀같이 소리를 지른다. "와! 이게 바로 '지옥의 길'이라

합천창녕보 공도교(公道橋).

합천창녕보 관리센터.

는 박진고개다!"

　우회할래야 우회할 수 없는 박진고개(또는 진동고개)와 맞닥뜨린 시각이 오후 7시경. 박진고개 구간은 경상남도 의령군 낙서면 전화리 부곡마을에서 부림면 박진교에 이르는 4km의 고갯길이다. 표지판에는 13%라지만 감으로는 20도쯤 돼보이는 경사로이라 우리는 아예 처음부터 자전거를 끌고 꾸역꾸역 올라간다.

　전기 밥통 속같이 뜨겁고 무더운 대기 속에 노출된 채 페달을 밟아온 데다 이제 단순한 장거리 라이딩이 아니라 '자전거 등산'까지 해야 하니 마음은 급하고 심리적으로 불안하기만 하다. 땀이 비오듯 하고 체력이 급격하게 떨어진다. 허기가 지고 힘이 든다. 달성보에서 합천창녕보 오는 길에 당한 낭패에 연속하여 또 이런 악조건을 난생 처음 부닥치니 차라리 자전거를 버리고 싶다.

　풀벌레 소리만 들리는 적막한 산길이라 굽이굽이 돌 때마다 머리가 쭈뼛선다. 고립에 대한 두려움이 조금씩 공포로 변하기 시작할 무렵 2차선 도로에 자동차 한 대가 커브길을 돌아 내려온다. 헤드라이트 불빛만 봐도 반갑고 살아있음에 기쁜 마음이다.

　문득 문정희 시인의 '한계령(寒溪嶺)을 위한 연가(戀歌)'가 떠오른다.

　한겨울/ 못잊을 사람하고/ 한계령쯤을 넘다가/ 뜻밖의 폭설을 만나고싶다/ (중략)/ 한계령의 한계에 못이긴 척 기꺼이 묶였으면/ 오오 눈부신 고립/ 사방이 온통 흰것 뿐인 동화의 나라에/ 발이 아니라 운명이 묶였으면/ (중략)/ 아름다운 한계령에 기꺼이 묶여/ 난생 처음 짧은 축복에/ 몸둘 바를 모르라…

　그렇다. 이 냉정하고 두려운 고립의 현실도 마음먹기에 달렸다. 오늘의 고생이 내일의 용기가 되고 희망이 될 수 있을 터, 일체유심조(一切唯心造)다.

　물꼬를 보호하고 토사를 방지하기 위해 설치된 오른쪽 시멘트벽에는 온통 낙서투성이다. 낙서면(洛西面)이라 낙서(落書)하는 곳으로 알았남?!

　검게 변한 벽에 돌맹이로 긁어 쓴 듯한 명문(?)들은 "자전거를 버리세요! 그

박진고개의 시멘트 벽에는 온통 낙성투성이다.

박진고개에서 자전거 등산을 하면서 지친 듯, 그러나 재미있다는 소녀의 표정이다.

러면 날 수 있어요!" "미칠 수 있는 무언가가 있는 삶이라면 그걸로 됐다." "박진고개 박살난다!" "낙동강 산맥은 처음이지? 자전거 등산 살려줘!" 등 등부터 욕까지 다양하다. 오름길이 얼마나 힘들었으면 빡진 고개, 빡신 고개 라고 불렀을까? 지금 우리가 그 진저리치는 현장에 와서 공감하고 있음에랴!

1986년 영화 '미션(The Mission)'에서 전직 용병이자 노예상인 로드리고 멘도사(로버트 드 니로)가 자기의 여자와 동침한 친동생을 죽이고 감옥에 있을 때 가브리엘 신부(제러미 아이언스)에게 감화를 받아 그 죄를 참회한다는 의미에서 자신이 사용하던 모든 갑주와 검 등 무기구를 그물 속에 넣어 둘러메고 과라니족을 찾아가는 장면이 생각난다.

처음에 악랄한 노예사냥꾼 로드리고를 알아본 과라니족이 흥분하여 죽이려 하지만 결국 그를 용서하고 칼로 밧줄을 끊고 그물을 강물에 버려버린다. 모든 것을 내려놓는 순간, 그는 새로운 사람으로 태어난다. '비움 또는 무소유의 철학'을 깨우치게 하는 대목이다. 그래서 이 영화의 주제곡 '가브리엘의 오보에(Gabriel's Oboe)'가 더욱 가슴에 와 닿는다. 여기에 가사를 붙여 세라브라이트만이 부른 노래가 그 유명한 '넬라 판타지아(Nella Fantasia)'다.

그나마 자전거길 바닥에 정상까지의 거리를 표시해 둔 게 그렇게 고마울 수가 없다.

'정상까지 200m' '정상까지 100m' 드디어 '정상 0m'!

해발 200m쯤 돼보이는 구름도 쉬어간다는 '구름재 쉼터' 정상. 낙서면과 부림면의 경계지점이다. 밤이라 멋진 사진은 기대할 수 없었지만 낮에 보면 고생

박진고개 정상까지의 거리를 표시해 놓은 것이 그렇게 고마울 수가 없다.

해서 올라온 보상을 받을 수 있었을 것 같았다. 그런데 실제 고개 거리는 약 2km (오르막 1,400m, 내리막 600m) 정도 되는 것 같다.

늦은 저녁은 라면 3개로 때우고

여기서부터 내리막, 낙서면에서 부림면으로 가는 길이다. 그런데 내리막길은 차도와 자전거길과의 단차가 30㎝ 정도이고 오른쪽엔 가드레일이 있긴 하나 헤드램프 불빛에만 의존하는 밤길이라 좁은 자전거길에서 자칫 실수하면 크게 다칠 우려가 있었다. 아내는 가파른 산비탈에 넘어지거나 떨어질까 봐 아예 끌고 가겠단다. 칠흑같이 어두운 산길에서 밤샐 일이 있나? 애꿎은 시간만 마냥 흘러간다.

드디어 평지에 이르니 다리를 하나 건넌다. '박진교'다. 이제 다소 안도하며 지나는데 그 끝단에 우회전 표지판이 나온다. 우틀(우회전) 하자마자 이게 또 웬일? 밤인데도 쭉 뻗은 제방길이 희멀겋게 보이는 게 아닌가? 완전 멘붕 상태! 이제는 이 여행을 계속해야 할지 중도 하차할지 결정을 해야 할 순간이라는 생각이 든다. 그러면서 헤드램프로 주변을 살피는데 작대기에 꽂아놓은 코딱지만한 골판지에 손으로 쓴 '미니슈퍼' 사인이 뜬다.

한가닥 가냘픈 희망을 안고 제방길에서 쏜살같이 내려가 만난 미니슈퍼!

남자 둘과 여자 한 명이 소주를 마시다가 저녁 늦은 시간에 헬멧을 쓰고 장갑과 복면을 하고 나타난 우리 부부를 보고 흠칫 놀라는 표정! 그제서야 의관정제하고 식사가 되느냐고 묻자, 제법 얼굴이 불콰해진 여자가 달갑지 않다는 듯 "라면밖에 안 된다."고 대답한다. 처음 2개를 주문했다가 배가 고파 3개를 시켰다. 생각 같아선 네다섯 개를 시키고 싶었지만 그미 눈치 때문에 꾹 삼킨다. 원래 의령은 3대 먹거리인 의령국밥, 의령소바, 의령망개떡이 유명하다는데.

시계가 8시 30분을 가리킨다. 그러니까 박진고개를 넘어 여기까지 오는데 1시간 반이 걸린 셈이다. 참 많이도 걸렸다. 하지만 그게 뭐 대수냐? 안전이 우선이고, 어차피 문명의 이기(利器) 다 팽개치고 구름에 달 가듯 달에 구름 가듯 산수유람하며 세상 사는 재미와 인정미(人情美)를 느끼려 했던 것 아니었더냐!

마파람에 게눈 감추듯 먹고 값을 물으니 '12,000원'이란다. 라면 한 개가 4천원, 완전 바가지 요금이다. 하지만 우선 가까운 곳에 민박이 있느냐고 물으니 "여기서 약 1 km쯤 국도로 내려가면 있다."고 대답하여 그 정보가 고맙고 또 저녁을 해결하게 된 것만 해도 고마워 아무 소리 않고 얼른 지불하고 냅다 페달을 밟았다.

박진고개의 정상 '구름재 쉼터'에서 바라본 밤의 낙동강.

총체적 난국이었으나 감사함으로 오늘을 마무리하다

거의 다 왔다고 생각되는 지점에 이르러 불이 켜진 집이 있어 문을 두드리니 할머니 한 분이 TV를 보다가 나와서 "여긴 아니고, 들어왔던 국도 건너편에 있다."고 말해 주었다.

불이 꺼진 무슨 창고처럼 생긴 집에 당도하여 입구를 찾고 있는데 불이 밝혀지면서 중년남자가 나온다. "요즘 장사도 잘 안 되고 몸도 좋지 않아 일찍 잤다."며 미안해 한다. 하기야 이 오지에 밤 9시가 넘은 시간에 찾아올 사람인들 있을까? 우리 같은 사람 빼고는 허허허! 실내에는 MTB, 로드 바이크, 세 발 자전거 등 주인가족들이 타고 다니는 여러 대의 자전거가 가지런히 진열돼 있다.

이렇게 하여 총체적 난국은 극복되었다. 우선 샤워와 세탁을 한다. 파김치가 된 몸이지만 아직 긴장이 덜 풀려서인지 잠은 금방 오지 않는다. 정말 긴 하루였다. '무식이 용감하다'는 말이 실감났다. 강정고령보에서 달성보, 그리고 다람재, 무심사 고개를 우회하려다 그보다 더한 곤욕, 아니 희생을 치르고 합천창녕보를 거쳐 야밤에 박진고개를 넘어서 여기 경남 의령군 부림면까지 우리는 120여 km를 달려왔다. 여기까지 무사히 인도하여 주시고, 우리에게 좋은 날씨와 강건함을 베풀어 주신 하느님께 절로 감사의 기도가 나온다.

흔히들 나이가 들수록 그 나이만큼 속도가 붙어 시간이 빨리 지나간다고들 한다. 하지만 일어난 사건이 많을수록, 새로운 경험이 많을수록 시간은 길게 느껴진다. 즉, 늙어서도 계속해서 새로운 경험을 하고 삶에 변화를 줘서 기억할 거리를 만들어야 노년의 시간도 길어질 수 있다. '세월부대인(歲月不待人)'이란 말처럼 세월은 사람을 기다려 주지 않는다. 세월은 무상하지만 살아있는 동안은 문정희 시인의 '응'이란 시처럼 긍정적인 사고로, 비움의 철학을 통해 최선을 다해 열심히 살아가야겠다. 꼬리에 꼬리를 무는 상념에 젖어있다 나도 모르게 꿈나라로 가다.

[넷째 날]
'두발자전거 쉼터'-영아지고개-창녕함안보-부산 낙동강 하구둑

9월 11일 일요일 아침, 출발 준비를 하고 나오니 민박집 이름이 '두발자전거 쉼터'(010-3571-9595)이다. 그런데 다음 코스인 청아지, 영아지마을에 이르러서야 그 민박집의 고마움을 깨닫게 되었다. 만일 간밤에 이 민박집이 없었다면 밤을 밝혀 또 다른 지옥 행군의 고개를 넘어야 했기 때문이다.

경남 의령 백산(白山)과 호암(湖巖) 생가

그런데 의령을 떠나기 전에 꼭 언급해야 할 분이 있다. 그 분의 이름은 몰라도 아마 부산에 있는 '백산기념관'은 들어보았을 것이다. 바로 경상남도 의령 출신으로 호가 백산(白山)인 안희제(安熙濟, 1885~1943) 선생이다. 1910년 한일 병합조약이 체결되자 1914년 부산에 백산상회를 설립하여 실업가로서 상해 임시정부 등에 독립운동을 재정적으로 지원했고 장학회를 설립하여 인재를 양성하였다.

1931년에 대동청년단 시절부터의 동지인 윤세복(尹世復, 1881~1960)이 교주로 있는 대종교(大倧教)에 입교하여 민족 정신의 창달에 힘썼고, 1933년에 가산을 정리해 만주 지역으로 재차 망명한 뒤 옛 발해 지역에 발해농장과 발해학교를 설립하였다.

그러나 1942년 11월 일제가 윤세복 등 대종교 지도자들을 한꺼번에 검거한 임오교변(壬午教變)으로 체포되어 흑룡강성 액하(掖河)감옥에서 여러 차례 모진 고문 끝에 1943년 8월 3일 병보석으로 풀려났다가 몇시간 뒤에 사망했다.

민박·슈퍼 집 '두발자전거 쉼터' 전경.

이 당시 액하감옥에서의 일제의 고문은 가혹했던 것으로 전해지며, 이로 인해 임오교변으로 체포된 21명 중 10명이 살아나오지 못했을 정도였다. 선생은 이때

부산 중구 동광동 소재 '백산기념관'. 〈다음 블로그〉.

사망한 열 명의 대종교인을 가리키는 '대종교 순국십현(殉國十賢)'의 한 사람이다. 1962년 건국훈장 독립장이 추서되었다. 고향인 의령군 부림면에 생가가 복원되어 있으며, 부산 중구 동광동에 백산기념관이 세워져 있다.

또 경남 의령군 정곡면 중교리에는 삼성그룹 창업주 호암(湖巖) 이병철(李秉喆, 1910~1987) 회장의 생가가 있다. 이병철 회장은 1938년 대구에서 삼성상회를 설립한 이래 삼성물산, 제일제당과 제일모직을 설립하였다. 1960년대에 세계 최대 규모의 한국비료를 설립했지만 그 과정에서 이른바 '한비 밀수사건'에 휘말려 사업계획이 수포로 돌아가기도 했다.

1968년 삼성전자를 설립했지만 전량 수출이라는 조건부 허가였고, 기술력에서도 엄청난 로열티를 지불하고 일본의 산요, NEC 등에서 빌려오지 않을 수 없었다. 1983년 2월 이병철의 '동경 선언'으로 처음 시작된 반도체 산업 또한 별반 다르지 않았다. 하지만 특유의 통찰력과 선견력으로 삼성의 미래 성장동력으로 키워내 우리나라 첨단산업의 발전 기반을 마련하였다.

이병철 회장은 변화와 위기에 대한 탁월한 판단과 대처 능력, 미래를 내다보는 예리한 혜안과 확고부동한 경영 능력으로 한국 경제계에서 반세기 넘도록 정상의 자리를 지켜냈을 뿐 아니라, 마침내 전자기술 분야의 첨단산업에 나서 지금의 삼성전자 신화를 이룩해내는 동안, 다른 한편엔 그의 숙명적 맞수 현대의 정주영(鄭周永, 1915~2001) 회장이 있었다. 광복 이후 최빈국 수준이던 한국 경제를 일으킨 일등공신이며 뚝심과 저력으로 현대를 키워나간 정

주영 회장은 한국 경제의 신화로 불리기에 손색이 없다.

같은 시기 경제계에 홀연히 등장한 두 사람은 상반된 경영 원칙과 스타일로 한국 기업 성장사(成長史)의 쌍두마차를 이끌었다. 흔히들 두 사람의 스타일을 비교하는 얘기가 회자된다.

정주영은 강원도 통천군 답전면 아산리 가난한 농가의 8남매 중 장남으로, 이병철은 경남 의령군 정곡면 중교리 부유한 집안의 4남매 가운데 막내아들로 태어났다.

정주영은 쌀가게 주인으로, 이병철은 정미소 사장으로 각기 세상의 문을 두드리기 시작했다. 정주영은 일찍이 막노동판 함바(飯場·현장 합숙소)에서 들끓는 빈대 속에서 교훈을 얻었고, 이병철은 일본이 제2차 세계대전의 패전으로 좌절해 있을 법도 하련만, 3대째 담담하게 외길을 걸어온 한 일본 이발사의 투철한 장인정신에서 교훈을 얻었다.

정주영의 옷차림과 인상은 크고 단단한 체격에 양복보다는 주로 점퍼 차림으로 그룹 회장의 이미지보다는 맘씨 좋은 이웃집 아저씨같이 조금 헐렁해 보이는 스타일인 반면, 이병철은 호리호리한 체격에 한 올도 흐트러짐이라곤 없이 말끔한 옷차림으로 빈틈없고 깐깐한 인상을 풍겼다.

두 사람의 삶은 일찍이 자신들이 스스로 지어 붙인 당호와 닮았다. 정주영이 '아산(峨山)' 곧 높이 솟은 우람한 산의 생을 살았다면, 이병철은 '호암(湖巖)' 곧 호숫가에서 끊임없이 생각하고 서 있는 바위와도 같은 삶을 살았다. 또 이런 일련의 사풍(社風) 내지 기업 문화는 결과적으로 오늘날 건설, 중공업, 자동차 산업에 주력하는 '현대'의 중후장대(重厚長大)한 기업 풍토와 금융, 서비스, 전자 산업에 주력하는 '삼성'의 경소단박(輕小短薄)한 기업 풍토의 토대가 됐다.

전 생애를 건 모험과 도전으로 이들이 일궈낸 숱한 성공 신화는 오늘날까지 한국 경제계의 표상으로 남아 있을 뿐만 아니라 온 국민에게 실질적인 양식을 준 진정한 기업인으로서 존경받아 마땅하다. 정부는 국제경쟁시대에 앞으로 우리 국민을 먹여살릴 성장동력을 개발하기 위해 기업에 대한 전폭적인 지원을 아끼지 말아야 할 것이다.

산적이 나왔을 법한 영아지고개

제방길을 따라 청아지 마을까지는 쌈박하게 갔는데 그 다음은 느닷없이 직각으로 왼쪽으로 꺾여 산이 있는 곳으로 들어간다. 낌새가 좋지 않다.

경남 창녕군 남지읍 신전리 영아지마을로 가는 길이다. 정자쉼터가 있는 마을 끝자락에 다다르니 오른쪽으로 박진고개보다 더 가파른 고갯길이 턱 나타난다. 탄력을 붙일 틈도 없이 갑자기 솟아오른 대나무 숲길이라 그 위세에 눌려 별수 없이 끌바해서 올라간다.

자동차길이 함께 있는 박진고개와는 달리 대나무, 소나무가 울창하고 경운기 한 대가 겨우 다닐 수 있는, 마치 옛날엔 산적이 나왔을 법한 인적이 없는 좁다랗고 아주 긴 고갯길이다.

영아지마을에서 약 1km 올라가면 고개 중턱에 마련된 '영아지 쉼터' 정자가 나온다. 거기에 자전거를 세워 놓고 안내판이 가리키는 '영아지전망대'라는 곳으로 내려가 보았다.

전망대 정자 옆에 설치된 안내표지판에 의하면 이 영아지 고갯길은 '남지 개비리길'로 알려져 있는데 '낙동강 전투 최후의 방어선'이었다고 한다. 그 전문을 살펴보면 다음과 같다.

지도에서 의령군 낙서면과 박진교 사이에 박진고개가 있다.

경남 창녕군 남지읍 신전리 영아지 마을 끝자락 정자가 보인다.

영아지 마을 정자에서 오른쪽으로 꺾이는 지점에 턱 버티고 있는 영아지 고개길. 타고끌기를 반복하며 올라간다.

한국전쟁 때 낙동강 최후 방어선

"한국전쟁 당시 마분산(馬墳山)과 이 남지 개비리길 일대는 낙동강 최후 방어선으로 남지철교와 전쟁의 상흔이 남아 있는 곳이다. 1950년 6월 25일 북한군의 남침으로 한국전쟁이 발발하였고 전쟁 3일 만에 서울이 점령당하고 2개월도 못되어 낙동강 북쪽이 모두 점령당하여 정부는 서울에서 대전 그리고 대구로 다시 부산으로 옮겨 국운이 백척간두(百尺竿頭)의 풍전등화(風前燈火)와 같은 위급한 상황이었다.

국군과 유엔군은 낙동강을 최후의 방어선으로 구축하여 창녕과 남지지역 방어를 맡은 미 제24사단은 낙동강 박진나루를 중심으로 적과 대치하였다. 당시 북한의 최정예부대인 제4사단은 8월 15일까지 '부산 점령'이라는 시한부 임무수행 목표를 세우고 남지 박진–영산–밀양을 거쳐 부산으로 가는 직선 최단거리 통로를 확보하기 위하여 합천에 집결하였고, 8월 6일 야간을 틈타 박진나루를 도강하여 은밀히 기습 침투함으로써 강변을 방어하고 있던 미군과 치열한 전투를 벌였고 8월 11일에는 영산면까지 침공하기도 하였다.

하지만 미군은 9월 15일까지 일진일퇴의 치열한 전투를 전개하여 적에게 치명적인 타격을 가하고 끝까지 진지를 사수하였다. 낙동강 남지 전투로 9월 8일에는 남지 철교(등록문화재 제145호) 중앙부가 폭파되었으며 치열한 전투로 낙동강 물이 핏빛으로 붉게 물들었다고 한다.

이 전투의 승리로 전세가 역전되어 아군이 낙동강을 건너 반격하게 되었으며 맥아더 장군의 '인천상륙작전'의 성공과 함께 압록강까지 진격할 수 있는 결정적 계기가 되었던 전사에 길이 빛날 격전지이다. 이를 기념하기 위해 남지 박진에는 '박진전쟁기념관'과 '박진지구 전적비'가 세워져 있다."

이보다 앞선 8월 3일 오후 8시 30분, 경상북도 칠곡군 왜관철교(등록 문화재 제406호)가 당시 왜관(자고산, 303고지)~현풍까지 40km(하천거리 56km) 구간을 담당하던 미 제1기병 사단장 게이(Hobart Raymond Gay, 1894~1983) 소장의 명령으로 총길이 469m 중 왜관 쪽 둘째 경간 63m가 폭파되었다.

왜관을 빼앗길 경우 대구는 북한군의 야포 사정권 안에 들게 되며 부산까지 밀리게 되므로 국군과 유엔군은 낙동강 방어선을 중심으로 하루에 주인이 두 번씩 바뀔 정도로 치열했던 다부동전투(多富洞戰鬪)와 함께 필사적으로 전선을 지켜 북한군에게 큰 타격을 줌으로써 전세를 역전시키고 반격의

팔각정자의 영아지쉼터.

영아지 쉼터의 안내표지판.

영아지전망대에 있는 남지 개비리길 '낙동강전투 최후의 방어선' 안내판.

핏빛으로 물들었던 한국전쟁의 격전을 삼키고 유유히 흐르는 낙동강.

기틀을 마련하였다.

특히 8월 6일 11시 58분~12시 24분 사이 26분 동안에 UN군 사령관의 명령으로 출격한 B-29 폭격기 98대가 왜관 북서쪽 낙동강변 일대 67㎢ 지역에 960톤의 폭탄을 투하하여 인민군 4만 명 중 3만여 명이 죽었다고 하는데, 이것이 그 유명한 '융단폭격 작전'으로 세계전사에 기록되어 있다.

전망대에서 바라본 낙동강은 핏빛으로 물들었던 그때의 격전을 아는지 모르는지 아침 안개를 벗 삼아 유유히 흐르고 있다.

구국의 현장 마분산(馬墳山)

다시 고개를 오른다. 오른쪽으로 '마분산 갈림길(상)' 이정표가 나온다. 왼쪽은 절벽이다. 이 갈림길(상)을 따라가면 남지읍 용산리에 있는 '창나리(창날)'라는 마을이 나오는데, 옛날에 '세곡(稅穀)'을 보관하던 창고가 있던 나루, 즉 '창진(倉津)'에서 비롯된 이름이란다.

이 마을 앞에 '기음강(岐音江)'이라는 강이 있는데, 남강과 낙동강이 합류하는 지점이라 나루터가 있어 수상교통의 요충지였다. 또 '동국여지승람'에

"기음강은 창녕현 감물창진의 하류인데, 의령현 정암진(鼎巖津)과 합쳤으니, 옛날에는 가야진(伽倻津)이라 일컬었다."고도 한다.

한편 이곳 기음강 일대는 고려시대에는 가야진명소(伽倻津冥所)로, 조선시대에 이르러 기음강용당(岐音江龍堂) 또는 기강용단(岐江龍壇)으로 불리면서, 가까운 양산의 적석용당(赤石龍堂)과 전라도 광주의 병로지용당(并老只龍堂)과 함께 전국의 세 용당 중 하나로 나라에서 국태민안(國泰民安)을 빌던 역사적 제의(祭儀) 장소였다고 한다. (역사연구공간 두류재 최헌섭 대표의 글에서)

이 마을 뒷산인 창진산의 정상에 임진왜란 때 곽재우 의병장의 죽은 말의 무덤이라 불리는 거대한 고분이 있어 그 후 마분산(馬墳山, 180m)이란 이름으로 바뀌었다고 한다. 이정표에 강변을 따라 영아지마을로 가는 길은 '마분산 갈림길(하)'로 표시되어 있을 뿐 마분산 정상은 없다는 것이 특징이다.

이 말무덤산은 한국전쟁 때 낙동강 최후 방어전투를 승리로 이끌었던 곳이며, 1592년 4월 임진왜란이 터진 후 5월 24일 곽재우 장군과 의병들이 이른바 '기음강 전투' 또는 '정암진 전투'에서 왜군에 첫 승리를 거둔 곳으로, 이곳은 언제나 나라를 구한 구국의 현장이다.

영아지마을의 아름다운 전설

지금 우리가 가고 있는 고개는 신전리 영아지마을과 그 너머의 학계리 용산마을을 잇는 도초산(道草山, 166m)에 임도로 조성된 8.25km의 흡사 산악자전거(MTB) 도로와 다름없는 구간이다. '도초산고개'를 부르기 좋게 '영아지고개'로 부른다. 하지만 라이더들에게는 보드랍고 예쁜 어감과 달리 대단한 체력이 요구되는 지옥고개다.

우리는 앞에서 영아지고개를 '남지 개비리길'이라고 부른다는 사실을 알았다. 그런데 '개비리'라는 이름이 무슨 뜻인지 궁금해 살펴보았다. 크게 두 가지 유래가 있는데 첫째로 '개'는 갯가 또는 강가를 말하며 '비리'는 벼랑, 낭떠러지란 뜻의 '벼루'에서 나온 사투리로 강가 절벽 위에 난 길, 즉 벼랑을 따라 조성된 길을 의미한다. 또 다른 유래는 말 못하는 누렁이개의 모성애가 담겨져 있는 전설 같은 이야기로 다음과 같다.

영아지마을에 사는 황씨 할아버지의 개 누렁이가 11마리의 새끼를 낳았는데 그 중에 한 마리가 유독 눈에 띄게 조그만한 조리쟁이(못나고 작아 볼품이 없다는 뜻의 지방 사투리)였다. 힘이 약했던 조리쟁이는 어미젖이 10개밖에 되지 않아 젖먹이 경쟁에서 항상 밀렸고 황씨 할아버지는 그런 조리쟁이를 가엾게 여겨, 새끼들이 크자 10마리는 남지시장에 내다 팔았지만 조리쟁이는 집에 남겨두었다.

그러던 어느 날 등(山) 너머 시집간 황씨 할아버지의 딸이 친정에 왔다가면서 조리쟁이를 키우겠다며 시집인 알개실(용산리)로 데려갔다. 며칠 후 황씨 할아버지의 딸은 깜짝 놀랐다. 친정의 누렁이가 조리쟁이에게 젖을 먹이고 있는 것이 아니겠는가. 누렁이가 젖을 주려고 등을 넘어 온 것이었다. 그런 일이 있은 후에 살펴보니 누렁이는 하루에 꼭 한 번씩 조리쟁이에게 젖을 먹이고 간다는 사실을 알게 되었다.

폭설이 내린 날에도 여전히 누렁이는 알개실 마을에 나타났고 마을 사람들은 누렁이가 어느 길로 왔는지 확인하기 위하여 누렁이 뒤를 따라갔는데 누렁이는 낙동강을 따라 있는 절벽면의 급경사로 인하여 눈이 쌓이지 못하고 강으로 떨어져 눈이 없는 곳을 따라 다녔던 것을 확인하였다.

이때부터 사람들은 높은 산 고개를 넘는 수고로움을 피하고 '개(누렁이)가 다닌 비리(절벽)'로 다니게 되어 '개비리'라는 길 이름으로 지금까지 이어오고 있다는 것이다.

영아지고개의 만만치 않은 내리막길

영아지고개 내리막길도 만만치 않다. 올라온 것보다 더 길고 가파르다. 쉼터에서 거꾸로 올라오는 두 명의 젊은 라이더를 만나다. 부산 낙동강 하구둑에서 시작하여 오는 길이란다. 땀이 비 오듯 하는데 보기에 안쓰럽다. 하지만 우리는 그 땅의 참맛을 알기에 오르막의 고통은 내리막길에서 충분히 보상 받을 터, 정상에 거의 다 왔으니 힘내라고 격려를 아끼지 않았다.

조심하며 기껏 내려왔는데 오른쪽 방향 표지를 따라가니 또 고개가 나온다. 지겹게도 많다. 자동차로 다닐 때는 미처 몰랐던 크고 작은 고개들이 내 체력으로 가야 하는 상황에 부닥치니, 옛날 '잠 자나마나 밥 먹으나마나'로 악명을 떨치던 논산훈련소 30연대에서 강훈련을 받던 생각도 나고, 우리의 선대(先代)들이 당했을 고충도 알 것 같다.

고개에 오르니 제초기 소리가 요란하다. 추석을 앞둔 터라 차를 몰고 와 벌초 작업을 하고 있다. 조상이 묻힌 묏자

'마분산 갈림길(상)' 이정표.

리는 죽은 시체의 집일 뿐인데도 후손이 저렇게 보살피고 있으나, 그 옆에 풀만 무성한 무너져 내리는 묘가 인생무상을 말해주는 것 같아 잠시 숙연해진다.

하지만 요즘은 장례문화가 많이 바뀌어 매장보다는 화장으로 자리를 잡아가고 있다. 풍수지리에 의한 명당자리를 찾고 좌청룡, 우백호 등 뜬구름 잡는 일은 죽은 자와 산 자 사이에 어떤 힘이 작용하고 있다는 상상 내지는 기대심리에 다름 아니며, 돈이 많이 들고 자연친화적이지 않다는 인식이 확산되고 있기 때문일 게다. 그리고 당연히 과감히 변해야 한다.

주민들의 애환과 추억의 다리인 구 남지교

이제 남지교로 향하는 남지읍 학계리 농로와 마을을 통과하여 남지읍 제방도로로 접어든다. 어제 그토록 나타나기를 기다렸던 남지읍에 왔건만 아점

(아침·점심)을 하기 위해 식당을 찾았으나 일요일이라서 그런지 한 군데도 문을 연 곳이 없다. 시내 쪽으로 물어물어 내려가다 보니 남지읍 동아아파트 상가에 있는 편의점이 문을 열었다. 아마 24시간 영업하는 가게 같았다. 빵과 음료로 요기를 하고 다시 출발.

남지수변공원을 지나니 억새풀군락지와 전망대, 그리고 저만치 오른쪽으로 남지교가 보인다. 파란색은 옛 남지교, 주황색은 새 남지교다. 옛 남지철교는 일제 강점기 치욕의 역사와 한국전쟁 당시 다리가 끊긴 민족의 아픔이 깃들어 있고, 남지 주민들에게는 삶의 애환과 정서가 담긴 추억의 보고이자 또 다른 문화유산이다. 대한민국 근대문화유산 등록문화재 제145호로 지정된 남지교는 1994년까지 60여 년간 사용되다가 지금은 인도로만 사용되고 있다. 차도와 자전거길은 바로 옆에 새로 들어선 새 남지교를 이용한다. 남지교는 창녕군과 함안군을 경계짓는 다리이기도 하다.

창녕군은 남지교를 끼고 기음강과 웃개나루 사이의 강변에 전국 최대 규모(40만㎡)의 유채 밭을 조성해 해마다 4월에 '낙동강유채축제'를 열고 있다고 하는데 유채꽃이 피면 장관을 이룰 것 같다. 대신 이 가을에 성기각 시인(57)

유채밭 너머로 보이는 남지교. 주황색은 새 남지교, 파란색은 옛 남지교.

의 '억새꽃'이나 감상할까나!

　　햇살 낭창낭창 흘러 낙동강 흘러/ 휘우뚱 감돌아 예까지 흘러
　　뒤늦게 는실난실 꽃을 피운다./ 환하게 깔깔대던 봄날 다 보내고
　　이제사 흰 옷고름 풀고 있구나./ 푸른 강물 쿡쿡 찍어
　　진경산수화 몇 폭 내다걸고 있구나./ 도투락 깔작대는 댕기 물때 새
　　깊고도 오랜 물소리에 푸른 키를 내놓고/ 싸락싸락 쌀 씻는 소리 듣는다.
　　봉두난발 흔들며 신명나게 살아볼까/ 해동갑 하여 내내 꽃 멀미 하다가
　　풍진세상 한 세상 나불나불 살아볼까/ 뒤태 고운 억새바람
　　뽀얗게 젖은 속살 말리는 꽃/ 꽃잔치 만냥 반이다 가을강 저녁놀
　　꼴깍, 또 하루가 저문다.

　낙동강 좌안에 있는 경남 창녕군 남지읍 남지리에서 보면 남지철교 우측 끝 강의 절벽 위에 폼새를 잡고 세워진 절이 하나 보인다. 다리 건너 함안군 칠서면 계내리에 있는 '능가사'란다. 갈 길이 바빠 그냥 통과하여 낙동강 우안길로 들어 창녕함안보로 향한다. 마을을 통과하기도 하고, 차도로 갔다가 둑길 자전거길 등을 정신없이 오가며 우회하는 구간이 너무 많다.

　창녕함안보에 다다르다
　드디어 창녕함안보에 다다르다. 일요일이어서 그런지 라이더족이 제법 보인다. 인증센터에서 스탬프 찍고 통합관리센터 편의점에서 간편식으로 점심을 때우다. 2층에서 내려다 본 창녕함안보는 합천창녕보처럼 따오기 형상을 딴 듯 단순하고 밋밋한 구조이다.
　창녕군 하면 화왕산 군립공원과 부곡온천 관광특구가 대표적인데, 남지철교와 창녕함안보 중간쯤인 도천면 우강리에 '충익공 망우당 곽재우 유허비 (경남 문화재자료 제23호)'와 '망우정'이 있다. 후세의 유림들이 세운 것이라는데 강의 좌안에 있으므로 위치만 알고 패스하다.

통합관리센터 2층에서 내려다본 창녕함안보.

손양원 목사와 박재훈 목사

여기 함안군에서는 두 군데를 짚어보고 가야 할 곳이 있다. 첫 번째가 함안군 칠원읍 구성리 685번지에 있는 산돌 손양원(孫良源, 1902~1950) 목사의 생가와 기념관이다.

그는 일제 강점기인 1940년에 일본 천황숭배와 신사참배를 거부하여 여수경찰서에 구금되어 6년의 옥고를 치른 애국지사로, 해방과 동시에 1946년 목사가 되어 전남 여수시 율촌면 애양원교회에서 불쌍한 한센병 환자를 가족같이 돌보았다. 1948년 여수·순천 반란 사건으로 두 아들(동인, 동신)을 살해한 살인범 안재선을 양아들로 삼는 등 '용서와 사랑, 화해와 헌신'이라는 가치로 참된 기독교인으로서 작은 예수의 삶을 살았다.

그는 1950년 6·25전쟁 때 애양재활원에 끝까지 남아 목회를 하다가 같은 해 9월 13일 공산군에 붙잡혀 9월 28일 여수시 미평동 한 과수원에서 총살되어 48세로 순교했다.

2015년 10월에 순교 65주년에 맞춰 그의 함안 생가 복원 및 그 옆에 설립된 기념관 개관식 때 '손양원 오페라 갈라콘서트'가 있었다. 이보다 3년 앞선

창녕함안보 인증센터.

2012년 3월 8~12일에 한국을 대표하는 음악계의 대부이며 캐나다 토론토 큰빛교회 원로목사인 일맥(一麥) 박재훈(朴在勳·95) 목사 작곡의 창작 오페라 '손양원'이 서울 예술의전당에서 공연되었기 때문이다.

박재훈 목사의 이름을 기억하는 젊은 세대는 거의 없을 것이다. 어쩌면 40~50대 장년들도 마찬가지일 것이다. 하지만 어린 시절 너무도 친근했던 동요 '어머니의 은혜' '엄마 엄마 이리와 요것 보세요' '펄펄 눈이 옵니다' '산골짝의 다람쥐' '시냇물은 졸졸졸졸' '송이송이 눈꽃송이'를 모르는 사람은 거의 없다. 바로 그 작곡자가 박재훈 목사이다.

기독교인들에게는 어떨까? 찬송가 '눈을 들어 하늘 보라' '지금까지 지내온 것' '어서 돌아오오' '산마다 불이 탄다'의 작곡자라고 소개하면 바로 '아하!' 하고 무릎을 치게 될 것이다. 그는 70여 년간 600곡이 넘는 찬송가를 작곡했다.

그렇다. 아는 사람들은 알겠지만, 영락교회의 그 '전설적'인 지휘자였던 장본인이 바로 박재훈 목사이다. '3·1운동'이 일어난 지 100주년이 되는 2019년 완성을 위해 지금 그는 100세를 바라보는 노구를 이끌고 '3·1독립운동' 오페라 작곡에 정진 중이시다. 또 하나의 명작이 탄생할 수 있도록 많은 기도와 성원이 필요한 이유이다.

악양루에 세워진 '처녀뱃사공' 노래비

다음은 함안군 대산면 대법로의 악양마을 북쪽 절벽에 있는 악양루(岳陽樓)이다. 조선 철종 8년(1867)에 세운 것이라 하는데 아마도 중국 후난성(湖南省)에 있는 악양루에 빗대어 붙인 이름이지 싶다. 하기야 경남 하동에도 악양들과 동정호라는 이름이 있다.

1044년 북송 때 등자경(藤子京)이란 사람이 악양 태수로 좌천되면서 퇴락해진 악양루를 증수하여, 그때 저장(浙江)성 쑤저우(蘇州) 출신인 범중엄(范仲淹, 989~1052)을 초청하여 짓게 한 시가 유명한 '악양루기(岳陽樓記)'이다.

"천하의 근심을 앞서 근심하고 (先天下之憂而憂), 천하의 즐거움을 뒤에 즐긴다 (後天下之樂而樂)."

1998~2003년 장쩌민(江澤民) 국가주석을 보좌했던 주룽지(朱鎔基·89) 전 국무원총리는 항상 이 시를 가슴에 담고 살았다고 한다.

얘기가 좀 길어졌다. 아무튼 우리의 악양루는 바로 아래에 남강이 흐르고, 앞은 법수면의 제방과 넓은 들판을 바라볼 수 있어 경치가 좋은 곳이며, 그 옛 나루터가 '처녀뱃사공' 노래의 원조 장소이기도 하여 거기에 노래비가 있다.

남강이 흐르는 법수면과 대산면을 잇는 악양나루터에는 처녀뱃사공이 노를 저었다. 6·25전쟁이 막 끝난 1953년 9월 유랑극단 단장인 윤부길(가수 윤항기, 윤복희의 부친)이 그 모습이 궁금해 사연을 듣게 된다. 당시 23세였던 박말순과 18세의 박정숙 두 아가씨가 교대로, 군에 갔다 소식이 끊긴 오빠(6·25때 전사한 박기준)를 대신해 노를 젓게 된 것이다. 그 애절한 사연을 가사로 쓰고, 1959년 한복남의 작곡으로 민요가수 황정자의 입을 통해 노래가 탄생한다. 그렇게 태어난 '처녀뱃사공' 노래는 국민애창곡으로 널리 불리게 되어 2000년 10월에 노래비가 악양루 가는 길에 세워지게 되었다.

악양루에 서서 흐르는 남강을 바라보고 있노라면 노랫소리가 저절로 귀에

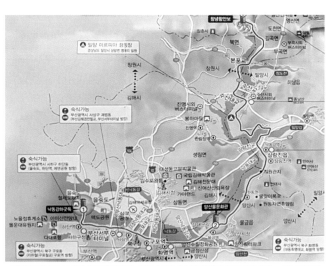

창녕함안보에서 양산물문화관과 최종목적지 낙동강하구둑까지 90km의 거리를 보여주는 마지막 낙동강종주자전거길 지도.

들려온다.

> 낙동강 강바람이 치마폭을 스치면
> 군인 간 오라버니 소식이 오네
> 큰애기 사공이면 누가 뭐라나
> 늙으신 부모님은 내가 모시고
> 에헤야 데헤야 노를 저어라 삿대를 저어라

> 낙동강 강바람이 앙가슴을 헤치면
> 고요한 처녀가슴 물결이 이네
> 오라비 제대하면 시집보내마
> 어머님 그 말씀에 수줍어질 때
> 에헤야 데헤야 노를 저어라 삿대를 저어라
> – '처녀뱃사공' 노래 전문

주남저수지와 철새탐방 관광로

창녕함안보 공도교를 지나 낙동강 좌안으로 간다. 약 5km 정도 달리니 또 가파른 고개가 나온다. 창녕군 부곡면 청암리의 임해진삼거리에서 노리 쪽으로 넘어가 본포대교 방향으로 가는 약 1.2km의 깔딱고개다.

함안군 대산면 악양루 옛나루터에 세워진 '처녀 뱃사공 노래비'.

고개 정상에 이르니 할머니 한 분이 "이 더븐데(이 더운 날씨에)!…" 하시며 안쓰럽다는 듯 말씀하신다. "할무이요! 경남 의령군 부림면에서 창녕함안보까지 이 더븐 날씨에 지옥길 오느라 참말로 욕 봤심더."

임해진나루를 넘어 부곡면 노리, 학포로 이어진 강변 벼랑길은 1986년 군사작전용으로 만들어진 2km의 청학로이다. 청학로는 재 너머 노리에 사는 서로 발정난 개가 열었다는 천애절벽 길로, 부곡면 청암리와 학포리의 머리글자를 한 자씩 따서 지은 이름이다. 이곳에서 보는 낙동강의 풍광은 빼어나다. 재너머 노리의 도로변에는 서로 오가며 오솔길을 만든 두 마리의 발정난 개의 노고를 기리는 개비(또는 개로비)와 무덤이 있다. 앞에서 '개비리길'이 견공(犬公)의 모성애로 만들어진 길이라면 여기는 개의 로맨스가 만들어낸 길이다.

본포대교를 건너면 경남 창원시 동읍 본포리이다. 본포대교 주변은 모래톱이 많은 낙동강으로 온천과 철새탐방 관광로이다. 본포대교의 위쪽 창녕에는 부곡온천과 우포늪이, 아래쪽 창원에는 북면 마금산온천과 동읍 주남(注南) 저수지가 있기 때문이다.

원래 주남저수지는 농업용수를 공급하기 위한 평범한 저수지였으나 1983년 낙동강 하구둑이 생기면서 갈 곳을 잃은 철새들의 피난처로 수많은 철새가 찾아오는 국내 제일의 철새도래지가 되었다.

부산고등학교 시절, 담임 김태홍 선생님

창원을 지나니 필자가 부산고등학교 시절 3학년 1반 우리 담임을 하셨던 김태홍(金泰洪, 1925~1985) 선생님이 떠오른다. 그분의 고향이기 때문이다. 일제강점기인 1925년 3월 경남 창원군 창원면 소계리(현 창원시 소계동)에서 태

낙동강 저전거길 창녕군 구간 안내판.

어나셨다.

진주사범학교, 해양대를 나와 마산여고, 마산상고, 부산고, 효성여대, 부산여대 등에서 학생들을 가르치셨다. 부산일보, 국제신문 논설위원 등을 지내고 부산 충렬고 교장으로 재직하다 췌장암으로 유명을 달리하기까지 시인이자 교육자, 언론인이셨다.

황소처럼 부리부리한 눈으로 "이 넘의 자썩! (이 놈의 자식!)"이라고 불러서, 모르는 사람에겐 욕처럼 들리고 겁이 날 것 같지만 정반대다. 흔히 경상도 사람들이 만나면 반가워 '이 문둥아!' 등 욕부터 하는 것이 인정미 넘치는 표현으로 간주되듯이, 그분이 늘상 버릇처럼 정답게 부르는 일종의 애칭으로 한없이 부드럽고 정겹게 들렸다. 허나 이젠 들을래야 들을 수 없다. 지금의 내 필체는 그때 그분의 서체를 많이 모방한 데서 비롯되었고, 다방면에 팔방미인이셨던 그분의 영향이 내 삶 속에 깊숙이 녹아들어있음을 밝힌다. 그런데 '문둥이'는 사실은 '문동(文童)'에서 비롯된 칭찬하는 말이지 절대 욕이 아니다.

그분의 별명이 '살매'였다. '살아있는 매'라고도 하고, 교편을 쥔 '살아있는 회초리'라고도 풀이되지만 딱히 그 뜻을 새길 수는 없다. 하지만 '살아있는 정의의 매'로 날카로우면서도 부드러운 '외유내강의 지성인'이었다는 것은 분명하다.

1960년 4월 12일자 부산일보. 마산상고에 재학 중이던 김주열이 3·15 부정선거를 규탄하는 시위인 '제2차 마산의거'에 참가하였다가 실종된 지 한 달 후인 4월 11일에 눈에 최루탄이 박힌 시신이 마산 앞바다에 떠올랐다. 그 사진 옆에 이를 비판하는 살매 선생님의 '마산은!'이란 시가 실렸다. 당시 부산고 교사로 재직할 때였다.

마산은/ 고요한 합포만 나의 고향 마산은
썩은 답사리 비치는 달 그림자에/ 서정을 달래는 전설의 호반은 아니다
봄비에 눈물이 말없이 어둠속에 괴면/ 눈등에 탄환이 박힌 소년의 시체가
대낮에 표류하는 부두/ (중략)
정치는 응시하라 세계는/ 이곳 이 소년의 표정을 읽어라

이방인이 아닌 소년의 못다한/ 염원을 생각해 보라고
무수히 부딪쳐 밤을 새는/ 피 절은 조류의 아우성이 있다./ (하략)

자유당 독재정권의 서슬 퍼런 칼날에 맞서 토해냈던 서릿발처럼 냉철하고 활화산처럼 뜨거운 선언이었다. 5·16 군사쿠데타 이후에도 그의 발언은 멈추지 않았다. 1960년대 초 부산일보 논설위원 시절 신문에 썼던, 당시만 해도 파격적인 '중립통일론' 때문에 2년 동안 거처를 감방으로 옮겨야 했다. 가끔 수업시간에 말없이 통증으로 괴로워하시던 모습이 아마 그때 받은 고초 때문이었던 것 같다. 고 김태홍 선생님은 슬하에 1남 2녀를 두셨는데 차녀인 김애경 씨는 시인으로 활동하고 있고, 막내아들 김한 씨는 나의 고교 후배이자 같은 현대자동차 동료였던 인연이 있으며 지금 캐나다 동부에서 왕성한 기업 활동을 하고 있다. 올해로 선생님이 떠나신 지 32년이 되지만 그의 시 '잊을래도'는 그를 기억하고 기리는 많은 사람들의 마음속에 아직도 살아있다.

잊을래도/ 잊을래도//
불고 간 바람처럼/ 잊어 버릴래도//
별처럼 새삼 빛나는/ 아름다운 이름이여!//
잊을래도 그리워/ 잊을래도 참아 그리워//
엄마처럼 다정한/ 피 묻은 이름이여

본포대교를 지나 낙동강 우안으로 갔다가 다시 수산대교를 건너 좌안으로 온다. 여기서부터 최종 목적지인 낙동강 하구둑까지는 계속 강의 왼쪽, 즉 좌안으로만 달린다. 이후부터는 낙동강을 오른쪽에 끼고 거의 평지에 가까운 편안한 자전거길이 이어진다.

여기서 단감으로 유명한 김해시 진영읍 '봉하마을'로 가려면 수산대교 서쪽으로 가야 한다. 봉하(烽下)마을은 노무현 대통령의 생가와 무덤이 있는 곳이다. 역대 대통령으로는 최초로 2008년 2월, 5년간의 임기를 만료하고 귀향하였던 곳이기도 하지만 이듬해인 2009년 5월 이 마을 주변에 있는 봉화산

(烽火山) 부엉이바위에서 투신하여 최후를 맞이했던 비극이 담겨있는 곳이다.

우리나라의 역대 대통령은 자의든 타의든 한결같이 비운을 맞이하는 전통(?)을 갖고 있어 아직도 '노블레스 오블리주(Noblesse Oblige)'는커녕 정치의 후진성을 탈피하지 못하고 있는 것 같아 안타깝다.

밀양강 물줄기 따라 '밀양아리랑'이 흐르고

벚나무를 심어놓은 낙동강 제방길은 곧게 뻗어 있어 속도가 붙는다. 벚꽃 필 때의 장관을 상상해 보면서 달린다. 밀양 명례리 부근에는 갈대밭을 조성해 놓았다. 그곳을 지나면 서원처럼 보이는 한옥이 왼쪽에 나타나는데, 하루 종일 자전거를 타서 들러볼 엄두가 나지 않는 데다 모처럼 가속이 붙었기 때문에 오로지 앞만 보고 달린다.

낙동강과 합류하는 밀양강(응천강) 물줄기를 따라 빤히 보이는 길을 'ㄷ'자 모양으로 상당히 우회한다. 둑길을 내려와 무슨 돌무덤 같은 언덕을 올라가는 길이 있는데 꼭대기가 비포장 자갈길이다. 짧은 구간이긴 했지만 펑크를 염려하여 끌어서 가니 이내 내리막길이다.

거기서 거꾸로 대구쪽으로 올라가는 부자를 만났다. 이정표를 잘못 보고 여기까지 왔는데 이 길이 맞느냐고 묻길래 그렇다고 알려 주었다. 중2인 아들을 데리고 낙동강 종주길에 올랐다고 하는데 오히려 아버지가 지친 모습이다.

밀양 하면 '밀양아리랑'서부터 '밀양아랑축제' 그리고 '밀양 표충사'와 '땀 흘리는 비석' 등이 대표적으로 생각난다.

'밀양아랑축제'는 2016년 현재 58회로 오랜 역사를 자랑하고 있다. 봄에는 아랑축제, 가을에는 밀양문화제를 병행해 오던 것을 합쳐 지금은 '밀양아리랑대축제'로 바꾸고, 밀양 출신인 사명당 유정(惟政)의 '충의(忠義)'와 점필재 김종직(金宗直)의 '지덕(智德)', 아랑 낭자의 '정순(貞純)'을 기리는 종합문화제로 발전하여 매년 음력 4월 16일 이전의 농한기를 택해 열리고 있다.

밀양 아랑의 전설

아랑의 전설은 이렇다. 아랑은 밀양부사(密陽府使)의 딸로 본명은 윤동옥 (尹東玉) 또는 정옥(貞玉). 음흉한 유모와 통인(通引, 지방 관아의 심부름꾼) 주기(朱旗, 붉은 깃대라는 뜻)가 흉계를 꾸미며 어느 날 밤 달구경 나온 아랑 을 욕보이려 하였지만, 아랑은 항거하다가 끝내는 칼에 맞아 죽고 대숲에 버 려졌다. 부사인 아버지는 아랑이 외간남자와 내통하다 함께 달아난 것으로 오해하고 벼슬을 사직하였다.

이로부터 밀양에서는 신임 부사마다 부임하는 첫날밤에 주검으로 발견되어 모두 그 자리를 꺼리게 되었다. 이때 이상사(李上舍)라는 담이 큰 사람이 밀양 부사를 자원하여 왔다. 부임 첫날밤에 나타난 아랑의 혼에게서, 그녀의 억울 한 죽음을 들은 그는 원한을 풀어주기로 약속하였다.

이상사는 간밤에 아랑의 혼이 들고 있던 붉은 깃발이 생각나서 곧 주기를 잡아 처형하고 아랑의 주검을 찾아내어 장사 지내니 그 뒤로는 원혼이 나타 나지 않았다. 밀양 영남루 대나무 숲에 있는 대나무는 특이하게도 아랑의 피 가 맺힌 듯 붉은 반점이 있다. 영남루 밑에는 아랑의 혼백에게 제사 지내는 아랑각(阿娘閣)이 있다. 밀양아리랑도 이 비화(悲話)에서 나왔다고 하는데 그 가사의 내용으로 미루어 볼 때 그렇게 연관짓기는 어렵다고 본다.

밀양 표충사

밀양시 단장면에 있는 '표충사(表忠寺)'는 재약산의 남서쪽 기슭에 위치한 1 천 년의 역사를 가진 사찰이다. 신라 무열왕 원년(654)에 원효대사가 가람(伽 籃)을 창건하고 이름을 죽림사(竹林寺)라 한 것을 흥덕왕 4년(829)에 인도에 서 온 황면(黃面)선사가 현재의 자리에 재건하고 삼층석탑을 세워 석가여래의 진신사리 3과를 봉안하였다고 한다. 당시 흥덕왕의 셋째 왕자가 나병에 걸려 명의와 명약을 찾던 중, 이곳 죽림사의 약수를 마시고 뒷산의 약초로 병을 치유하자, 이에 흥덕왕이 크게 기뻐하여 영험한 약수가 있는 절이라 하여 사 찰명을 영정사(靈井寺), 신비한 약초가 있는 산을 재약산(載藥山, 1,119m)이라 명하였다고 한다.

그 후 고려 충렬왕 12년(1286)에 '삼국유사(三國遺事)'의 저자인 일연(一然, 1206~1289) 보각국사(普覺國師)가 1,000여 명의 대중을 맞아 불법을 중흥하여 한때 동방제일 선찰로 선풍을 일으켰으나, 조선조에 들어와 폐허가 된 것을 헌종 4년(1839)에 사명대사의 8대 법손(法孫)인 월파선사(月坡禪師) 천유(天有)의 주도로 무안면 삼강동에 있던 '표충서원(表忠書院)'을 영정사로 이전하고, 사명대사가 일본에 갈 때 가지고 갔던 원불(願佛)을 대광전 대들보 위에 봉안하여 새로 증축하고 이름을 바꾼 것이 지금의 표충사이다.

표충사는 여타의 사찰과는 달리 유교의 사당과 불교의 사찰이 공존하는 곳이다. 사당(祠堂)은 예컨대 서울 종로구의 종묘(宗廟)처럼 신주(神主)를 모시고 제사를 지내는 곳을 일컫는다. 일주문(一柱門)을 지나 누각 형태의 대문인 수충루(酬忠樓)를 통과하여 처음 만나는 곳이 사당 영역인 '표충사(表忠祠)'이다. 이곳에는 사명대사(四溟大師)의 영정을 중앙에 모시고 동쪽에 그의 스승 청허당(淸虛堂) 서산대사(西山大師) 휴정(休靜, 1520~1604), 서쪽에 임진왜란 때 제2차 금산(錦山) 전투에서 전사한 속명 박영규(朴靈圭, ?~1592) 기허대사(騎虛大師)를 모셔 놓았다. 매년 3월과 9월 두 차례의 제례를 올린다.

밀양 표충사 조감도. 가운데 층계(사천왕문) 앞쪽은 사당 영역, 그 뒤쪽이 사찰 영역이다. 〈위키피디아〉

거기서 중앙 계단에 있는 사천왕문을 지나야 사찰 영역으로 들어간다. 천황산, 재약산을 등반하면서 꼭 들러 마시던 고마운 약수인 영정약수는 지금도 있다.

표충사의 주불전은 대웅전(大雄殿)이 아닌 '대광전(大光殿)'이다. 일반적으로 대웅전은 석가모니불을 주불로 모시고, 대광전은 비로자나불을 모시는데, 여기에는 석가모니불을 중앙에 모시고 우측에 약사여래불, 좌측에 아미타불을 봉안하고 있는 점도 특이하다. 예컨대 합천 해인사의 '대적광전(大寂光殿)'은 비로자나불을 중심으로 좌우에 문수보살(文殊菩薩)과 보현보살(普賢菩薩)을 모시고 있다. 이것은 우연의 일치인지는 모르겠으나 중국 허난성(河南省) 뤄양(洛陽) 용문석굴(龍門石窟) 중 가장 규모가 크고 수려한 봉선사(奉先寺) 석굴의 불상 배치와 똑같다. 아마도 당(唐)나라의 영향을 받았지 싶다.

천황산과 필자와의 에피소드

필자는 '영남알프스' 8봉을 답사할 때 이 표충사를 거쳐 천황산과 재약산을 많이도 오르락내리락 했던 추억을 갖고 있다. 표충사를 끼고 왼쪽으로 가면 천황산(1,189m) 금강폭포, 얼음골이 있고, 오른쪽 재약산(1,119m)으로 가면 흑룡폭포, 층층(칭칭)폭포의 절경을 볼 수 있으며 산마루에는 억새풀 군락지인 사자평이 있고, 남한에서 가장 규모가 큰 고산습지인 산들늪이 있다.

이런 에피소드가 있다. 아마 2003년 5월쯤이었지 싶다. 표충사 쪽에서 천황산으로 올라가는 중에 헬리콥터 한 대가 뭔가를 케이블에 매달고 정상 쪽으로 가는 것을 보았다. 날개바람 때문에 능선 밑에 낮은 포복자세로 한참을 피해 있다가 정상에 도착해서야 그것이 돌이었음을 알았다. 밀양시에서 '천황산(天皇山) 해발 1,189m'라고 쓴 표석을 설치해 놓았다. 그 전에는 '사자봉'이라는 표석이 있었다. 또 바로 밑의 재약산에는 '수미봉'이라는 표석이 있었는데 거기도 '재약산(載藥山) 해발 1,119m'로 쓴 표석으로 교체해 놓았다.

당시 '산이름 우리말 찾기운동'이 한참 진행 중이었는데, 특히 천황산이 문제가 되었다. 일제 시대 때 일본의 천황을 기리기 위해 산이름에 '천황'을 붙였기 때문에 '사자봉'으로 바꾸고, 재약산을 '수미봉'으로 하여 둘을 합쳐

'재약산'으로 부르자는 의견이 지배적이었다.

필자는 그 반대편에 섰다. 예부터 우리말에 천왕(天王)을 높여 부르는 말이 천황(天皇)이었고, 일본은 그것을 그대로 전수하여 부르는 것에 불과할 뿐이니 굳이 바꿀 필요가 없다는 의견을 제시했다. 말하자면 우리 고유의 이름이니 꿀릴 것이 없는데 괜스레 바꿔 긁어 부스럼 만들 필요가 없다는 것이다. 그런데 산이름을 변경할 때는 재판을 받아야 한다. 5월 밀양아랑축제가 끝나던 날 판결이 났는데 우리의 의견이 이겼고, 미리 준비를 해놓고 있던 밀양시가 헬기로 단박에 표석을 박아버린 통쾌한 순간이었다.

표충사에서 열반하신 효봉스님

표충사는 1962~1966년 대한불교조계종 초대종정(宗正)을 역임했던 효봉(曉峰) 스님(1888~1966)이 열반하신 곳이다. 효봉스님은 구산(九山, 1909~1983) 스님과 '무소유'의 정신을 일깨운 법정(法頂, 1932~2010) 스님의 은사로 잘 알려져 있다. 평안남도 양덕군에서 태어나 와세다대학 법학부를 나와 조선인 최초의 판사가 되었고, 2남1녀의 단란한 가정을 이루었던 '이찬형'이 출가한 것은 판사생활 10년째인 36세 때였다. 평양 복심법원(고등법원)에 근무하면서 처음으로 '사형선고'를 내린 것에 회의를 품고 홀연 가출, 부귀영화를 미련 없이 내던지고 엿장수로 변신하여 3년간 전국을 떠돌다가 나이 38세에 늦깎이로 금강산 신계사 보운암에서 석두화상(石頭和尙)을 은사로 삭발 출가하였다.

'판사 스님'은 '엿장수 스님'으로 불리다가 '늦깎이'라는 사실을 염두에 두고 깨달음을 위한 좌선(坐禪)에 무섭게 정진하여, 엉덩잇살이 헐고 진물이 나 방석에 들러붙을 정도여서 '절구통 스님'이란 별

표충사를 중심으로 한 천황산, 재약산 등산지도.

칭도 붙었다. 평생토록 '무(無)'자 화두를 들고 참선했던 스님은 건강이 악화되어 거처를 팔공산 동화사에서 밀양 표충사로 옮긴 후, 다음과 같은 열반송을 남기고 1966년 10월 15일 이곳 서래각(西來閣)에서 79세로 입적했다.

> 내가 말한 모든 법 (吾說一切法)/ 그거 다 군더더기 (都是早騈拇)
> 오늘 일을 묻는가 (若間今日事)/ 달이 일천강에 비치리 (月印於千江)

표충사 왼편 천황산 가는 길 초입에 큰 바위로 만든 사리탑과 '효봉대종사 천진보탑비(曉峰大宗師天眞寶塔碑)'라고 쓰인 비가 있다. 그러나 영정은 전남 순천시 송광면에 있는 송광사(松廣寺)에서 모시고 있다.

땀 흘리는 표충비와 사명대사

한비(汗碑), 즉 '땀 흘리는 비'로 알려진 '표충비(表忠碑)'는 만어사(萬魚寺)와 얼음골과 더불어 밀양의 3대 신비로 알려져 있다. 밀양시 무안면 무안리에 있는 표충비는 사명당(四溟堂) 유정(1544~1610)의 큰 업적을 기리기 위해 조선 영조 18년(1742)에 사명대사의 5대 법손인 남붕선사(南鵬禪師)가 나라로부터 '표충서원'이라는 사액을 받아 현재의 자리에 사당과 비석을 세운 것이다. 그러나 그 뒤 천유대사에 의해 표충서원, 즉 표충사(表忠祠)가 표충사(表忠寺)로 이전함으로써 덩그러니 남은 것이 지금의 표충비이다.

속명 임응규(任應奎), 법명 유정인 사명대사는 선조 25년(1592) 임진왜란 당시 승병(僧兵)을 조직하여 왜군을 무찌르고, 전쟁이 끝난 후인 선조 37년(1604)에는 국서(國書)를 가지고 일본에 건너가 강화조약을 맺고, 다음해 4월 왜군에게 끌려간 3천여 명의 조선 포로와 함께 왜군에게 강탈당했던 통도사(通度寺)의 석가모니 진신사리를 되찾아 와서 건봉사(乾鳳寺, 강원도 고성군에 있는 대한불교조계종 소속의 절)에 안치하는 등 큰 공헌을 세웠다.

비석의 앞면에는 사명대사의 행적을, 뒷면에는 스승 청허당 서산대사 휴정의 공덕과 기허대사 영규의 사적을, 옆면에는 표충비 사적기를 여러 서체로 새겼기 때문에 '삼비(三碑)'라고도 불린다.

이 검은 대리석비는 나라에 큰 사건이나 환란이 있을 때를 전후하여 비면에 땀방울이 맺혀서 마치 구슬처럼 흐르는데, 과학적인 증명 이전에 성모 마리아의 피눈물처럼 자연적인 현상이라고 설명하기가 힘들다. 이 신기한 현상은 나라와 민족을 걱정하는 사명대사의 영험이라고 해석되고 있고, 더욱이 땀방울이 글자의 획 안

밀양시 무안면 무안리에 있는 '표충비각(表忠碑閣)' 가운데에 땀흘리는 비가 있다.

이나 머릿돌과 받침돌에는 맺히지 않아 그 신비함을 더해주고 있기 때문이다.

표충비가 가장 많이 땀을 흘린 것은 1919년 3·1만세운동 때라고 한다. 이때 흘린 땀의 양이 5말 7되라고 한다. 표준도량형으로 환산하면 100리터가 넘는다. 흘린 땀은 바닥에 무명천을 깔았다가 나중에 짜서 계측한다고 한다. 나라에 큰일이 있었던 1894년 갑오농민전쟁, 1910년 한일합방, 1945년 광복, 1948년 이승만 대통령 취임, 1950년 한국전쟁, 1969년 KAL기 납북사건 등이 일어날 때마다 땀을 흘렸다. 최근에 땀을 흘린 사건은 2004년 4월 노무현 대통령 탄핵사건 때라고 한다.

또 여기에는 남붕선사가 기념으로 심었다는 수령 약 300년 된 향나무가 있다. 높이 1.5m, 둘레 1.1m인 이 향나무는 큰 우산을 펼쳐놓은 모양으로 가지가 사방으로 퍼져 버팀목을 원형으로 둘러쳐 놓아 좋

표충비각 근처에 있는 수령 300년 된 향나무.

은 쉼터를 제공하고 있다.

표충비에서 그리 멀지 않은 무안면 고라리 399번지에 사명대사의 생가가 있다. 필자가 15년 전에 갔을 때는 생가를 중심으로 '사명대사 유적지' 조성 중이라 찻길도 제대로 뚫리지 않았고, 안내표지판은 물론 충의문(忠義門), 유허비(遺虛碑), 왜군을 무찌르는 벽화, 기념관 등은 없었을 때다.

다만 1544년 갑진(甲辰) 10월 17일에 부친 임수성(任守成) 공과 달성 서씨 사이에서 둘째아들로 태어났던 '송운대사 구택(松雲大師舊宅)'과 대사가 어린 시절을 보냈다는 안채 '육영당'(영걸을 양육했다는 뜻) 그리고 '사명당(四溟堂)'을 그대로 당호로 사용한 사랑채, 사명대사의 영정을 모신 사당인 숙청사(肅淸祠)와 그 입구인 삼문(三門)에 그의 저서 '분충서난록(奮忠紆難錄)'에서 딴, 충성을 분발하여 국난을 해결했다는 뜻의 현판 '분충서난문' 등을 답사했었다.

삼랑진과 김해를 잇는 낙동인도교 '콰이강의 다리'

이제 'ㄷ'자 모양의 밀양강 중 윗 'ㅡ' 부분, 그러니까 밀양강 왼쪽에 붙어 달려간다. 강안의 산허리를 깎아 만든 좁은 오름길에 몇 채의 집이 보이기 시작하고, 아까 밀양강을 우회할 때 보였던 기다란 다리가 그 하얀 모습을 드

송운대사 구택(松雲大師舊宅).

송운대사 구택 안의 안채. 오른쪽은 사랑채.

러낸다. 밀양 삼랑진과 김해 생림면을 잇는 옛 삼랑진철교란다. 이렇게 철로의 요충지인 삼랑진엔 옛날 다리, 새 다리 등 다리가 무척 많다. 그 바로 옆의 다리가 옛 삼랑진교인데 차량 두 대가 지나가기 힘들만큼 다리의 폭이 좁아 지금은 낙동인도교라 하여 사람이 통행하는 다리로만 쓰이고 있다.

1935년 일제강점기에 삼랑진과 김해를 잇기 위해 건설된 낙동인도교는 '콰이강의 다리'라고도 불리는데, 곽경택 감독의 '똥개(2003)'의 촬영지로도 알려졌지만 낙동강 종주 자전거길이 개통되면서 명물이 되었다. 상혼은 못 말린다. 그새 '콰이강의 다리'라는 카페 겸 레스토랑이 길목에 들어서 있다.

삼랑진이라는 이름은 석 삼(三), 물결 랑(浪), 나루 진(津), 즉 낙동강과 밀양강이 만나고 세 갈래의 강물이 합쳐진 곳의 나루라는 뜻으로서 지형 모양 그대로 붙여진 이름이다. 삼랑진은 조선 후기까지 낙동강 중에서 가장 큰 포구(浦口)였으며 부산 동래에서 한양으로 가는 관로인 영남대로(嶺南大路)와 접속하는 물길로, 조세로 받은 곡물을 보관하던 창고인 후조창(後漕倉)이 설치되었을 만큼 수운의 요충지였다.

그러다가 육로교통의 발달로 조창이 없어졌고, 1905년 일제 때 영남대로가 지나갔던 곳인 송지에 삼랑진역이 들어서면서 철도교통의 중심지가 되었다. 아마도 일제강점기 때 김해평야를 비롯한 영남의 농산물을 수탈해 가는 루트로 삼랑진교를 '콰이강의 다리'처럼 활용했으리라.

삼랑진읍은 경남 밀양시의 동남부에 위치하여 밀양시, 양산시, 김해시 등 세 지역의 접경이며 경부선과 경전선 철로가 'Y'자 형태로 분기하는 철도교통의 요지라고 할 수 있다. 그러나 언젠가부터 동부 경남에서 서부 경남이나 전라도 쪽으로 가려면 거쳐야 했던 삼랑진의 철도가 남해고속

낙동인도교의 별명을 딴 '콰이강의 다리' 카페&레스토랑.

'ㄷ'자 모양으로 휘둘러가는 밀양강 제방길을 하염없이 달린다.

레일바이크 코스로 변신한 옛삼랑진철교 너머로 여러 개의 다리가 겹쳐 보인다.

도로와 같은 다른 교통수단에 그 역할을 내주면서 시간이 멈춰버린 듯하다.

우리가 지나간 옛 삼랑진철교는 약 4개월여 전인 2016년 4월 29일 레일 바이크(철로 자전거) 타는 코스로 변신했다. 레일 바이크(Rail Bike)는 궤도자전거(Draisine)의 한국어식 영어로 코레일관광개발(주)에서 만든 상품명(서비스표)이며 한국 외에서는 쓰이지 않는 말이다.

옛 삼랑진철교 밑으로 내리막길을 달리면 강의 폭이 확 넓어지면서 낙동강의 하류로 접어들었음을 실감한다. 그곳에 '삼랑진 생태문화공원'이 강과 다리를 배경으로 아름답게 펼쳐져 있다.

신 대구-부산 고속도로가 지나는 낙동대교, 삼랑진교, 옛 삼랑진철교, 낙동인도교 및 경전선이 지나는 낙동철교 등 삼랑진과 김해 생림면을 잇는 5개의 다리와 어우러져 야생화가 흐드러지게 핀 낙동강변의 풍경은 아름다운 색

이제 낙동강의 강폭은 넓어지고 거대한 강물의 위용을 드러낸다. 삼랑진에서 양산 물문화관 인증센터로 가는 길은 왼쪽으로 깎아지른 산 허리에 철도가 지나가고 그 밑 강안에 목재데크교의 자전거길을 폼나게 만들어 놓았다.

의 조화와 향기로움으로 만들어진 한 폭의 수채화다. 두 바퀴 궤적을 그려가는 동안 우리는 9월의 수채화 속 풍경이 된다.

'황산강 베랑길'과 김정한의 소설 '수라도(修羅道)'

이제 낙동강은 강폭이 넓어지며 거대한 강물의 위용을 드러낸다. 삼랑진에서 양산 물문화관 인증센터로 가는 길은 왼쪽으로 깎아지른 산허리에 철도가 지나가고 그 밑 강안에 목재데크교의 자전거길을 폼나게 만들어 놓았다. 너무 잘 만들어서 이를 '한국의 자전거길'로 홍보하여 관광자원화 하면 어떨까 하는 생각이 든다.

그런데 이 목재데크교 중 원동취수장~물금취수장에 이르는 약 2km의 '황산베리끝' 또는 '황산잔도'라고 불리는 구간이 있는데 앞에서 언급한 영남대로의 3대 잔도 중 하나였다고 한다. 부산 동래부에서 한양에 이르는 960

두 바퀴 궤적을 그려가는 동안, 강과 다리를 배경으로 아름답게 펼쳐진 삼랑진생태문화공원에서 우리는 수채화 속의 풍경이 된다.

여 리의 길에 조선 통신사가 일본으로 건너가기 위해 걸었으며, 영남지방의 선비들이 과거를 보러 다니던 길이자 보부상들이 괴나리봇짐을 짊어지고 넘었던 길이었고, 임진왜란 당시 왜군이 서울을 향해 진격하였던 길이다.

'황산강'은 낙동강의 삼국시대 명칭으로 이 길을 '황산강 베랑길'이라고 불렀다. '베랑'은 벼랑의 경상도 사투리인데 요산(樂山) 김정한(金廷漢, 1908~1996)의 소설 '수라도(修羅道)'의 주요배경이 되었을 뿐만 아니라 보물 제491호 석조여래좌상이 봉안되어 있는 '용화사' 등이 있어 역사·문화자원이 많이 있는 곳이다. 1900년대 초 경부선 철길에 편입되면서 길이 완전히 닫혀버렸으나 낙동강 종주자전거길이 조성되면서 '황산강 베랑길'로 다시 열리는 계기가 되었다.

왼쪽 끝이 양산물문화관. 목재데크 왼쪽 밑 강가에 용화사가 있다

김정한 선생의 소설 '수라도'는 1969년 '월간문학'에 발표한 중편소설로, 일제 식민지 통치하에서 6·25전쟁에 이르기까지의 역사를 배경으로 하면서 낙동강 하류 어느 시골 양반 집안의 수난사를 그린 이 작품은, 한 집안의 역사를 보여주는 데서 그치는 것이 아니라 우리 민족의 근대사를 집약해서 말해준다. 작품 속의 공간이 실제 공간과 거의 완벽하게 일치하는 이 일대는 요산 소설 중 가장 명확하게 현존하는 문학 현장이라고 할 수 있다.

'수라도'는 '아수라도(阿修羅道)'의 준말로 불교에서 이르는 지옥의 하나이다. 제목 '수라도'가 상징하듯 우리 민족의 근대사가 아귀다툼의 고통의 연속이라는 관점에서 쓰여진 작품이다. 제목이 암시하듯 주인공 가야부인의 삶의 역정이 '수라도'로 나타난다. 작품은 내용 자체가 전쟁과 증오, 파괴가 그치지 않는 어둠의 시대를 거슬러 올라가 과거를 회상하는 방식으로 이야기가 펼쳐진다. (자료제공: 신라대학교 대학원 윤원식)

양산 물문화전시관이 나오고 목재데크가 끝나는 지점에 인증센터가 있다. 그런데 여기서 50m 지점에 양산 용화사(梁山 龍華寺)를 안내하는 표지가 나온다. 이 절엔 통일신라의 불상으로 대한민국 보물 제491호로 지정된 석조여래좌상(石造如來坐像)이 있다. 이 불상은 원래 김해군 상동면 감로리 절터에 있던 것을 조선시대 말에 부근의 강변으로 옮겼으며, 1947년 2월에 법당을 다시 지으면서 현재의 장소로 옮겼다.

석조여래좌상은 대좌(臺座)로부터 불신(佛身)과 광배(光背)를 두루 갖춘 완전한 형태의 불상이다. 특히 부처의 몸에서 나오는 빛을 형상화한 광배는 매우 다채로운데 불꽃무늬와 구름무늬 사이에 작은 부처 1구와 비천상(飛天像)이 새겨져 있다. 이렇게 광배에 비천상이 새겨진 경우는 전남 해남 대흥사(大興寺)의 '북미륵암 마애여래좌상(국보 제308호)'에서나 볼 수 있는 매우 드문 사례 중의 하나라고 한다.

양산 물문화관 인증센터에서 스탬프를 누른다. '두발자전거 민박' 집에서 출발하여 창녕함안보를 거쳐 여기까지 70여 km를 줄기차게 달려왔다. 이제 종착지인 낙동강 하구둑까지 35km를 달리면 낙동강 종주를 달성하게 된다. 원래는 양산쯤에서 자고 갈 생각이었는데 마음이 바뀌었다. 수산대교에서부터는 별로 힘든 구간이 없었고 도로 상태가 양호하여 속력을 제대로 냈기에 시간이 많이 단축됐기 때문이다.

오후 4시경. 아자! 다시 한 번 힘내자. 길이 끝나는 곳에 또 길이 시작되고… 앞을 내다보고 마음껏 나래를 펴고 가보세! 그런데 남은 구간을 표시하는 안내가 1km마다 나오는데 아무리 밟아도 통 거리가 줄어들지 않는 것 같다.

생뚱맞은 '이천리' 지명에 대하여

여기서 잠깐 짚고 넘어가야 할 곳이 있다. 양산시 원동면에서 삼랑진 쪽으로 2km가량 가면 배내골로 들어가는 갈림길이 나온다. '배내골'은 이른바 '영남알프스군(群)'에서 가장 오지로 꼽히는 양산시 원동면 대리, 선리, 정선리를 일컫지만, 사실 그 상류는 울산광역시 울주군 상북면 이천리이고 그 하류가 원동면으로 흘러간다.

필자는 2002년에 영남알프스군 8봉을 주말마다 수십 번 답사하여, 당시 '덕양산업(주)'의 사보 '덕양'에 '영남알프스 등산지도'를 최초로 발표하면서 일반적으로 '이천리'로 불리던 마을 이름을 '배내골'로 바꿔야 한다고 강력하게 주장한 바 있다. 그 후 이 새로운 이름을 많이 부르고 있어 뿌듯한 보람을 느끼지만 정작 그 배경에 대해서는 아직도 얼토당토 않는 해석들을 붙이고 있어 이를 바로 잡기 위해 잠깐 가던 길을 멈춘 것이다.

'영남알프스'는 '처진 소나무'로 유명한 운문사가 있는 경상북도 청도군의 운문산(雲門山, 1,188m)과 나머지는 울산광역시 울주군에 위치하고 있는 높이 1천 미터가 넘는 여덟 봉을 일컫는다. 유럽의 알프스와 풍광이 버금간다는 뜻에서 영남알프스라는 이름이 붙었다지만 왠지 좀 어설픈 느낌이 드는 것도 사실이다. 그렇다고 딱히 대체할 만한 이름도 없지만.

그 최고봉으로 경북 청도군 운문면과 경계를 이루며 석남사를 품고 있는 가지산(1,240m)이 북쪽에 있고, 서쪽은 천황산(1,189m)과 밀양 표충사를 품고 있는 재약산(1,119m)이 밀양시 단장면과 경계를 이루고 있다. 동쪽으로는 경주시 산내면으로 가는 고헌산(1,034m)으로부터 울주군 상북면에 있는 간월산(1,083m)과 신불산(1,159m)으로 내려오다 남쪽에 양산 통도사를 안고 있는 영축산(靈鷲山, 1,081m)이 양산시 원동면과 하북면에 걸쳐 있다. 이 동과 서의 수려한 산들 가운데에 들어선 자연협곡 사이로 일급수의 깨끗한 계곡물이 북에서 남으로 그 폭을 넓혀 가며 20리에 걸쳐 흐르고 있다.

그러면 이곳을 왜 '이천리로 부르는지 궁금해진다. 지명이 배 이(梨), 내 천(川)이다. 필자는 그 해답을 한자의 음(音)과 훈(訓)을 이용하여 우리말을 표기했던 이두문(吏讀文)에서 찾았다. 예컨대 '가지산'의 한자 표기는 '加智山' '迦智山' '迦知山' 등 천차만별인데 원래는 '까치산'이라 부른 우리 이름을 이 두문으로 표기하다 보니 그렇게 가지를 친 것이다. 실제 까치와 포수의 옛날 이야기와 쌀바위·귀바위 등의 전설이 여기에서 나왔다는 사실이 이를 뒷받침한다.

한편 그 당시 촌로들을 찾아다니며 탐문했지만 얼음골 사과는 유명하지만 여기가 배의 생산지였다는 얘기는 들어보지 못했다고 했다. 또 기후가 배 재배에 맞지 않다는 것이다. 그러니 이천리의 지명이 더욱 생뚱맞다는 결론에 이른다.

위에서 얘기한 것처럼 지도를 그려 보면 더 분명해지는데, 이천리는 영락없이 영남알프스를 잉태한 여자의 자궁과 같은 모양이다. 말하자면 아이 밸 배(胚)와 그 안을 뜻하는 내(內)가 합쳐진 '배내'라는 의미가 수긍이 가는 지형이다. 흔히 갓난 아기가 입을 오물오물 하면 '배냇짓 한다'는 표현처럼 딱 맞아 떨어지는 대목이다. 그렇다! 이천리(梨川里)가 아닌 '배내골(胚內谷)'이다.

구포다리와 사라호 태풍

오른쪽에 양산시 물금읍과 김해시 상동면을 잇는 양산낙동강교와 제2낙동대교를 지나니 드디어 눈에 익었을 법한 구포대교가 보인다. 그 아래로 부산광역시 강서구 대저 2동과 사상구 감전동을 잇는 남해고속도로로 연결되는 강서낙동대교가 들어서 있다.

많은 다리도 어지럽고 어리둥절하지만 이제 그 옛날 구포다리의 모습은 찾아볼 수가 없다. 현재는 1993년 12월 31일에 개통된 구포대교가 그 역할을 대체하여 수행하고 있다.

구포교(龜浦橋)는 1933년 일제 때 완공되어 2003년 9월 14일 태풍 매미로 인해 유실되기 직전까지 70년간 김해 부산 시민들의 삶과 희로애락을 함께 하다가 2008년 철거되어 역사의 뒤안길로 사라졌다. 길이 1,060m, 폭 8.4m로 당시 동래군 구포면(현재의 부산광역시 북구 구포동)과 김해군 대저면(현재의 부산광역시 강서구 대저동)을 잇는 형태로 낙동강 최초의 교량으로 개통되어

그 옛날 구포다리의 모습은 사라지고 새로운 구포대교가 들어섰다.

당시에는 대한민국에서 가장 긴 다리였다.

　지금도 기억이 생생하다. 내가 초등학교 5학년 때였던 1959년 9월 17일 추석날 아침 몰아친 '사라호' 태풍이다. 1904년 한반도에서 기상관측이 시작된 이래 가장 규모가 큰 태풍으로 사망 781명, 실종 206명, 부상 3,001명 등으로 총 이재민 37만3,459명의 막대한 인명 피해와 선박 파손 11,704척 등 총 1,900억 원(1992년 화폐가치 기준)의 재산 피해가 발생했던, 전쟁을 방불케 하는 참상이었다.

　학교가 임시 휴교했고, 그 당시 신문에는 구포교의 상판이 내려앉고, 그 밑으로 초가지붕에 사람과 가축이 올라 탄 채로 낙동강을 떠내려가는 사진이 실려 있었다. 또 그 폭우와 강풍 속을 지나가던 사람이 마치 마법의 양탄자처럼 날아간 양철지붕의 함석에 맞아 다리가 잘렸다는 흉흉한 얘기도 나돌았다. 당시 자연의 위력 앞에 인간이 할 수 있는 것은 아무것도 없었다.

나의 고향 김해와 구지봉 전설

경상북도 고령군에서 대가야를 만났으나 여기 경상남도 김해시 서상동에서 가락국(駕洛國)의 시조이자 김해 김씨의 시조인 김수로(金首露, 42~199) 왕을 만난다. 둘레 65m, 높이 5m의 김수로 왕의 봉분이 있는 왕릉공원에는 조선 인조 25년(1647)에 세웠다는 비석과 수로 왕 신위를 모신 숭선전(崇善殿), 시조 왕후의 영정이 봉안된 숭정각(崇楨閣), 가락국 2대 도왕부터 9대 숙왕까지 8명의 왕과 신주를 모신 숭안전(崇安殿) 등이 있다.

나의 고향인 김해시 서상동에서 동광초등학교와 김해중학교를 다닐 때, 김수로 왕릉은 놀이터였다. 그때만 해도 역사·문화에 대한 인식은커녕 당장 먹고 사는 게 힘들 때라 공터만 있으면 우리들의 놀이터였다. 당시 수학여행은 합천 해인사, 밀양 표충사 정도면 제법 괜찮은 편이었다.

김해시 구산동에 있는 구지봉(龜旨峰)은 가야의 건국설화를 간직한 곳이다. 신라 유리왕 19년(AD 42) 3월 변한의 부족장들이 백성들과 함께 구지봉에 올라 하늘에 제사를 지내고 춤을 추면서 일제히 "거북아 거북아 머리를 내놓아라. 그러지 않으면 구워서 먹으리."라는 좀 섬뜩한 구지가(龜旨歌)를 불렀다. 그러자 하늘에서 빛이 나더니 곧 붉은 보자기에 싸인 금빛 상자가 내려오고, 그 안에 둥근 황금색 알 6개가 들어 있었다. 12일 후 이들 알에서 사내아이들이 태어났는데, 그 가운데 가장 먼저 깨어난 키 9척(약 2m), 얼굴은 한고조(漢高祖) 유방(劉邦, 247?~195 BC), 눈썹은 요(堯) 임금, 눈동자는 순(舜) 임금 같은 소년이 수로 왕으로 가락국의 왕이 되었고, 나머지 소년들도 각각 5가야의 왕이 되었다고 한다.

그러니까 가락국 건국 설화에 따르면 수로 왕을 비롯한 6형제는 모두 AD 42년에 태어났고, 김수로 왕은 태어나자마자 가락국을 세우고 199년에 158세로 사망했다니 이를 어떻게 해석해야 할지?

이 난생설(卵生說)의 설화에서 붉은 줄은 탯줄을 의미하고, 황금 알이 담긴 황금상자는 엄마가 아기를 키우는 아기집을 뜻한다. 또 알과 상자가 모두 황금빛인 것은 철기문화를 뜻하는 것이고, 청동기 사회에서 금과 철기는 새로운 사회를 여는 커다란 힘이 되므로 6왕은 외부에서 철기문화를 가지고 온

사람을 상징한다고 해석한다.

이와는 달리 정견모주설이 있다. 가야산의 여신 정견모주(正見母主)가 하늘의 신(神)인 이비가(夷毗訶)에 감응하여 두 아들을 낳았는데, 한 명은 금관가야의 시조가 된 수로 왕이고, 다른 한 명은 대가야의 시조가 된 이진아시(伊珍阿豉) 왕이었다는 것이다. 아무튼 수로 왕이 그만큼 모든 백성들이 간절히 기도하며 기다린 훌륭한 지도자였다는 점은 분명해 보인다.

또 구지봉에는 고인돌에 새긴 '구지봉석(龜旨峰石)'이라는 글씨가 있는데 조선 중기 서예가인 한석봉(韓石奉)이 쓴 것이라고 한다. 우리가 하면 낙서지만 명필이 쓰면 전설이 된다는 사실을 느끼는 곳. 또 구지봉에는 김수로 왕의 아내의 무덤인 '허황후릉'이 있다. 일제 시대 때 지맥(地脈)을 끊기 위해 거북의 목 부분에 해당하는 곳을 싹뚝 잘라 길을 내버렸다. 지금의 김해·마산을 잇는 14번 국도다. 1993년 허황후릉을 정비하면서 잘린 거북의 목 부분을 가까스로 연결, 그 곳을 흙으로 덮어 그 아래에 작은 터널을 만들고 위로는 작은 오솔길을 냈다.

김수로 왕과 아유타국의 허황옥 공주

김수로 왕의 부인은 인도 아유타국의 공주 허황옥(許黃玉, 33~189). 그녀는 무려 156세를 산 신화적인 인물로, 16세에 오빠인 속명 허보옥(許寶玉)인 장유화상(長遊和尙)과 13명의 하인과 함께 배를 타고 와서 가락국 수로 왕의 배필이 되었으며, 이에 수로 왕은 아유타국 선원들에게 비단 450필, 쌀 150섬을 하사했다고 한다. 이 사실은 여러 가지 의미를 지닌다.

첫째, 당시 가락국은 해안가에 있었을 것이란 점이다. 김해지역에서 발견된 회현리 패총(貝塚·조개무지)의 예를 보더라도 오늘날의 김해 시내가 당시에는 바닷가였고, 김해는 이러한 해안을 중심으로 발달하였다는 사실을 알 수 있다.

둘째, 하사한 물량은 대단히 많은 물량으로 당시 이를 싣고 움직일 수 있는 배를 이미 갖고 있었으며 국제적인 뱃길도 꿰뚫고 있었다는 것을 보여준다. 따라서 그러한 물량은 단순한 하사품이라기보다는 교역 물량이라고 보는 것이 옳을 것이다.

셋째, 김수로 왕과 허황옥의 결혼은 우리나라 최초·최고(最古)의 국제결혼이었다는 점이다. 허황후는 아들 10명을 낳았는데, 맏아들 거등(居登)은 김씨로 왕통을 잇게 했지만, 둘째, 셋째 아들은 아내의 허씨 성을 따르게 했다. 게다가 16살에 시집와서 189년 죽기까지 140년 동안 가족과 고향을 그리던 서역(西域) 아내를 사랑했기 때문에 죽어서라도 자기의 고향을 볼 수 있도록 하기 위해, 하늘은 가깝고 먼 바다가 한눈에 들어오는 자신이 누울 명당자리를 양보한 남편 김수로 왕의 순애보! 2천여 년을 훌쩍 뛰어넘는 한 편의 찡한 드라마다.

이는 모계성(母系姓)을 따른 첫 사례로 김해 허씨(金海許氏)의 세계(世系)를 이어오고 있다. 그런데 '삼국유사'나 '삼국사기'에는 전하지 않으나 한 명의 딸 묘견공주(妙見公主)가 있었다는 얘기도 전한다. 나머지 일곱 아들은 1세기경 그들의 외삼촌인 범승(梵僧) 장유보옥(長遊寶玉) 화상(和尙)을 따라 불가에 귀의(歸依)하여 6년 만에 하동칠불(河東七佛)로 성불(成佛)하였다고 한다. 하동 쌍계사 북쪽 9km, 지리산 반야봉(1,732m) 남쪽 800m 지점인 깊은 계곡에 자리 잡고 있는 '칠불암(七佛庵)'이 바로 그곳이다. 칠불의 명호는 모두 '금왕(金王)'으로 시작하는 광불(光佛), 당불(幢佛), 상불(相佛), 행불(行佛), 향불(香佛), 성불(性佛), 공불(空佛)이다. 이 칠불암은 쌍계사의 부속 암자 중 하나이나 '칠불사'로 불릴 만큼 규모가 크다.

낙동강 하구둑의 환상적인 야경

저만치 부산 낙동강 하구둑이 보인다. 날이 저물어 조명이 여러 색깔로 덧씌우는 하구둑의 야경은 환상적이다. 자전거로 고향 김해, 부산에 도착했다는 이 믿기지 않는 현실은 감격이다. 마음이 들뜬다. 낙동강 좌안으로 달리다 이제 하구둑에서 우틀(우회전)하여 차들이 씽씽 달리는 공도교를 지난다. 그 끝단의 오른쪽 코너에 자리잡고 있는 인증센터. 국토종주 및 낙동강 자전거길 종점(하구둑)이자 출발점이다. 안동댐 기점으로부터 여기까지의 낙동강 종주 자전거길 389km, 인천 아라서해 갑문 기점으로부터 국토종주 자전거길

조명이 여러 색깔로 덧씌우는 낙동강하구둑의 야경은 환상적이다.

633km의 대장정이 끝나는 지점이다.

낙동강 하구둑은 1983년 부산 사하구 하단동에서 강서구 명지동까지 을숙도를 가로질러 세워진 거대한 물막이로, 바다로 들어가기 직전의 마지막 낙동강물이 만나는 지점이다. 이 낙동강이 부산광역시 북단인 강서구 대저1동의 대저수문(大渚水門)에서 갈라지는데, 그 하류 중간에 퇴적한 하중도(河中島)가 '낙동강 삼각주 평야'로 토지가 비옥하고 생산성이 높은 곳이다. 본래 낙동강 삼각주 평야는 '김해 삼각주 평야'로 불렸으나 낙동강 하구가 김해군에서 부산광역시로 편입되면서 더 광범위한 의미로 '낙동강 삼각주'로 고쳐 부르게 되었다.

낙동강 삼각주의 규모는 남북으로 약 30km에 이르고, 너비는 좁은 부분이 약 6km, 넓은 부분은 약 16km에 이른다. 낙동강의 하구는 낙동강의 지류인 양산천이 합류하는 지점에서 넓게 개방되어 남해로 들어간다. 삼각주 동편으로 양산 단층선이 사하구 남쪽 끝자락인 다대포 해안 몰운대로 이어지고, 서쪽에는 낮은 구릉으로 김해시 대동면과, 남쪽으로는 가덕도에 이어져 있다. 낙동강이 운반해 온 토사와 바다에서 역류해 온 물질의 퇴적으로 형성된 삼각주 평야는 다대 해수욕장 부근에서 계속 성장하면서 새로운 지형의 삼각주 대평원을 만들어가고 있다.

이 낙동강 하구둑의 설치로 만조(밀물) 때 염분 없는 강물을 1년에 7억5천만 톤씩 확보하여 부산 시민의 식수 및 김해평야의 농업용수로 사용하게 되었다. 그런데 낙동강 삼각주의 중심지에 해당하는 대저1동에 김해국제공항이 들어선 후 40여 년간 농업 이외의 용도로 토지 이용이 불가능했던 낙동강 삼각주 평야 주변에 사하구 하단동의 가락타운, 신평동·장림동의 무지개 공단 등이 들어서고, 하부 지역인 명호도에 2만 세대가 거주 가능한 아파트 단지가 들어섰다. 또한 을숙도에 시민공원이, 가덕도에 신항만과 거가대교가 건설되었으며, 녹산 지역과 신호도 지역에는 자동차 공장 등 공업 단지가 조성되었다. 그리고 최근에는 김해비행장 남쪽에 신도시 에코델타시티 건설계획이 발표되었다.

한편 낙동강물이 기나긴 여행을 끝내고 바다로 접어드는 길목에 있는 달걀 모양의 큰 섬 을숙도에 시민공원이 들어섰다. 하늘을 새까맣게 덮을 정도로 철새도래지로 유명했던 을숙도의 백로, 흑로, 왜가리 떼 등 철새들은 갈 곳을 잃어 지금은 경남 창원시 동면 죽동리의 주남저수지, 안동댐 주변과 하회마을 바로 아래 안동시 풍천면과 경상북도 예천군 사이의 구담습지 그리고 금호강 무태교 부근 등에 새로운 둥지를 틀었다.

마구잡이식 개발로 인하여 파괴된 생태계 먹이사슬

우리는 그동안 깊은 생각 없이 진행된 개발 등으로 인해 상징적 생태계 먹이사슬을 파괴하는 문제점을 많이 보아왔다. 조금 편하자고 하면 그만큼 자연에게는 몇 배 이상의 피해가 돌아간다. 자연은 인간의 이기적인 목적 달성을 위해 잠깐 동안의 피해를 받으면 그 대가로 후세대에게 충격적인 재앙으로 갚아준다.

캐나다의 환경보호정책을 본받을 만하다. 캐나다에서는 비록 자기 땅이라 할지라도 발바닥 만한 습지라도 있으면 건축 허가를 절대 내주지 않는다. 등산로는 흙길 그대로 유지하고 콘크리트 포장은 절대 하지 않으며 주차장도 마찬가지다. 내가 로키 산맥의 레이크 오하라(Lake O'Hara)를 등반했을 때 만난 환경연구가는 고산지대에서는 좁은 오솔길만 따라가야지 길 옆 풀 한 포기도 밟아서는 안 된다고 거듭 강조했다. 그 풀을 한 번 밟으면 다시 제 모습을 찾는데 최소한 1~3년이 소요되므로 시간과 돈이 많이 들기 때문이란다.

아무튼 최근 시작된 개발 붐에 따른 성급한 난개발을 막고 천혜의 아름다운 자연경관이 주민들의 쾌적한 생활공간으로 잘 보전하여 후세들에게 값진 유산을 남겨줄 수 있도록 더 늦기 전에 엄격한 환경관리 기준과 그 실행을 최우선으로 삼는 지혜가 필요할 때다.

녹산수문과 어린 시절의 추억

을숙도를 지나 서쪽으로 가면 낙동강 끝 노적봉(露積峰) 옆에 녹산수문(菉山水門)이 있다. 1930년경 일제강점기 때 낙동강 직선화 공사로 시작하여, 1934년 4월에 완공한 우리나라 최초의 강과 바다를 가르는 하구둑 수문이다. 녹산 수문은 밀물 때 바다의 짠물을 차단하고 썰물 때 수문 안쪽 강물을 방류하여 농업용수 확보와 농지의 침수를 예방하는 역할을 한다.

지금도 활발한 활동을 하고 있는 녹산 수문은 최근에 만들어진 새만금 방조제 수문의 원조라고 할 만큼 시설 공학적·문화적 가치가 매우 높은 것으로 김해 평야를 있게 한 중요한 농업 문화재로 보존할 가치가 아주 높다. 이 녹산 수문과 대저 취수문은 모두 강서구청 농산과에서 공무원이 나와 24시간 통제하고 있다.

바로 이 녹산수문에는 나의 어린 시절 추억이 담겨 있다. 어릴 때 1년에 두 번 명절 때마다 아버지를 따라 산소가 있던 강서구 녹산동을 의

필자가 7세 때 아버님과 함께 물이 빠진 녹산수문 앞에서 찍은 사진. 수문 뒤로 노적봉이 보인다.

103

무적으로 가야 했는데 정말 싫었다. 그나마 추석 때는 꼬박꼬박 따라갔는데 당근의 역할을 한 것이 녹산수문이었다. 성산마을을 '황부자'로 소문난 외갓집이 소유하고 있던 배를 타고 꼬시래기를 잡으러 가는 것과 뒷마당 아름드리 포구나무의 열매를 따먹는 희망 때문이었다.

꼬시래기는 경상도말인데 꼬시락이라고도 불린다. 정확한 이름은 풀망둑이지만 전어나 마찬가지로 주로 바닷물과 강물이 합쳐지는 지점에서 산다. 전어는 뜰낚시로 잡지만 꼬시락은 릴낚시나 대낚시로 잡는다. 음력 8일과 23일이 조금(조류가 잔잔한 날. 그 반대는 사리라고 한다)이라 하여 제일 입질이 좋다. 아무튼 그때는 꼬시락이 소쿠리나 동이로 그냥 퍼 담아낼 만큼 자글바글했는데 이젠 거의 자취를 감추었다.

두 놈은 성질이 보통이 아니다. 전어는 뭍으로 나와서는 하루를 넘기지 못하고, 스트레스를 받으면 스스로 숨을 끊을 정도로 독한 놈으로 알려져 있다. 그보다 더한 놈이 꼬시락이다. '꼬시래기 제살 뜯듯 한다'라는 표현이 있을 정도로 화가 나면 주체를 못하고 벽이 있으면 뚫고 들어갈 정도니 전어보다 더하면 더했지 덜하진 않다. 전어는 기름기가 자르르해 참기름 같은 고소함이라면, 꼬시락은 기름기가 전혀 없는 참깨 같은 고소함이다. 꼬시락의 화끈하고 거친 성격은 경상도 사람의 기질과 꼭 닮았다.

통일기원 국조 단군상 앞에서

오후 7시 경에 도착하니 유인인증센터에 사람이 없어 종주인증 스티커는 다음 기회로 미루고 나오는데, 공원 구석 한 켠에 '통일기원 국조단군상'(統一祈願 國祖檀君像)이 세워져 있다. '단기 4332년 3월 20일 한문화운동연합 총재 일지(一指) 이승헌, 통일기원 단군상 건립추진위원 일동'이 건립한 것으로 되어 있다. 흥미를 끈 것은 건립일자가 '단기'로 표기되어 있다는 점이다.

단기(檀紀), 즉 단군기원(檀君紀元)은 단군 왕검(王儉)이 나라를 세웠다는 BC 2333년을 기점으로 세는 연도를 말한다. 예컨대 단기 4332년이면 서력기원(西曆紀元), 즉 서기(西紀)로 1999년(4332−2333)이 된다.

필자가 어렸을 때 달력에는 으레 단기로 표기되어 있었다. 그러다가 서기와

낙동강하구둑 인증센터에 세워져 있는
통일기원 국조 단군상.

병용 표기하다가 어느 시점부터 서기만 쓰게
되었다.

　단군은 조선 시대부터 본격적으로 국조(國
祖)로 추앙되었고, 특히 일제강점기 동안 대종
교(大倧敎) 및 독립운동의 정신적 토대로 큰
역할을 하였다. 한배검(왕검)이 38세 되던 BC
2333년 수도를 아사달(오늘날의 백두산 기슭)
로 정하고, 천부삼인(天符三印)과 천부경(天符
經)을 이어받아 홍익인간(弘益人間, 인간세상
을 널리 이롭게 함), 재세이화(在世理化, 세상
에 나아가 이치대로 다스림)의 정신으로 단군
조선(고조선)을 세웠다는 것이다.

　이에 위협을 느낀 일제가 '종교통제안'을 공
포하여 탄압을 노골화하자, 존폐위기에 몰
린 대종교, 즉 단군교의 교조인 나철(羅喆,
1863~1916)은 1916년 8월 15일 황해도 문화현
구월산(九月山)의 삼성사(三聖祠)에서 일제의
폭정을 통탄하는 유서를 남기고 조식법(調息法)으로 자결하였다. 삼성사는
조선 세종 때 한인(桓人·환인), 한웅(桓雄·환웅), 한배검(왕검) 단군의 신주
를 모신 역사적인 곳이다.

　2세 교주가 된 김교헌(金敎獻)은 3·1운동 이후 만주로 들어가는 동포들
을 포섭하여 비밀결사단체인 중광단(重光團)을 조직하여 항일구국운동에 앞
장서게 하였다. 그 실례로 1920년 일본군을 크게 무찌른 청산리(靑山里) 전투
의 주역이었던 무장독립운동단체인 북로군정서(北路軍政署)의 장병 대부분이
대종교인이었다. 일제는 이에 대한 보복으로 다음해에 대토벌작전을 전개하여
수많은 교도들을 무차별 학살하자 김교헌은 통분 끝에 병으로 죽었다.

　3세 교주가 된 윤세복(尹世復)은 총본사를 발해의 옛 도읍터였던 동경성
(東京城)으로 이전, 구국운동을 계속하였다. 그러나 1942년 11월 윤세복 외

20명의 간부가 '조선독립을 목적으로 한 단체구성'이란 죄목으로 일본 경찰에 검거되어 흑룡강성 액하옥중(掖河獄中)에서 고문으로 사망하거나 옥사하였다. 이때 앞에서 언급한 경남 의령 출신인 백산 안희제 선생도 순교하였다.

이렇게 대종교의 역사는 항일독립운동과 함께 했으며, 그 정신적 지주가 우리 고유의 단군 사상에 있었음을 엿볼 수 있다. 이러한 선현들의 뜻을 이어 한문화운동연합에서 '통일기원 국조 단군상'을 360개 건립했으나 목이 날아가고 페인트를 퍼붓는 등 폐쇄적이고 편협한 신앙이 빚은 충격적인 일들이 일어났다. 종교는 선택의 문제이지 우열의 문제는 아니라고 본다. 예로부터 자기 스스로를 업수이 여기면 남도 업수이 여기는 법이라고 했다.

역사적으로 우리는 침략을 당하기만 했고, 우리의 소중한 문화를 정작 알지 못하고 오히려 비하(卑下)하는 속성에 물들어 있었지 않나 싶다. 일제시대 때 일본은 창씨개명을 요구하고 일본어를 가르치려고 했다. 지금 중국은 세계를 대상으로 '공자학원'을 만들어 중국어 및 중국문화를 전파하고 있다.

이왕 민족의 통일을 기원하는 마음과 민족사 바로 세우기의 정신을 담은 단군 운동이라면 이제라도 세계적으로 우수한 한글을 보급하고, 홍익인간·재세이화의 문화적·교육적·철학적 한류(韓流)로 발전시켜 세계화를 지향하는 밑거름으로 활용할 수 있지 않을까?

낙동강 및 국토종주 자전거길 대장정 인증 스탬프를 누르다

무인인증센터에서 마지막 스탬프를 흥분을 누르며 찍고 있는데 마침 남자 두 분이 막 도착해 자전거를 머리 위로 번쩍 들어 만세를 부른다. 서로는 동시에 누가 먼저랄 것도 없이 이심전심으로 자전거 전조등과 헤드 램프, 플래시 등을 있는 대로 다 밝혀 만세를 부르며 사진촬영을 해 주었다. 마침내 해냈다는 그 진한 감격과 성취감을 어떻게 말과 글로 다 표현할 수 있으리오!

특히 우리 부부는 길을 잘못 들어 헤매며 우회하는 경우가 많았고, 호기심이 많아 이리 기웃 저리 기웃하는 바람에 3박 4일 동안 400km를 훨씬 넘는 대장정(大長征)이었지 싶다. 나는 안동댐에서부터의 '낙동강 종주'였지만, 아내는 인천 아라서해갑문에서부터 633km(엄밀히 말하면 698km)의 '국토 대

낙동강하구둑을 마지막으로 4000여 km의 '낙동강 종주 자전거길'을 완주하고 만세를 부르는 손영호·이양배 부부.

국토종주 4대강 노선 '낙동강 자전거길' 개통 기념비 앞에서.

아라서해갑문~낙동강하구둑 633km의 '국토종주'를 완수한 그미의 감회는 남다르다.

종주'를 달성했으니 그 기쁨은 나보다 몇 배 더 컸을 것이고 서럽도록 감격한 순간이었으리라.

무릇 세계 4대 문명 발상지는 나일 강변의 이집트 문명, 티그리스·유프라테스 강 유역의 메소포타미아 문명, 인도의 인더스 강 유역의 인더스 문명, 중국 황허(黃河) 유역의 황허 문명으로 모두 큰 강을 끼고 있다는 공통점이 있다. 인류는 생명의 젖줄이자 농경의 근원이며 교통의 중요 수단인 물을 다스리고 이용하는 대응의 과정을 통하여 문명을 발달시켜 왔다.

강원도 태백시 황지(黃池) 연못에서 발원하여 굽이굽이 1,300리(525km)를 흘러내린 우리의 낙동강은 가야 500여 년과 신라 천년의 찬란한 문화를 꽃피웠으며, 조선 시대 부산 동래에서 한양으로 가는 관로인 영남대로가 지나갔고, 베랑(벼랑)길 따라 민중의 삶이 깃든 곳이며 우리 전통문화의 향기를 느낄 수 있는 길이다. 임진왜란 때는 왜군의 침략통로였지만 의병들의 활약상이 빛을 발하기도 했던 곳이다. 일제 강점기에는 독립을 쟁취하기 위한 피나는 노력과 투쟁이 있었고, 6·25전쟁 최후의 격전지로서의 상흔을 간직하고 있어 민족의 애환과 정서가 고스란히 서려 있는 길이다.

또한 낙동강은 경상남북도의 식수이자 너른 평야를 적시는 농업용수이며 크고 작은 산업단지의 공업용수로 활용된다. 이처럼 낙동강은 오랫동안 영남인들의 삶의 젖줄이자 근대화와 산업화의 대동맥 역할을 해왔다.

낙동강 자전거길 종주를 마치고

우리는 마지막 낙동강 하구둑에 이르기 전에 8개의 보를 지나왔다. 모두 수질 개선용이라기보다는 수위 조절 용도로 설치되었다. '수질은 물의 양이 아니라 흐르는 속도가 더 중요하다'며 '아무리 멋지게 만든 명품 가동보라 할지라도 강을 호수로 만드는 4대강 사업은 결국 강물의 흐름을 지체시켜 국민의 식수를 썩은 물로 만드는 것'이라고 말도 많고, 많은 반대에 부딪힌 사업이었다.

그런데 농경지의 물을 효과적으로 확보하기 위한 수많은 배수장·양수장과 종말처리장이 곳곳에 설치돼 있고 거기엔 근사한 사무실 건물을 지어 놓은 것을 보았다. 어떤 곳엔 공무원 두어 명이 24시간 근무하는 곳도 있으니 그들의 근무 환경과 관리의 편의를 위해 마땅히 그럴 만도 하다. 하지만 안동의 어느 마을에서 이게 뭐냐고 물었을 때 대답하던 한 노인의 말이 귓가를 때린다. "자기 돈 아니니 지들 맘대로 짓는 거지 뭐!"

식당과 잠자리를 찾으러 오던 길을 되돌아 하단쪽으로 가니 '해수피아 찜질방'이 나온다. 우선 찜질방에 자전거 두 대를 묶어 두고 바로 옆에 있는 식당가를 찾아갔다. 요즘 한국에서 가장 성공한 요리연구가로 뜨고 있는 '백종원' 이름을 내건 우(牛)삼겹살 식당에서 그동안의 부실했던 영양 보충을 하고 서로 장하다는 격려로 낙동강 및 국토 종주 완수를 자축했다.

돌이켜 보면 우리 부부가 당한 위기 때마다 구세주 같은 분들의 도움이 없었다면 큰 낭패를 당했을 것은 불을 보듯 뻔하고, 아마 중도 포기했을 지도 모를 일이다. 예컨대 안동하회마을에서 때늦은 식사와 민박집까지 가르쳐준 '길목에' 식당 아주머니, 강정고령보의 왕통발 '몬스터 휠' 윤옥희 사장님, 대동월포로에서 길을 가르쳐준 기사님, 박진고개를 지난 의령군 부림면의 미니슈퍼 및 두발자전거 쉼터 주인장, 그밖에 곳곳에서 마음에서 우러나오는 인정미를 느끼게 했던 분들과 심지어 목례와 손 흔들기 그리고 인사말로 지나치던 라이더분들의 격려와 성원이 없었다면 이 장정은 무척이나 지루하고 긴 고통이었을 것이다.

인간은 누구나 시한부 인생을 살고 있다. 이번 낙동강 자전거길 종주에서 구석구석 우리의 역사와 문화 등을 살펴보면서 느낀 것은 세월은 무상하지만 살아있는 동안

부산 하단에 있는 백종원 우삼겹살 식당에서 영양보충을 하고 있는 필자.

은 최선을 다해 열심히 그리고 남을 배려하는 삶을 살아야한다는 값진 교훈이다. 그것만으로도 성공이다. 여기에 진정한 자축의 의미가 있으리라.

국토종주의 대단원을 마무리한 아내에게 시인 황지우의 '늙어가는 아내에게'라는 시를 바치고 싶다.

> 내가 말했잖아/ 정말, 정말, 사랑하는/ 사랑하는, 사람들,//
>
> 사랑하는 사람들은, 너,/ 나 사랑해?/ 묻질 않어//
>
> 그냥, 그래,/ 그냥 살어/ 그냥 서로를 사는 게야//
>
> 말하지 않고,/ 확인하려 하지 않고,/ 그냥 그대 눈에 낀 눈꼽을 훔치거나/
>
> 그대 옷깃의 솔밥이 뜯어주고 싶게/ 유난히 커보이는 게야//
>
> 생각나? (중략)
>
> 이제는 세월이라고 불러도/ 될 기간을 우리는 함께 통과했다//
>
> 살았다는 말이 온갖/ 경력의 주름을 늘리는 일이듯/
>
> 세월은 넥타이를 여며주는/ 그대 손끝에 역력하다/
>
> 이제 내가 할 일은 아침 머리맡에/ 떨어진 그대 머리카락을/
>
> 침 묻힌 손으로 짚어내는 일이 아니라/
>
> 그대와 더불어, 최선을 다해 늙는 일이리라//
>
> 우리가 그렇게 잘 늙은 다음/ 힘없는 소리로, 임자, 우리 괜찮았지?/
>
> 라고 말할 수 있을 때,//
>
> 그때나 가서 그대를 사랑한다는 말은/ 그때나 가서 할 수 있는 말일 거야

낙동강 종주에서 여정을 끝낼지 아닐지는 내일 생각해 보기로 하고, 찜질방에서 오늘 100여 km를 달려온 노독을 냉탕 온탕 들락거리며 풀었지만 떨어져서 홀로 자는 잠은 영 편치 않았다.

캐나다 한인 부부의 자전거 여행 1000km

영산강 종주 자전거길

부산 서부시외버스 터미널 – 목포 –
영산강 하구둑 – 느러지 관람전망대 –
죽산보 – 승촌보 – 북광주 –
담양 대나무숲 – 메타세쿼이아 길 –
담양댐 인증센터까지

강물 따라 역사는 흐르고

영산강 종주 자전거길

[첫째 날]
부산 서부(시외버스) 터미널 – 목포 – 영산강 하구둑 인증센터까지

9월 12일 월요일, 아내는 국토종주(아라서해갑문~낙동강 하구둑)를 완료하고, 나는 낙동강종주(안동댐~낙동강하구둑)를 끝낸 다음날, 무언가 허전해서일까, 자신감이 붙어서일까, 둘은 의기투합하여 내친 김에 '4대강 종주'에 도전하기로 했다. 그미는 이미 한강과 낙동강은 끝냈지만(낙동강은 국토종주에 포함된다.) 이제 영산강과 금강을 남겨두고 있었다. 물론 섬진강은 4대강 종주에 포함되지는 않지만 나중에 그랜드슬램을 달성하기 위해서는 반드시 완주해 두어야 할 곳이다.

목포행 버스를 타다

일단 부산 하단에서 비교적 가까운 거리에 있는 사상 서부시외버스 터미널에 가서 버스편을 알아본 다음에 코스를 정하기로 했다. 찜질방 방향에서는 자전거길이 없다. 어제 하구둑 가던 자전거길로 다시 건너갔어야 했는데 아침부터 주체 못할 정도로 비가 쏟아져 배낭 커버 씌우고 비옷 입고 그냥 차도의 갓길과 인도를 이용하여 길을 묻고 물어 가다 보니 거의 한 시간이 걸려 어렵사리 도착했다. 그나마 낙동강 종주 때는 비가 오지 않아 얼마나 다행이었는지 감사할 일이다.

버스 노선별 시간표를 보니 가장 빠른 시간에 갈 수 있는 곳이 목포행 10시여서 표를 끊었다. 그래서 '영산강 종주 자전거길'을 먼저 선택한 결과가 되었다. 그런데 이른 시각이라 아직 터미널 내 식당들이 문을 열지 않아 편의점에서 간편식으로 아침을 해결하고 목포행 고속버스를 타다.

남해고속도로 섬진강휴게소에서 '10분 휴식'이라고 운전기사가 말했지만 화장실 갔다 서둘러 점심을 먹고 왔는데도 딱 1분이 초과됐다. 미안하다며 탔는데 기사가 구시렁거리기에 째려 봤더니, 더 이상 말은 없었지만 속으로는 이렇게 군대식으로 시간관념이 철저한가 하고 적이 놀랐다. 우리 뒤에 또 한 사람이 탔지만 그때는 아무 소리가 없어 지역감정(?) 때문인가 하는 의구심도 들었다.

한데 이 버스는 말이 고속버스이지 광양시로 들어서면서부터 아예 마을버스로 변한다. 시간은 많이 걸렸지만 덕분에 하루 종일 내리는 비를 차창 밖으로 즐기는 여유와 휴식을 가졌을 뿐만 아니라 이때 가다 서다를 반복했던 곳과 그 지명들을 익힌 탓에 영산강 및 섬진강 종주 자전거길에서 덜 생소했다.

거의 5시간이 걸려 목포에 도착!

목포(木浦)는 호남지방을 대표하는 영산강을 끼고 있는 탓에, 1897년 개항한 뒤로 뭍사람들이 바다로 나가는 관문이요, 섬사람들이 육지로 올라오는 가교역할을 하면서, 인구 6만 명에 전국 6대 도시로 성장하여 일흑(一黑: 김), 삼백(三白: 면화, 쌀, 소금)의 집산지로 명성을 얻게 된다.

선교사들에 의해 전남지방에서 기독교가 처음 들어왔고, 근대적인 학교와 의술도 들어왔다. 을사늑약 이후 일제는 호남지방의 특산물을 수탈하는 창구로 이용하기도 했다. 1949년 목포부를 목포시로 고쳐 부른 뒤, 오늘에 이르기까지 목포 신항과 무안 국제공항을 건설하고, 대불공단과 삼호공단을 조성하여 서남해안 시대의 중추적 기능을 담당하는 미래의 도시로 도약하고 있다.

유달산(儒達山)은 228m로 서울의 남산과 비슷한 낮은 산이지만, 산정(山頂)이 가파르고 기암절벽이 첩첩이 싸여 있어 호남의 개골산(皆骨山, 금강산의 겨울이름)으로 불린다. 정상에 올라서면, 목포항에 출입하는 선박과 시가지, 목포대교, 삼학도, 영산호, 다도해가 한눈에 들어온다. 유달산은 신선이 춤을 추는 모습과 흡사하여 영혼이 거쳐 가는 곳이라고 한다.

옛날부터 사람이 죽으면 유달산 일등바위에서 심판을 받은 뒤, 이등바위로 옮겨 대기하고 있다가 극락세계로 가는 영혼이 3마리의 학, 즉 삼학도(三鶴

島)를 타고 고하도에 있는 용머리에 실려 떠나고, 용궁으로 가는 영혼은 거북, 즉 귀도(龜島)의 등에 실려 용궁으로 떠났다는 전설이 있다.

가수 이난영과 '목포의 눈물'

모든 것은 아는 것만큼 보인다고 하기에 난생 처음 와보는 목포에 대해 아는 것을 생각해보니 어렸을 때 아버님이 유성기에 맞춰 즐겨 부르시던 '목포의 눈물'과 '목포는 항구다' 등이 전부다.

> 사공의 뱃노래 가물거리며
> 삼학도 파도 깊이 스며드는데
> 부두의 새악시 아롱젖은 옷자락
> 이별의 눈물이냐 목포의 설움
>
> 삼백 년 원한 품은 노적봉 밑에
> 님 자취 완연하다 애달픈 정조
> 유달산 바람도 영산강을 안으니
> 님 그려 우는 마음 목포의 노래
>
> 깊은 밤 조각달은 흘러가는데
> 어찌타 옛 상처가 새로워진가
> 못 오는 님이면 이 마음도 보낼 것을
> 항구에 맺은 절개 목포의 사랑

'목포의 눈물' 노래 전문이다. 요절한 문일석(文一石, 1916~1944; 본명 윤재희)이 지었다는 이 가사에 손목인(孫牧人, 1913~1999)이 곡을 붙여 1935년 목포가 고향인 19세의 무명가수 이난영(李蘭影, 1916~1965)이 부른 이 노래는 억눌린 채 잠재된 민족의 공감대에 불을 댕겨 발매되자마자 그 당시에는 어마어마한 5만 장이나 되는 음반이 팔려 나갔다.

이에 당황한 조선총독부는 음반 발매를 금지하고 관계자를 불러 조사를 했다. 이 노래의 가사 가운데 "삼백년 원한 품은 노적봉 밑에"가 조사의 초점이었다. 노적봉(露積峯)은 목포시 유달산에 있는 거석 봉우리로 유달산의 별칭이다.

임진왜란 때 충무공 이순신(李舜臣, 1545~1598) 장군이 당시 군사적 열세를 만회하기 위해서 이엉을 엮어 바위를 덮었는데, 마치 그것이 군량미를 덮어놓은 노적처럼 꾸며서, 군량미가 대량으로 비축되어 있는 것처럼 보이게 했다. 또한 주민들에게 군복을 입혀서 노적봉 주위를 계속 돌게 하고, 영산강에 백토가루를 뿌려 바다로 흘러드는 물줄기가 쌀뜨물로 보이게 함으로써 마치 많은 대군이 있는 것처럼 위장하여 왜적들을 물리쳤다는 것이다. 당시 노적봉을 돌던 전술은 훗날 문화예술로 승화되어, 강강수월래로 발전하였다는 전설이 서려 있다.

이 전설은 경상북도 청송(青松)에 있는 주왕산(周王山)의 전설과 비슷하다. 한데 필자는 중국 사대주의 사상의 산물인 전설로 가득한 (예컨대 주왕굴, 대전사, 백련암 등이 주왕과 그의 아들, 딸의 이름이다) 주왕산의 이름을 자연석이 병풍처럼 둘러싸인 모습 그대로인 옛이름 '석병산(石屏山)'으로 바꿔야 한다고 주장한 바 있다.

아무튼 그래서 일제의 검열을 피하기 위해 무슨 뜻인지도 모를 '삼백련(三栢淵) 원안풍(願安風)은'으로 바꾸어 부르다가 광복 후 원래대로 고쳤다. 말하자면 이난영의 '목포의 눈물'은 단순한 노래가 아니라 민족 저항의 표출이었다.

2016년이 이난영 탄생 100주년이었다. 본명 이옥례(李玉禮)로 목포 양동 산동네에서 태어난 이난영은 비음이 섞인 경쾌한 창법이 특징이며 트로트와 신민요를 비롯하여 다양한 스타일의 음악에 모두 능했다. 1937년 21세에 천재적 음악인이었던 김해송(金海松, 1910~1950?)과 결혼하였다. 이후 남편이 작곡한 노래를 부르면서 전성기를 보냈다. 이난영의 2살 위인 오빠 이봉룡(李鳳龍, 1914~1987)도 김해송의 지도를 받아 유명한 작곡가가 되었다.

1950년 한국 전쟁이 발발하면서 김해송이 행방불명되는 사건이 발생했다. 이봉룡은 동생 이난영을 데리고 부산으로 피난했으며, 이난영은 7남매를 혼자 키우며 어렵게 생활해야 했다. 전쟁이 끝나도 김해송은 조선인민군에게 사살되었다는 소문만 남긴 채 돌아오지 않았고, 월북했을 가능성도 있는 김해송의 곡들은 대한민국에서 자유롭게 부를 수가 없었다.

이 가운데 이봉룡이 작곡한 것으로 작곡자 이름을 바꾸어 살아남은 곡도 있었다. 장세정의 '연락선은 떠난다'(1937), 고운봉의 '선창'(1941), 백년설의 '고향설'(1942), 기생출신 가수 이화자의 신민요 '화류춘몽'(1940) 등 그 수는 적지 않다.

1956년 이난영과 김해송의 두 딸과 외사촌 사이인 이봉룡의 딸이 '김치 깍두기'의 음악그룹 '김시스터즈'를 결성하여 미8군클럽에서 활동한다. 그 대가로 받은 초콜릿과 주류 등을 팔아 쌀을 구해 연명하기 위해서였다. 우리나라 최초의 걸그룹은 김해송이 1939년 조직한 '저고리시스터즈'. 멤버는 이난영을 비롯, '오빠는 풍각쟁이야'(1938)를 부른 박향림, '연락선은 떠난다'로 대단한 인기가수였던 장세정과 이화자였다. 그리고 김시스터즈는 쇼제작자 톰 볼(Tom Ball)의 주선으로 1959년 미국 라스베이거스로 최초 진출한다. 요즘 말로 하자면 한류(韓流)와 K-POP의 원조다.

한편 과부 아닌 과부가 된 이난영에게 당대 최고의 인기 가수 남인수(南仁樹, 1918~1962)가 연민의 정을 표하며 다가왔다. 2살 아래의 유부남이었지만 우정을 넘어 연정이 싹튼 두 사람은 세간의 입방아를 무시하고 동거생활을 하였다.

가수 이난영은 1962년 성공한 딸들의 초청으로 미국땅을 밟았다. 이때 이난영의 아들들도 미국에 가서 김브라더즈(김영조, 영일, 상호, 태성)로 활동을 시작했다. 그러나 같은 해 남인수가 폐결핵으로 45세 나이로 요절했다.

두 사내를 떠나보내고 자식들마저 이국땅으로 보낸 박복한 '가요의 여왕' 이난영은 1965년 삼일절 기념공연을 마지막으로 4월 11일 50세 나이로 회현동 빈집에서 심장마비로 사망한다. 한국연예협회장으로 장례식을 치르고 경기도 파주의 공원묘지에 묻혔다.

김시스터즈는 1980년까지 활동하다가 김치에 목말라 하던 김애자가 폐암으로 죽은 1987년 이후부터는 김숙자(76)씨와 김브라더즈가 함께 1995년까지 공연했다. 라스베이거스 선더버드호텔에서 가진 '차이나 돌 레뷰(China Doll Revue)' 쇼에서 성공적으로 데뷔를 한 김시스터즈는 스타더스트호텔에서 공연 중 에드 설리반(Ed Sullivan, 1901~1974)의 눈에 띄어 한 번 출연도 어려운 그의 CBS인기 TV쇼 '에드 설리반 쇼'에 22차례나 출연했다.

한편 동생 이난영이 부른 '목포는 항구다'(1942) 등 인기 작곡가로 활동하던 이봉룡은 1969년에 김시스터즈의 멤버로, 헝가리 부다페스트 출신 예능인 토미 빅(Tommy Vig·79)과 결혼한 딸 민자가 있는 미국으로 이민을 가면서 음악 활동을 중단했다. 1986년에 잠시 귀국하여 여관에서 기거하다가 1987년 1월 9일 사망했다.

이난영 기념사업회는 2006년 3월 25일 41년 만에 이난영의 유골을 고향 목포로 옮겨와 노랫말 속 삼학도(三鶴島)에 안장했다. 안장식은 그녀의 유해를 화장한 뒤 20년생 백일홍 나무 밑에 수목장(樹木葬)으로 치러졌다. 안장지인 삼학도의 삼학사 옆에는 '목포는 항구다' 노래비가 세워졌으며 인근에는 이난영 공원이 조성돼 문을 열었다. '목포의 눈물' 노래비는 1969년 목포 유달산에 건립되어 이 두 곡은 목포를 상징하는 곡이 되었다.

일제강점기, 배가 고팠던 그 시절을 생각해 본다

어느 식당에서 "밥을 먹는 것은 오늘을 살겠다는 약속입니다"라는 간판을 본 적이 있다. 사람이 살아가는 목적이 식욕, 성욕, 지배욕이라 했다. 그 첫째 '식욕', 즉 먹는 것이 해결되지 않고서는 그 무엇도 할 수 없으니 맞는 말이다. 옛 세대는 자애로운 어머니와 엄한 아버지 밑에서 자라났으며 배고픔에서 해방되기 위해 돈을 '벌' 궁리만 했다. 요즘 젊은 세대는 엄한 엄마와 자애로운 아빠 밑에서 돈을 '쓸' 궁리만 한다.

옛 세대가 어렸을 때는 놀이터가 질서의식의 첫배움터였고, 군대가 완성터였다. 학교 교련 시간 또는 군대에서 훈련을 받으면서 누구 하나 잘못하면 일개인이 아니라 전체가 기합(얼차려)을 받으며, 애틋한 전우애와 공동 의식을 배웠다.

태어날 때부터 다 있는 요즘 세대와는 달리 배고팠던 목숨이었고 못 입었던 젊음이었다. 머리채를 잘라 가발을 만들고 외국에서 탄을 캐고 간호사로, 월남전 참전, 중동 건설 등으로 전쟁의 상처를 씻어낸 세대이다. '새마을 운동' 같은 가난에서 탈출하기 위한 억척같은 일꾼이었지만, 그러나 세태만 한탄하고 '침묵하는 세대'였다. 그것이 오히려 정(情)이요 미덕(美德)으로 여겼기 때문이기도 했다.

영화 '국제시장'(2015)의 마지막 장면에서 주인공 윤덕수(황정민)의 독백이 생각난다. "아버지 내 약속 잘 지켰지예? 이만하면 내 잘 살았지예? 근데 내 진짜 참 힘들었어예." 그렇다. 한강의 기적은 신이 준 선물이 아니었다. 가난할 때 태어나선 안 될 후손들을 위해 가난을 이긴 아날로그 세대들의 기적이다.

옛 세대에게는 먹을 수 있다는 자체가 행복이었다. 배를 곯아 봐야 인생이 뭔지, 삶의 철학도 깨우칠 수 있는데, 풍요 속에서 무엇을 먹을까 고민하며 잘 먹어 뱃살빼기를 고민하는 요즘 젊은이들의 시각에서 보면 웃긴다고 할지 눈물겨운 일이라고 할지…

김시스터즈가 악보도 없던 시절 라디오를 듣고 노래를 배우며 10가지 이상의 악기를 능란하게 다루기까지 눈물겹고 피나는 노력을 하여 성공할 수 있었던 이면에는 살기 위한, 아니 김치에 목말라 하며 배고픔을 해결하기 위한 처절한 비애(悲哀)와 어머니 이난영의 '목포의 눈물'이 있었기에 하는 말이다.

일제 강점기 말기에 남인수가 백년설, 박향림과 함께 부른 '혈서지원'을 비롯하여 '그대와 나' 등 태평양 전쟁을 지원하는 강제 동원 가요를 취입함으로써, 그리고 김해송은 이난영과 남인수가 함께 부른 '이천오백만 감격'과 같은 친일 가요 작곡 사실이 알려져, 노무현 정권 때인 2008년 민족문제연구소는 뒤늦게 친일인명사전 수록예정자 명단 음악 부문에 이들을 포함시켰다. 뿐만 아니라 위에 열거한 거의 모든 가수들이 친일파 명단에 포함되었다.

이 같은 결과는 음악부문에만 한정된 게 아니다. 예컨대 1905년 을사늑약이 체결된 사흘 후인 11월 20일 자신이 주필로 있던 황성신문에 을사조약을 규탄하는 '시일야방성대곡(是日也放聲大哭)'을 실었다가 투옥되었던 위암(韋庵) 장지연(張志淵, 1864~1921)도 1914~1918년 사이 조선총독부 어용신문사 매일신보에 주필로 활동했다 하여 친일파로 찍혔다. 또 애국가의 작사자이면서도 친일파라는 전력 때문에 아직까지 인정을 못 받고 있는 좌옹(佐翁) 윤치호(尹致昊, 1964~1945) 등이 있다.

그러나 친일 조선인 앞잡이 등 민족 반역행위와 군국 일제의 강압에 의한 단순 친일 등을 확실하게 규명하지 못하는 현실은 정작 논란거리요 숙제다. 군인 또는 의병으로서 항일투쟁을 하면 수훈감이지만, 그 시대의 아픔과 절망과 기아선상의 현실적인 삶 속에서 일제의 폭압에 의해 일본글을 배우고 창씨개명을 해야 했던 대부분의 백성들은 과연 목숨 내놓고 이념의 선을 뚜렷하게 그릴 수 있었겠는가? 우리 민족사에서 지난 수난의 역사를 평가함에 있어서 그 수치와 잣대를 오늘의 감각으로 평가해서는 안 된다는 이유이다.

또 일제의 서슬 퍼런 총칼의 위협 앞에서 그럴만한 시대적 아픔과 이유가 있었음을 우리 후손들이 십분 이해하여야 한다. 일본에게 협조한 흔적이 조금이라도 있으면 안 된다는 전제로 민족반역으로 매도한다면 일본글을 가르치고 배운 사람도, 창씨 개명을 한 사람들도 모조리 친일인명 사전에 등재시켜야 하며 오늘을 사는 모든 후손들은 거의 다 조선역사에서 반역의 후예들이 되는 것이다.

일제 강점시대의 가수활동은 오늘날의 가수활동과는 전혀 비교할 수 없는 민족 애환과 애국 충정이 서려있었음을 그 당시 노래의 가사를 그 시절로 돌아가 한번 음미해 보면 스스로 알 수 있다. 남인수의 고향 경남 진주에서는 친일의 행적 때문에 '남인수 가요제' 이름을 폐지한다고 한다. 이는 마치 영남 알프스의 '천황산'이 일본의 천황을 지칭한다고 하여 바꿔야 한다는 논리와 상통한다. 어쩌면 문제 삼지 않으면 아무 문제가 없는데 문제 삼으니까 문제가 되는 자업자득이 아닌지 모르겠다.

하지만 설령 친일명단에 올랐다 하더라도 그것이 곧 수치심과 증오심을 드러내 감정적으로 그 당사자를 공격할 일이 아니라 어차피 같은 동족이니 역지사지(易地思之), 즉 입장을 바꿔놓고 생각해 보고 이해와 관용으로 보듬어

안을 마음의 준비를 먼저 해야 할 것이다. 그리고 이를 오히려 악랄한 일제 치하 36년 동안 어쩔 수 없이 당해야 했던 뼈아픈 우리의 역사를 되새기고 기억하는 계기로 삼아, 끊임없이 일본의 죄상을 파헤치고 전범들을 국제사회에 알려 여론화하는 것이 우리 후손들이 해야 할 일이 아닌가 생각된다. 그 좋은 한 예가 '평화의 소녀상' 건립이다.

그미와 삼호대교와 남창대교 사이에서 술래놀이

목포시외버스터미널에서 '영산강 하구둑 인증센터'를 목표로 물어물어 이동하는데 삼호대교 건너기 전에 육교가 나온다. 그 전에 선크림을 바르고 토시 등을 챙기기 위해 잠깐 멈추는 동안 아내가 사라졌다. 여기서 큰 문제가 발생했다.

영산강 하구둑 인증센터는 삼호대교 북단에서 좌회전하면 금방 나오는데, 나룻배 조형물이 있고 그 뒤로 황포돛대 매표소와 선착장이 있는 곳이다. 그러니까 육교만 건너갔으면 아무런 문제가 없을 것을 나는 건너지 않고 삼호대교 남쪽으로 내려가 버린 것이다. 그것도 모르고 강바람을 맞으며 목포의 눈물을 흥얼거리며 신나게 달려가는데 도통 사람이 보이지 않는다 싶었는데 갑자기 길이 끊기고 갓길도 없는 차도가 나온다.

그때서야 잘못됐구나 하고 반대쪽으로 건너가려니 모두 차도뿐 건널목이 보이지 않는다. 어찌어찌해서 건너가니 건물공사장 옆 민가에 사람이 보여 길을 물었다. 30대쯤으로 보이는 젊은 친구는 더위부터 식히라며 자기가 직접 떠왔다는 샘약수물을 권하고 또 권하고, 자기 집에서 키웠다는 야채를 권하고 또 권하는 등 마치 오랜 동기간처럼 편하게 대하여 목포의 인심을 듬뿍 느끼게 했을 뿐만 아니라 이제 목포는 더 이상 눈물이 아닌 희망으로 비쳐졌다.

그 친구의 휴대폰을 빌려 드디어 그미와 연락이 되었다. 이 복잡한 사연을 아는지 모르는지 자기는 남창대교 다리쪽에 있으니 빨리 오라는 것이다. 몇 번을 고맙다고 인사하고 헤어져 다시 삼호대교를 건너가 우회전하여 한참을 달려 다리 부근에서 아내를 만났다. 그러나 좋은 소리가 나오질 않는다.

육교에서 기다리지 않고 혼자 떠난 일에 대해, 그래서 애꿎은 고생만 한 것에 화가 났기 때문이다. 아니 그것보다 인증센터에서 도장 찍는 것이 우선이고 파트너는 안중에도 없었다는 것이 못내 서운했던 것이다.

마침 둑길을 산책하는 촌로에게 다음 인증센터인 '느러지 전망대'까지 가는 길에 숙박 가능한 곳이 있느냐고 물으니 우선 여기서 거기까지는 너무 멀고, 갈수록 마땅한 숙박시설이 없으니 차라리 여기 근방에서 자고 가는 것이 좋겠다는 조언을 해준다. 그래서 아내에게 일단 '다리'에서 기다리라고 하고 혼자 주변 탐색에 나섰다가 돌아오니 그미가 보이지 않는다.

다시 도심 쪽으로 들어가 본다. 나중에 알고 보니 이곳이 '남악신도시'로 광주광역시에 있던 전남도청과 유관기관들이 이전하면서 목포시와 무안군에 걸쳐 개발되고 있는 지역으로 무안군 일로읍이었다. 그때가 벌써 오후 7시, 땅거미가 몰려오는 시각이다. 시내 한 편의점에 들러 카운터 아가씨의 휴대폰으로 그미에게 연락하니 '다리'에서 아직도 기다리고 있는 중이란다.

일이 꼬일려면 이상하게 계속 꼬이는 법인가. 내가 알고 있는 다리는 '남창대교'였고 그미가 말하는 다리는 '삼호대교'였다. 당시 나는 삼호대교 바로 옆에 인증센터가 있는 것을 모르고 있었다. 결국 양 다리 사이를 3번이나 왔다 갔다 하다 완전히 뚜껑이 열린 상태에서 삼호대교까지 갔다가 다시 남창대교 쪽으로 출발하려는 찰나에 부르는 소리에 멈춰 섰다. 아내는 인증센터에서 기다리다 내가 지나가는 것을 어렴풋이 보고 불렀던 게다.

아내는 그 나름대로 해 저문 밤에 아무도 없는 외진 곳에서 마냥 기다리다 나를 보자마자 왈칵 눈물을 쏟아낸다. 목포의 눈물이련가, 작은 가슴이 얼마나 놀라고 안타까웠을까. 하지만 둘은 아무 말 없이 결국 원점인 목포로 되돌아와 '양을숙' 식당에서 해장국으로 저녁을 때우고 그 주변에 있는 '만복모텔'에서 저녁 9시에 여장을 풀었다. '다리'의 해석이 서로 엇갈려 괜스레 안 해도 될 고생만 하고 반나절을 완전히 공친 결과가 되었다. 바보 같은 아날로그 세대의 비애라고나 할까? 하지만 아까 촌로의 충고를 그냥 넘겨듣고 늦은 시각에 다음 코스인 '느러지 전망대'로 갔더라면 더 혹독한 시련을 겪을 뻔했음을 다음날 깨달았다.

[둘째 날]
영산강 하구둑-느러지 관람전망대- 죽산보-승촌보- 북광주까지

광주와 전남의 젖줄 영산강

9월 13일 화요일, 엷은 안개가 드리우고 약간 흐린 이른 아침. 오히려 여행하기 좋은 날씨다. 어제의 악몽을 잊고 다시 시작한다.

영산강(榮山江)은 광주광역시와 전라남도의 젖줄로서 전남 담양군 용면 용연리에 있는 가마골 용소에서 발원하여, 황룡강과 광주천이 광주광역시에서 합류하고 지석천이 나주에서, 함평천, 고막원천 등이 함평에서 합류하여 담양, 나주, 무안 평야를 적시며 목포 하구둑을 지나 황해로 흘러든다. 길이는 115.5km이며 유역면적은 3,371㎢이다.

영산강은 그 좌안, 우안을 따라 이른바 '영산 8경(榮山八景)'을 품고 있다. 자전거길에서 보이는 것도 있고 일부러 우회하지 않으면 못 보는 곳도 있다. 영산강 하구둑이 있는 목포에서 무안, 나주, 광주를 거쳐 담양댐까지 이어지는 영산강 종주 코스의 길이는 133km이지만 강 주변의 테마 코스 111km까지 합하면 영산강 자전거길은 244km에 달한다. 모두 돌아보려면 적지 않은 시간이 걸리는 곳이다. 그러니까 우리는 하류에서 상류로 올라가고 있는 것이다.

영산강 종주자전거길은 '영산강 하구둑' '느러지관람전망대' '죽산보' '승촌보' '담양대나무숲' 그리고 '메타세쿼이아길'과 '담양댐' 등 모두 7개의 인증센터가 있다.

영산호를 가로막은 하구둑의 삼호대교와 대불공단으로 연결되는 철교가 한없이 길어만 보이는데 왼쪽으로 남악신도시를 보며 어제의 악몽이 떠오르는 남창대교를 건너 철교 밑을 통과하여 U턴 해 다시 강의 왼쪽, 즉 좌안을 달린다.

남악신도시로 전남도청을 이전할 때 수많은 반대에도 불구하고 무안으로 안착될 수 있었던 것은 동양철학의 풍수지리가 큰몫을 했다고 한다. 도청이

아침 안개 드리운 영산강 풍경.

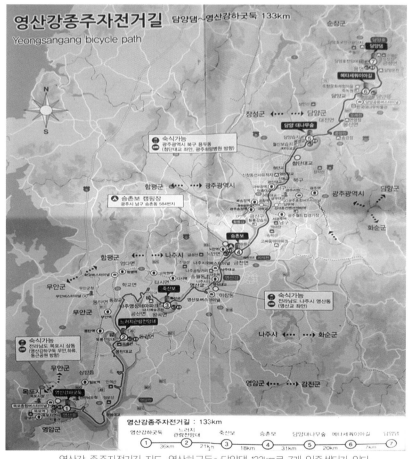

영산강 종주자전거길 지도. 영산하구둑~담양댐 133km로 7개 인증센터가 있다.

새로 들어선 무안의 남악(南岳)은 서울의 북악(北岳)과 맥을 같이하는 지명으로 이 곳에 오룡산(五龍山)이 있고, 오룡산 아래 마을 이름이 회룡리(回龍里)라고 한다. 다섯 마리의 용이 구슬을 다투다 되돌아오는 땅이라는 뜻이다.

북악이 동북대륙를 향해 뻗어나가는 기상을 대표하는 지명이라면 남악은 남쪽 바다, 즉 해양을 경영하는 역할을 하는 곳이며, 또한 유(儒), 불(佛), 선(仙) 삼도(三道)가 회통(會通)하는 터라고 한다. 유학을 상징하는 목포 유달산(儒達山), 불교를 상징하는 무안 승달산(僧達山), 그리고 선도(仙道)를 상징하는 영암 선황산(仙皇山)의 각 정상을 꼭지점으로 하여 선을 그으면 반듯한 삼각형이 그려지는데, 그 삼각형 중심이 바로 무안 남악리이고 이곳이 바로 유불선 삼도회통의 자리라는 주장이다.

영산강 제1경인 무안군의 영산석조

영산강 하구둑에서 약 10여 km 지점에 영산강 이야기 나루 8경 중 '영산강 제1경'인 무안군의 '영산석조(榮山夕照)' 비석을 만난다. 석양에 비치는 영산강이 무척 아름답다 하여 붙인 이름인데 우린 그 반대의 시각에 왔으니 아쉽다. 하지만 엷은 안개 속으로 비치는 평화로운 영산강의 모습도 아름답기 그지없

'영산석조(榮山夕照)' 강변의 운치를 돋우는 나무데크 및 조형물.

다. 강변 쉼터 주변에 설치해 놓은 나무데크와 조형물이 운치있게 설치되어 넓은 하구와 잘 어울린다. 통일신라의 해신 장보고는 영산강 뱃길을 통해 청해진과 광주를 오갔고, 왕건과 견훤이 영암 덕진포에서 목포까지 전함을 주둔시키며 최후의 일전을 벌인 곳으로 전해진다.

영산강 좌안의 쭉 뻗은 제방길을 따라 또 10여 km를 가면 무안군 일로읍 청호리 무영대교(務靈大橋)가 보인다. 옛날에 주룡협곡(朱龍峽谷)이라 부르던 곳에 아름다운 무영대교가 건설되어 영암군 학산면과 무안군 일로읍이 연결되었다. 주룡협곡은 삼포천과 영암천에서 모인 물길이 호리병처럼 좁아진 강폭을 빠져나가며 생긴 협곡인데, 영산강 하구둑을 막기 전에 큰 비가 내리면 상류지역에서 시뻘건 황토물이 내려와, 밀물이 되면 바닷물과 황토물이 부딪치는 모습이 장관이었다고 한다. 구불구불 강줄기를 타고 흐르는 황토물이 붉은 용을 연상시킨다고 해서 '주룡'이라 불렀다고 한다.

영산강은 강 상류와 하구가 각각 댐과 둑으로 막히기 전에 뱃길이 트여있을 때에는 강 주변에 나루터가 많았던 것 같다. 우비나루, 생기미나루, 주룡나루, 소댕이나루, 돈도리나루, 몽탄나루, 뒤구지나루, 사포나루, 식영정나루, 회진나루, 구진포나루, 영산포나루, 광탄나루 등 강 하류인 목포에서부터 무안, 함평을 거쳐 강 중류인 나주까지 서민들의 애환이 담긴 나루터는 이름만 들어도 정겹고 향수를 불러일으킨다.

2011년 4대강 사업이 이루어져 영산강의 옛 정취를 살린 나루터 복원과 함께 교통·물자 운송수단으로 1970년대까지 목포하구언에서 죽산보에 이르는 황포돛배 길이 30여 년만에 다시 열렸다.

'동이 트는 집' 옆 정자 쉼터의 경치가 좋아 마침 도착하는 두 명의

영산강 제1경인 '영산석조(榮山夕照)' 비석.

라이더에게 부탁하여 오랜만에 부부사진 몇 장을 촬영하다. 위치와 포즈를 주문하는 등 꼼꼼하게 찍는 폼이 프로 같다. 역시 잘 나왔다. 누가 기다리는 것도 아닌데 갈길이 바빠 더이상 인사를 못 나누고

'동이 트는 집' 옆 쉼터 주변의 영산강 풍경이 그림같이 아름답다.

또 출발! 이 글을 본다면 그분께 다시 한 번 고맙다는 인사를 전하고 싶다.

공사를 할 예정인지 갑자기 비포장 자갈길이 나온다. 그리 길지 않은 비포장도로를 지나 내리막길로 접어드니 아스팔트길이 왼쪽으로 꺾인다. 영산강변과 어우러진 정경이 너무 아름다워 잠깐 갈길을 멈추고 몇 커트 찰칵! 이때까지만 해도 행복에 겨운 순간이다.

펑크난 그미의 자전거 앞바퀴

커다란 당산나무가 보이고 영산강을 오른쪽으로 끼고 있어 나루터였을 법한 조그만 마을이 나온다. 닭도 키우고, 팔 목적인지 멍멍이를 철망 속에 많이도 가두어 두었다. 소나무 숲속에 구불구불 길따라 앙증맞게 들어앉은 전

'동이 트는 집'에서 '소댕이나루터' 가는 길의 비포장도로.

형적인 농어촌 마을 모습이다. 구부러진 강안 따라 조그만 촌락을 이루고 있는 마을은 무안군 몽탄면 소댕이나루터이다. 영산강이 댐과 둑으로 막히기 전 뱃길이 트여있을 때에는 삶의 애환이 깃들었을 이곳은

펑크 난 앞바퀴 튜브를 때운 후 펌프로 공기를 넣고 있다.

펑크난 자전거를 수리한 후 고마운 서명현 씨와 기념촬영.

담양댐 104.9km, 아직도 갈 길이 멀다.

이제 추억의 뒤안길로 사라졌지만, 두고 가기 싫은 고향같이 정겹다.

소댕이나루터 쉼터에 다다랐다. 그런데 잠깐 물 한 모금 마시고 출발하려는데 그미 자전거 앞바퀴가 펑크났다. 우려했던 일이 발생한 것이다. 일단 앞바퀴를 분리해서 튜브를 타이어에서 빼내고 새 튜브로 교체까지는 했는데 길이가 타이어 둘레보다 훨씬 더 길어 더 이상 작업을 못하고 낭패스러워 망설이고 있었다. 그미는 넋이 나가 있고 만일 수리를 못할 경우엔 이 여행을 계속해야 할지 결정을 해야 할 순간이었다.

약 5분 정도 지났을 때였다. 혼자서 자전거를 타고 오는 젊은이가 우리를 보고 멈췄다. 상황을 파악한 그는 연장들을 끄집어내 새 튜브로 교체하다역시 길이가 맞지 않자, 대신 펑크 난 자리를 찾아 때우기 시작한다. 다행히 그는 자전거 관련 연장 및 부속품을 거의 완벽하게 갖추고 있었다. 다만 펌프의 기능이 좀 시원찮았다. 이때 대구 강정고령보에서 구입했던 타이어펌프가 그 진가를 발휘하여 펑크 수리가 가까스로 완료되었다.

몽탄마을로 들어서니 왼쪽에 느러지전망대로 올라가는 가파른 고갯길이 보인다.

그 젊은 분은 완도에서 근무하는 공무원으로 추석 연휴에 고향에 왔다 나들이 자전거를 타던 중 우리를 만난 서명현 씨. 다시 한 번 감사를 드린다.

하마터면 자전거여행을 포기해야 할 뻔했던 위기를 넘기고 다음 인증센터를 향해 출발. 영산강 좌안 시멘트로 포장된 둑길을 그미가 앞장서 바람처럼 달린다. 1시간이 채 걸리지 않아 수월하게(?) 복구된 것이 신기하고 감지덕지하여 새로운 에너지가 샘솟는다.

끝없이 펼쳐진 나주평야를 가로질러 가니 '담양댐 104.9km' 표지판이 나온다. 그러니까 약 30km를 온 셈이다. 아직도 갈 길이 멀다.

몽탄대교를 건너가자 강변에서 멀어지고 몽탄마을 어귀로 들어간다. 여기서 느러지관람전망대 인증센터로 가는 길이 만만치 않다. 전문 라이더라도 타고 넘기 어려운 가파른 고갯길이다. 벌써 심리적으로 위압되니 체력도 떨어진다. 이때부터 의지가 몸을 이끌기도 하고 몸이 의지를 끌어가기도 하며 터벅터벅 고개를 오른다.

느러지 관람전망대의 가파른 고갯길

자전거를 끌고 힘들게 오른 느러지 관람전망대 인증센터에서 도장 누르고 잠깐 쉴 겸 느러지 관람전망대로 이동한다. 팔각정자에서 간식을 먹고 있는데 한 마을사람이 그 옆에 말라있는 분수대에서 물을 뽑아낸다. 사용불가로 알았는데 뜻밖에 물이 솟아 신기한 생각이 들어 물어보니 원래 여기 지하수가 정말 좋은 약숫물인데 아끼느라 소문 안 내려고 잠궈 놓았다며, 지금은 열 때문에 뜨거우니 조금 있다 물맛 한 번 보란다. 정말 감로수(甘露水)가 따로 없었다. 물병에도 가득 채우고 전망대 구경하러 가다.

전남 나주시 동강면 옥정리 비룡산 정상에 있는 느러지 관람전망대는 나주시에서 공사비 4억 원을 들여 지난 2012년에 완공한 높이 15m의 철구조물이다. 이 전망대를 세운 이유는 '영산강 제2경'에 있는 '한반도 지형을 닮은 물돌이'를 좀더 가까이 조망하기 위해서다.

영산강 좌안의 몽탄면 이산리와 우안의 나주 동강면 곡천 사이에 S자 모양으로 강이 굽어들면서 만들어진 넓은 들을 '늘어지들' 또는 '느러지뜰'이라고

느러지 관람전망대로 올라가는 고갯길.

한단다. 이 곡강(曲江) 일대를 '늘어지' 또는 '느러지'로 부르는데 물결이 느려진다는 뜻이 스며들어 있다. 이곳의 아름다움은 안동 하회마을 앞 낙동강 물돌이와 비견된다. 그래서 이곳에 '꿈여울에 들리는 갈대피리 소리'라는 뜻의 '몽탄노적(夢灘蘆笛)'이라 불리는 '영산 제2경'이 있다.

'몽탄노적(夢灘蘆笛)' 꿈여울에 들리는 갈대피리 소리

'몽탄노적'이란 이름은 영산강 좌안 무안군 몽탄면 이산리(배뫼마을)에 있는 '식영정(息營亭)'이라는 정자를 두고 붙인 이름이지 싶다. 나주 임씨 18대손인 한호(閑好) 임연(林綖, 1589~1649)이 인조 8년(1630) 말년을 위해 팔작지붕(옆에서 볼 때 '八' 자 모양)으로 지었다는데, 시인묵객들의 발걸음도 잦았지만 큰뜻을 품은 선비들이 잠시 휴식을 취하며(息) 미래의 경영을 연구, 토론하고 숙고했던(營) 강화교류의 자리이다. 이러한 당대 석학들의 토론장이었고 시인묵객들의 시의 경연장이자 사교장으로서 풍류와 멋을 한껏 살린 식영정은 담양의 '식영정(息影亭)'과 함께 영산강 유역의 대표 정자라 해도 손색이 없다.

'몽탄(夢灘)'이란 지명은 영산강 양안에 있는 나주시 동강면 옥정리와 무안군 몽탄면 명산리 사이의 나루와 포구 모두를 아우르는 이름인데 다음과 같은 일화에서 유래했다고 한다. 고려 태조 왕건이 후백제를 공략하다가 현 나주 동강면으로 퇴각하였다. 그러나 영산강에 막혀 건너지 못하고 군막에서 잠이 들었는데 꿈(夢)에 백발노인이 나타나 지금 강물이 빠져 여울(灘)이니 빨리 강을 건너라고 하여 말을 타고 현재의 몽탄나루를 건너, 노인이 말한 대로 군사를 매복시켰다가 견훤군과 싸워 대승을 거두었다 하여 몽탄이라 부르게 되었다고 전한다.

영산강 종주길 두 번째 인증센터 느러지 관람전망대.

그러나 막상 전망대 꼭대기에서 보니 남한은 닮았는데 북한쪽은 잘 보이지 않아 한반도 지형이라고 보긴 어려운 것 같다. 아마 더 높이 만들어야할까 보다.

전망대에 커다란 현수막이 걸려있어 보기에 썩 좋진 않았지만 그 내용을 읽어보니 고개가 끄덕여진다. 동강면 한반도지형보존위원회 및 돈사반대대책위원회 명의로 이곳에 돼지사육장 시설 허가를 해준 나주시 환경과를 상대로 힘든 투쟁을 하고 있는 농민들의 호소문이다. 저런 가축분뇨, 축산폐수 등 오염원이 수변공간에 위치하고 있으면 영산강은 생명을 위협하는 썩은 물로 변할 것은 뻔한데 한 치 앞을 못 내다보는 짜맞추기 탁상행정이 안타깝기만 하다.

느러지 관람전망대 팔각정에 펼쳐놓은 우리 보급품. 함 보소!

느러지 관람전망대에서 바라본 한반도 지형을 닮은 물돌이.

무안군 몽탄면 이산리(배뫼마을)에 있는 '식영정(息營亭)' 전경. 〈한국관광공사〉.

현수막이 걸려있는 느러지 전망대.

함평군의 나비와 꽃, 곤충 축제

이제 영산강 우안을 따라 함평군을 지난다. '함평나비축제'라는 색다른 행사로 알려진 곳이다. 4월 23일부터 5월 9일까지 봄철 기간에 열리는 함평 최대 규모의 축제이다. 1999년부터 시작하여 2016년까지 18회가 개최되었다. 2011년 문화체육관광부 지정 최우수축제로 선발되어 4년 연속 최우수축제로 지정될 정도로 인기와 사랑을 한 몸에 받는 축제이다.

함평군은 산업자원이나 관광자원이 전무하고, 특별한 특산품이나 먹거리도 부족한 지역이었다. 따라서 친환경 지역이라는 특성을 살려 함평에서 생산된 농특산물 판매로 지역경제 활성화와 군민소득 증대가 절실히 요구되어 지역홍보 수단이 필요하게 되었다. 함평천 정화사업에 따라 마련된 고수부지 33ha에 만개할 유채꽃을 배경으로 유채꽃 축제를 추진하려고 하였지만 유채로는 경쟁력과 차별화를 기할 수 없어 친환경지역임을 가장 어필할 수 있는 나비를 테마로 축제를 기획하게 되었다고 한다. 매년 나비와 꽃, 곤충을 주제로 한 다양한 전시, 체험행사를 마련해 관광객들의 발길을 사로잡고 있다. 잘한 일이다.

보물 제1372호 함평고막천석교

함평군의 석관정나루 인근은 전라남도 장성군 삼서면 유평리 태청산(상무대 인근)에서 발원해 흐르는 고막원천(古幕院川) 하천이 영산강과 합류하는 지점이다. 장성군 유평리부터 지방하천으로 관리되며, 함평군 월야리부터는 국가하천으로 바뀌어 관리된다. 이름은 전남 함평군 고막리에 있었던 고막원에서 유래했으며, 일부 구간에서 나주시와 함평군의 경계를 이룬다.

전남 함평군 학교면(鶴橋面) 고막리에 '함평고막천석교(咸平 古幕川 石橋)'라는 고려시대에 지어진 돌다리가 있는데, 보물 제1372호로 지정되었다. 이 돌다리는 현존하는 한국 유일의 고려시대 다리인데, 고려 24대 원종(元宗) 14년(1273)에 무안 승달산(僧達山, 333m)에 있는 법천사의 도승 고막대사가 중생들을 이롭게 하기 위해 도술을 부려 하루만에 만들었다는 전설이 내려온다. 마을에서 떡을 만들어 나주, 영산포 등지로 팔러다닐 때 자주 건너다녔다고 해서 '떡다리' 또는 '똑다리'라고도 불린다.

우리가 가는 자전거길의 반대편인 영산강 좌안에 있는 나주시 다시면(多侍面) 동당리 소재의 석관정(石串亭)을 바라본다. 함평 이씨

영산강 하구둑 기점에서 느러지 관람전망대, 죽산보 가는 자전거길 지도

133

석관(石串) 진충(盡忠) 이 신녕현감을 역임한 후 귀향하여 영산강과 고막강이 합류하는 나루터에 조선 중종 25년(1530) 석관정이라는 정자를 세워 후학을 기르며 말년을 지낸 곳이다. '석관'은 강쪽으로 툭 튀

영산강 제3경 '석관귀범(石串歸帆)'.

어나온 바위, 즉 '돌곶'이라는 뜻인데 이를 이두문식으로 바꾼 것이다.

이 석관정과 강 우안의 나주시 공산면에 있는 금강정, 이별바위와 나주영상 테마파크 등 주변의 아름다운 절경을 모아 '석관귀범(石串歸帆)'이라 하여 영산 제3경으로 꼽으니, 변고가 있을 때마다 나라의 부름을 받고 황포돛배에 오르던 낭군과 이별하고 무사귀환을 빌던 아낙의 바람이 깃든 곳이다. '기다림'이란, 세월을 낚는 지혜와 인내가 필요한 것! 인고의 시간이 흘러 강이 쪽빛으로 물들면 순풍 받아 거슬러 오를 황포돛배엔 님이 돌아온다는 희망의 전설이 강물따라 전해진다.

이미자의 '황포돛대'(2005) 노래를 한 번 흥얼거려본다.

마지막 석양빛을 기폭에 걸고/ 흘러가는 저 배는 어디로 가느냐
해풍아 비바람아 불지를 마라/ 파도소리 구슬프면 이 마음도 구슬퍼
아ㅡ 어디로 가는 배냐 어디로 가는 배냐/ 황포 돛대야

순풍에 돛을 달고 황혼 바람에/ 떠나가는 저 사공 고향이 어디냐
사공아 말해다오 떠나는 뱃길/ 갈매기야 울지마라 이 마음도 서럽다
아ㅡ 어디로 가는 배냐 어디로 가는 배냐/ 황포 돛대야

황금물결이 넘실대는 나주평야를 달리다

다시 나주평야의 익어가는 벼이삭의 황금물결을 보며 달린다. 강물이 굽이치는 절벽 위로 나주영상테마파크가 펼쳐진다. MBC 인기드라마 '주몽' '태왕사신기'와 '바람의 나라' 촬영장으로 알려진 야외 스튜디오는 천년의 세월을 거슬러 오른 듯, 고풍스런 집들과 웅장한 대궐을 중심으로 14만㎡의 면적에 조성된 국내 최대 규모의 영상전문 테마공원이다.

전주(全州)와 나주(羅州)의 이름을 따서 생겨난 전라도(全羅道) 지명에서 보듯이, 전주시와 함께 호남지방의 중심도시인 나주시는 나주읍성을 비롯하여 나주의 궁궐로 일컬어지는 금성관(조선시대 관아)이 있으니, 유서 깊은 도시로서 명맥을 유지하고 있다. 이 지방의 특산물로는 나주배가 으뜸이고, 나주 쌀은 면화, 소금과 함께 호남의 3백(三白)으로 명성이 높다. 1995년 나주군과 통합하여 인구 9만여 명이 상주하는 중소도시로 발전하고 있다.

또 영산강 중류지역인 나주지방에서 생산되는 팔진미(八珍味)를 영산강 주변의 지방수령과 방백들이 임금께 진상했다는 유래가 전해오고 있는데, 소팔진(蔬八珍)은 동문안의 미나리와 신월의 마늘, 흥룡동의 두부(豆腐), 사매기

추수를 기다리는 나주평야.

죽산보 가는 길에 강변을 끼고 설치된 나무데크 잔교가 무척 아름답다.

죽산보 정경.

의 녹두묵(黃圖茱), 왕곡의 생강(生薑), 송월동의 참기름(眞油), 복암골의 열무, 금계동의 봄동(겨우살이)이고, 어팔진(漁八珍)은 조금물의 도랑참게, 몽탄강의 숭어, 영산강의 뱅어(빙어), 구진포의 웅어, 황룡강의 잉어와 자라, 수문포의 장어, 복바위의 복어 등이다.

메뚜기, 왕눈 잠자리 또는 검은 날개 잠자리가 가끔 바람에 날려 손과 몸에 달라붙는다. 가끔씩 지나는 라이더들의 머리 인사, 손짓 인사, 또는 '안녕하세요?'라는 말인사가 무척이나 정겹고 힘이 된다. 오른쪽의 숲이 우거진 언덕과 왼쪽의 강변을 끼고 강안을 따라 곡선을 그리며 설치된 나무데크의 잔도가 무척 아름다운데 그 위에 바퀴 구르는 소리가 경쾌하다. 이때 네댓 명의 동호회 회원을 만나 서로 사진 촬영을 협조하다.

코스모스와 갈대가 반기는 길을 달린다. 드디어 저만치 죽산보가 보이기 시작한다. 전남 나주시 다시면 죽산리 영산강 제4경인 '죽산춘효(竹山春曉)'가 있는 죽산보. 영산강변에 봄이 찾아오면 꽃향기가 널리 퍼지고, 죽산보가 나주평야를 살찌우는 생명의 화원이라 노래한다.

전망대에 올라서면 그 인근에 조성된 죽산보공원과 대지예술공원, 다야수변공원 등을 중심으로 삼남제일의 곡창지대인 다시평야와 황포돛배를 볼 수 있다.

죽산보는 184m의 가동보를 설치하고, 4.5km의 옛 강을 복원하여 4대강 사업을 통해 탄생하는 전국 16개보 중에서 유일하게 유람선이 통과할 수 있는 수문을 만들었다. 이 공사로 인해 34년 만인 2011년에 영산강에 뱃길이 복원되어 목포에서 죽산보를 거쳐 영산포, 승촌보까지 70km 구간을 유람선으로 왕래할 수 있게 되었다.

죽산보 전망대에서 내려다 본 정경. 왼쪽의 빨간 부스가 인증센터. 사진 가운데 돌에 영산강 제4경 '죽산춘효'를 새겼다. 맨 오른쪽이 자전거 타는 어린이조형물.

3번째 스탬프를 찍는 죽산보 인증센터.

호남 제일의 승경(勝景), 회진마을과 임제

죽산보에서 영산강 우안을 따라 다음 인증센터인 승촌보로 향한다. 그런데 강건너 나주 임씨(羅州林氏)의 본향이며 '호남제일의 승경(勝景)'이라는 나주시 다시면 회진리(會津里) 마을을 지나칠 수가 없다.

'호남제일의 승경'이라는 말은 조선 중기의 문신으로 일본에 성리학을 전한 수은(睡隱) 강항(姜沆, 1567~1618)이 그의 문집에서 '승경이 호우(湖右)에서 제일이다'고 한 데서 연유한다. 전남 영광군 불갑면 금계리 유봉마을 출신인 강항은 임진왜란 때 의병장으로 활동했으며 1597년 정유재란 때 일본에 포로로 끌려가 1600년 제자의 도움으로 탈출했는데, 4년간의 일본 포로 체험기를 쓴 '간양록(看羊錄)'으로 유명하다.

실제로 마을 입구에 있는 '영모정(永慕亭)' 초입에는 회진이 호남 제일의 마을이라는 뜻의 '호남제일명거회진(湖南第一名遽會津)'이라는 석비가 세워져 있다. 영모정은 조선 중종 15년(1520) 귀래정(歸來亭) 임붕(林鵬, 1486~1553)이 건립한 정자로 명문장가 백호(白湖) 임제(林悌, 1549~1587)가 글을 배우고 시작(詩作)을 즐기던 유서 깊은 건물이다. 처음에는 임붕의 호를 따서 귀래정이라 불렀으나 명종 10년(1556) 아들 임복과 임진이 중건하면서 선친을 길이 사모하는 곳이라 하여 영모정으로 바꿨다. 주변엔 400여 년 된 팽나무와 느티나무, 향나무가 많아 아름다울 뿐 아니라 전체적으로 조선시대 목조건축의 규범을 잘 갖추고 있다.

바로 이곳에 '물곡비(勿哭碑)'가 세워져 있어 짧지만 굵게 살다간 사나이 임제의 기개를 엿보게 한다.

사방의 나라마다 모두 황제라 부르는데 (四夷八蠻 皆呼稱帝)
오직 우리만 자주독립을 못하고 속국노릇을 하고 있는 이 욕된 처지에서
(唯獨朝鮮 入主中國)

살면 무엇하고 죽는다 한들 무엇이 아까우랴.
곡하지 말라. (我生何爲 我死何爲 勿哭)

물곡비(勿哭碑).

공교롭게도 황진이가 임종을 앞두고 집안사람에
게 일렀다는 곡(哭)을 하지 말라는 말, 즉 '물곡사
(勿哭辭)'가 허균이 지은 야사집인 '성옹지소록(惺
翁識小錄)'에 전한다. "내가 죽어도 곡을 하지 말
고 상여가 나갈 적에는 장구를 두드리고 풍악을
울려 인도해 달라."

'물곡'의 뜻은 서로 다르지만 죽음 앞에서 초연
했던 두 남녀! 당시의 유교적 위선과 체면에 얽매
인 반상(班常, 양반과 상인)제도 및 사대주의를
조롱하며 풍진 세상에 미련 갖지 않고 훌훌 떠날
수 있었던 것은 그 학문과 인품이 도통(道通)하였기에 가능한 일이었을 것이
다.

임제는 어려서부터 자유분방해 스승이 따로 없이 자유롭게 지냈으며 23세
때 어머니를 여의자 술을 끊고 글공부에 정진하여 '중용(中庸)'을 800번 읽은
일은 너무도 유명하다. 28세 때 속리산을 떠나 생원 · 진사에 합격하고 이듬해
에 알성시에 급제한 뒤 흥양현감, 서북도병마평사, 관서도사, 예조정랑을 거쳐
홍문관지제교를 지냈다.

그는 성격이 호방하고 얽매임을 싫어했고 관리들이 서로를 비방 질시하며
편을 가르는 현실에 깊은 환멸을 느꼈다고 한다. 그의 문재(文才)는 가히 조
선의 으뜸이었지만 관직에서 떠난 뒤 이리저리 유람하다 고향인 회진에서 선
조 20년(1587) 39세의 젊은 나이로 세상을 떠난 비운의 문인이다.

1583년 서북도병마평사(평안도도사)로 임명되어 부임하는 길에 황진이(黃眞
伊)의 무덤을 찾아가 시조 한 수를 짓고 제사 지냈던 일과 기생 한우와 시조
를 주고 받은 일, 평양기생과 평양감사에 얽힌 일화도 유명하다. 또 충청도

감사의 아들에게 오줌을 신선이 준 불로주라고 먹인 일, 화전놀이 하는 사람들에게 시를 지어주고 같이 논 일, 박팽년의 사당에 짚신을 신고 알현한 일 등 숱한 일화를 남긴 자유인이었다.

다음의 시가 임제가 황진이 무덤 앞에서 읊었다는 시다.

청초 우거진 골에 자난다 누웠난다
홍안을 어디 두고 백골만 묻혔난다
잔(盞) 잡아 권할 이 없으니 그를 슬퍼하노라

해동가요(海東歌謠)와 청구영언(靑丘永言)에 전하는 한우라는 기생과 주고받은 '한우가(寒雨歌)'는 이렇다. 그런데 '해동가요'는 조선 영조 38년(1762)에 노가재(老歌齋) 김수장(金壽長, 1690~?)이 엮은 가곡집으로, 조선 고종 13년(1876)에 박효관, 안민영이 엮었다고 전해지는 가곡원류(歌曲源流) 그리고 영조 4년(1728) 남파(南派) 김천택(金天澤, 1680년대 말 추정~?)이 엮은 '청구영언'과 더불어 한국의 3대 시조집으로 꼽힌다

북천(北天)이 맑다 하거늘
우장(雨裝) 없이 길을 나서니
산에는 눈이 오고 들에는 찬비 온다
오늘은 찬비(寒雨) 맞았으니
얼어서 잘까 하노라

기생의 이름이 한우인 것으로 비유하여 너와 함께 얼어서라도 같이 있고 싶다는 뜻을 전한다. 한우의 응수 또한 그만이다.

어이 얼어 자리 무슨 일로 얼어 자리
원앙금 비취금을 어디 두고 얼어 자리
오늘은 찬비 맞았으니 녹아 잘까 하노라

임제는 이밖에도 1천여 수의 시를 비롯해 제주도 여행기 '남명소승(南溟小乘)', 의인화 기법으로 당대를 풍자한 '수성지(愁城誌)' '화사(花史)' '원생몽유록(元生夢遊錄)'은 조선기행문학의 최고봉으로 손꼽힌다. 임백호집(林白湖集) 4집과 '부벽루상영록(浮碧樓觴詠錄)'을 남겼다.

열녀각과 풍호나루

창계 임영(林泳, 1649~1696)을 주벽으로 모시는 창계서원(創溪書院)에는 나림 17대손 습정공 임환의 작은 부인이었던 제주 양씨의 열녀각이 세워져 있다. 양씨는 학포(學圃) 양팽손(梁彭孫, 1488~1545)의 증손녀이다. 학포는 중종 5년(1510) 조광조(趙光祖)와 함께 생원시에 합격하여 절친한 친구 사이였는데, 중종 14년(1519) 10월 기묘사화(己卯士禍)에 연루되어 삭직되어 고향인 능주로 돌아와 학포당을 지어 소일하던 중, 마침 능주로 유배돼 온 조광조와 매일 경론을 탐구하며 지냈다. 결국 조광조가 사약을 받고 죽자 그의 시신을 은밀히 수습했던 인물이다.

'열녀각'의 내력은 이렇다. 1597년 정유재란 때 영산강 하류, 몽탄강에서 회진의 임씨 일가 30여 명이 배 2척으로 피난을 가다 왜적에 나포되었다. 왜장은 이들을 살려주는 조건으로 배 안의 보물과 미인을 요구하자 양씨의 여종을 치장시켜 보냈다. 하지만 왜장이 미인이 아니라며 거부한다. 이에 양씨가 가족을 설득한 뒤 자신이 나서자 왜장이 좋아하며 가족의 배를 놓아주었다. 가족의 배가 충분히 멀어져 안전해지자 양씨부인은 가족을 향해 크게 소리치고 강물로 투신했다는 것이다.

영모정 바로 아래 영산강 나루가 풍호(楓湖)나루다. 이곳이 회진의 풍호마을이어서 붙여진 이름이며 포구였기에 풍포(楓浦)로도 불렸다. 당은포(경기도 화성)와 함께 통일신라시대 국제항으로 중국과의 교역이 이뤄졌던 곳이다. 당시 충청도 당은포구는 서해북로, 회진에서 출발하는 풍호나루는 서해남로로 당나라를 오가는 해상교통의 중심지로였다. 풍호나루는 지난 1970년대까지도 흔적이 확연히 남아 있었지만 4대강 사업으로 완전히 자취를 감추게 돼 현재 그 자리에는 풍호나루의 유래를 새긴 비가 세워져 그날의 이야기를 전하고 있다.

회진마을에는 '백암인제문학관'과 '한국천연염색박물관' 그리고 '나주복암리 고분전시관' 등 볼거리가 풍성하다. 예로부터 영산강 주변에 대체작물로 쪽풀을 많이 심어왔다는데 특히 나주지방이 쪽 염색의 본고장이라 한다. 쪽빛의 전통을 지켜오는 천연염색박물관에는 11개의 공방이 있는데, 그 중에서도 무형문화재인 정관채 염색장, 전수조교 윤대중 장인들의 노력으로 전통의 맥을 이어가고 있다는 설명이다.

영산포 홍어집과 유래

죽산보에서 영산교 지나기 전 뚝방 밑에는 홍어집 천지다. 홍어시대, 홍어세상, 홍어나라, 홍어사랑 등등. 바다도 아닌 육지인 영산포에 홍어집이 많은 이유가 궁금해진다. 그 연유는 고려 공민왕으로 거슬러 올라간다. 당시 왜구가 극성을 부리자 조정에서 흑산도에 사는 어민들을 영산포로 강제 이주시키고 섬을 비워두는 공도정책(空島政策)을 취했다. 이때 이주해온 흑산도 주민들과 함께 홍어도 같이 들어오게 되었다고 한다. 그들이 정착해 살던 곳은 고향의

죽산보, 승촌보, 담양대나무숲 가는 자전거길 지도.

이름을 따 영산현이 됐고, 나중에는 그들이 거슬러온 강의 이름까지 차지했다.

영산포의 본디 옛길은 물길이었다. 목포쯤에서 바다에 몸을 섞는 영산강의 물을 거슬러 내륙 깊숙이 나주 땅에까지 이어지는 길고 긴 뱃길이었다. 영산포의 삶 역시 그 물길에서 비롯했다. 번성하던 영산포가 쇠락하기 시작한 것은 영산강 뱃길이 끊기면서였다. 1972년부터 영산강 유역 종합개발사업이 시작되면서 가뭄과 홍수 피해를 막고 농경지를 늘린다는 명분 아래 하구에 댐이 축조되고, 이로 인해 1977년 영산강의 수운(水運) 기능이 완전히 상실되면서 영산포 역시 포구로서의 기능을 잃었다. 그에 따라 포구에 기대 살던 사람들이 살길을 찾아 하나 둘 떠나가면서, 영산포는 쇠락의 길로 빠져들었다.

그런데 냉장시설이 없던 시절, 애써 잡은 생선들을 며칠씩 걸려 배로 운반해 오면 상하기 십상인데, 유독 홍어만은 배탈이 나지 않는다는 사실을 알고부터 삭혀 먹기 시작하여 막걸리와 곁들여 먹는 발효식품으로 인기를 누리면서 영산포는 활력을 되찾고 있다. 현재 전국에서 유통되는 홍어의 70%는 영산포를 거쳐 간다고 한다.

발효식품 얘기가 났으니 생각이 난다. 중국 저장성(浙江省) 샤오싱(蘇興)에 가면 '처우떠우푸(臭豆腐)'의 오리지널이 있다. '취두부'란 이름 그대로 두부를 발효시켜 청국장은 저리 가라 할 정도로 고약한 냄새가 나는 두부인데, 지금은 중국 어느 길거리에서나 파는 인기 있는 간식이다. 그러나 우리 입맛에 너무 짜기 때문에 흰죽과 함께 먹는 것이 좋다. 필자가 베이징의 어느 호텔 아침뷔페에서 뭣 모르고 한번 시도해 봤는데, '코는 지옥, 입은 천당'이라지만 그 썩은 맛과 냄새가 하루 종일 입안에 남아 있었던 기억이 있다.

제방으로 올라서면 그 유명한 영산포 등대와 만난다. 영산강의 기항종점인 영산포 선창에 건립된 등대는 수위 측정과 등대의 기능을 겸하여, 우리나라 내륙 하천가에 있는 유일한 등대라 한다. 영산포 선창은 일제 강점기에 나주 평야에서 생산된 쌀과 소금 등을 일본으로 수탈해 가는 창구 역할을 하기도 했지만, 예부터 민중의 삶의 터전으로 애환이 깃든 곳이었으나 영산강 하구에 둑을 막으면서 배가 들어올 수 없게 되자 침체기를 맞고 말았다.

영산강 제5경이 '금성상운(錦城祥雲)'이란다. '금성'은 나주의 옛이름이니 나주평야와 영산포 등대의 밝은 미래를 기원하는 뜻으로 보인다. 커다란 돌 비석의 뒷면에는 영산포 출신의 시인이자 의사인 나해철의 시 '영산포(榮山浦)'가 새겨져 있다. 1960년대 보릿고개의 고통을 참아내지 못하고 16세에 서울로 떠나간 누님의 애절한 사연을 통해 우리의 아픈 역사를 노래하고 있다.

나주시를 관통하는 아름다운 자전거도로

영산교를 건너 이제 강의 좌안을 달린다. 영산강 종주길의 절반이 되는 65km 지점이다. 영산강 지명의 유래는 나주의 영산창(지금의 영산포)에서 유래했다고 한다. 고려 시대부터 이곳에 조창(漕倉)이 생겨 인근 전라도의 세곡을 여기에 모았다가 해상을 통해 서울로 운반했기 때문에 영산창이라는 지명이 생겼다는 것이다. 또는 앞에서 언급한 것처럼 흑산도 앞 영산도 사람들이 육지로 나와 살면서 고향의 이름을 따 영산현이 됐고, 나중에는 그들이 거슬러온 강의 이름도 영산강으로 불렀다는 것이다.

나주시를 관통하는 자전거도로가 무척 아름답다. 파란색과 붉은색으로 오가는 자전거 길을 구분하고, 그 옆으로 시원하게 질주하는 강변로와 영산강을 형상화한 가로등이 멋진 조화를 이룬다. 영산강 하구둑 70km, 담양댐 60km 이정표가 반긴다.

하지만 그미는 내가 빨리 앞서 가도 불평, 늦게 뒤따라 가도 불평이다. 아마도 자신의 체력의 한계를 느껴서일까, 아니면 자전거길의 지루함을 투정으로 달래려는 것일까… 속도를 따르지 못하면 앞서 끌어주어야 하고 너무 빠르면 뒤처져 완급을 조절해야 하는데 이 점은 아직도 서로가 보완해야 할 부분으로 남는다. 아무튼 신경이 되게 쓰이는 일이다.

영산강 제6경 '평사낙안(平沙落雁)' 승촌보

나주대교가 보인다. 우리의 토목기술이 세계적인 수준으로 발전하여 넓은 강이나 연륙교를 가설할 때 흔히 사용하는 사장교(斜張橋)를 많이 볼 수가 있다. 수심이 깊은 곳에 교각의 거리를 멀리 세우고, 상판을 와이어 줄로 지탱하는 교량은 큰 배도 쉽게 통과할 수 있을 뿐만 아니라, 강풍과 지진에도 견딜 수 있는 기능은 물론 외관이 수려하여 미적인 감각도 뛰어나다.

드디어 승촌보 인증센터에 다다른다. 마침 전망대 및 관리센터에 편의점이 있어 갈증부터 해결하기 위해 아이스바 등을 고르고 얼른 보급품을 챙긴다. 승천보까지 약 75km를 오는 동안 죽산보에서 동전 넣고 캔커피 2개 뽑아먹은 자판기 외에 전혀 보급품을 파는 곳이 없었기 때문이다. 또 자전거 거치대 옆에 마실 수 있는 수도시설도 있어 이제 살 것 같다.

영산강 8경 중 제6경 '평사낙안(平沙落雁)'처럼 승촌보는 산과 물이 조화를 이루어, 전망대에 올라서면 광주의 무등산과 영암의 월출산이 보일 정도로 주위에 펼쳐지는 경관이 아름답다.

4대강 사업 16개 보 중에서 가장 아름다운 구조물이라는 승촌보의 디자인 컨셉은 '생명의 씨알'이다. 이 지역의 유명한 나주평야의 쌀알을 형상화한 승촌보는 윗부분을 티타늄으로 처리하여 멀리서 보면 한 개의 구조물로 보이지만, 가까이서 보면 물고기 비늘 모양으로 여러 개의 판을 접합한 것이다. 16개 보 중 유일하게 보 상부 공도교로 차량통행이 가능하여 야경을 즐기는 드라이브 코스로도 인기가 좋다고 한다.

네 번째 '승촌보 인증센터'.

4대강 16개 보 중에서 가장 아름답다는 승촌보.

'생명의 씨알'을 형상화하였다는 '승촌보'.

지석천, 황룡강, 광주천

상류로 올라갈수록 강폭이 좁아지며, 영산강도 서서히 낙조가 드리워진다. 빛바랜 갈대숲 사이로 강물이 흐르고, 강물 위로 내려앉는 해그림자와 비상하는 백로들의 한가로운 몸짓이 너무도 아름답다.

강 건너에 신기리와 동섬 사이로 흘러드는 지석천(砥石川)이 있다. 지석천은 옛날 홍수피해가 잦아 둑을 쌓고 보를 만들었으나, 계속 둑이 터지자 이름이 '드들'이란 처녀를 제물로 바쳐 둑 속에 묻고 보를 만들었다는 전설이 있어 이 강을 '드들강'이라고도 한다. '지석(砥石)'은 말 그대로는 연장을 날카롭게 하는 숫돌을 뜻하지만 여기서도 이두문식 표기로 보인다. '지(砥)'는 '디디다'는 뜻의 '드지', '디지'의 차음(借音) 표기이고 '석(石)'은 '돌'의 뜻새김이니 '디딤돌'의 순수한 우리말이 아니었나 싶다. 처녀의 혼을 기리고 둑을 보호하기 위해 발로 밟고 눌러주어야 한다는 의미가 담긴…

아무튼 지석천은 전남 화순군 이양면 증리 계당산(580m) 남서쪽 계곡에서 발원하여 나주시 청풍면 경계인 송석천 합류점에서 국가하천으로 바뀌어 길이가 55km에 이른다. 이 지석천의 지류인 대초천을 막아 영산강 유역 농업종합개발사업의 일환으로 축조한 나주댐이 있다. 영산강 지류에 있는 담양댐, 장성댐, 광주댐과 함께 주변 지역의 생활용수 및 농경지의 관개용수를 공급하고 우천 시에 홍수조절을 하는 다목적 댐이다.

승촌보의 공도교를 지나 영산강의 우안으로 접어들면서 전라남도의 중심도시 광주광역시로 들어선다. 여기서부터 메타세쿼이아 인증센터까지는 계속 우안으로 달리고, 거기서 마지막 담양댐 인증센터 구간은 좌안으로 가게 된다.

황룡강 습지에 도착한다. 자연 생태는 생물들의 삶의 터전일 뿐만 아니라 현대인들이 갈망하는 휴식공간을 제공한다. 졸졸 흐르던 개울물이 여러 계곡의 물들과 만나며 하천을 이루고, 황룡강과 만나며 영산강도 큰 흐름을 이룬다. 내장산국립공원에 있는 백암산(白岩山, 741m)에서 발원하는 황룡강(黃龍江)은 총연장 50km의 영산강 제1지류이다. 그 중간에 장성댐이 들어서 물길을 막고 있다. 장성호를 지나며 시작되는 황룡강 습지가 백리 길을 달려오는 동안, 광주광역시 광산구 송산유원지 앞에서 평림천과 합류하면서 지방하천에서 국가하천으로 바뀌어 영산강과 합류한다.

갑자기 고막이 터질 듯이 요란한 굉음이 들린다. 여객기의 이착륙과 함께 전투기들이 공중곡예를 하며 내는 소음이다. 강 건너 광산구 신촌동에 광주공항이 있기 때문이다. 현재는 무안국제공항에 국제선을 다 넘겨주고 국내선만 운항 중인데 그마저 KTX 개통으로 먹구름이 낀 상황. 앞으로 군사 공항의 이전이 확정되면 국내선도 무안국제공항에 넘겨주고 광주공항 부지는 '솔마루 시티'로 개발할 방침이라고 한다.

광주천(光州川)을 만난다. 생각보다 규모가 작아 보이는 광주천은 광주시 동구 용연동 무등산(無等山, 1,197m) 용추계곡에서 발원하여 시내 중심부를 관통한 뒤 최종적으로 서구 유촌동에서 영산강에 합류하는 총길이 23km의 영산강 제2지류이다. 유역에는 지산유원지를 비롯하여 증심사 계곡과 광주공원, 어린이대공원, 사직공원, 동물원 등의 위락시설과 광주시립박물관, 국립광주박물관 등이 들어서 있다.

'풍영정' 현판에서 '풍(風)' 자와 '영정(詠亭)' 자의 글씨체가 다르게 보인다.

풍영정. 〈한국관광공사〉.

칠계(漆溪) 김언거 선생이 문인들과 교류하던 '풍영정(風詠亭)'

광주시 광산구 신창동 선창산(仙滄山)과 극락강(極樂江)이 마주치는, 철교가 지나는 광신대교 강변에 '풍영정(風詠亭)'이라는 고풍스런 정자가 있다. 영산강을 광주에서는 극락강이라고 부른다. 영산강 제7경인 '풍영야우(風詠夜雨)'를 대표하는 자연과 시와 노래를 품고 있는 풍영정은 조선 중종 20년(1525) 사마시(司馬試)에 급제한 뒤 명종 15년(1560) 승문원판교를 끝으로 관직을 떠나 고향으로 돌아온 칠계(漆溪) 김언거(金彦据, 1503~1584)가 지은 정자이다.

여기서 그는 81세로 생을 마감할 때까지 10여 년 동안을 하서(河西) 김인후(金麟厚, 1510~1560), 퇴계(退溪) 이황(李滉, 1502~1571), 고봉(高峰) 기대승(奇大升, 1527~1572) 등 이름난 문인들과 교우하며 지냈다. 풍영정에 남아 있는 이들의 제영현판(題詠懸板)은 이때의 흔적이다. 또한 여기에는 석봉(石奉) 한호(韓濩, 1543~1605)가 쓴 '제일호산(第一湖山)'이라는 현판이 걸려 있다.

정면 3칸, 측면 2칸의 팔작지붕으로 된 풍영정에는 다음과 같은 전설이 있다. 김언거는 덕망이 높아 낙향을 하자 그를 아끼던 사람들이 12채나 되는 정각을 지었다고 한다. 하지만 풍영정 이외의 11채의 정각들은 임진왜란 때 소실되었다. 다른 정자들이 다 타버리고 풍영정도 불길에 휩싸이자 현판 글자 가운데 앞의 바람 '풍' 자가 오리로 변하여 극락강 위로 날아올랐다. 기이하게 여긴 왜장이 즉시 불을 끄도록 하자 극락강의 오리가 현판에 날아들어 다시 글씨가 또렷이 되살아났다. 정자에 걸린 현판의 글씨에서 '풍(風)' 자와 '영정(詠亭)'의 글씨체가 다르게 보이는 데서 생겨난 전설이지 싶다.

무등산의 정기를 받은 광주

붉은색 아스콘으로 포장된 광주광역시 구간의 자전거길은 500m마다 거리를 알려주는 성의는 고맙지만 노면 상태 등 전면적으로 한참 손을 봐야 할 것 같다. 어림잡아 극락강에 세워진 다리가 10개 정도는 되는데 대도시의 규모에 비해 자전거가 상당히 푸대접 받고 있다는 느낌을 지울 수가 없다.

사실 여기까지 오면서 관개수로를 내기 위해 길이 통째로 잘린 곳도 있었고, 자전거도로를 잇거나 정비하다 그만 둔 탓인지 잡풀 사이로 콘크리트 구조물이 흉물스럽게 버려진 곳도 있었다. 또 자전거도로임을 알리는 표지는 있었지만 동서남북 방향과 목적지를 알려주는 내용은 길바닥 그 어디에도 쓰여 있지 않았다. 포장이 안 된 구간에 자동차와 나란히 달리면서 온통 하얀 흙먼지를 뒤집어쓰기도 했다. 그때마다 내려서 걷거나 우회도로를 찾다 길을 잘못 들어 금쪽같은 시간을 허비하곤 했다. 앞으로 모든 것이 제자리를 찾아가면 이런 일은 또 하나의 추억이 될 날이 올 것을 기대한다.

호남지방의 맹주를 자처하는 중심도시로서, 무등산의 정기를 받은 광주는 선비의 대쪽 같은 정신으로 불의와 타협하지 않는 강골정신이 흐르고 있는 도시다. 일찍이 일제 강점기인 1929년 11월 3일에 한·일 중학생 간 충돌로 일어난 이른바 '광주학생항일운동'은 11월 12일 광주지역학생 대시위운동을 거쳐 전국으로 확산되어 학생독립운동에 불을 당겼다. 우리가 학창시절 때는 11월 3일을 '학생의 날'이라 하여 기념식을 가졌었다.

또 1980년 민중항쟁인 5·18민주화운동이 광주에서 일어났다. 1979년 박정희 대통령이 시해된 후, 신군부 세력을 거부하는 민중들의 민주화운동으로 제5공화국 정권의 부도덕성을 부각시켜 문민정부가 탄생하고, 50년만의 여·야간 정권교체를 이룩하는 결정적인 배경이 되었다. 인근에 있는 5·18국립묘지는 광주인들의 긍지를 높여주고, 자존심이 살아 숨 쉬는 성지라 할 수 있다.

민주인권도시, 문화관광도시, 첨단산업도시를 표방하는 광주

광주는 백제시대 무진(武珍 또는 茂珍)이라는 이름으로 등장하여 고려 태조 23년(940)에 무주(武州)를 광주(光州)로 불렀다고 한다. '무진'은 한자의 음과 새김을 빌려 쓴 이두문으로 추정한다. '진(珍)'은 '들'의 한자새김이고, '무(武)'는 '물'의 새김이므로 '무진'은 '물들', 무들', 즉 물이 많은 들판을 의미하는 우리말로 풀이된다. 광주의 무등산 이름의 '무등(無等)'도 '무들'의 이두식 표기로 추정되고, 광주와 가까운 나주 영산포 일대를 이두식으로 '수입이(水入伊)', 즉 '물들이'라 한 것으로 보아 옛날에 이 지역 일대에 늪지대가 있었음을 짐작케 한다.

아무튼 '빛고을'이란 뜻의 광주(光州)는 대한민국 정부수립과 함께 1949년 광주시로 승격되어 1986년 부산·대구·인천에 이어 네 번째 직할시로 개편되었다. 모든 사람이 함께하는 민주인권도시, 문화관광도시, 첨단산업도시를 표방하는 광주는 2010년 말 현재 5개 자치구에 150여 만 명이 상주하는 전국 5대 도시로 성장하고 있다.

광주는 1995년 제1회를 시작으로 현대설치미술전시회인 광주비엔날레(Biennale)가 2년마다 열리고, 2010년 광주 세계 광(光) 엑스포, 2015년 하계 유니버시아드를 개최하였으며, 2019년 세계수영선수권대회를 개최할 예정이다. 아시아 문화중심도시 조성사업이 국책사업으로 진행되고 있다.

광주광역시 권역에 들어오자 해가 저문다.

경주 지진을 광주에서도 감지하다

해가 저문다. 물어물어 왔지만 복잡한 시내로 들어가는 접속구간이 여의치 않아 가는 데까지 가보자는 심산으로 페달을 밟는다. 억새풀 사이로 걸린 태양이 지친 듯 여린 섬광을 꼴깍 멈추어 버린다.

얼마나 달렸을까. 어느 다리 밑을 지나기 전 산책 나온 한 아주머니가 친절하게 안내를 해주어 이 다리가 첨단대교이며 북광주임을 알았다. 또 나중에 알았지만 담양댐 약 30km 전방, 담양대나무 숲 인증센터 약 5km 전방이었다. 안내해준 대로 둔치길에서 바로 올라와 광주시의 끄트머리인 북광주 시내로 들어갔다.

추석 전날이라 그런지 시내가 상당히 붐벼 보인다. 길도 어둡지만 자전거길은 아예 차량 주차장이 돼 버려 내려서 끌고 간다. 너무 지쳐서인지 언덕을 올라 시내로 들어가는 길이 무척 멀게 느껴진다. 네온사인 불빛이 점점 더 휘황찬란해지는가 싶었는데 중심가인 광주광역시 북구 용두동 일대였다.

목포 영산강 하구둑에서 북광주까지 100여 km를 달려오는 동안 먹을 곳, 마실 곳이 없었기 때문에 저녁식사도 중요하지만 땀범벅이 되어 당장 샤워부터 하고 싶은 생각이 굴뚝같았다. 용두동 로터리에서 제일 먼저 눈에 띄는 어느 식당에서 배불리 요기를 하고 잠자리를 찾아 나선다.

이 용두동에서 인상적인 것은 대부분의 간판 이름이 밝고 순수하고 정감이 가는 우리말로 되어 있어 바래가는 감성에 따뜻한 초록빛 물이 다시 드리워지는 느낌이다. 예컨대 미소지음 치과, 집현전 독서실, 빛고을 여성병원, 해맑은 치과, 봄날의 미소 치과, 미 앤 사랑 피부과 등….

'황토방 모텔'이라는 간판이 눈에 띄어 들어가니 남자주인이 반기며 나온다. 대개는 서로 얼굴은 보지 않고 콧구멍 만한 창을 통해 말로만 대화하는데 말이다. 값도 3만원으로 싼 편이지만 방으로 가보니 웬만한 호텔보다 더 나은 수준급이다. 방이 크다거나 호화스럽다는 얘기가 아니다. 대표인 김근성 사장의 경영철학이 묻어있는 결과다. 처남이 17년간 운영하던 것을 지난 5월에 인수하여 상호는 그대로 두고, 원래 황토칠을 한 천장을 제외한 벽 등은 전면적으로 개보수하였다고 한다.

경영철학이라니까 무슨 거창한 이론이 있는 게 아니다. 무릇 모든 일은 작은 것에서부터 시작되는 법이다. 청소 후 꼭 직접 점검하고 욕실 설비와 TV 및 인터넷 모니터 등 전자제품의 간편한 작동 여부를 체크 한단다. 손님이 필요로 하는 아메니티(amenities)를 아무렇게나 내팽겨 놓지 않고, 값싼 공해 덩어리의 플라스틱이 아닌 세련되고 멋지게 디자인한 헝겊주머니 속에 정성스레 준비해 두었다. 기념으로 갖고 싶을 정도이다. 북광주를 갈 기회가 있으면 한 번 들러 볼 것을 권하고 싶다. 광주광역시 북구 용두동 282-9, Tel: 062-

571-5516~26, Fax: 062-571-5527.

그런데 이보다 앞서 자전거보관을 의뢰하자 김 사장이 먼저 한 대를 끌고 간 사이 다른 한 대를 지키고 있었는데 갑자기 발밑이 흔들리는 느낌이 들었다. 그때가 저녁 8시 가까이 되었을 무렵이다. 나중에 방에서 뉴스를 보고서야 그 시각에 경주에서 5.2도의 지진이 일어났음을 알았다. 아내는 전혀 느끼지 못했다고 했다. 경주에서의 지진을 여기 광주에서도 감지했던 것이다.

필자는 1985~1988년 LA에 주재할 때 거의 매일 지진을 겪었다고 해도 과언이 아니다. 그러다가 1987년 10월 1일 오전 7시 42분 진도 5.9도의 이른바 휘티어 내로즈(Whittier Narrows) 지진을 당했다. 거실에 있던 책장이 넘어지고 그 위에 있던 애지중지하던 네덜란드산 꽃병도 깨지는 등 혼비백산의 경험을 했다. 하필이면 이때 본사에서 출장 오신 전성원 부사장님은 호텔 침대에서 떨어졌고, 그 짧은 몇 초 사이에 인생 파노라마가 모두 지나가더라고 하셨다. 그런데 침대에서 자다가 지진을 당할 때 좌우로 흔들리면 일어나거나 바닥으로 떨어질 수 있는데, 위아래로 흔들리면 도저히 일어나지질 않는다. 안 당해본 사람은 모르겠지만 그 순간은 정말 공포다. 캘리포니아는 사막기후여서 휴양지로서는 최상·최적이지만 지진대 때문에 살기에는 불안하다. 집들은 내진설계 때문에 화장실, 부엌 등 배수관을 제외하고는 모두 목재이고 벽은 속이 비어있다. 그래서 문을 세게 열면 문고리에 벽이 깨지거나 옆집 소리도 다 들릴 정도다. 아무튼 방귀가 잦으면 똥 마려운 법인가. 3년여 만에 본사로 복귀한 지 1년 뒤인 1989년 10월 17일 17시 4분에 샌프란시스코에서 6.9도의 지진이 터졌다. 사망자는 63명에 이르고, 건축물의 붕괴 및 파손 외에 고가 고속도로가 무너지는 등 큰 피해가 발생했다.

이래서 오늘의 고초도 끝을 맺는다. 강행군으로 파김치가 되었어도, 영산강 종주를 위해 천리 길을 마다않고 도전하는 열정과 그 보람으로 생의 의미를 되새기며 편안한 황토방 모텔에서 꿈속으로 빠져든다.

추석날 아침에 또 펑크난 그미의 자전거

9월 14일 수요일 추석날 아침 7시 반 경, 미리 자전거를 내려놓고 로비에서 기다리고 있는 김 사장의 표정이 밝지 않다. 어제 때웠던 그미의 자전거 앞바퀴가 밤사이에 또 펑크가 났기 때문이다. 그 펑크가 자기 탓인 양 미안해하는 김 사장에게 자전거 수리점을 검색해 달라고 부탁하여 가장 가까운 곳에 있는 수리점에 전화를 하니 마침 전화를 받는다. 아니 이 추석날 아침에 전화를 받는 것 자체가 신기했다.

펑크 난 자전거를 메다시피 끌고 가는데 저만치서 주인인 듯한 사람이 손짓을 하며 빨리 오라는 신호를 보낸다. 그것도 그럴 것이 사실은 아침 일찍 성묘를 가기 위해 잊어버린 연장을 챙기러 가게에 들렀는데 그때 마침 전화가 와서 받았던 것이 제때에 맞아 떨어진 것이었다. 먹고살기 힘든 옛날도 아닌 요즘 세상에 추석날 아침에 왜 가게문을 열겠는가. 복권 당첨의 확률에 버금 갈 천재일우(千載一遇)의 하느님의 도우심으로밖에는 달리 해석할 길이 없었다.

아예 튜브를 새 것으로 교체하는데 역시 튜브의 길이가 타이어 둘레보다 길다. 소댕이나루터에서 그래서 교체 대신 펑크 난 곳을 때우는 방법을 썼는데 그게 아님을 비로소 알았다. 바퀴를 분리하여 타이어에 새 튜브를 잘근잘근 집어넣고 바람을 넣으니 금세 수리가 끝난다. 덤으로 한 수까지 배우게

다섯 번째 '담양대나무숲 인증센터'.

되어 친절한 서비스에 감사할 뿐이다.

　북광주 시내에서 강 쪽으로 이동하는데 처음으로 맥도널드가 보여 모닝커피 한 잔 사서 여유롭게 마신다. 평소에 숭늉 마시듯 흔하디 흔한 이 커피 한 잔이 왜 이다지도 달디단지…. 우린 풍요 속에서 범사(凡事)에 감사할 줄 모르고 살아온 게 아닐까! 그런데 한국은 비싼 명품 커피점 일색이고, 듣도 보도 못한 외래어로 치장해 놓아 어리둥절할 뿐이다. 상업주의의 술수에 불과할 따름이니 제대로 알고 마셔야 할 일이 아닌가 싶다.

　광주 구간의 붉은 아스콘 길이 담양으로 들어오면서 무색 콘크리트길로 바뀌면서 훨씬 감이 좋다. 약 5km를 달려 담양대나무숲 인증센터에서 스탬프 찍다. 다섯 번째 인증이다. 이제 2군데 인증이 남아있다.

　강 건너 제방을 따라 펼쳐지는 대나무 숲이 영산강 8경으로 손꼽히는 '죽림연우(竹林煙雨)', 담양 대나무 십리 숲길이다.

　아침 안개 서린 강변 풍경은 아름다운 여적(餘滴)이다. 가는 길에 이제는 시냇물 수준으로 강폭이 좁아진 영산강 줄기에 앉거나 날고 있는 왜가리가 반긴다.

　지금까지의 '영산강 8경'을 정리해 보면 다음과 같다.

제1경 : 목포영산호 - 영산석조(榮山夕照)
제2경 : 무안느러지 - 몽탄노적(夢灘蘆笛)
제3경 : 나주황포돛배 - 석관귀범(石串歸帆)
제4경 : 죽산보 - 죽산춘효(竹山春曉)
제5경 : 나주평야 - 금성상운(錦城祥雲)
제6경 : 승촌보 - 평사낙안(平沙落雁)
제7경 : 광주풍영정 - 풍영야우(風詠夜雨)
제8경 : 담양대나무 - 죽림연우(竹林煙雨)

　그런데 잘 뚫린 자전거길이 갑자기 끊기고 잡풀이 무성한 비포장 길로 우회한다. 좌회전 표지는 길목에서 장사하는 한 가게 앞에 보일락 말락 붙어있는데, 나중에 어느 라이더가 그걸 놓치는 바람에 몇 시간을 헤맸다고 호소한 글을 보았다. 자세히는 모르겠으나 도로 포장 방식을 놓고 지자체 간의 독선적인 고집으로 자전거길 종주노선이 차질을 빚고 있는 모양이다. 도(道)는 콘크리트 공법을 주장한 반면 담양군은 친환경적 흙포장을 요구하고 있기 때문이란다.

한데 담양군 고서면 분향리 협곡을 가로막은 광주호가 생기기 전에는 자미탄(紫薇灘, 백일홍꽃이 피어 있는 여울)으로 불리던 이 창평천(昌平川) 또는 증암천(甑岩川) 주변에서부터 담양교, 향교교에 이르는 길에는 빼어난 경관과 절경을 자랑하는 누(樓)와 정자(亭子)들이 자리를 잡고 있어 한국 가사문학(歌辭文學)의 산실이 된 문화유산이 산재해 있는 곳이다. 이런 연유로 옛 정취를 살리는 흙길을 주장하는 의견이 설득력을 얻지 않나 싶다.

가사문학의 산실, 대나무의 고장 담양

대나무의 고장 담양에 가사문학이 꽃을 피우게 된 것은 중국의 '죽림칠현(竹林七賢)'의 고사처럼, 의리와 명분을 중시하던 조선시대의 유림들이 세상에 염증을 느낀 뒤, 현실정치를 피해 따뜻한 기후와 풍부한 물산으로 인심 좋은

담양대나무숲길

호남지방, 특히 물 맑고(潭) 볕 잘 드는(陽) 담양(潭陽)으로 내려와 누정을 건립하고 인재양성은 물론 시단(詩壇)의 결성과 시회(詩會)를 통해 훌륭한 가사문학을 창작하였다. 따라서 담양은 가사문학과 관련된 국문학사적인 인문학적 가치가 매우 큰 곳이며, 별서원림(別墅苑林)으로서의 가치도 우수한 호남의 대표적인 누정문화(樓亭文化)를 보여주는 곳이다. 여기서 '별서(別墅)'는 세상 이목을 피하여 번거로움 없이 지내려는 보금자리, 즉 요즘의 별장을 의미하며, '원림(苑林)'은 말 그대로 숲과 정원이 있는 곳을 뜻한다.

가사(歌辭)란 고려 말에서 조선시대 초기에 걸쳐 생겨난 우리문학의 한 형식으로 한문이 주류를 이루던 때에 국문으로 시조와 함께 양반, 평민, 부녀자 등 다양한 계층에서 부른 노래를 일컫는다. 시가와 산문의 중간 형식인 가사문학은 특히 이곳 식영정을 중심으로 하는 담양지방의 정자원림(亭子苑林)을 바탕으로 크게 발전하여 꽃을 피웠다.

이서(李緖, 1482~?)의 낙지가(樂志歌), 송순의 면앙정가, 정철의 성산별곡·관동별곡·사미인곡·속미인곡, 정식(鄭湜)의 축산별곡(竺山別曲), 애경당(愛景堂) 남극엽(南極曄, 1736~1804)의 향음주례가(鄕飮酒禮歌)·충효가(忠孝歌), 류도관(柳道貫, 1741~1813)의 경술가(庚戌歌)·사미인곡, 남석하(南碩夏, 1773~1853)의 백발가(白髮歌)·초당춘수곡(草堂春睡曲)·사친곡(思親曲)·원유가(遠遊歌), 송강 정철의 10대손인 석촌(石村) 정해정(鄭海鼎, 19세기 말)의 석촌별곡(石村別曲)·민농가(憫農歌, 1884) 및 작자미상의 효자가 등 18편의 가사가 전승되고 있어 담양을 가사문학의 산실이라고 부른다.

조선시대 원림 문화의 중심지역, 담양의 10정자

담양에는 사촌(沙村) 김윤제가 살았던 충효마을과 송강 정철이 살았던 지실마을, 소쇄 양산보가 살았던 창암촌이 있으며, 이 마을들 주변으로 식영정(息影亭)과 면앙정(俛仰亭), 송강정(松江亭), 은거를 위한 독수정(獨守亭)과 소쇄원(瀟灑園), 환벽당(環碧堂) 등 10여 개의 정자가 소재해 있어 이 일대가 조선시대 원림 문화의 중심지역으로서 가치가 뛰어나다.

이른바 '담양 10정자' 중 몇 개만 살펴보고 가야겠다.

먼저 가사문학관 부근의 담양군 남면 지곡리 가사문학로에 있는 '식영정(息影亭)'은 서하당(棲霞堂) 김성원(金成遠, 1525~1597)이 명종 15년(1560)에 창건하여 장인인 석천(石川) 임억령(林憶齡, 1496~1568)에게 증여한 것이라고 한다. '그림자가 쉬는 정자'라는 뜻의 식영정 이름은 임억령이 지은 것으로, 그림자는 인간의 욕망을 의미하며 누구나 세속을 벗어나지 않고는 이를 떨쳐버릴 수 없다는 뜻이다. 앞의 몽탄면에 있는 '식영정(息營亭)'과는 다르다.

서하당 김성원은 송강 정철의 처외숙부로 송강보다 11년 연상이었으나 송강이 성산(星山, 별뫼)에 와 있을 때 제봉(霽峰) 고경명(高敬命, 1533~1592)과 같이 환벽당(環碧堂)에서 공부하던 동문이다.

담양의 창계천 주변은 풍광이 수려하여 식영정 외에도 자미탄(紫薇灘), 방초주(芳草州), 조대(釣臺), 서석대(瑞石臺), 부용당(芙蓉塘), 취가정(醉歌亭), 서하당 등 많은 정자가 있었는데, 지금은 광주호가 생겨 일대가 많이 변형되었다. 그러나 그 중 식영정 건너편에 위치하고 있는 환벽당은 뜻 그대로 푸르름이 고리를 두른 듯 아름다운 곳에 나주 목사(羅州牧使)를 지낸 사촌(沙村) 김윤제(金允悌, 1501~1572)가 낙향하여 창건하고 후학을 가르치던 곳으로 그의 조카인 서하당과 외손녀사위인 송강이 대표적인 제자이다. 현재는 송강의 4대손 정수환(鄭守環)이 김윤제의 후손으로부터 사들여 연일(延日) 정씨 종중에서 관리하고 있다고 한다.

하지만 이들이 은둔 생활에 칩거하고만 있었던 것은 아니었다. 임진왜란 때 각지의 의병들과 제휴하여 현민(縣民)들을 보호하기도 하였으며, 외세침략에 대항하고 민족 주체성을 확립하기 위한 살신성인(殺身成仁)의 정신으로 참된 민족정기를 높이는 행동철학을 보여주기도 하였다.

고경명은 낙동강 종주기에서 언급했듯이 임진왜란 때 전라도 광주와 장흥 등에서 모집한 6천여 명의 의병을 이끌고 중봉(重峯) 조헌(趙憲, 1544~1592)과 함께 임금을 지키러 의주로 가던 중 제1차 금산(錦山)전투에서 왜군과 싸우다가 차남 인후(因厚, 1561~1592)와 같이 전사한 조선의 문신이며 의병장이다. 조헌도 제2차 금산전투에서 장렬하게 전사했다.

전투가 종결되자 장남 종후(從厚, 1553~1593)가 아버지와 동생의 목 없는 시신을 찾아 장례를 치르고, 다음해 스스로 복수의병군(復讐義兵軍)을 이끌고 제2차 진주성 전투에 참가해 끝까지 싸우다 남강에서 전사하였다. 고경명은 시, 글씨, 그림에 뛰어났으며, 저서에는 '제봉집(霽峰集)' '서석록(瑞石錄)' '유서석록(遺書石綠)' 등이 있다.

당시 사람들은 임억령, 김성원, 고경명, 정철 네 사람을 '식영정 사선(四仙)'이라 불렀는데, 이들이 별뫼 주변의 경치 좋은 20곳을 택하여 20수씩 모두 80수의 '식영정이십영(息影亭二十詠)'을 지은 것은 유명한 이야기이다. 이 식영정 20영은 후에 정철의 '성산별곡'의 밑바탕이 되었다. 성산별곡은 별뫼의 4계절을 아름답게 표현한 시가로서 가사문학의 정수로 꼽는다.

광주호 상류에 있는 '소쇄원(瀟灑園)'은 조선 중종 25년(1530)에 소쇄옹(瀟灑翁) 양산보(梁山甫, 1503~1557)가 은사인 정암(靜庵) 조광조(趙光祖, 1482~1519)가 기묘사화(己卯士禍)로 능주(지금의 전남 화순)로 유배되어 죽임을 당하자 '개처럼 사느니 흙이 되겠다'며 세속의 뜻을 버리고 자연 속에서 숨어 살기 위하여 꾸민 민간별서정원이다. 면앙 송순, 하서 김인후의 도움을 받아 그의 아들 자징과 손자 천운 등 삼대에 걸쳐 완성하여 후손들의 노력으로 오늘에 이르렀다.

소쇄원은 크게 내원(內園)과 외원(外園)으로 구분하고, '비개인 하늘의 상쾌한 달'이라는 뜻의 제월당(霽月堂)은 주인이 거처하면서 학문에 몰두하는 공간이며, '아침 해가 뜨며 부는 청량한 바람'이라는 뜻의 광풍각(光風閣)은 손님을 위한 사랑방 역할을 하였다고 한다. 초정(草亭)과 대봉대(待鳳臺)는 양산보가 꿈꾸는 염원이 담겨 있으며, 제월당에는 하서 김인후가 쓴 '소쇄원 48영시(瀟灑園四十八詠詩)'(1548)가 걸려 있다.

창평천을 바라보는 담양군 고서면 원강리 야산의 송림 속에 자리 잡은 '송강정'은 송강(松江) 정철(鄭澈, 1536~1593)의 호를 따서 지은 정자로, 환벽당, 식영정과 함께 '정송강유적'이라고 불린다.

정철은 조선 중기 학자이자 정치가로 명종 16년(1561)에 26세의 나이로 과거에 급제하여 선조 17년(1584) 대사헌이 되었으나, 서인에 속했던 정철은 당쟁의 소용돌이 속에서 동인의 탄핵을 받아 다음해에 벼슬을 그만두고 고향 창평(昌平)에 내려와 4년 동안 전원에 은둔, 자연을 벗 삼아 풍류

송강정(松江亭). 〈한국관광공사〉.

를 즐기고 시작에만 전념했다. 이때가 정치적으로는 좌절기였으나 문학적으로는 전성기로 수많은 단가와 가사문학을 남겼다.

그는 송강정에 머물면서 식영정을 왕래하며 '사미인곡(思美人曲)'과 '속미인곡(續美人曲)'을 비롯하여 많은 시가와 가사를 지었다. '사미인곡'은 조정에서 물러나 왕을 그리워하는 마음을 여인이 남편과 이별하여 사모하는 마음에 빗대어 표현한 노래이다. 그의 가사문학은 타협을 싫어한 강직한 성품 때문에 좌천과 유배 등 순탄치 못한 벼슬살이와 은둔의 소산이었지만, 그는 남달리 따스한 눈빛으로 자연과 인간사를 바라보며 시를 읊었다.

정자의 정면에 '송강정'이라고 새겨진 편액이 있고, 측면 처마 밑에는 '죽록정(竹綠亭)'이라는 편액이 있다. 원래 여기에 죽록정이라는 초막을 짓고 살았는데, 1770년에 후손들이 그를 기리기 위해 송강정이라는 이름의 정자를 세웠다고 한다. 그래서 증암천은 송강 또는 죽록천이라고도 한다. 정각 바로 옆에는 1955년 건립한 '사미인곡' 시비가 있으며, 현재의 건물 역시 그때 중수한 것이라고 한다.

여기에 서면, 평생토록 술을 사랑한 풍류가객이었던 송강의 권주가인 '장진주사(將進酒辭)'가 400여 년의 세월을 뛰어넘어 금세라도 우리의 귓가에 쟁쟁 울려올 듯하다.

한 잔 먹세 그려 또 한 잔 먹세 그려

꽃 꺾어 세어가며 무진무진 먹세그려

이 몸 죽어지면 지게 위에 거적 덮어 졸라매어 가거나

화려한 꽃상여에 만인이 울며 가거나

어욱새, 속새, 덥가나무, 백양(白楊) 숲에 가기만 하면 누런 해와 흰 달,

가는 비와 굵은 눈, 쇼쇼리 바람 불 제 그 누가 한 잔 먹자 할꼬.

하물며 무덤 위에 원숭이가 휘파람 불 제 뉘우친들 어떠하리.

술과 풍류를 즐기던 그는 '옥(玉)'이라는 기녀의 이름을 따서 시를 지었는데, 기녀가 그의 시를 되받아, 정철 이름의 운을 따서 화답시를 짓자 기녀의 재주에 놀라게 된다.

옥이 옥이라 하거늘

번옥(燔玉)으로 여겼더니

이제야 보아하니

진옥(眞玉)이 분명하다

내게 송곳 있으니

뚫어 볼까 하노라

철(鐵)이 철(鐵)이라 하거늘

잡철(雜鐵)로만 여겼더니

이제야 보아하니

정철(正鐵)이 분명하다

송강 정철은 별뫼를 무대로 하여 면앙 송순, 하서 김인후, 고봉 기대승 등 당대의 명유들을 스승으로 삼았으며, 제봉 고경명, 옥봉(玉蜂) 백광훈(白光勳, 1537~1582)과 기봉(岐峰) 백광홍(白光弘, 1522~1556) 형제, 구봉(龜峰) 송익필(宋翼弼, 1534~1599) 등과 교우하면서 시문을 익혔다. 송강의 면면을 짚어보고 후세의 교훈을 위해 이들을 살펴보는 게 좋겠다.

죽록정(竹錄亭). 〈한국관광공사〉.

옥봉 백광훈은 시에서는 조선초기의 송시풍을 당시풍으로 바꾼 공적이 있으며 이로 인해 고죽(孤竹) 최경창(崔慶昌 1539~1583), 손곡(蓀谷) 이달(李達 1539~1612)과 함께 조선 중기의 삼당시인(三唐詩人)으로 불린다. 최경창은 옥봉의 만사에서 '글씨는 종요(鍾繇, 151~230)와 왕희지(王羲之, 303~361)의 오묘함을 얻었고, 시는 위진의 수준이 낮은 것을 비웃었다(筆得鐘王妙, 詩羞衛晉卑)'고 했다.

옥봉은 송강 정철과 막역한 사이였다. 정철은 송강집에서 "옥봉의 문장은 빼어남과 맑음을 기개로 하고 있고 청명한 시가와 오묘한 필법은 으뜸가는 재주다. 동이술로 글을 논할 때 언제나 칼날처럼 서늘했다."고 술회하고 있다.

여기서 종요는 '삼국지(三國志)'에도 등장하는 인물이다. 그는 후한의 신하로서 헌제(獻帝)를 섬겼으나 헌제가 조조(曹操)에게 비호받으면서 동향 출신이었던 순욱(荀彧)의 천거로 조조를 섬긴 후 장안(長安) 지역의 통치와 치안을 위시한 내정 면에서 큰 공적을 세웠기에 위나라의 상국(相國·재상)을 지냈다. 그의 서체는 서성(書聖) 왕희지에게 큰 영향을 주었다.

특히 75세의 노익장을 과시하며 낳은 늦둥이 차남 종회(鍾會)는 사마소(司馬昭)의 명을 받아 촉을 멸하여 대공을 세웠으나 촉의 항복한 무장 강유(姜維)와 공모해 반란을 꾀하여 사마소에게 토벌당해 죽는다.

백광홍이 일찍이 관서지방을 유람할 때 지은 것으로 알려진 가사 '관서별곡(關西別曲)'은 송강 정철의 '관동별곡(關東別曲)'의 구성, 표현, 어귀배열 등 형식에 있어서나 내용·가풍에 이르기까지 지대한 영향을 준 작품으로 평가되고 있다. '선별곡'인 관서별곡(1556)은 기행가사의 효시로, '후별곡'인 기행가사의 백미로 알려져 있는 관동별곡(1580)보다 무려 25년이나 앞선 작품이다.

구봉 송익필은 서얼 출신 유학자, 정치인으로 율곡(栗谷) 이이(李珥, 1537~1584)와 우계(牛溪) 성혼(成渾, 1535~1598), 송강 정철, 그리고 임진왜란 때 의병장으로서 제2차 금산전투에서 전사한 중봉(重峯) 조헌(趙憲) 등의 절친한 벗이었다.

그의 아버지는 서얼 출신 문신 송사련(宋祀連, 1496~1575)이며, 진외증조모는 안당 가문의 노비였다. 송사련은 동방 18현(東方十八賢) 중 한 사람이며 서인 예학의 태두인 사계(沙溪) 김장생(金長生, 1548~1631)과 그의 두 아들 김집(金集)·김반(金泮) 및 인조 반정의 공신 김류(金瑬, 1571~1648) 등을 문하에서 길러냈던 인물이다.

한편 영모당(永慕堂) 안당(安瑭, 1460~1521)은 고려 때 처음으로 성리학을 도입했던 대학자 안향(安珦, 1243~1306)의 8대 손으로 안돈후(安敦厚)의 아들이다. 안당은 여러 판서직을 두루 거쳐 1518년 우의정, 그 다음해에 좌의정에 올랐던 인물이었으나, 자기가 등용한 조광조가 기묘사화로 투옥되

북광주 첨단대교에서 담양대나무숲, 메타세쿼이아길을 거쳐 마지막 담양댐 인증센터로 가는 자전거길 지도.

자 그의 신진세력
들을 구하려다가
파직 당했고, 1521
년 신사무옥(辛巳
誣獄)에 연루되어
세 아들과 함께
사약을 받고 처형
당했다.

안당의 아버지
안돈후는 비첩에

면앙정(俛仰亭), 〈한국관광공사〉.

게서 서녀 감정(甘丁)을 낳고, 안당의 누이인 감정은 황해도의 갑사 송린(宋璘)에게 출가했다. 송린의 아들이자 송익필, 송한필(宋翰弼)의 아버지가 송사련으로, 송사련은 외숙부인 안당과 그의 아들들이 조광조와 함께 역모를 꾀했다고 고변했고, 그 공로로 당상관으로 승진하여 중종, 인종, 명종, 선조대에 이르기까지 네 임금을 섬기면서 첨지중추부사(僉知中樞府事, 정삼품 무관직)가 되어 30여 년간 세력을 잡고 종신토록 녹을 받았다. 23년 전 연산군 4년(1498), 서자의 서러움과 한맺힌 원한에 의한 류자광(柳子光, 1439~1512)의 정변인 무오사화(戊午士禍)를 떠올리게 하는 대목이다.

신사무옥의 밀고자로 출세한 송사련 일가와 역모죄로 멸문 당한 안당 일가의 피맺힌 원한 관계는, 선조 19년(1586)에 사화 때 살아남은 안당의 증손자인 안로(安璐)의 처 윤씨(尹氏)가 억울함을 상소하여 안당이 죽은 지 65년 만에 논란이 되었다. 송씨 집안도 맞상소하여 싸우다가 안당의 무죄가 밝혀지자 결국 패하여 이미 죽은 송사련의 관작이 삭탈되었다. 안당의 일가족은 모두 복권되었고, 송사련의 외증조가 안씨 집안의 노비라는 것과, 자신의 외가를 무고하여 출세한 점이 후일 그의 아들 송익필, 송한필이 인정받지 못하는 원인이 된다.

당시 안당의 증손부의 소송 제기로 익필·한필 형제가 환천(還賤, 노비로 됨)의 위기에 처하여 도망 다닐 때, 담양에서 은거생활을 하고 있던 송강이 숨겨주기도 하고, 송사련의 제자 김장생의 숙부인 김은휘가 그의 일족을 배려하여 10년간 먹여살렸다고 한다. 당시의 대학자 이율곡은 "성리학을 가지고 논할 사람은 한필과 익필밖에 없다."고 극찬하였다.

봉산면 제월리 제봉산 자락에 있는 '면앙정(俛仰亭)'은 조선 중종 28년(1533) 기촌(企村) 송순(宋純, 1493~1583)이 관직을 떠나 후학들을 가르치며 여생을 보내던 정자로, "굽어보면 땅이요, 우러러보면 하늘이라. 그 가운데 정자가 있으니 풍월산천(風月山川) 속에서 한백년 살고자 하네."라는 그가 지은 '면앙정 삼언가(三言歌)'에 그 뜻이 깃들어 있다.

면앙정은 송순의 창작활동의 근거지였으며, 퇴계 이황, 하서 김인후, 백호 임제, 석천 임억령, 소쇄옹 양산보, 고봉 기대승, 사암(思庵) 박순(朴淳, 1523~1589), 서하당 김성원, 제봉 고경명, 송강 정철 등 당대 최고의 학자·가객·시인들과의 교류를 통해 '면앙정가'를 비롯하여 시조 22수와 한시 520여 수를 남긴 가사문학의 태두(泰斗)로서 호남 제일의 가단(歌壇)을 이루었던 곳이다.

담양천을 끼고 있는 관방제림 둔치에 조성된 자전거길은 관광객들의 놀이터다.

수령 300여 년을 자랑하는 관방제림

관방제림(官防堤林) 둔치에 조성된 자전거 길은 관광객들의 놀이터이다.

금월교까지 2km에 걸쳐 이어지는 관방제림은 수령 300여 년의 팽나무, 느티나무, 이팝나무, 곰의 말채나무 등이 아름다운 풍치림을 이루고 있다. 천연기념물 제366호로 지정된 관방제림은 나무마다 고유번호가 부여되고, 2004년에는 산림청이 생명의숲가꾸기국민운동, (주)유한킴벌리 등과 공동 주최한 '제5회 아름다운 숲 전국대회'에서 대상을 수상하기도 했다.

관방제림은 조선 인조 26년(1648) 당시의 부사(府使) 성이성(成以性)이 수해를 막기 위해 제방을 축조하고 나무를 심기 시작하였으며, 그 후 철종 5년(1854)에는 부사 황종림(黃鍾林)이 다시 이 제방을 축조하면서 그 위에 숲을 조성한 것이라고 전해진다.

숲이 있고 강이 흐르며, 삶이 흐르매 역사가 흐른다. 이제 영산강은 시냇물 수준이다. 관방제림에서 영산강의 시원(始源)인 담양천을 끼고 있는 향교교를 지나면 바로 왼편에 보이는 대숲이 죽녹원(竹綠苑)이다. 하지만 가는 길을 재촉해 관방제림의 담양국수거리도 아직 이른 시간이라 그냥 지나친다. 이제 남은 구간은 메타세쿼이아(Meta Sequoia) 인증센터와 거기서 약 7km 떨어진 영산강 종

메타세쿼이아 공원 숲길.

6번째 메타세쿼이아 길 인증센터.

주자전거길 종점인 담양댐이다.

전국에서 가장 아름다운 메타세쿼이아 길

메타세쿼이아 나무가 곧게 뻗은 길을 가다가 한 정자에서 펑크 난 자전거를 수리하고 있는 필리핀 젊은이 한 패를 만나다. 영어로 인사를 하니 우리말로 '안녕하세요' 하고 대꾸하는 것으로 보아 한국에 일하러 나와 있는 외국 근로자인 듯했다. 말도 많고 여럿이 달라붙어 고치는 행태가 우리와 똑같다.

잠깐 뒤 출발하려고 페달을 밟는데 갑자기 몸의 균형을 못 잡고 오른쪽 갈대밭으로 힘없이 쓰러졌다. 자전거는 멀쩡했지만 갈대가 부러지며 왼발 종아리를 두 군데 찔러 피가 나왔다. 손수건으로 감싸 지혈하고 가던 길을 재촉했다. 큰 사고 나지 않게 조심하라는 경고 내지 자중하고 겸손하라는 메시지로 알고…

얼마를 달리니 메타세쿼이아길 공원이 나온다. 우선 메타세쿼이아 길 인증센터에서 스탬프를 찍고 난 후 공원을 들러보았다. 입장료 일반 2,000원이었으나 경로는 공짜였다. 할인은커녕 통 크게 공짜라니! 하긴 지하철도 공짜이

담양 메타세쿼이아 공원에서. 왼발의 손수건은 갈대밭에 넘어져 찔린 곳의 지혈대.

담양댐 인증센터에서 바라본 담양댐은 전혀 댐 같은 분위기가 들지 않는다.

담양댐 인증센터를 마지막으로 영산강 종주자전거길
완주하고 기념촬영하는 필자 부부.

니 참 좋은 나라다.

그런데 가로수길이 500m 정도밖에 되지 않아 뭔가 아쉬운 느낌이다.

이름부터 멋들어진 이 나무는 1940년까지만 해도 멸종된 것으로 알려진 수종(樹種)이다. 겨우 몇 천 그루만이 중국 중부의 700~1,400m 고도지역에 살아있는 것을 씨와 삽수(揷穗)를 통해 전 세계로 옮겨 심게 되었다고 한다. 2002년 산림청과 유한킴벌리에서 선정한 전국에서 가장 아름다운 가로수 길이다.

메타세쿼이아 공원을 나와 다시 담양댐으로 향하다. 차도로 나와 굴다리를 건너면 오른쪽에 '섬진강 종주길'로 연결하는 지름길 표지가 나온다. 순창군 유등면에 있는 유풍교까지 약 27km를 가면 만난다. 우리는 영산강 종주를 마치기 위해 일단 담양댐으로 가야 하기 때문에 그냥 직진하다.

금월교를 지나니 우체국이 있는 왼편에 식당들이 즐비하다. 어느 식당에서 아까 지나쳤던 담양국수로 점심을 때우고 담양댐으로 향하다.

길 공사가 진행 중이라 우회도로인 자갈길을 달리다 길이 너무 안 좋아 다시 자전거길로 들어갔는데 노면 상태가 좋지 않기는 마찬가지. 펑크 날 염려는 좀 적었지만 아스콘이 닳아서 평지인데도 바퀴가 마치 거머리가 붙은 듯 쩍쩍 달라붙어 영 느낌이 좋지 않다.

가는 중간에 그미가 전화로 섬진강댐으로 이동할 차량을 예약하다. 영산강 종주 자전거길의 종착점(출발점) 담양댐 인증센터에서 스탬프를 찍고 있는데 예약 차량이 이미 도착해 있다.

그런데 정작 담양댐은 공사 중인지 물도 없고 댐 같은 분위기가 전혀 들지 않는다. 하지만 담양댐 주변으로 '담양 10경'인 추월산과 금성산성의 경치가 수려하여 등산객들이 많이 찾는다고 한다.

점프 이동하여 섬진강 연결 자전거길로 넘어가다

영산강/ 섬진강 연결 자전거길(27km)은 공식 종주코스에 포함되는 구간이 아닐 뿐 아니라 이동하는 시간과 체력을 아끼기 위해 점프 이동을 한다. 물론 돈이 드는 방법이긴 하지만. 1인당 3만원이나 부부라 5만원으로 합의하여 영산강 자전거길 완주의 기쁨을 만끽할 새도 없이 섬진강댐으로 이동하다.

끝으로 영산강 종주자전거길에서 위기 때마다 도움을 주신 분들, 이를테면 목포 삼호대교와 남창대교 사이에서 엇갈려 서로 숨바꼭질 하고 있을 때, 목포의 인심을 듬뿍 느끼는 도움을 준 젊은이와 남악신도시의 한 편의점에서 개인 휴대폰을 몇 번이나 선뜻 빌려주던 앳되고 예쁜 아가씨.

그리고 소댕이나루터에서 펑크 난 자전거를 수리해 준 서명현 씨, 추석날 이른 아침 또 펑크 난 자전거의 수리점을 알선해 준 황토방모텔의 김근성 사장과 수리점 아저씨 등에게 깊은 감사를 드린다.

캐나다 한인 부부의 자전거 여행 1000km

섬진강 종주 자전거길

담양댐 – 섬진강댐 인증센터 –
장군목 – 향가유원지 – 남원시 금지면 –
곡성 – 화개장터 – 광양시 망덕포구 –
배알도 수변공원까지

강물 따라 역사는 흐르고

섬진강 종주 자전거길

섬진강 종주 자전거길 시작에 앞서

9월 14일 수요일 추석날. 북광주에서 담양대나무숲길과 메타세쿼이아길을 거쳐 담양댐에서 영산강 종주길을 끝내자마자 콜밴을 이용하여 섬진강댐으로 점프 이동하였다. 섬진강 종주 자전거길이 여기서 바로 시작되기 때문이다.

담양댐~섬진강댐 사이는 고갯길로 약 27km 거리(차로 약 20분 소요). 섬진강 종주 자전거길의 상류에 있는 첫 인증센터인 섬진강댐 인증센터에서 먼저 인증도장 누르고 바로 옆에 있는 '강가에' 식당에서 추어탕으로 점심. 맛은 있었으나 땀이 송송 날 정도로 너무 매운 게 탈. '섬진강댐 인증센터'는 실제 섬진강댐에서 하류방향으로 5.8km 떨어진 강진교 부근의 이곳 섬진강 휴게소에 위치해 있다.

섬진강댐 인증센터. 섬진강자전거길의 시발점이자 종착점.

섬진강 자전거길은 강변을 따라 전북 임실 섬진강 댐에서 전남 광양 배알 도 수변공원까지 이어진다. 총길이가 154km로 긴 편으로 총 8개의 인증센터 가 있다. 2013년 6월 29일에 개통된 이 코스는 '4대강 및 국토종주'에는 영향 이 없으나 '국토완주 그랜드슬램'을 하려면 이 구간을 완주해야 한다. 그러니 까 미리 완주를 하여 저축해 놓는 덤인 셈이다.

전라북도 임실군 강진면 용수리와 정읍시 산내면 종성리의 섬진강 상류에 자리 잡고 있는 섬진강댐은 1961년 8월에 착공해 1965년 12월에 준공한 우리 나라 최초의 다목적댐이다. 원래는 일제강점기 때 1928년 동진농업주식회사 (동진농장)가 농업용 저수지로 축조한 운암제(雲岩堤)가 있었는데, 그 아래에 생활·농업·공업 용수의 다목적댐을 건설한 것이다.

이 댐을 만들면서 생긴 거대한 인공호수인 옥정호(玉井湖)는 노령산맥 줄기 인 호남정맥이 지나가는 오봉산과 국사봉이 양팔을 벌려 감싸 안은 듯하다. 임실군 운암면에 소재하고 있어 운암호(雲岩湖) 또는 갈담(葛潭)저수지로 불 리는 옥정호는 이름 그대로 옥처럼 맑은 샘물 같은 호수로 섬진강이 머무는 곳이며 호남평야의 젖줄이다. 그 속에서 헤엄치고 있는 듯한 '외얏(안)날', 이 른바 '붕어섬'은 한 폭의 앙증맞은 그림이다.

섬진강은 전라북도 장수군과 경계인 진안군 백운면 신암리 팔공산 북쪽 기슭의 상추막이골에 있는 '데미샘'에서 발원해 임실, 순창, 곡성, 구례, 하동 을 지나면서 전라남북도와 경상남도 등 3도를 두루 적시고 광양만에서 222 여 km의 여정을 끝내고 남해로 흘러든다. '데미'는 '봉우리(더미)'의 전라도 사 투리라고 한다.

섬진강 종주자전거길은 154km로 8개의 인증센터가 있다(실제 거리는 지도와 조금씩 차이가 있음).

역사적으로는 고대 가야문화와 백제문화의 충돌지대, 신라와 백제의 경계, 임진왜란과 정유왜란 때는 왜군의 침입경로였으며, 조선시대 말기에는 동학농민운동이 승화되기도 한 장소이다.

높은 산 사이에 협곡을 만들며 굽이굽이 흘러가는 섬진강은 다행히도 4대강 사업에서 제외되어 이 땅의 마지막 남은 때 묻지 않은 자연 그대로의 아름다움을 간직하고 있으며 생명이 약동하는 강이다. 서남부권의 수려한 자연경관과 조화를 이루며 소박한 정취를 느낄 수 있어 4대강 자전거길과는 또 다른 매력을 선사한다. 우리의 자연이 이 섬진강만 같으면 좋겠다.

미리 개인적인 결론부터 말하자면 낙동강 자전거길이 근육질의 무뚝뚝한 남성이라면 섬진강 자전거길은 웅숭깊고 섬세한 여성 같은 코스라 다시 한번 달리고 싶은 최고의 자전거길로 꼽는 데 주저하지 않는다. 영산강은 아마 그 중간쯤 되지 싶다. 다만 광양만에서 올라오는 코스보다는 우리처럼 섬진강댐에서 시작하기를 추천하고 싶다. 계속되는 오르막길을 피하고 따라서 체력소모와 소요시간을 줄이기 위해서다.

섬진강 종주길의 강을 끼고 달리는 임실구간은 정겹고 아름답다.

천담마을 입구 정자 옆에 애향비가 서 있다. 뒷면에 김용택 시인의 시가 새겨져 있다.

[첫째 날]
섬진강댐 인증센터 – 장군목 – 향가유원지 – 남원시 금지면까지

김용택 시인의 생가와 '천국의 길'

9월 14일 수요일 추석날, 자~ 이제 남해바다를 향해 출발이다. 아자자! 힘
내자! 아직까지는 이 길이 얼마나 고행길인지 모르니 파이팅 충만이다.

상류에서 하류로 라이딩 코스를 잡고, 섬진강 휴게소 앞 회문삼거리에서
출발하여 계속 가다 고가도로가 있는 일중교에서 왼쪽으로 꺾어 들어가면
바로 섬진강 강변 자전거길이 시작된다.

적당히 오르락내리락 하면서 가다보면 임실군 덕치면 장산리 '진메마을'이
나온다. 이 곳에 김용택(金龍澤 · 69) 시인의 옛집이 있다. 여기서 나고 자란 시
인은 섬진강의 정서를 시로 읊어 '섬진강 시인'이라는 별칭이 붙었다. 이 일대
의 자전거도로에 그의 시들을 새긴 시비(詩碑)들이 즐비한 것만 봐도 살아있
는 시인에 대한 시 사랑이 얼마나 대단한지를 엿볼 수 있다.

임실군 덕치면 천담마을 입구 정자 옆에 김용택 시인이 지은 애향비(愛鄕

碑)가 서 있어 잠깐 멈춘다. 비 뒷면에 김용택 시인의 시가 새겨져 있다.

특히 진메마을에서 천담마을을 거쳐 구담마을로 이르는 4km의 길은 시인이 '천국의 길'이라며 '눈꼽만큼도 지루하지 않고 순간순간 계절계절이 즐거웠고 행복에 겨워 어쩔 줄을 몰랐다'고 했던 이른바 '시인이 걷는 길'이란다. 활처럼 휘어 흐르고 못(潭)처럼 깊은 소(沼)가 많다고 해서 '천담(川潭)', 강줄기에 아홉 곳의 소가 있다고 해서 '구담(九潭)'이란다.

천담마을은 1680년께 조선 숙종 때 해주 오씨가 정착하면서 만들어졌다는데 사람이나 차가 제대로 다닐 수 있는 길이 불과 수년 전에 생겼다고 하니 '오지 중 오지'다. 섬진강이 둥글게 몸을 말아 휘돌아 흐른 까닭에 물돌이마을로 불리는 천담마을의 새벽녘 물안개 피어오르는 강변은 마치 섬진강이 물안개 이불 덮고 쉬어가는 듯하다.

김용택 시인이 '서럽도록 아름답다'던 이 강변 풍경으로 인해 한국전쟁 이후 한 마을의 이야기를 담은 영화 '아름다운 시절(1998)', TV문학관 '소나기', 드라마문학관 '쑥부쟁이' 등이 모두 이곳에서 촬영됐다.

임실치즈테마파크와 벨기에의 지정환 신부

그런데 임실군의 특산물이 치즈라고 하는데 고개가 갸우뚱해진다. 임실치즈테마파크가 있기에 하는 얘기다. 내력은 거의 60년 전으로 거슬러 올라간다. 6·25전쟁으로 폐허가 된 한국에 벨기에의 로마 가톨릭 선교사 디디에 세르스테벤스(Didier t'Serstevens) 신부(한국명 지정환)가 찾아온다. 그가 지리적 환경이 온통 산과 풀뿐이던 임실 주민들의 가난의 굴레 극복을 위해 1967년 서양에서 산양 2마리를 들여온 것에서 시작됐다.

1968년 프랑스에서 치즈 기술자가 방문하여 카망베르 치즈를 만들었으나 보급에 실패하자, 그 다음해 지정환 신부가 직접 유럽에 석 달을

벨기에 출신 지정환 신부. 〈자료사진〉.

머무르며 치즈 제조기술을 배우고 와서 1970년 체더(cheddar) 치즈를 만들었다. 이후 조선호텔과 계약이 성사되어 대량으로 납품하게 되어 치즈생산이 본궤도에 오르게 되었다고 한다.

1981년 임실의 치즈가공 농민들은 신용협동조합을 결성하고 산양유 대신에 우유로 한국인의 입맛에 맞는 치즈 생산으로 방향을 바꿨다. 마침 1980년대 중반부터 피자 붐이 일면서 모짜렐라치즈의 수요가 급격히 늘었다. 2006년부터 가내수공업 규모로 운영해 온 무지개영농조합법인 '두마리목장'(대표 심요섭)은 현대화된 치즈생산시설을 갖추고 고유브랜드를 만들고, 우유에 산양유를 적절히 섞어 고급화 전략을 시도하는 한편, 자신이 경영하는 목장에서 직접 생산한 원유로 2차 가공품을 만들고 이를 유통 판매하는 이른바 '1·2·3차 산업'을 융합한 '6차산업'의 성공신화를 만들었다.

한편 2005년 8월을 시작으로 매년 여름에 개최되는 임실 치즈마을 축제인 '작은 음악회'는 1박 2일로 진행되는 행사로서 마을대항경기, 치즈음식 체험, 체험프로그램, 상품판매 등 다양한 프로그램으로 자생적 축제로 자리 잡으며 유럽형 '사운드 오브 뮤직' 마을축제의 형태로 발전하고 있다. '임실치즈의 아버지'로 불리는 지정환 신부는 올해 86세로 2016년에 한국 국적을 수여받았다.

적성교의 멋진 현수교

여기서 강변을 따라 세월교를 지나 싸리재의 회룡마을, 드무소쉼터를 지나면 오른쪽에 제법 규모를 갖춘 멋진 현수교가 나온다. 강 건너편이 전라북도 순창군 땅이란다. 동계면 어치리 내룡마을 앞 강에 놓인 현수교는 바위들 사이로 흘러가는 여울과 어우러져 무척 아름답다.

섬진강의 최상류지역이라 아직까지는 강이라기보다는 시냇물 수준이다. 순창에서는 섬진강을 적성강(赤城江)이라 부른다니 그 이름대로 물살이 센 여울물이 붉은 토사를 쌓았을 법하다.

전북 순창군 어치리 적성강 위에 설치된 아름다운 현수교.

섬진강 상류인 적성강의 기암들.

다시 한 번 찾아오고 싶은 '예향 천리 마실길'

수만 년 전부터 흘러 내렸던 맑은 물살에 의해 만들어진 적성강의 기암괴석들은 살아 움직이는 모습을 하고 있는데 얼핏 경북 청송(靑松) 백석탄(白石灘)을 연상시킨다. 그 중에 특히 높이 2m, 폭 3m, 무게가 15톤이나 된다는 '요강바위'는 도둑들이 이 바위를 부잣집 정원석으로 팔려고 훔쳐 갔는데 주민들이 어렵게 다시 찾아왔다는 사연이 있다. 마을에 안녕을 가져다 주는 수호신 역할을 하고 있을 뿐만 아니라 아들 낳기를 원하는 여자가 이 요강바위 위에 앉으면 소원을 이룰 수 있다는 속설이 전해 내려온다. 어쩌면 속을 채우지 않는 '비움의 철학'이 깃든 건 아닌지….

주변에 정신 팔며 달리다보면 어느덧 '섬진강 마실휴양숙박시설단지'가 나오고 그 앞에 장군목 인증센터가 있다. 순창군 적성면 석산리의 '장군목'은 용궐산(645m), 벌동산(450m) 두 봉우리가 강 양쪽에 마주 서 있는 형세가 장군대좌형 명당이라 붙여진 이름이라고 한다. 인증센터에서 두 번째 인증도장을 찍고 주변의 정취를 감상하며 다음 인증센터로 향한다.

거기서 조금만 내려가면 강 건너편 '용궐산 산림 테라피 밸리'와 '섬진강 문화생태 탐방로'를 이어주는 징검다리가 나온다. 옛 정취를 불러일으키는 아름다운 모습이다. 순창군에서는 이곳과 다랭이논으로 유명한 강경마을을 고리 모양으로 연결한 '예향 천리 마실길'을 조성했다.

진메마을, 천담마을, 구담마을을 거쳐 장군목 유원지에 이르는 약 12km 구간은 주변 풍경이 아름답고 힐링이 되는 코스다. 경치가 빼어나 주변 어느 곳이든 눈길만 돌려도 모두 작

'용궐산 산림 테라피 밸리'와 '섬진강 문화생태 탐방로'를 이어주는 징검다리.

품인 듯하여 다시 한 번 찾아오고 싶은 구간이다. 그리고 다른 종주길과는 달리 도로의 인프라는 미흡한데, 각종 안내판이나 전설, 유래 등 자근자근한 이야기들을 잘 준비해 두었다.

장닭이 안내하고 있는 '북대미 숲 작은 도서관' 간판.

북대미 숲 작은 도서관

장닭이 안내하고 있는 '북대미 숲 작은 도서관'이라는 작은 간판을 뒤로 하고 다음 인증센터로 달린다. 그러나 숲속에 앙증맞게 자리잡고 있는 노란색, 파란 색 지붕이 보이는 그곳이 궁금해서 인터넷 검색을 해 보니 '아리랑' 이라는 블로그에 "호기심 많고 눈물이 많은 만년소녀 같은 중년 아줌마! 너무 솔직해서 때로는 눈치도 없고, 보석이나 돈보다는 예술을 사랑하고, 호기심과 정열로 똘똘 뭉친 조금은 푼수같은 중년 아줌마…"라고 자신을 겸손하게 소개하고 있다.

많은 사람들이 돈과 명예를 쫓아서 바쁘게 살아가는 일상 속에서 작은 옹달샘 같은 곳 하나로도 충분히 행복할 수 있다는 것을 전할 수만 있다면 이 도서관은 충분히 그 존재가치가 있다며, 작은 음악회도 열면서 이 조그마한 문화 운동이 민들레 씨앗처럼 널리 퍼져 세상이 좀 더 아름다워지기를 바라는 마음이란다. 그러면서도 여자로서 소중히 여길 만한 애장품이 없단다. 조그마한 볼펜마저도…. 스스로 '무소유'의 삶을 실천하고 계시는 살아있는 부처(?)! 한 번 뵙고 싶어진다.

향가유원지의 아름다운 길

강경을 거쳐 구미교를 지나면 언덕을 하나 넘어 시목마을로 우회하는 길이 나온다. 시골마을을 지나는 길이 아기자기하다. 지북사거리에서 좌측으로 휘감아 강으로 내려가니 식당두어 개가 보인다. 추석날이라 휴업이고 아줌마가 밥지을 쌀을 씻고 있다. 명절도 안 지냈남? 평상에 걸터앉아 잠시 쉬면서 보니 오른쪽에 곧바로 잠수교가 나오고 몇 명의 낚시꾼들이 순진한 섬진강 물고기가 쉽게 잘 물어주기를 기다리고 있다.

섬진강 종주자전거길에 남은 거리를 알려주는 표지판.

잠수교를 건너 화탄마을 쪽으로 올라가면 순창군 유등면 사무소 부근에 있는 유풍교를 만난다. 이 다리를 건너면 갈림길이 나오는데 여기는 섬진강댐에서 42km 내려온 곳으로 섬진강 종주길과 영산강 종주길을 하나로 연결하는 중요한 지점이다. 여기서 우회전하면 담양의 메타세쿼이아 길(약 27km)로 연결되고 좌회전하면 향가유원지(약 3km)를 향한다. 말하자면 담양과 순창의 경계지점이다.

코스모스 길을 쭉 따라 가니 '광양 태인동 131km, 구미교 1km'를 알리는 표지판이 나온다. 묵묵히 달리다 보면 저 숫자가 0으로 변하는 순간이 올 것이다. 그것이 도전과 인내의 힘이다.

그 아래 나무데크를 지나면 섬진강 종주 자전거길에서 유일한 터널인 '향가터널'을 만난다. 이 터널 안은 천연 에어컨이다. 길이 384m, 폭 4.8m로 북한강 자전거길에서 만나는 봉안터널(길이 261m, 폭 4.5m)보다는 길지만 그래도 너무 짧은 게 아쉬울 뿐이다. 향가터널을 통과하면 바로 앞에 향가유원지 인증센터가 나온다.

이 곳 주변은 벚꽃 길인 것으로 보이는데, 봄에 오면 엄청 이쁠 것 같다. 인증센터를 지나면 섬진강을 가로지르는 향가목다리가 나온다. 이 다리 길이는 233m. 다리 입구에 세워놓은 아치조형물은 자전거종주의 역동적인 모습을 예술적으로 잘 표현해 놓아 즐거움을 선사한다.

향가유원지 폐철도(다리와 터널)는 일제강점기 때 남원지역의 곡물을 일본으로 수송하기 위해 광주~남원간 철도를 놓다가 일제가 패망하면서 공사가

향가목다리 입구의 아치조형물. 자전거종주의 역동적인 모습을 잘 표현했다.

중단된 채 70년 가까이 방치돼 왔던 것을 자전거길로 조성하여 2013년 7월 말에 개통했다.

향가는 향기 향(香), 아름다울 가(佳)이다. 옛날부터 이곳 전북 순창군 풍산면에 섬진강이 휘감아 도는 물길이 아름다워 시인 묵객들의 묵향과 꽃다운 기생들의 분향이 어우러져 향가리가 되었다고 한다.

다리 중간에 전망대가 있다. 투명한 특수유리로 처리하여 강물 아래를 볼수 있고 사진도 찍을 수 있게 해 놓은 아이디어는 상주 경천교 등과 비슷하지만 그 발상에 칭찬을 해주고 싶다.

강 건너 산의 위용이 당당하다. 향가목교 끝단을 내려서면 가파른 내리막길. 이 동네 인근에는 강변을 따라 폐업을 한 듯한 축산농가들이 잇달아 나타난다. 영산강 종주할 때 나주시 동강면 느러지전망대에서도 저러한 광경을 보았었다. 저런 오염원이 수변 공간에 위치하고 있으면 백날 강을 정비하고 청소해도 말짱 도루묵이다.

그미가 우먼파워를 발휘하여 위기를 모면하다

가는 길에 뜬금없이 펜션(방산나루 펜션)이 하나 나타났다. 그때가 오후 4시경이었다. 아직 숙소로 들어가기엔 이른 시각이라 그냥 지나치기로 하다. 조금이라도 더 가 놓는 게 내일을 위해 좋기 때문이다. 아직은 컨디션이 좋다. 이제 오토캠프를 지나 금호타이어 곡성 공장 맞은편 제방길을 달린다. 오른쪽엔 넓은 논이 펼쳐져 있다.

얼마를 달렸을까. 그런데 숙소는커녕 날이 저물기 시작한다. 낙동강 종주 자전거길에서 당했던 '박진고개'의 악몽이 떠오르면서 갑자기 마음이 급해진다. 페달을 더 빨리 밟아 앞질러가니 집사람이 저만치 떨어졌다. 한참을 기다렸다 나타난 그미는 혼자서만 간다고 투정을 부린다. 딴에는 겁이 났던 모양. 그렇다, 우린 동아줄로 꽁꽁 맨 부부가 아닌가!

마침 끝없이 펼쳐진 논두렁길을 걸어오는 촌로에게 민박을 물으니 약 1시간 정도 더 가야 할 것이라고 말한다. 부지런히 갔지만 어느 순간 헤드램프와 자

향가유원지를 지나 남원시 대강면과 금지면 사이에서 길을 헤매다.

전거 전조등만 보일 뿐 우리는 칠흑같이 깜깜한 논두렁길에 갇혀 버렸음을 깨닫게 되었다. 절망적인 순간이고 두려움이 엄습한다. 차라리 아까 그 펜션에 투숙할 것을… 때늦은 후회였다.

2000년대 초반 다니던 회사에서 '유답 교육'을 받은 적이 있었다. '유답'은 'You-答', 즉 영어와 한자를 융합시킨 말로 '당신 안에 답이 있다'는 뜻이다. 그 때 다양한 프로그램 중 2인 1조가 되어 한 사람은 눈을 가리고 다른 사람은 길잡이가 되는 코스가 있었다. 평소에 아무런 불편 없이 다니던 길이었건만 장님이 되니 오로지 감각과 의식의 지배만 받는다.

다른 사람이 안내하는 말을 듣고 대응하는 감각의 능력, 이를 믿고 길을 찾는 행동에서 의식은 눈을 떴을 때보다 훨씬 또렷하게 다가옴을 느꼈다. 그리고 자기가 누울 관 속에 들어가 보고 눈을 뜬다. 갑자기 모든 것이 감사할 일이고 무한한 사랑을 느끼게 된다. 그때 내 파트너는 과장이었는데 중역이라는 직위를 떠나, 끝나고 나서 둘은 부둥켜안고 엉엉 울었다. 다른 체험조도 마찬가지여서 결국 강의실 전체가 눈물바다가 되었다. 그렇다! 답은 내 안에 있는 것이다. 의식이 운명을 지배하는 것이다. 의식 개혁이 필요한 이유다.

좀 정신을 차리고 자전거길 안내표지판을 찾으러 주변을 살피는데 반딧불 한 무리가 우리 주위를 맴돌다 사라진다. 그때였다. 저 멀리 오른편에 자동차 전조등 두 개의 불빛이 보인다. 점점 우리 쪽으로 내려오는 것 같아 집사람에게 천천히 살펴 따라오라고 당부하고 자전거를 쏜살같이 몰아 불빛 쪽으로 다가갔다. 갑자기 어디서 그런 힘이 솟는지… 내가 도착하는 순간과 동시에 헤드라이트 불이 꺼졌다.

추석을 쇠기 위해 서울에서 방금 도착한 아들 내외와 이를 반기는 노모… 그들의 상봉도 아랑곳하지 않고 다짜고짜 이 부근에 숙소와 식당이 있느냐고 물었다. 남자는 이 야밤에 기가 차다는 듯 여기는 남원시 대강면이고 축사(畜舍)밖에 없단다. 그리고 여기서 재를 하나 넘어가면(약 4km) 남원시 금지면인데 거기는 식당과 숙소가 있을 것이라는 대답이었다.

이때 도착한 그미가 눈치 빠르게 만원짜리 한 장을 할머니 손에 쥐어주자 그때까지 불만에 차있던 며느리의 태도가 조금 누그러졌다. '우먼 파워'가 위력을 발휘하는 순간이렷다?! 남자는 금지까지만 태워다 주고 돌아오겠다고 부인에게 다짐하고 차에 시동을 걸었다.

아, 그런데 하느님이 보우하사 그 차는 용달차가 아닌가. 승용차였다면 아마도 불가능했을 터이고 가능하다 해도 두 번을 왕복해야 할 터였는데 말이다. 자전거 두 대를 달랑 싣고 길 양쪽으로 숲과 나무가 울창한 재를 넘어 불빛이 환한 금지마을에 당도했다. (나중에 확인해 보니 그 길이 730번 지방도로였던 것 같다.) 사양하는 그에게 또 만원을 쥐어주었다. 물어도 결국 통성명을 하지 않은 채…. 그는 서울에서 건축업을 하는데 일 때문에 추석 당일인 오늘에서야 내려오게 되었다고만 했다. 본이 될 만한 멋진 사나이! 사업이 반드시 융성할 것이다.

풍산리의 '풍계서원(楓溪書院)'

이 전북 남원시 대강면 풍산리에는 조선 정조 12년(1788)에 지었다는 '풍계서원(楓溪書院)'이 있다. 황희·오상덕·황위의 위패를 모시고 있는 사당이다. 현재 서원 안에는 강당, 사당, 내삼문 등이 있고 강당의 중앙 상단에 '풍계서원'이라는 편액이 걸려있다.

방촌(厖村) 황희(黃喜, 1363~1452)는 고려 우왕 9년(1383) 20세에 급제하여 벼슬을 지내다가, 고려가 망하자 은둔생활을 하였다. 그러나 태조 3년(1394)에 이성계의 간청으로 다시 벼슬자리에 올라, 세종대왕 치세 기간 중 뇌물수수, 간통, 부정부패 등 좋지 않은 물의가 있었음에도 현명함과 냉철한 판단력으로 세종의 신임이 두터워 18년간 영의정에 재임하였다.

두암(杜庵) 오상덕(吳尙德)은 황희의 매형으로 이색, 정몽주, 이숭인 등과 교분이 두터웠으며 억불숭유(抑佛崇儒, 불교를 누르고 유교를 숭상함)를 왕에게 여러 차례 상소하였다. 조선 개국 후에 절의를 지키기 위해 세상의 영욕과 인연을 끊는다는 뜻에서 스스로 '두암'이라 호를 지어 은둔생활을 하였다.

당촌(塘村) 황위(黃暐)는 시문에 능하여 이름을 떨쳤고 노후에는 후학교육에 여생을 바쳤다. 임진왜란 때 진주성 전투에서 김천일(金千鎰), 최경회(崔慶會) 등과 함께 9일간이나 분투하다가 전사한 무민공(武愍公) 황진(黃進, 1550~1593) 장군의 후예이다.

황위는 효종 4년(1653)에 '정충록(旌忠錄)'이란 제목으로, 임진왜란 때 많은 무공을 세운 후 진주와 금산 싸움에서 각각 전사한 남원 출신의 3충신, 즉 아술당(蛾述堂) 황진, 의병장 최경회의 부장(副將)이었던 고득뢰(高得賚, ?~1593), 그리고 제1차 금산전투에서 27세의 나이로 순직한 청계(淸溪) 안영(安瑛, 1565~1592) 등 3명의 행적을 기록해 두었는데, 7대손 황재수(黃再洙)가 순조 때 '황무민정충록(黃武愍旌忠錄)'이란 책으로 편찬했다. 여기서 황무민은 아술당 황진을 가리킨다.

황희 정승의 일화 두 가지

황희 정승에 관한 일화가 많은데 그 중 2개만 얘기하고 가야겠다. 시대는 다르지만 오늘날에도 깨우치는 바가 있기 때문이다.

어느 날 두 여종이 서로 상대방이 서로 잘못했다며 싸웠다. 그는 두 여종을 불러 자초지종을 물은 후 한 여종에게 '네 말이 옳다'고 하였다. 그러자 다른 여종이 자신의 억울함을 호소하자 역시 '네 말도 옳다'라고 하였다. 그러자 부인이 '한 여종의 말도 옳고 다른 여종의 말도 옳다면 누가 잘못했는가?' 하며 이의를 제기하였다. 손님들 역시 부인의 견해에 동의했다. 황희는 '부인의 말도 옳다'고 하면서 '사람은 항상 상대방의 잘못은 눈여겨보면서도 자신의 잘못은 절대 모르는 법'이라고 지적했다. 두 여종과 부인은 물론 손님들까지 잘못을 깨우치고 스스로 부끄러워했다 한다.

또 유몽인(柳夢寅)의 '어우야담(於于野談)'에 의하면, 아들 황수신(黃守身)이 기생과 절연하라는 여러 차례의 충고를 무시하였다. 어느 날 아들이 밖에서 돌아오자 황 정승은 관복(冠服)을 입고, 문까지 나와 큰손님 맞이하듯 대했다. 아들이 놀라 엎드리며 그 까닭을 묻자 "그동안 나는 너를 아들로 대했는데 도대체 내 말을 듣지 않으니 이는 네가 나를 아비로 여기지 않는 것이다. 그래서 앞으로는 너를 손님의 예로써 대하겠다."고 대답하며 정중히 인사했다. 이에 뉘우친 아들은 통절(痛切)한 반성과, 기방 출입을 끊기로 맹세했다고 전하고 있다.

세종대왕은 3명의 정승에게 조정의 대소사를 맡아보게 하였는데, 황희가 분명하고 강직한 학자적 인물이었다면 고불(古佛) 맹사성(孟思誠, 1360~1438)은 어질고 부드럽고 섬세한 예술가적 인물이었다. 청향당(淸香堂) 윤회(尹淮, 1380~1436) 역시 예술가적인 특성을 갖고 있었다. 그래서 황희는 주로 이조, 병조 등 과단성이 필요한 업무에 능했고, 맹사성은 예조, 공조 등 유연성이 필요한 업무에 능했으며 윤회는 외교와 집현전 쪽을 주로 맡아보았다.

윤회는 경재(敬齋) 남수문(南秀文, 1408~1442)과 함께 조정의 대표적인 주당으로도 이름을 날렸다. 웬만큼 마셔서는 취하지 않고, 오히려 취한 뒤에도 의관을 단정히 하고 글을 쓰거나 책을 읽었으며 취중에도 허언을 하는 일이 없어서 사람들을 탄복케 하였다. 윤회와 남수문의 재질을 아낀 세종은 술독으로 일찍 죽을까봐 일부러 술에 물을 타기도 했고, 그래도 통하지 않자 술을 석 잔 이상 못 마시게 제한하였다. 그런데 마시는 술의 양을 제한한 뒤로는 연회 때마다 둘이서 큰 그릇으로 석 잔씩 마시자 세종은 술을 금하는 것이 도리어 권하는 셈이 됐다며 웃었다고 한다.

또 어느 때 윤회가 술에 만취되어 좌우의 부축을 받고 왕 앞에 불려 나가 선제(宣制)를 기초(起草)하라는 명령을 받자 붓대가 날으는 듯이 움직이매 세종은 참으로 천재라고 탄복했으며, 세상 사람들은 문성(文星)·주성(酒星)의 정기가 합하여 윤회 같은 현인을 낳았다고 말했다.

세종대왕은 이들 재상들의 능력을 알면서도 권력남용의 가능성을 우려하여 한 사람에게 대권을 모두 넘겨주지는 않았다. 황희에게는 주로 인사, 행정, 군사 권한을 맡겼고(나중에 김종서가 재상의 반열에 오를 때쯤에는 국방 업무는 김종서에게 맡겨서 보좌하게 하였다.) 맹사성에게는 교육과 제도 정비, 윤회에게는 상왕 태종과의 중개자 역할과 외교 활동을 맡겼고, 과거 시험은 맹사성과 윤회에게 분담하여 맡겼다.

이들 재상들은 맡은 역할과 성격을 떠나 모두 공정하고 공과 사를 명확하게 구분한다는 공통점이 있었기에, 세종은 지인지감(知人知鑑), 즉 사람을 알아보는 식견이 출중하였으며 그들의 능력을 믿고 단점을 감싸며 최대한의 충성심을 유발시키는 보스로서의 지혜가 있었다고 보겠다.

추석날이지만 문을 연 식당(세영회관)이 있어 허기부터 채우고 주인장에게 민박을 물어보니 약 1km 내려가면 모텔이 하나 있다고 귀띔해 준다. 그런데 여종업원이 베트남인인 것 같다. 주인장이 한때 유행하던 농촌총각 국제결혼을 한 것 같은데 차마 물어볼 수는 없었지만 주문을 받는 고분고분한 태도가 한국사람이 다 된 것 같다. 아무튼 비도 부슬부슬 내리는데 만일 그 용달차 귀인을 만나지 못했다면 또 한 번 혹독한 시련을 겪었을 것이다.

캄캄한 시골길의 밤은 으스스하고 비도 내려 어디가 어딘지 분간이 잘 안 된다. 먼 불빛만 보고 가니 차도를 건너야 한다. 신호등은 있지만 트럭들이 질주하는 길이라 조마조마하다. 겨우 겨우 찾아간 곳이 '필 모텔'이다. 연휴요금을 적용하여 35,000원. 내일 코스를 위해 자전거길을 물으니 내일 아침에 말해 주겠다는 남자의 말. 7시경 떠날 거라고 하자 더 일찍 가도 문제 없다고 말한다. '필'이 꽂힌다!

자전거로 광주시 북구에서 남원시 금지면까지 이어달리기로 약 80km를 주행했지만 콜밴으로 담양댐과 섬진강댐을 잇는 거리 등을 합하면 거의 110km를 이동한 셈이다. 긴장이 풀리니 피곤이 몰려 나무토막처럼 잠을 잤다.

[둘째 날]
남원시 금지면 – 곡성 – 화개장터 – 광양시 망덕포구까지

추석 다음날인 9월 15일 목요일 이른 아침, 약속한 대로 주인이 자전거길을 가르쳐준다. 간밤에 모텔로 올 때 다리를 하나 건넜는데 그 다리 밑에 있는 굴다리를 건넜어야 했는데 직진한 바람에 차도를 건너 모텔에 가까스로 다달 았음을 알았다. 그 다리가 남원과 곡성을 연결하는 요천(蓼川)대교였고, 따라 서 필 모텔은 곡성군 곡성읍에 위치하고 있음을 알았다.

남원 광한루에서 매년 5월마다 열리는 춘향제
새로운 다짐으로 출발! 간밤의 비로 온누리가 깨끗하고 삽상한 쾌청의 날 씨. 다음 목적지는 횡탄정 인증센터. 요천대교를 건너 왼쪽으로 남원 들판, 오른쪽 강 건너의 곡성을 보면서 강변의 긴 둑길을 달린다.

남원 하면 광한루요, 광한루 하면 성춘향과 이몽룡의 로맨스가 깃든 곳이 다. 매년 5월 초순경에 춘향제가 열리고 이때 미인대회인 전국춘향선발대회가 광한루에서 열린다. 각종 국악공연, 사물놀이, 신관사또 부임행차 등 다양한 행사가 진행되고, 밤이 되면 요천강변의 아름다운 조명과 함께 불꽃놀이도 진행된다.

광한루(廣寒樓)는 조선 태조 때인 1419년 황희가 남원에 유배되었을 때 지어 '광통루(廣通樓)'라 불렸던 것을 세종 16년(1434) 정인지(鄭麟趾, 1396~1478) 가 이곳의 아름다운 경치에 반해 달나라 미인 항아가 사는 월궁 속의 '광한 청허부'를 본따 '광한루'라 바꿔 부르게 되었다. 그러니까 광한은 '달나라 궁 전'을 뜻한다. 전면에는 철종 6년(1855) 남원부사 이상억(李象億)이 쓴 '호남제 일루(湖南第一樓)'라는 편액이 걸려 있다.

정인지는 단종이 청령포로 유배되자 단종을 모시던 궁녀들이 따라 가서 모 시려고 하였는데, 이때 궁녀를 단 한 명도 보내줘서는 안 된다고 적극 반대하 여 무산시켰다. 그는 단종을 부탁하는 세종의 청을 저버리고 수양대군의 편에 섰고, 야사에 의하면 그날 밤 세종대왕이 꿈에 나타나 그에게 저주를 내렸다고 한다. 이후 세조 말년부터 중앙 정계에 진출한 같은 정몽주학파의 후배들에게 선배로 인정받지 못하고 지탄과 조롱의 대상이 되었다.

영화 '서편제'와 명창 송만갑

1992년 '미스춘향선발대회'에서 진으로 선발된 전남 목포 출신의 오정해(吳貞孩·46)가 임권택 감독의 눈에 띄어 다음해에 소리꾼 송화 역으로 출연했던 영화 '서편제'는 역대 한국영화사상 최다 관객을 기록한 영화였다. 판소리 명창 김소희의 직계 제자인 오정해의 판소리와 한(恨)이라는 소재를 통해 한국 전통문화에 대한 소중함을 일깨워준 영화로 기억된다.

판소리의 명창 김소희(金素姬, 1917~1995)는 전라북도 고창(高敞) 출신으로 본명은 순옥(順玉)이고 호는 만정(晚汀)이다. 조선성악연구회·화랑창극단 등에서 판소리와 창극배우로 활약하였으며, 1964년 국가무형문화재 제5호 춘향가 예능보유자로 지정되었다.

"'서편제'는 분명 한의 소리다. 창자에 송곳이 꽂히는 듯한 아픔의 소리다. 아니, 아픔을 달래는 소리다. 아니, 달래는 소리를 넘은 예술로 승화된 아름다움이다. 아니다. 아름다움이라는 표현으로는 부족한 소리다. 한을 한으로 남기지 않고 지상에서 영원으로 끌어올린 종교에 가까운 소리다. …한을 한으로 토해내 버리면 그것은 한이 아니라 통곡이고, 저항이고, 분노이다. 그러나 우리의 불쌍한 바닥 백성은 그 한과 눈물을 안으로 삭히고 소화시켜 다듬어 인고의 세월을 거쳐 판소리 예술로 승화시킨 천재의 놀이꾼이 된다."

캐나다한인문협 회원인 여동원 수필가의 '서편제로 본 우리의 한풀이'에서 따온 글이다. 그렇다. 우리의 미학은 언제나 저항이 아니라 순응의 미학이다. 그런데 이 서편제는 동편제와 함께 모두 전라도에서 불리던 판소리의 유파이다. 섬진강의 동쪽 지역인 남원·순창·곡성·구례 등지에 전승된 소리가 '동편제'이고, 섬진강의 서쪽 지역인 광주·나주·담양·화순·보성 등지에 전승된 소리가 '서편제'이다.

'판소리 학회'의 설명에 따르면 다음과 같다. 동편제는 가왕(歌王)으로 일컬어지는 남원 운봉 출신의 송흥록의 소리 양식을 표준으로 삼는다. 우조(씩씩한 가락)의 표현에 중점을 두고, 감정을 가능한 절제하며, 장단은 '대마디 대장단'을 사용하여 기교를 부리지 않는다. 발성은 통성을 사용하여 엄하게 하며, 구절 끝마침을 되게 끊어낸다. 한편 서편제는 순창 출신이며 보성에서 말년을 보낸 박유전의 소리 양식을 표준으로 삼는다. 계면조(슬픈 가락)의 표현에 중점을 두며, 발성의 기교를 중시하여 다양한 기교를 부린다. 소리가 늘어지는 특징을 지니며, 장단의 운용면에서는 엇부침이라 하여, 매우 기교적인 리듬을 구사한다. 또한 발림(육체적 표현·동작)이 매우 세련되어 있다.

그런데 일제강점기가 시작되기 전인 조선 말기에 '동편제'와 '서편제'는 서로 자기 판소리가 최고라며 심하게 싸웠다. 이런 판에 두 파의 싸움을 멈추게 한 풍운아가 나타났으니 바로 구례읍 봉복리 출신의 송만갑(宋萬甲, 1866~1939)이란 명창이었다. 그의 증조부가 송흥록(宋興祿, 1801~1863) 명창이고, 할아버지 송광록, 아버지 송우룡 등 3대조가 모두 명창이니 완전히 '동편제'의 정통파 집안에서 자라난 이다.

그 영향으로 7세부터 소리 공부를 시작했지만 뒷날 그는 여기에 서편제를 가미하여 새로운 소리제를 창조하자 명문의 족보에서 이름이 거세 당했다. 그러나 그는 드디어 일제시대에 조선을 대표하는 최고의 명창이 되었다. 송만갑 명창은 마음이 관대하고 제자들을 사랑했기 때문에 국악인들의 전국적 모임인 '조선성악연구회'라는 단체를 만들어 명창들을 가르치고 이끌어 가는 지도자로서 파벌과 유파를 초월한 통합의 리더십을 발휘했다. 적어도 그가 1939년에 세상을 뜰 때까지는 '동편제'니 '서편제'니 편을 가르지 말라고 가르쳤기 때문에 우리 국악계는 그를 중심으로 단결하고 화목하게 지냈다.

구제를 통해 인덕(仁德)을 가르치는 보인정(輔仁亭)

남원시 금지면과 곡성군을 잇는 금곡교와 고달교 등을 지나면서 상당히 지루하다 싶을 즈음 강변에 단아한 정자를 만난다. 주변에 보급을 할 수 있는 장소는 없지만 편하게 쉴 수 있는 정자다. 횡탄정 인증센터 옆에 '국토교

죽파 임경택이 쓴 '보인정' 현판.

보인정(輔仁亭) 정자와 그 왼쪽에 비석들이 늘어서 있다.

통부'라고 새겨놓은 곡선 모양의 대리석 자리터가 있지만 바닥에 깔아놓은 자연석 사이사이로 돋아난 풀 때문에 지저분해 보여서인지 모두들 정자쪽으로 가서 쉰다. 기껏 돈 들여 만들어 놓았는데….

그런데 이 정자의 현판은 기대했던 '횡탄정'이 아닌 '보인정(輔仁亭)'이라 씌어있고 그 옆에 비석이 주르르 서 있다. 이 현판은 죽파(竹坡) 임경택(林敬澤)이 썼고, 남곡(南谷) 황종현(黃琮顯) 등 28인이 남전향약(藍田鄕約)의 뜻을 이어 계(契)를 조직해 1963년에 세웠다고 한다. 정자 한켠엔 솜이불도 있다.

'보인'은 "군자는 학문을 통해서 벗을 모으고, 벗을 통해서 자신의 인덕을 보강한다(君子以文會友 以友輔仁)."는 '논어(論語)'에서 유래했다니 아마도 밤에 노숙객을 위해 상비해 둔 것이 아닌가 생각된다. 구제를 통해 바르고 어진 일인 '인덕(仁德)'을 실천하는 길이니까… .

거기서 거제 국제외국인학교에서 온 두 미국인 선생을 만났다. 한 친구는 정자에 드러누워 미국에 있는 한국인 부인과 통화 중이라 말도 못 붙였고, 또 한 친구는 이름이 폴인데 한국에 온 지 7년째 접어든다며 유창한 우리말로 내년 봄에 역시 한국인 여자와 결혼할 예정이라며 너스레를 떤다. 폴은 정자 건너편 섬진강이 보이고 바로 앞에 '보인대(輔仁臺)'라 새겨진 바위가 있는 전망 좋은 곳으로 우리를 안내하여 포즈를 잡게 하고 사진 촬영도 해주었다.

정작 횡탄정은 조금 더 가면 바로 나온다. '횡탄정(橫灘亭)'은 여울(灘)이 가

보인대(輔仁臺) 앞 전망대에서 미국인이 촬영해준 사진.

로 지르는(橫) 정자란 뜻이다. 남전 여씨(藍田呂氏)들의 계모임인 남전향약이 1887년에 세운 것이란다. 현판 글씨는 오운(鰲雲) 김용준(金容俊)이 썼다고 한다.

곡성 출신의 뛰어난 역사적 인물들

섬진강의 이름은 위쪽의 순창에서는 적성강, 아래쪽 구례에서는 잔수강(潺水江)이라 부르는데, 이곳 곡성에서는 순자강(鶉子江)이라고 불린다. 그 순자 강이 구불구불 휘며 가로로 여울을 이루고 흘러드는 곳이라 하여 '횡탄정'이라 이름 지었다.

그런데 순자강의 '순(鶉)'자가 어려워 자전(字典)을 찾아보니 '메추리'라는 뜻이다. 자(子)는 경칭(敬稱)이다. 이는 "부성인(夫聖人) 순거이구식(鶉居而鷇食) 조행이무창(鳥行而無彰)"이라는 장자(莊子)의 글을 인용한 것이라고 한다. 풀이하면 "무릇 성인(聖人)이란 메추리처럼 일정한 거처도 없고 병아리처럼 적게 먹으면서도, 새처럼 날아다니며 행적도 남기지 않는다." 따라서 순자 강은 '성인들이 사는 강'이라는 뜻이라고 한다.

그래서일까, 조선 정조(正祖)가 호남을 가장 어질고 충성스런 고장, 즉 '최명현절의지향(最名賢節義之鄕)'이라 불렀다는데, 호남, 특히 순자강이 있는 곡성에는 나라가 어지러울 때마다 충절과 의리로 분연히 나선 인물들이 많은 것 같다.

예컨대 어수선하던 후삼국시대 태봉 말기에 궁예의 부장이었으나 918년 왕건을 추대하여 고려 건국에 기여한 신숭겸(申崇謙) 장군은 전남 곡성군 용산재 출신이다. 몸이 장대하고 무예에 출중했던 신숭겸은 927년 공산(公山, 현 팔공산) 전투에서 견훤의 후백제군에게 포위되어 위급한 순간, 왕건의 갑옷을 바꾸어 입고 대신 전사한 인물이다.

이후 신숭겸의 시체를 발견한 왕건은 크게 슬퍼하여 송악으로 철수할 때 견훤군에게 참수되어 머리가 없던 그의 시신에 금으로 만든 머리 모형을 끼워 넣어 장사지내고 장절(壯節)이라는 시호를 내렸다. 이 부분은 삼국지에 나오는 관우와 대비된다. 오나라 손권은 유비의 후환이 두려워 관우의 수급을 낙양에 있는 조조에게 보내버렸으나 조조는 그 속내를 알아채고 오히려 관운장을 형왕으로 봉하고 시신 없는 머리에 침향목(沈香木)으로 몸체를 깎아 붙

횡탄정(橫灘亭)과 오운 김용준이 쓴 현판.

인 뒤 제후의 예로 장사지내고 낙양의 '관림(關林)'에 묻었다.

현재 강원도 춘천시에는 신숭겸 장군의 묘역이 조성되어 있으며 묘는 묘하게도 봉분이 세 개가 있다. 분간하기 어렵게 만들어 도굴을 방지하기 위해서라고도 하고 신숭겸의 부인 묘라고도 전해지는데 그 사실 여부는 알 수 없다고 한다.

천년 사직의 신라가 부패하여 나라와 백성들이 셋으로 쪼개져 전란에 빠졌을 때, 경주 출신 혜철국사가 회삼귀일(會三歸一)이라는 한 송이 연꽃을 치켜들고 삼수(三水)가 하나로 합쳐지는 섬진강 압록 동리산(桐裡山) 태안사(泰安寺)에서 낙동강 세력과 영산강 세력을 연계하여 도탄에 빠진 삼한의 백성들을 구하고, 국토를 하나로 통합하여 고려를 세운 정신문화를 일구어 냈다고 한다.

태안사는 전라남도 곡성군 죽곡면 원달리 동리산, 일명 봉두산(鳳頭山, 754m)에 있는 절이다. 신라 헌덕왕 원년(809)에 혜철(惠哲·惠徹)국사(785~861)가 창건, 대안사라고도 하고 보통은 동리사라 부른다. 고려 태조 2년(919) 광자(廣慈)대사가, 조선 숙종 9년(1683)에 동파정심(桐坡定心)이 중창했으나 1950년 6·25전쟁 때 대부분이 불에 탔다. 그런데 혜철국사는 전남 영암 출신으로 풍수설의 대가로 유명한 선각국사 도선(道詵, 827~898)의 스승으로 알려져 있다.

조선시대에는 선조 25년(1592) 4월 13일 발발한 임진왜란을 당하여 4월 20일 최초 의병을 일으킨 월파(月坡) 유팽로(柳彭老, 1554~1592)도 곡성군 옥과면 합강 출신이다. 그는 의령의 곽재우 장군보다 이틀 앞선 4월 20일 동악산 청계동에 은거하고 있던 양대박(梁大樸, 1544~1592), 안영(安瑛, 1565~1592) 등과 규합하여 전라도 광주와 장흥 등지에서 모집한 피난민 500명과 가동(家僮) 100여 명을 이끌고 담양에서 제봉(霽峰) 고경명(高敬命, 1533~1592)의 군사와 합세하였다. 여기에서 현 광주광역시 남구 압촌동 출신인 고경명을 의병대장으로 추대하고 그 휘하의 장수가 되어 당시에 기호지방에 돌린 격문을 지었는데, 그 격문이 고경명의 아들 유후(由厚)가 선조 32년(1599)에 편찬한

'정기록(正氣錄)'에 실려 있다.

호남의병들은 임금을 지키려 의주(義州)로 가던 중에 왜군이 전주를 침입할 목적으로 집결해 있던 충청도 금산(錦山)에서 적을 맞아 싸우게 되었다. 유팽로는 전투에 앞서, 적의 수만의 병력을 오합지졸인 아군으로써는 감당하기 어려우므로, 험한 요지에 분산해 있다가 적이 교만하고 나태해지기를 기다려 공격할 것을 제안하였으나 받아들여지지 않았고, 결국 이 1차 금산전투에서 패전하였다.

일단 탈출한 그는 고경명이 아직도 적진 속에 있다는 말을 듣고 다시 적진에 뛰어들어 그를 구출하려 했으나 끝내 모두 전사하고 말았다. 이러한 사실이 조정에 알려져 대사간에 추증되었으며, 뒤에 광주(光州) 포충사(褒忠祠)와 금산 종용당(從容堂)에 제향되었다. 전라도에서 의병을 일으켰기 때문에 고경명, 양대박과 함께 '호남삼창의(湖南三倡義)'라 불린다. 고경명은 조헌·김천일·곽재우와 함께 '임진 4충신(壬辰四忠臣)'의 한 사람이다.

'제2차 금산전투'는 철저한 유교적 입장에서 많은 개혁안을 상소하고 정론(正論)을 폈던 유학자이자 경세사상가인 중봉(重峯) 조헌(趙憲, 1544~1592)이 옥천에서 의병을 일으키고 의주로 북상하기 직전에, 당시 금산의 왜군이 충청도 일대로 세력을 넓힐 기세라는 소식을 듣고 그 길로 금산으로 행군하려 하였다.

이때 기허대사(騎虛大師) 영규(靈圭, ?~1592)는 급공(急攻)이 아직 불리함을 들어 관군을 기다려 같이 출격하도록 충언하였으나 고집이 센 조헌은 듣지 않고 기어이 700명의 군사를 움직였다. 대사는 할 수 없이 '형세도 불리한데 조공(趙公)만을 어찌 사지(死地)에 보낼 수 있느냐. 죽어도 같이 죽겠다'며 자신의 승병(僧兵) 1천여 명과 함께 싸우다 장렬히 전사했다.

충청남도 금산군 금성면 의총리에 1963년 1월 21일 세워진 '칠백의총(七百義塚)'은 이때 순절한 고경명, 조헌, 기허대사를 비롯한 700명의 의사가 묻힌 묘역이다. 그런데 실제는 1,700여 명의 의병이 죽었다는데 왜 700명만의 위령탑을 세웠는지 궁금해지지 않을 수 없다. 여기에도 사회계급 서열에서 나온 철저한 관(官) 선호사상이 배어있는 게 아닌가 하는 생각이 든다.

전주성을 수비하기 위해서 이치전투와 웅치전투에서 사투를 벌인 관군과 협력하지 않고, 자의만으로 금산성으로 돌진한 것은 의기만 내세웠지 군사적 역량부족이라는 비판을 받는다. 그럼에도 불구하고 제2차 금산전투에서 전사한 조헌의 제자인 박정량과 전승업 등이 시체를 거두어 무덤을 만들었는데, 이것이 칠백의총이었다. 죽어도 줄을 잘 서야 한다. 기허대사를 따르던 1천여 명의 승병은 권력도 재산도 없는 보잘 것 없는 민초(民草), 시쳇말로 엑스트라에 불과했던 것이다. 그나마 기허대사의 영정은 밀양 표충사에 봉안돼 있다.

얘기가 좀 빗나가지만 서양에서는 일개 사병 한 명이 죽었더라도 대통령이 장례식에 참석하여 애도를 표함으로써 묵언의 애국심과 인정미를 고취시키는데, 우리의 유교적 사농공상(士農工商)의 뿌리 깊은 사상 아래서는 기대하기 힘든 것 같다. 그래서 그렇게들 권력을 잡으려고 사익(私益) 또는 당략을 위해 변절하고 선동하는 정치판이 된 게 아닌가 싶다. 또 묘의 명당자리 찾는 것도 풍수지리설이라는 그럴 듯한 명분을 들어 어쩌면 죽어서도 가진 자들의 힘과 돈 자랑을 위해 만든 것인지도 모르겠다. 그게 일반서민들에게는 가당치도 않은 일이니까.

아무튼 그 당시 관군과 지역 의병 간의 대결구도는 상당히 심각했다. 당시 의병장 곽재우는 경상도 초유사(招諭使) 김성일(金誠一, 1538~1593)의 적극적인 중재로 관군과 협력해서 전투를 벌였지만, 전라도나 충청도에는 김성일 같은 중재자가 없었다.

김성일은 1590년 3월 일본에 통신사 부사로 갔다가 이듬해 돌아와서 일본이 침략을 하지 않을 것이라는 잘못된 판단을 하여 보고함으로써 임진왜란 발발 이후 큰 비판을 받았다. 이와 같은 김성일의 보고와는 달리 서인 황윤길(黃允吉)을 비롯해, 조헌 등이 기필코 왜적이 침입할 것이라고 주장하였지만, 당시 재상 류성룡은 같은 동인인 김성일의 편을 들었으며, 이에 선조는 김성일의 보고를 채택하였다.

일단 당파심에 김성일의 편은 들었으나, 이후의 결과가 두려워진 류성룡은 어전보고가 끝난 후 김성일을 따로 만나 묻길, "그대가 황윤길의 말과 고의로 다르게 말하는데, 후일 병화가 있다면 어떻게 하려고 하느냐?"는 질문에 김성일은 "나도 어찌 왜적이 침입하지 않을 것이라 단정하겠습니까? 다만, 온 나라가 불안에 휩싸일까 봐 그런 것입니다."라고 변명하였다고 한다. 그 후 김성일은 1593년 제2차 진주성 전투에서 의병장으로 활약하다 병사한다.

근대에 와서는 1906년 윤4월 전북 태인 무성서원(武城書院)에서 의병을 일으킨 면암(勉庵) 최익현(崔益鉉, 1834~1907)이 있다. 그는 노론 화서학파의 지도자이자 노론 내 위정척사파(衛正斥邪派)의 중심 인물이었고, 1905년 을사늑약(乙巳勒約)의 불평등한 내용 및 일제의 강압에 저항한 의병장의 대표적 인물이었다.

경기도 포천 출생인 최익현은 1906년 6월 17일 일제에 강탈된 나라의 국권회복을 위해 각 고을의 참여를 독려하자, 영호남의 선비들이 뜻을 같이 하여 나라의 자주독립을 기초했던 곳이 곡성의 순자강, 즉 역사의 강, 섬진강이었다.

또 있다. 한말 4대 시인의 한 사람으로 불리며 조선의 마지막 의로운 선비이자 순국지사였고, 역사서인 '매천야록(梅泉野錄)'과 '매천집(梅泉集)'이란 문집을 남겼던 매천(梅泉) 황현(黃玹, 1855~1910)을 빼놓을 수 없다. 그는 전라도 광양시 봉강면 서석촌 출생으로 전라도 구례에서 성장했다. 1888년 생원시에 장원 급제했으나 낙향하여 구례에서 제자를 양성하며 지내다가, 1892년 봄 운현궁에서 폭약이 터지고 여러 건물에 장치된 화약이 발각된 사건이 발생했다. 황현은 명성황후를 배후로 지목했다. 이 사건은 명성황후가 흥선대원군 일가를 폭살하기 위해 벌였다는 것이다.

그는 1910년 한일병합 조약체결을 통탄하며 조약체결 16일 후인 9월 7일 구례군 자택에서 음독자살했다. 자결하면서 국권 피탈을 통탄하며 남긴 한시(漢詩)인 '절명시(絕命詩)'는 10월 11일 장지연(張志淵, 1864~1921)이 주필로 있던 경남일보에 실렸고, 이는 경남일보 필화 사건의 빌미가 됐다.

한편 장지연은 1905년 7월부터 9월까지 민영기, 윤치호, 이달용 등과 함께 일본의 신문사를 시찰하고 돌아왔는데, 같은 해 을사늑약이 체결된 사흘 후인 11월 20일 자신이 주필로 있던 황성신문에 을사조약을 규탄하는 '시일야방성대곡(是日也放聲大哭)'을 실었다가 투옥되었다. 시일야방성대곡이란 '이 날에 목놓아 통곡하노라'라는 의미이다. 장지연은 이 글에서 황제의 승인을 받지 않은 을사늑약의 부당함을 알리고 이토 히로부미와 을사오적을 통절히 규탄했다.

그러나 한말 근대 언론의 선구자이며 국학자인 장지연은 이후 1914~1918년 사이 조선총독부 어용신문사 매일신보에 주필로 활동하여 700여 편의 친일 한시 및 사설을 게재했다는 의혹 때문에 2009년 11월 8일 민족문제연구소가 발간한 친일인명사전 중 언론 부문에 선정됐다. 그의 호를 딴 위암(韋庵) 장지연상은 한국언론재단과 장지연기념사업회가 함께 시상하는 권위 있는 상이었으나, 2005년에 장지연에 대한 친일논란이 있어 한국언론재단은 공동주최와 재정지원을 중단했다.

황현이 고향 광양에서 순자강 따라 구례로 올 때 읊었던 시가 있다.

> 이십 년 동안 몇 번이나 순강을 건넜던가
> 여기가 바로 순강의 가장 상류로구려 (廿年幾向鶉江渡 此是鶉江最上流) …
> 맑은 모래 향해 날며 한적함을 취해야지
> 한 평생을 생계 위한 방편으로 삼지 말라 (飛向淸沙閒取適 生涯不作稻梁謀).

하지만 황현이 50세 되던 광무 8년(1904) 봄에 구례에서 섬진강 따라 고향으로 내려가는 뒷모습이 100여 년 전 시공간을 타고 아스라이 그려진다.

> 늦은 벌레들 대부분 나비로 변해 가고 (晚蟲多化蝶)
> 아리따운 새들은 꾀꼬리처럼 능숙하네 (嬌鳥類能鶯)
> 이정표가 바위 사이로 솟아 있어서 (雙堠出巖際)
> 채찍질 멈추고 지명을 살펴보네 (停鞭看地名)

조선의 청년 최용건과 김산을 생각해 보다

필자는 중국 광둥성(廣東省)의 '광주기의열사능원(廣州起義烈士陵園)'을 방문한 적이 있다. '기의'는 '봉기'를 뜻하는 말이다. 거기에 '중·조 인민혈의정(中朝人民血誼亭)'이라는 정자가 있는데, 이 이름은 '중국과 조선 인민의 피로

맺어진 우의를 기리기 위해 세운 정자'라는 뜻이다. 그 정자 안에 돌비가 서 있는데 조선의 청년 150여 명이 희생당한 사실을 말하고 있다. 그런데 왜 뜬 금없이 조선이 언급되어 있는지 궁금하지 않을 수 없다. 그 궁금증을 풀기 위해 두 사람의 한국인을 언급하기로 한다. 이 글은 2015년 2월에 캐나다한국일보에 게재한 내용이다.

1927년 광저우(廣州) 봉기 무렵 중산대학(中山大學)과 황포군관학교(黃浦軍官學校)에 다니던 조선 청년들 중 조선공산청년동맹 가입자 200명 정도가 베트남 청년들과 함께 거사에 참여했는데 당시 황포군관학교의 훈련 교관으로 있던 최용건(崔庸健. 1900~1976)이 지휘했다고 한다.

최용건은 1950년 한국전쟁 당시 인천상륙작전에서 연합군에 패배한 장군이며 1958~1972년 조선민주주의인민공화국의 제2대 국가수반 겸 최고인민회의 상임위원장을 역임하고 그 후 죽을 때까지 제4대 국가 부주석에 올랐던 인물이다. 호가 석천(石泉)이어서 최석천으로 많이 알려진 최용건은 광저우 봉기에서 기적적으로 살아남아 생존자들과 함께 한 차례 합의를 거쳐 광저우의 그 진지에 봉기를 기념하는 비석을 세우기로 결정하고, 광주기의열사능원에 기념관을 건립하게 되었다.

평북 출신으로 김일성(金日成), 김책(金策)과 함께 만주 항일무장투쟁의 핵심 트로이카로 김일성에게 반말을 할 수 있었던 몇 안 되는 군인이자 정치가였던 최용건은 나이에 비해 젊어 보이는 얼굴과 외모였고, 만주 항일유격대 시절부터 헤어스타일과 바지가 항상 줄이 설 정도로 옷차림에 신경을 쓸 만큼 멋쟁이였던 것으로 알려져 있다.

또 한 사람의 한국인은 1905년 3월 평북 용천 출신인 김산(金山)으로 알려져 있는데 본명은 장지락(張志樂)이다. 그는 16세 때인 1921년 일본을 거쳐 중국으로 건너가 같은 해 쑨원(孫文)이 세운 황포군관학교와 중산대학 경제학과에서 수학하였다. 1922년 중국 공산당에 입당한 뒤, 이듬해 공산청년동맹에 가입해 1925년 혁명 전야인 광저우에 도착하여 1927년 12월 광저우 봉기에 주역으로 참여한다.

다행히 살아남은 김산 일행은 광둥성 북동쪽 하이펑(海豐)으로 피신했다가 1929년 베이징으로 올라온다. 이때 중국 여인 조아평(趙亞平)을 만나서 결혼한다. 그녀는 김산의 아들 고영광(조아평이 1945년 재혼하여 계부의 성을 갖게 됨)을 임신하는데, 김산은 아이의 존재도 모른 채 공산당의 정착지인 산시(陝西)성 옌안(延安)으로 향한다.

옌안에서 그는 홍군 전사를 기르던 군정대학에서 교수로 일하던 중, 1937년 미국 저널리스트 님 웨일즈(Nym Wales, 1907~1997)를 만나게 된다. 님 웨일즈는 필명이고 본명은 헬렌 포스터 스노우로, 바로 산시성 바오안(保安)에서 마오쩌둥(毛澤東)을 인터뷰하여 펴낸 책 '중국의 붉은 별(Red Star Over China · 1937)'의 저자 에드거 스노우(Edgar Snow, 1905~1972)의 부인이다.

님 웨일즈는 남편과 함께 조선인 독립운동가 김산과 22차례의 인터뷰를 통해 그의 삶을 기록한 '아리랑의 노래(The Song of Arirang)'를 1941년 미국 뉴욕에서 출간했다. 이 기록은 나중에 프랭클린 D. 루스벨트 대통령이 한국을 이해하는 자료로 사용되어 한민족의 독립의지를 이해하는 실마리가 되기도 했다.

그러나 1930년과 1933년 두 차례에 걸쳐 일본 경찰에 체포되었다가 풀려난 김산은 '트로츠키주의자이자 일본의 스파이'라는 누명을 쓰고 1938년, 상하이에서부터 인연이 있었던 캉성(康生, 1899~1975)의 지시로 옌안에서 극비로 처형되었다. 그의 나이 불과 33세 때였다.

님 웨일즈는 김산을 "현대의 지성을 소유한 실천적 지성인"으로 격찬하였고, 1984년 1월 27일 중국 정부는 김산의 처형은 특수한 상황에서 발생한 잘못된 조치였다며 중국공산당 중앙위원회 조직국을 통해 공식적으로 그의 명예를 회복시켰다.

얼핏 죽은 자에 대해서 무슨 소용이 있겠냐고 생각할 수 있으나 중국에서는 명예의 회복이나 박탈은 사후에도 매우 중요시되었다. 유족에 대한 처우도 이에 따라 판이하게 달랐다. 예컨대 앞에서 언급한 캉성은 음험함과 지혜로움을 동시에 갖춘 모략가이며 기재(奇才)로 알려져 있는 인물인데, 문화혁명이 끝나기 1년 전에 국가부주석 직에 있다가 사망했으나 사후에 당적이 박탈

되고 바바오산(八寶山) 열사능원에서도 쫓겨났다.

대한민국 정부는 2005년 김산에게 건국훈장 애국장을 추서하고 중국에 사는 그의 외아들 고영광이 아버지의 훈장을 받기 위해 한국을 방문했으며, 이때 KBS에서는 '나를 사로잡은 조선인 혁명가 김산'이라는 다큐멘터리를 방송한 바 있다. 2008년 대한민국정부 수립 60주년 기념식에도 그를 초청하였다.

제도권 교육에서 우리가 배운 독립운동사는 안중근 의거나 3·1운동, 임시정부, 청산리·봉오동 전투 등 일부에 지나지 않았다. 몇몇 무장독립운동 단체도 있었지만 그저 이름만 있을 뿐 그들이 주는 의미와 비중도 몰랐다. 그나마 많은 이들이 김일성과 관계가 있거나 공산주의자라는 이유로 우리 역사에서 잊혀졌지만 중국에는 우리 선열들의 발자취를 곳곳에서 느낄 수 있다.

이와 같이 중국으로 건너간 우리의 선열들은 남의 나라의 역사의 흐름과 함께 할 수밖에 없었던 우리의 처지 때문에 쑨원, 장제스(蔣介石)의 국민당 또는 마오쩌둥(毛澤東)의 공산당에 합류했으리라 생각된다. 드넓은 중국 대륙에서 언어도 제대로 통하지 않고, 끝없는 위기 속에서 언제일지 모르지만 이들은 독립운동이라는 뚜렷한 목표를 갖고 좌우도 모르고 일신의 영달을 마다하고 싸웠다. 그로 인해 이 나라가 있다.

물론 한국 현대사가 임시정부, 무장독립운동, 재미독립운동 세력 등에 의해 복잡하게 분할되어 있었고, 궁극적으로 비극적인 한국전쟁의 시초가 됐다지만 어쩌면 해방 후 좁은 땅 조국에 와서는 공동의 목표가 없어지니 묻혀있던 이념이 고개를 든 것이리라. 이제 그런 역사의 굴레를 본모습 그대로 보여줘 후대들이 역사를 바로 알게 해야 한다.

역사란 살아 있는 시간이며 그 속에서 살아 있는 인간의 좌표를 확인할 수 있는 단서일진대 아직도 이념 때문에 우리는 왜소한 항일 운동의 역사만을 붙잡고 너무 오랫동안 마음고생만 한 것은 아닌지 모르겠다.

지금 우리 사회는 분열과 대립으로 몸살을 앓고 있다. 상대의 인격을 모독하고, 조롱하고, 파괴하는 일을 아무렇지도 않게 행하고 있다. 대화와 타협은

곡성군 고달면 산길에서 본 섬진강 정경. 점점 강의 모습으로 바뀐다.

기회주의자의 처신으로 배척되고, 극과 극의 원리주의에 입각한 막가파가 칭송 받는다. 증오와 분노와 저주의 에너지가 온 세상을 뒤덮고 있다.

우리는 한반도 남부 양대 축인 낙동강과 영산강의 중심에 있는 섬진강을 지나면서 '영호남'이 서로 도와가며 이 민족과 나라를 지켜낸 숭고한 선조들의 정신문화를 보았다. 이들의 노력과 희생을 헛되이 하지 않고 우리 후손들에게 귀한 정신문화를 물려주기 위해서라도, '머꼬'와 '머시당가'가 국민을 분열시키는 대립과 증오(憎惡)의 지역감정이 아닌 이해와 화합, 관용의 정치로 우리 민족의 단결과 발전에 기여하여야 할 이유를 이 섬진강을 통해 보게 된다.

호곡 도깨비마을과 두가헌

횡탄정 앞 도로 건너편에 '둥둥바위' 전설을 설명한 팻말이 있다. 옛날 고달면 대사리 대동마을 앞을 세차게 흐르던 섬진강물을 건너기 위해 높은 다리를 놓았는데, 다리 이름에 높을 '고(高)'자를 써서 고다리라고 불렀던 것이 고달마을이 되었다고 한다. 그러니까 여기 위치가 전남 곡성군 고달면 뇌죽리 뇌연이다.

설명에 의하면 이 고달마을 북쪽 섬진강변에 큰 바위가 있는데 이 위에서 발을 구르면 '둥 둥' 북치는 듯한 소리가 난다고 하여 '둥둥바위'라고 불렀다고 한다. 이 바위에서 섬진강 건너편을 바라보면 동산리에서 고달교까지 수백 년된 팽나무와 소나무가 숲을 이루어 그 모습이 장관을 이루는 아름다운 곳이라고 한다.

횡탄정에서 들판을 지나면 곡성군 고달면 산길로 접어든다. 산길은 강과 어우러져 아주 운치가 있다. 오르락내리락 하며 가는 산기슭 길가에 밤과 감 등 열매들이 수북이 떨어져 있고, 멀리서는 개 짖는 소리, 그리고 대나무 숲 속 참새들 합창이 요란하게 우리를 반긴다.

산길 정상에서 내리막길에 호곡 도깨비 마을과 블루그린 펜션 가는 안내판이 나온다. 그리고 조금 더 내려가면 왼편으로 돌아가는 길모퉁이에 귀여운 아기 도깨비상을 만난다. 불협화음 속에서 화합을 이루어내듯 돌탑을 쌓

호곡 도깨비마을과 블루그린 펜션 가는 길 안내판.

아기도깨비상과 새끼를 업고 있는 두꺼비상. 그 뒤로 두가헌이 보인다.

두가헌(斗佳軒) 앞에서.

두가헌(斗佳軒) 내부 전경.

고 거기에 길 안내문을 새기고, 한 쪽 위엔 앙증스런 아기도깨비를, 또 한쪽엔 등에 새끼를 태우고 있는 두꺼비상을 올려다 놓았다. 그 사이에 쉴 수 있는 의자까지 걸쳐놓은 아이디어에 정말 박수를 보내고 싶다. 그 뒤로 두가헌 전경이 보인다.

자전거 쉼터인 두가헌(斗佳軒)과 마주친다. 추석날이라 영업은 하지 않지만 문은 열려 있다.

'2012년 대한민국건축대상'을 받았을 만큼 너른 잔디마당에 멋스럽게 지은 한옥의 전경이 고상하고 운치 있으며, 그 내부 또한 예사롭지 않다. 팸플릿을 보니 카페로 운영하는 'ㄷ'자 한옥인 '현주당'은 옛 주막이 있던 자리에 지었고, 숙박용 2채는 옛날 뱃사공이 살던 집터에 지었다. 'ㄱ'자 모양의 숙박용 한옥 '창망재'는 방이 2개이고 6명이 머무를 수 있다. 또 다른 숙박 한옥인 '능소각'은 나무를 때는 구들방으로 2명이 묵을 수 있다.

능소각은 외관이 특히 아름다운데, 본채는 사각 형태이고, 기와지붕은 원형으로 지어져 하늘을 잇는 듯한 수려한 건축미를 뽐낸다. 못을 사용하지 않고 한옥의 전통적인 건축법인 결구 방식으로 지었다. 뿐만 아니라 한옥에서 내려다보이는 탁 트인 풍광 또한 나무랄 데 없는데, 산으로 둘러싸인 아늑하고 평온한 곡성 마을에, 앞으로는 섬진강이, 옆으로는 두가천이 유유히 흐른다. 예약은 010-6620-3430.

두가헌을 떠나 강가를 달려 내려가니 두가세월교와 예전 가정역 근처의 출렁다리(두가보도현수교)가 보인다. 이 인근은 곡성군 청소년 야영장이 있고, 야영장 곁에 곡성 섬진강 천문대가 있다. 천문대는 대부분 산꼭대기에 있는데 이곳은 특이하게 강변에 있다.

강 건너편이 고달면 가정리의 옛 가정역(柯亭驛)인데 곡성군 관광명소로 새롭게 부상했다. 1933년 건립된 곡성역이 신 역사로 옮긴 뒤 전라선 중심역으로서의 기능을 잃자, 1999년 4월 옛날에 실제로 운행하던 증기기관차의 모습을 그대로 복원하여 치포치포 섬진강 나들이 관광열차를 옛 곡성역(섬진강 기차마을)에서 옛 가정역까지 10km 구간을 왕복 운행함으로써 추억의 향수를 선물하는 명소로 거듭났기 때문이다.

행정구역도 이제는 구례군으로 넘어 간다. 곡성 섬진강 천문대를 지나면서부터 벚꽃 길이 시작된다. 벚꽃 길은 여기서부터 구례군과 남도대교를 지나 광양까지 이어진다. 매화가 피고 난 뒤 3월 말에서 4월 초면 벚꽃이 만개해 이 길은 벚꽃터널이 된단다.

잠시 내려가면 보성강(寶城江)이 섬진강과 합쳐지는 압록리(鴨綠里)가 나오고, 이후는 자동차 길을 따라 강변을 계속 오르내리며 남으로 내려간다. 드디어 구례 화엄사 표지판이 보이는데 우리가 가는 방향과 정반대로 지리산 국립공원으로 들어가야 한다.

4개의 국보가 보존되어 있는 지리산 화엄사

전라남도 구례군 마산면 황전리에 위치한 화엄사는 신라 진흥왕 5년(544)에 인도에서 온 승려 연기(緣起)가 창건한 것으로 '화엄경(華嚴經)'의 두 글자를 따서 절 이름을 지었다고 하는데, 일주문에는 '지리산 화엄사(智異山 華嚴寺)'라는 편액이 있다. 현존하는 부속 건물은 모두 신라시대에 속하는 것으로서 화엄사는 4개의 국보를 보존하고 있다. 즉, 신라 문무왕 대인 677년 의상대사가 왕명으로 지어 '화엄경'을 보관하고 있다는 각황전(覺皇殿, 국보 제67호), 각황전 앞 석등(국보 제67호), 4사자 삼층석탑(국보 제35호), 그리고 영산회괘불탱(靈山會掛佛幀, 국보 제301)이다.

물론 최근에 화엄사의 창건이 무려 200여 년 뒤인 경덕왕 14년(755)이고, 연기조사는 인도인이 아닌 황룡사의 승려였다는 사실이 확인되었다고는 하지만 여기서 절의 창건이 인도의 승려라는 점이 흥미롭다. 밀양 표충사도 신라 29대 무열왕 원년(654)에 원효대사가 창건한 이래 폐사가 된 것을 신라 42대 흥덕왕 4년(829)에 인도에서 온 황면(黃面)선사가 그 자리에 재건하고 삼층석탑을 세워 석가여래의 진신사리 3과를 봉안하여 중창했다고 한다. 또 김해시 삼안동 신어산(神魚山)에는 가야시대인 서기 42년에 인도에서 온 장유화상(長游和尙)이 지은 절인 '은하사(銀河寺)'가 있다. 장유화상은 허보옥(許寶玉)으로 김수로왕의 황후가 된 허황옥의 오빠이자 수로왕의 처남으로 시기적으로 보면 은하사가 가장 오래된 절이다.

경주 남산(南山)

필자는 오래 전에 경주의 남산(南山)을 수십 차례 답사한 적이 있다. 남산은 경주시의 남쪽에 솟은 산으로 신라인들의 신앙의 대상이 되어 왔다. 남북 8km, 동서 4km로 남북으로 길게 뻗어 내린 타원형이면서 약간 남쪽으로 치우쳐 북쪽에는 고위봉(494m), 남쪽에 금오봉(468m)의 두 봉우리가 정상을 이룬 직삼각형 모습을 취하고 있다. 100여 곳의 절터, 80여 구의 석불, 60여 기의 석탑과 20여 기의 석등이 산재해 있는 남산은 '노천박물관'이다.

남산에는 한국적 아름다움과 자비가 가득한 미륵골(보리사) 석불좌상, 용장사터 삼층석탑, 높이 9m, 둘레 30m의 사면 바위에 탑과 불상 등을 새긴 불무사 부처바위(탑골 마애조상군), 국보 칠불암 마애불상군을 비롯한 11개의 보물, 신라 천년의 막을 내린 비극이 서린 포석정터, 신라의 첫임금인 박혁거세의 탄생신화가 깃든 나정과 삼릉을 비롯한 12개의 사적, 삼릉골 마애관음보살상, 입골석불, 약수골 마애입상을 비롯한 9개의 지방 유형문화재, 1개의 중요 민속자료가 있다.

산은 그리 높지 않지만 막상 등산을 해 보면 변화무쌍한 40여 개의 계곡에 기암괴석들이 만물상을 이루고 있어 녹록치 않다. 동서남북을 종횡한 필자는 "남산을 보지 않으면 경주, 즉 신라를 보았다고 말할 수 없다."고 얘기하기를 주저하지 않는다. 자연의 아름다움에다 신라의 오랜 역사, 신라인의 미의식과 종교의식이 예술로서 승화된 곳이 바로 남산이기 때문이다.

바위에 조각된 불상들은 한결같이 그윽한 미소를 머금고 있어 마치 여성을 모티브로 한 신라인의 천년 미소같이 보인다. 특히 사방불정토(四方佛淨土)를 나타내는 탑골마애조상군, 이른바 부처바위의 남면에 서있는 불상은 가슴이 풍만하고 허리가 잘록하여 볼륨감이 있어 영락없는 여자다. 아이 못 낳는 여자가 빌면 아기를 잉태한다고 하여 '안산불(安産佛)'로 불린다. 비약인지는 모르겠으나 적어도 신라 때 들어온 불교는 처음에는 우리가 배운 대승불교가 아니라 인도나 스리랑카 등에서 들어온 소승불교에 가깝지 않나 생각된다.

사적 제138호 서출지의 전설

그리고 남산의 서쪽 기슭에 사적 제138호로 지정된 '서출지'라는 연못이 있는데 이 곳에는 다음과 같은 전설이 전해지고 있다.

신라 21대 소지왕 10년(488) 정월 보름날 왕이 행차에 나설 때다. 까마귀와 쥐가 와서 울더니 쥐가 말했다. "이 까마귀 가는 곳을 살피십시오." 왕은 장수를 시켜 따라가 보게 했다. 남산 동쪽 양피촌 못가에 이르러 장수는 두 마리의 돼지가 싸우는 것에 정신이 팔려 그만 까마귀를 놓쳐 버렸다. 이때 갑자기 못 가운데서 풀옷을 입은 한 노인이 봉투를 들고 나타났다. "장수께서는 이 글을 왕에게 전하시오." 노인은 글이 써진 봉투를 건넨 뒤 물 속으로 사라졌다.

왕이 편지를 보니 겉봉에 '열어 보면 두 사람이 죽고 보지 않으면 한 사람이 죽는다.'라고 적혀 있었다. 이를 본 천기를 보는 일관이 아뢰되 "두 사람은 평민이고 한 사람은 왕을 가리킴이오니 열어보시는 것이 어떨까 하옵니다." 왕도 그렇게 여겨 봉투를 뜯어보니 '사금갑(射琴匣)' 즉 '거문고 집을 쏘라'고 적혀 있었다.

대궐로 간 왕은 왕비의 침실에 세워둔 거문고 집을 향해 활시위를 당겼다. 거문고 갑 속에는 왕실에서 불공을 보살피는 승려가 죽어 있었다. 승려는 왕비와 간통하고 흉계를 꾸며 소지왕을 해치려 한 것이었다. 왕비는 곧 사형되었으며 왕은 노인이 건네준 봉투 덕분에 계략을 막고 죽음을 면하게 되었다.

이 연못은 글이 적힌 편지가 나온 곳이라 하여 '서출지(書出池)'라 부르게 되었다고 한다. 그러나 서출지의 전설은 새로운 불교문화가 전래되는 과정에서 전통적 민속신앙과 빚어지는 갈등의 한 단면을 보여주는 것이다. 소지왕 10년(488)은 신라에 불교가 공인되기 40년 전이다. 신라 19대 눌지왕 시대에 묵호자가 불교를 전하러 왔으나 펴지 못했으며 21대 소지왕 시대 아도화상 역시 사금갑(射琴匣) 사건을 거치면서 불교전파에 실패했다. 23대 법흥왕 14년(527) 이차돈(異次頓, 503~527)의 순교로 비로소 신라에 불교가 공인된 것이다.

이차돈의 희생은 당시에 왕권 강화의 장애 요소로 작용하고 있던 귀족세력의 무속신앙적 사상 기반을 해소하기 위해 취해진 극단의 정치적 조치로, 조선 태종 이방원의 함흥차사(咸興差使) 사건과 전개가 흡사하다. 아무튼 왕실(국가)에 의해 호국 불교적 특징을 지닌 불교와 토속신앙의 타협점으로 보이는 것이 우리나라 사찰에만 있는 '삼성각(三聖閣)' '산신각' '칠성각' '독성각' 등으로, 법당의 뒤쪽 한켠에 우리 민족 고유의 토속신들을 수용해서 모시고 있는 전각이다.

경주 불국사가 지금처럼 아무나 불공을 드리는 장소로 생각하는 사람들이 많다. 하지만 당시에는 왕실만의 전용 공간이었고 일반 백성들은 언감생심 얼씬도 할 수 없었던 곳이다. 성덕대왕신종(聖德大王神鐘), 즉 '에밀레 종'에 얽힌 일화에 '불심이 좋은' 부인이 자신의 갓난 아기를 쇳물에 던져서야 종이 만들어졌는데 타종 때 엄마(에미)를 부르는 소리가 난다 하여 붙여진 이름이란다. 그러나 그 당시 불사(佛事)를 위해 수많은 백성들이 부역에 동원되어 죽을 고생을 하고 생이별을 해야 했을 때이니 어느 어미가 자식을 죽이겠냐마는 생계가 막연하여 차라리 죽는 편이 낫다고 생각하여 던져버렸는지도 모를 일이다.

구례구역은 구례입구(口)에 있는 역이라는 뜻

구례교를 건너니 삼거리에 '구례구역'이 눈에 들어온다. 구례구역은 옛(舊) 구례역이란 뜻이 아니고 구례입구(口)에 있는 역이라는 말이다. 우리말이 좋지만 때로는 한자가 없으면 이렇게 오해를 낳게 된다.

역 앞에는 매운탕 식당들이 즐비하다. 하지만 지체할 시간이 없고 아직 이른 시간이라 역을 지나 왼

횡탄정 사성암 남도대교 구간의 자전거길.

편으로 돌아 강변 우안의 자전거길을 달린다. 여기서부터 목적지인 배알도 수변공원에 이르는 태인대교까지는 계속 섬진강을 왼쪽으로 끼고 가게 된다.

강에서 벗어나 다시 도로를 따라가니 사성암 인증센터에 도착한다. 사성암(四聖庵)은 구례군 문척면 죽마리 오산(530m) 꼭대기에 위치해 있는데, 오산은 풍수지리상 '섬진강 물을 마시는 자라 형국'이라고 하여 자라 '오(鼇)' 자를 쓴 오산이라는 이름을 얻었다 한다. 깎아지른 벼랑에 제비집처럼 붙여 지은 사성암은 이곳에서 4명의 고승인 의상·원효대사, 도선·진각국사가 수도하였다고 해서 붙여진 이름이란다.

특히 원효대사가 선정에 들어 손톱으로 그렸다는 마애여래입상은 사성암의 불가사의한 전설이자 자랑이다. 약 25m의 기암절벽에 음각으로 새겨졌으며 왼손에는 애민중생을 위해 약사발을 들고 있는 것이 특징이다.

한국불교의 승맥(僧脈)을 잇는 승보사찰 송광사

비록 자전거길이 통과하지는 않지만 구례군과 이웃하고 있는 순천시(順天市)를 기웃해 보는 것도 나쁘지는 않을 것 같다. 필자가 15여 년 전에 아내와 함께 자동차로 방문했었던 송광사와 낙안읍성 민속마을, 죽도봉공원, 주암댐 등이 생각나기 때문이다.

특히 조계산(曹溪山, 884m)에 자리 잡은 송광사(松廣寺)는 한국불교의 승맥(僧脈)을 잇고 있는 승보(僧寶)사찰로 불린다. 통도사에는 부처님의 진신사리가 모셔져 있기 때문에 불보(佛寶)사찰, 해인사에는 부처님의 가르침인 팔만대장경의 경판이 모셔져 있기 때문에 법보(法寶)사찰이라고 하여 이른바 삼보(三寶)사찰이다.

송광(松廣)이라는 이름에는 몇 가지 전설이 있다. 그 첫째는 '송(松)' 자를 파자로 풀면 '十+八+

5번째 사성암 인증센터.

公'을 가리키는 글자로 18명의 큰스님을 뜻하고, '광(廣)'은 불법을 널리 펴는 것을 가리켜서 18명의 큰스님들이 나서 불법을 크게 펼 절이라는 것이다. 고려 19대 명종 18년(1188)에 보조국사(普照國師) 지눌(知訥, 1158~1210)이 정혜쌍수(定慧雙修, 선정과 지혜를 함께 닦음)의 결사(結社)를 통해 당시 타락한 고려 불교를 바로잡아 한국 불교의 새로운 전통을 확립한 이후, 송광사에서 지눌과 함께 16명의 국사들이 연이어 출현했는데, 이들을 모셔다 놓은 곳이 국보로 지정돼 있는 '국사전(國師殿)'이다.

둘째는 보조국사 지눌이 정혜결사를 옮기기 위해 터를 잡을 때 모후산에서 나무로 깎은 솔개를 날렸더니 지금의 국사전 뒷등에 떨어져 앉더라는 것이다. 그래서 그 뒷등의 이름을 치락대(鴟落臺, 솔개가 내려앉은 대)라 불렀다 한다. 이 전설을 토대로 육당 최남선은 송광의 뜻을 '솔갱이(솔개의 사투리)'라 하여 송광사를 솔갱이 절이라 풀었다고 한다.

송광사 가람 내부를 들러보면 자그마한 건물들이 빼곡히 들어찬 느낌이고, 보조국사의 '불일(佛日) 보조국사 감로탑' 하나만을 제외하고는 석물이 거의 없는 것이 특징이다. 그리고 또 하나 볼 만한 것은 송광사 천자암에 있는 곱향나무 쌍향수(雙香樹)다. 나이가 약 800살 정도로 추정되며, 뿌리는 둘이지만 줄기가 서로 꼬인 신기한 모습을 하고 있다. 마치 유명한 중국 당나라 시인 백거이(白居易, 772~846)가 '장한가(長恨歌)'에서 읊었던 '연리지(連理枝)'를 연상시킨다. 전설에 의하면, 고려시대에 보조국사와 담당국사(湛堂國師)가 중국에서 돌아올 때 짚고 온 향나무 지팡이를 이곳에 나란히 꽂은 것이 뿌리가 내리고 가지와 잎이 나서 자랐다고 한다.

위키백과에 소개된 이원규(55) 작가의 '강물도 목이 마르다'(실천문학사, 2008)의 '운우지정'에 나오는 시는 이 쌍향수를 본대로 느낀 대로 너무 잘 표현한 것 같아 여기 소개한다.

서로 부둥켜안고
칠팔백 년은 족히 살아왔건만
천연기념물 88호

송광사 천자암의 쌍향수

가까이 실눈 뜨고 살펴보면

온몸을 꽈배기처럼 88 꼬면서도

알몸의 살갗 하나 닿지 않았다…

순천은 유명한 '태백산맥'의 저자 조정래(趙廷來·74)를 비롯하여 '서울 1964년 겨울'의 김승옥(金承鈺·76), 아동문학가이자 월간 '샘터'의 편집자였던 정채봉(丁埰琫, 1946~2001) 등 문인들을 배출한 곳이지만 역사에 남는 육상선수 남승룡(南昇龍, 1912~2001)을 빼놓을 수 없다. 일제 강점기 일본 메이지대학을 졸업하고 올림픽 대표 선발전에서 손기정을 제치고 1위로 뽑혀 참가한 1936년 베를린올림픽 마라톤경기에서, 2시간 29분 19.2초의 당시 세계신기록으로 금메달을 딴 손기정(孫基禎, 1912~2002) 선수에 이어 2시간 31분 42초의 기록으로 동메달을 땄다. 훗날 그는 손기정이 월계수로 일장기를 가릴 수 있다는 게 그가 금메달을 딴 것보다 더욱 부러웠다고 회고하였다고 한다.

순천(順天) 옥천서원(玉川書院)

순천에는 서원이 두 군데 있는데 그 중 하나가 '옥천서원(玉川書院)'이다. 조선 연산군 4년(1498) 무오사화(戊午士禍) 때 희생된 한훤당(寒暄堂) 김굉필(金宏弼, 1454~1504)을 추모하는 서원이다. 김굉필은 어려서부터 점필재(佔畢齋) 김종직(金宗直, 1431~1492)에게서 학문을 배웠으며, '소학'에 심취하여 스스로 '소학동자(小學童子)'라 칭하였고 소학을 알지 못하고는 사서육경을 알 수 없다고 주장하여, 안향, 정몽주, 길재, 김숙자, 김종직으로 이어지는 성리학의 학문 전통을 이어 실천과 절의(節義)를 위주로 하는 학자였다. 한훤당은 서른이 넘어서야 비로소 다른 글을 읽었다고 한다.

한훤당은 무오사화 때 김종직의 문도로 붕당을 만들어 동문 수학한 김일손, 권오복, 남곤 등이 실록에 '조의제문(弔義帝文)'을 실은 것과 연산군 비판, 폐비 윤씨 복위 반대 등에 가담했다는 죄목으로 평안도 희천(熙川)에 유배되었고, 2년 뒤에는 전라도 순천에 유배되었다. 그는 유배지에서도 좌절하지 않고 학문 연구와 인재 양성에 힘썼고 특히 지방관으로 부임한 조원강의 아들 조광조(趙光祖, 1482~1520)를 만나 그에게 학문을 전수하였다.

그러나 연산군 10년(1504) 연산군의 어머니 폐비 윤씨의 복위 문제로 인하여 다시 갑자사화(甲子士禍)가 발생하자 훈구파의 탄핵을 받고 전라도 순천의 유배지에서 사형 당했다. 당시 그의 나이 향년 51세였다. 그 후 광해군 2년(1610)에 정여창, 조광조, 이언적, 이황과 더불어 동방 5현(五賢)으로 성균관 문묘에 배향되었다. 저서로 '경현록' '한훤당집'이 전한다.

한편 제자 정암(靜庵) 조광조도 중종 14년(1519) 10월, 동문 수학한 남곤(南袞), 심정(沈貞), 김전(金銓), 홍경주(洪景舟) 등의 모함에 의한 기묘사화(己卯士禍)로 능주(현 전라남도 화순)에 귀양가서 학문 강의를 하던 중 금부도사가 도착하여 사약을 들이밀자 한성부를 향해 큰절 3배를 올린 뒤 절명시(絕命詩) 한 수를 남기고 죽는다. 그의 나이 향년 38세였다.

> 임금을 어버이 같이 사랑하고
> 나라 걱정을 내 집 같이 하였도다
> 밝고 밝은 햇빛이 세상을 굽어보고 있으니
> 거짓 없는 내 마음을 훤하게 비춰 주리라

그의 절친한 친구였던 학포(學圃) 양팽손(梁彭孫, 1488~1545)이 시신을 수습하여 가매장하였다가 후에 경기도 용인군 수지면 상현리의 선영에 매장되었다.

사성암 인증센터 앞을 지나 조금 내려가면 수달서식지가 나온다. 수달은 몸길이가 76~90cm, 몸무게가 20kg까지 나가는 대형 포유동물로 해안 생태계 먹이사슬의 꼭대기에 있어 환경이 오염되면 오염물질이 몸속에 그대로 축적되기 때문에 하천과 해안의 오염도를 측정하는 지표가 된다고 하여 세계적으로 보존가치가 높은 종이다. 우리나라에서는 1급 멸종위기 동물이자 천연기념물로 지정해 보호하고 있다.

남도대교까지의 시원한 벚꽃나무 그늘로 라이딩 속도가 붙는다

문척교를 지나고 가평들로 해서 강변을 휘감아 하동쪽으로 달리다가 간전교 우측에 있는 섬진강 어류생태관 앞 쉼터에서 잠깐 간식을 먹으며 쉬었다. 그 곁에 장구모양의 화장실이 재미있다.

이제 강은 점점 강다운 모습으로 폭이 넓어진다. 이후 남도대교까지의 길은 시원한 벚꽃나무 그늘로 이루어져 있어 라이딩에 속도가 붙어 나는 듯이 달려 가니 빨간 색과 파란 색의 아치로 이루어진 남도대교가 나타난다.

남도대교 건너기 바로 전에 있는 남도대교 인증센터에서 인증 누르고 직진 하여 매화마을로 가려다 좁은 길가에 가까스로 주차해 놓은 1톤 트럭을 발견하고 한 번 더 확인하기 위해 가는 길과 식당을 물으니 화개장터로 가라고 가르쳐 주었다. 고맙다고 인사하고 떠나려는데 그 아주머니가 불러서 뒤돌아 보니 제법 큰 봉지를 하나 건넨다. 갓 딴 밤이었는데 한 되는 족히 돼 보였다. 백 팩에 들어갈 자리가 없어 비닐봉지를 핸들에 붙들어 매고 갔다. 참 이렇게 인심이 좋을 수가….

화개장터에서 맛보는 재첩국과 참게장 정식

갈 길만 재촉하다 하마터면 놓칠 뻔 했던 화개(花開)장터. '없는 것 빼고 다 있다'는 화개장터. 다시 갈 길을 돌려 남도대교를 건너 왼편에 있는 장터에 들

빨간 색과 파란 색의 아치로 이루어진 남도대교.

렀다.

금강산도 식후경이라 먼저 '장터 맛집'에서 재첩국과 참게장 정식으로 점심. 재첩은 낙동강, 섬진강 하류에 서식하는 민물조개로 뽀얀 국물을 우려낸 재첩국은 너무나 시원하다. 이제 낙동강 재첩국은 구경도 할 수 없지만 여기 섬

화개장터에서 맛본 참게장 정식.

진강은 아직은 공해가 덜해 그 옛날 맛을 음미할 수 있었다. 또 섬진강의 명물 하면 은어와 참게인데 심심하게 담근 참게장 정식도 별미였다.

본래 화개장은 화개천이 섬진강과 만나는 곳에서 닷새마다 장이 섰다. 옛날 섬진강의 물길을 따라 경상도와 전라도 사람들이 이 시장에 모여 내륙에서 생산된 임산물과 농산물을 남해에서 생산된 해산물과 교환했다고 한다. 1988년 조영남이 작곡·노래하고, 김한길이 작사한 '화개장터'가 전국적으로 알려지면서 2001년에서야 그 자리에 영호남 화합의 상징적인 의미를 지닌 상설시장이 세워졌다. 화개장터는 2014년 11월에 불이 나 장터의 상점들이 불에 탔으나 다음해 4월 다시 복구했다.

추석 다음날이지만 화개장터는 붐볐다. 특히 신나는 노랫가락에 맞춰 가위를 두드리고 돌리고 흔들며 엿을 자르는 '어우동 엿장수'는, 깡통, 헌 고무신, 헌 책 등을 엿과 바꿔먹던 어린 시절에 대한 향수를 불러일으키는 또 하나의 볼거리였다.

장터 입구에 전설처럼 전해오는 체장수와 엿장수 그리고 계연과 옥화와의 만남과 이별을 그린 그림이 조각과 함께 전시되어 있다.

하동 쌍계사

화개장터에서 하동군 화개면 운수리 지리산 국립공원 내에 있는 쌍계사(雙磎寺)까지 왕복 12km 정도 되는 구간은 바로 벚꽃으로 유명한 쌍계사 10리 벚꽃 길이다. 쌍계사는 신라 33대 성덕왕 21년(722)에 지어졌고, 의상대사의 제

추석 다음날이지만 화개장터는 붐빈다.　　　　　　화개장터의 또 하나의 볼거리 '어우동 엿장수'.

화개장터의 전설을 조각과 함께 전시해 놓았다.

자인 대비(大悲)와 삼법(三法)이 중국 유학을 마치고 돌아와 도를 닦은 곳으로 알려져 있다. 지금의 절은 임진왜란 때 불타 없어진 것을 벽암선사가 조선 인조 10년(1632)에 다시 지은 것이다.

　쌍계사 금당 앞에는 '육조정상탑(六祖頂相塔)'과 '세계일화조종육엽(世界一花祖宗六葉)' 현판이 걸려 있다. 이 금당에 중국 당나라 선종의 제6조이자 남종선(南宗禪)의 시조인 육조대사(六祖大師) 혜능(慧能, 638~713)의 정상(頂相, 머리뼈)이 묻혀 있다. 삼법과 대비 스님이 모셔온 것이다. 불당 안에는 불상 대신 칠층석탑이 모셔져 있다. 이 현판은 헌종 6년(1840)부터 헌종 14년(1848)까지 9년간 제주도에서 유배생활을 하던 추사(秋史) 김정희(金正喜, 1786~1856)가 쌍계사의 만허(晩虛) 스님으로부터 손수 만든 차를 선물 받고 그 답례로 써준 것이라고 한다.

　추사가 24세 때인 1809년 중국 북경에 갔을 때 청나라의 거유(巨儒)인 완원(阮元)에게서 '용봉승설(龍鳳勝雪)'이라는 명차를 대접 받은 지 40년 만에 그 맛을 떠올리고, 만허의 차는 중국의 용정차(龍井茶)나 두강차(頭綱茶)보다도 좋았거니와 절간에도 이보다 더 좋은 차는 없다고 평가했다. 추사는 육조탑에 차를 올릴 때 쓸 귀한 찻종 한 벌을 만허에게 답례로 보냈다.

한편 추사는 만허가 어려워했던 불교 교리를 통쾌하게 정리해 주었다. 불교에 해박했던 추사였기에 교리의 난마(亂麻)를 풀지 못해 결박당한 듯한 승려들의 포박을 추사가 풀어주었던 것이다. 다시 말해 자신의 불교 지식을 보시(布施)해 교리에 어두웠던 승려들의 고통을 덜어주었던 공덕으로 승려들이 그에게 차를 보냈던 것이다.

서로의 답답함을 이렇게 상보(相補)했던 추사의 인정(人情)은 본받기에 족하다. 더구나 추사의 글씨는 당대에도 소장하고 싶은 귀품이었으니 이 또한 서로의 관계를 돈독하게 만든 예품이었던 셈이다. 추사가 남긴 글씨 중 유독 승려들에게 써준 글씨가 많은 것은 이러한 연유이다

현재 이곳에는 고운(孤雲) 최치원(崔致遠, 857~908)이 비문을 짓고 글씨를 썼다는 쌍계사진감선사대공탑비(국보 제47호), 쌍계사부도(보물 제380호), 쌍계사대웅전(보물 제500호), 쌍계사팔상전영산회상전(보물 제925호) 등 수많은 문화유산과 칠불암(七佛庵), 국사암, 불일 보조국사 지눌이 기거했다는 불일암(佛日庵) 등 부속 암자가 있다.

진감선사(眞鑑禪師, 774~850)는 화엄종 포교방식을 탈피하고 범패(불교음악)를 통해 선사상을 확대하여 쌍계사를 대가람으로 일으켰다고 한다. 비문에는 "범패를 잘하여 그 소리가 금옥 같았다. 구르는 곡조와 날리는 소리가 상쾌하면서도 슬프고 우아하여 모든 천상사람들을 기쁘게 할 만하였다."고 서술하고 있어 당시 파격적인 포교방식이 크게 성공했음을 엿볼 수 있다.

지리산 청학동(靑鶴洞)마을

하동군은 북쪽으로 백두대간의 끝자락인 지리산국립공원을 이고 있어 지리산 삼신봉의 동쪽 기슭 해발 800m에 있는 '청학동(靑鶴洞)'이라는 마을이 유명한데, '유불선삼도합일갱정유도승(儒佛仙三道合一更正儒道曾)'이라는

교를 신봉하는 사람들이 사는 곳이라 '도인촌(道人村)'으로 불린다. 유교를 근간으로 하되 '유교, 불교, 선도와 동학, 서학을 하나로 합하여 큰 도를 크게 밝혀 경사(慶事)도 많고 크게 길한 유도(儒道)를 다시 일심으로 교화하는 도'라는 뜻이다.

집단 생활을 하고 있는 이들의 가옥은 대부분 한국 고유의 초가집 형태로 되어 있으며, 의생활도 전통적인 한복차림에 성인 남자는 갓을 쓰고 도포를 입는다. 미성년자는 댕기머리를 하는 풍습도 있었으나 지금은 사라졌고, 자녀들은 옛 전통 그대로 마을 서당에서 공부를 하기도 한다.

이 청학동이 있는 청암면 묵계리의 산길을 돌아 1.5km 가량 떨어진 해발 850m 지점에 '삼성궁(三聖宮)'이 자리를 잡고 있다. 정식 명칭은 '지리산청학선원 배달성전 삼성궁'으로 이 고장 출신 강민주(한풀선사)가 1983년 고조선 시대의 소도(蘇塗)를 복원하여 민족의 성조인 환인, 환웅, 단군을 모신 배달성전으로 민족의 정통 도맥인 선도(仙道)를 지키고 신선도를 수행하는 도장이다. 아무튼 청학동은 중국 무릉도원(武陵桃源)에 비유되어 전해오고 있으나, 은연중에 도참적(圖讖的)으로 비전(秘傳)되어 야릇한 신비감을 주는 것 같다.

광복 이후에는 좌익 공산주의자들이 많이 살던 지역이었으며, 빨치산의 거주 가능성을 이유로 청학동 주민들이 정부로부터 퇴거당하기도 했다.

정기룡 장군의 태지(胎址)가 있는 금오산

또 지리산이 동남쪽으로 뻗은 줄기로 하동군의 동쪽 남해 연안에 우뚝 솟은 높이 849m의 금오산이 있는데, 그 동쪽 산기슭의 둘러앉은 듯한 금남면 중평리(중태촌) 당사동에 충의공 정기룡 장군의 태지(胎址)가 있다.

정기룡(鄭起龍, 1562~1622)은 경상남도 하동군 금남면 출신으로 1586년 무과 시험에서 무용이 출중하여 급제한 뒤 선조의 명에 따라 본명인 무수(茂壽)를 기룡으로 바꿨다. 그 사연은 이렇다. 그가 과거를 보러 서울로 떠나게 되는데, 그 당시 임금인 선조가 꿈을 꾸었는데 그 꿈에 종각에서 용이 자고 있었다고 했다. 그래서 종각에 있는 사람을 데려오라 했더니 정무수였다고 한다.

1590년에 경상우도 병마절도사 신립(申砬, 1546~1592)의 휘하에서 일하였고,

1592년 임진왜란 때 경상우도 방어사 조경(趙儆, 1541~1609)의 휘하에서 종군하면서, 거창 전투에서 일본군 500여 명을 격파하고, 금산 전투에서 그의 직속상관인 조경을 구출하기도 하였다. 같은 해 음력 11월에 상주 목사 김해(金澥, 1534~1593)의 요청으로 상주 판관이 되어 상주성을 성공리에 탈환하고, 이후 진주 목사 김시민을 도와 진주성 부근에 소수의 병력을 이끌고 주둔하여 왜군을 견제함으로써 진주대첩에도 기여했으며 계속하여 공을 세워나갔다.

정유재란 때에 고령에서 왜의 장수를 생포하고 병마절도사가 되어 일본군이 철수한 성주, 합천, 초계, 의령 등 여러 성을 탈환한다. 바다에서 22전 22 승을 거둔 이순신(李舜臣, 1545~1598) 장군과 육지에서 60전 60승을 거둔 정기룡 장군은 임진왜란 때 조선을 지탱하던 대표적인 인물이었다. 1617년에는 삼도수군통제사 겸 경상우도수군절도사에 오르고 1622년 통영 진중에서 60세로 병사했다.

진주대첩과 논개의 의절

얘기가 나온 김에 여기서 진주성 싸움에 대해 좀 더 살펴보고 가는 게 좋겠다. 진주성 전투는 제1차 싸움에서는 대승했으나 제2차 전투에서는 대패했는데, 제1차 진주대첩(晉州大捷)은 권율의 행주대첩, 이순신의 한산대첩과 더불어 임진왜란 3대 대첩 중 하나로서, 왜군이 호남으로 진출하려던 계획을 좌절케 한 전략상 중요한 첫 승리였다.

이순신이 해전에서 수차례 승리를 거두어 서해로 나아가는 바닷길을 장악하였기 때문에 왜군은 해로를 이용한 보급에 차질이 빚어지자 군량 등 전쟁물자를 적군인 조선에서 충족시키기 위해 전라도의 곡창지대를 노리고 경상도를 장악하려고 하였다. 도요토미 히데요시(豊臣秀吉)는 남도를 장악할 본거지이자 전라도 침입의 교두보 역할을 해낼 요충지가 바로 진주성이라 간주하고, 1592년 11월 7일 군사 3만 명을 이끌고 진주성을 포위하였다.

성내에는 진주 목사(牧使) 김시민(金時敏, 1554~1592)을 위시한 관군 3,800여 명과 백성들이 합세해 결전을 했고, 성외에서는 임계영(任啓英, 1528~1597)과 최경회가 이끄는 전라도 의병 2천여 명이 왜군의 후방을 기습공격했고, 나아가 홍의장군 곽재우가 이끄는 경상도 의병들은 유격전을 전개하는 한편 피리를 불어 왜군의 군심을 흔들어 혼란에 빠뜨렸다. 마치 한나라 유방의 책사 장량이 항우가 이끌던 초나라 군사를 항복시키기 위해 불렀다는 사면초가(四面楚歌)의 고사를 흉내낸 듯이.

그러나 11월 12일 승리가 점차 눈앞에 다가오는 중 진주 목사 김시민이 왜군이 쏜 총탄에 맞아 정신을 잃고 쓰러졌다. 진주성을 공격한 지 이레 만인 11월 13일 싸움에 지친 왜군은 진주성을 포기한 채 마침내 퇴각하였으나 이 공방전의 주역인 김시민은 끝내 회복하지 못하고 11월 21일에 순국하였다. 향년 39세였다.

당시 전투에서 왜군 전사자는 지휘관급 300명, 병사 1만여 명 등에 달하여 도요토미 정권의 조선 침략 첫해에 당한 패배의 여파는 대단했다고 한다. 그래서 명나라와의 강화협상을 위한 무력시위 및 보복의 성격으로 다음해 1593년 7월 20일 가토 기요마사(加藤淸正) 등이 공격해오자 제2차 진주성 전투가 일어난다.

당시 진주성 안에는 수천 명의 병사뿐이었고, 10만에 육박하는 왜군과 비교하면 전투력은 전무했다. 곽재우 등 조선군 장수들조차도 진주 근교까지 갔다가 10만 대군을 보고 도저히 무리라고 판단하여 진주를 포기했을 정도였다.

이때 경상우도 병마절도사로 진주성에 주둔하고 있던 최경회(崔慶會, 1532~1593)와 창의사(倡義使) 김천일(金千鎰), 충청도 병마절도사 황진(黃進), 복수의병장 고종후(高從厚) 등이 분전했으나, 성을 지키고 있던 지휘관 및 병사를 비롯하여 양민들까지 대부분 전사하여 9일 만에 진주성이 함락되자 결국 이들은 남강에 투신자살하였다. 이 때를 전후하여 초유사로서 경상도 지역 민심을 다스리며 곽재우 장군을 돕던 김성일도 병으로 죽었다.

이 때에 등장하는 인물이 왜장을 끌어안고 남강에 뛰어들어 죽은 진주 기생 '논개'이다. 논개가 진주의 관기(官妓)로 알려진 근거는 어우당(於于堂) 유몽인(柳夢寅, 1559~1623)이 편찬한 '어우야담(於于野談)'의 기록 때문이었다. 그러나 1987년 해주 최씨 문중에서 발행한 '의일휴당실기(義日休堂實記)'에서 최경회를 의미하는 '경상우병사 증좌찬성 최공 시장(慶尙右兵使贈左贊成崔公諡狀)'에 논개 관련 부분이 언급되어 있다.

"공의 부실(副室)이 공이 죽던 날 좋은 옷을 입고 강가 바위에서 거닐다가 적장을 유인해 끌어안고 죽어 지금까지 사람들은 의암(義巖)이라고 부른다 (且其副室 公死之日 盛服婆娑於江中巖石 誘賊長因而俱墜死 至今人稱義巖)."

이 내용을 근거로 논개는 최경회의 후처(後妻)로 알려졌으며, 이로 인해 논개가 기녀의 신분이었는지에 대한 논란이 제기되었다.

논개는 1574년 선비 주달문(朱達文)과 부인 밀양 박씨(密陽朴氏) 사이에서 반가(班家·양반)의 딸로 태어났다. 전라북도 장수군 계내면 대곡리 출생으로 신안 주(朱)씨 논개(朱論介)다. 부친 주달문은 진사(進士)로 일찍이 슬하에 아들 주대룡을 두었으나 15세에 괴질로 요절하였고 이후 40세가 넘은 나이에서야 딸 논개를 보았다.

1578년 부친의 별세 후 숙부 주달무의 집에 의탁되었으나, 숙부가 벼 50석에 김부호(金富豪)의 집에 민며느리로 혼인시키려 하자 이를 피해 모녀는 경상도 안의현의 친가에 피신하였고, 이에 부호는 1579년 기소하여 모녀가 구금되었다. 이때 장수 현감 충의공(忠毅公) 최경회의 명판결로 모녀를 석방시키고 현감의 관저에 의탁하여 살게 하였다가 후일 최경회는 성년이 된 논개를 후처로 맞아들인다.

1592년 임진왜란이 발발하고, 최경회가 전라우도의 의병장으로 의병을 모집하고 병사를 훈련할 때 논개는 이를 도우며 보필한다.

1593년 최경회가 경상우도 병마절도사로 임명되어 동행하였으나, 진주성이 함락되고 남편이 순국하자, 재주와 지혜가 뛰어나고 시문(詩文)에 능했던 논개는 왜장들이 진주 촉석루(矗石樓)에서 연회를 벌이고 있을 때 왜장 게야무라 로쿠스케(毛谷村六助)를 유인하여 남강(南江)에 투신하여 순절(殉節)하였다.

42살 연상인 전라남도 능주(綾州·현 전남 화순군) 출신의 남편 최경회의 후처로 들어가 그의 뒤를 따라 충절과 열녀의 본을 보인 의암(義巖) 논개! 그녀의 나이 불과 19살 때였다.

하동지역 출신의 인사들

하동에는 일본 유학파가 많았던 것 같다. 하지만 그들의 가는 길은 전혀 달랐다. 언론인이며 소설가인 이병주(李炳注, 1921~1992)는 하동군 북천면의 이명산 자락에서 태어나 일본에 유학하여 메이지대학(明治大学) 문예과를 졸업하고 와세다대학 불문과에서 수학했다. 와세다대학 재학 중 태평양전쟁에 학병으로 징집되어 중국 전선에 투입되었다가 전쟁이 끝난 뒤 귀국하여 경남대학교의 전신인 해인대학 교수를 지냈다.

1955년부터 부산 국제신보사 편집국장 및 주필로 활발히 활동하였다. 그러나 1961년에 5·16군사정변이 발생하면서 필화사건에 휘말려 징역 10년형을 선고받고 2년 7개월 동안 복역했다.

실제로 그의 소설 '그를 버린 여인'에서는 박정희 대통령의 친일 경력, 계획 없는 경제 정책, 유신독재 치하의 인권 침해 등을 다루고 있다. 선이 굵은 남성적 소설이라는 이 소설에서는 유신 독재 치하에서 대학생들조차 읽은 적이 없을 정도로 금서 취급받던 '안네의 일기'와 그 역사적 배경인 홀로코스트에 대해 토론하는 모임이, 행동하는 양심을 가진 다방 마담이 장소협조를 하고, 지식인인 기자가 강의하는 방법으로 진행된 이야기, 돼지를 많이 키우라고 해서 키웠는데 가격이 급락해서 농민들이 몰락한 이야기, 박 대통령이 그의 친일 경력에 대해 변명으로 일관하는 이야기 등이 나온다.

1992년 4월 3일 서울대학교병원에서 숙환으로 인해 향년 71세를 일기로 사망했다. 고향이자 작품의 주요 무대가 되었던 경남 하동군에는 이병주문학관이, 섬진강 강변에는 문학비가 세워져 있다.

한편 하동군 부호 가문 출신인 여경엽(余璟燁, 1890~?)은 1913년에 메이지대학 법과를 졸업하고 귀국하여 다음해에 조선총독부 경부에 임명되면서 경상남도 경무부 진해경찰서와 삼천포경찰서에서 경찰 간부로 재직했다. 그 후 기업인으로 활동해 하동 지역의 유명한 기업인이며 조선총독부 중추원 참의를 지낸 이은우가 운영하는 남일물산주식회사에서 전무취체역을 맡으면서 하동 면장, 경남 도평의회 평의회원 등 하동지역 유지로 활동했다. 2008년 민족문제연구소가 발표한 친일인명사전 수록예정자 명단 중 경찰 부문에 포함되었다.

이은우(李恩雨, 1881~1942) 역시 하동군 출신으로 1909년 도쿄의 주오대학(中央大学) 경제과를 졸업, 한일 병합조약 체결 후 이왕직(李王職, 일본 궁내부 대신의 지휘를 받아 대한제국 황족의 의전 및 사무를 담당하던 기구)에서 근무하고 보성전문학교 강사로도 활동했다. 여기서 이왕직은 대한제국의 황제였던 고종, 순종, 영친왕 등을 단순히 '이왕(李王)'으로 격하시켰음을 엿볼 수 있다.

이후 고향 하동에 내려와 남일물산을 설립하여 자본가로 성장하면서 감투라는 감투는 모두 역임하는 등 지역 내의 영향력 있는 유지로 부상했다. 경남 도평의원이던 1935년에 조선총독부가 편찬한 '조선공로자명감'에 조선인 공로자 353명 중 한 명으로 수록되어 있다.

1938년에 중추원 참의로 임명되었다. 참의가 되면서 하동읍 승격에도 공헌하였다는 평가가 있지만 태평양 전쟁 중인 1941년에는 조선임전보국단(朝鮮臨戰保國團, 전쟁 지원을 위해 여러 단체들이 통합되어 조직된 연합 단체)의 발기인 및 경남위원으로 선출되었다.

2002년 발표된 친일파 708인 명단과 2008년 민족문제연구소가 정리한 친일인명사전 수록예정자 명단의 중추원 부문에 수록되었으며 2009년 친일반민족행위진상규명위원회가 발표한 친일반민족행위 705인 명단에도 포함되었다.

위의 경우와는 반대로 하동군의 빈농 가정 출신으로 비전향 장기수가 된 인물도 있다. 황용갑(1924년생)은 학교를 다니지 못할 만큼 가난한 형편에서 자랐고 태평양 전쟁 말기에는 징병으로 일본군에 편입되었다가 종전을 맞았다. 1948년에 남조선로동당에 입당하고 고향과 가까운 지리산으로 들어가 조선인민유격대가 되었다. 1950년 한국전쟁이 발발하자 조선민주주의인민공화국을 지지하면서 지리산에서 파르티잔으로 활동하던 중, 1952년 2월에 덕유산에서 체포되었다.

체포되고서 무기징역형을 선고받았으나 전향하지 않아 비전향 장기수가 되었으며, 한 차례 만기 출소했다가 사회안전법으로 다시 수감되는 등 총 복역 기간은 약 35년이다. 2000년 6·15 남북공동선언에 의거해 북한으로 송환되었다. 대한민국에는 출소 후 서울에 정착하면서 혼인한 아내가 있었으나 가족이 동행할 수 없어 헤어지게 되었다. 생존 여부는 알 수 없으나 살아있다면 올해 93세가 된다.

끝으로 한 명만 더 언급하고 가야겠다. 석천(石川) 손충무(孫忠武, 1940~2010)다. 그는 하동군 출신으로 명지대학교를 졸업하고 1963년 경향신문 기자가 되어 50여년 간 언론인으로 활동했으며, 김구 일대기 완성, 김영삼 사생아 폭로, 김대중의 비자금 의혹을 제기한 작가이자 출판인이다.

그는 1962년부터 4년간의 추적, 연구 끝에 김구의 암살을 폭로한 '이것이 진상이다: 백범 김구 선생 암살 폭로기'(진명문화사, 1966)를 발표한 데 이어, 1965년부터 9년간 김구의 일대기를 추적하여 '암살작전: 김구 선생 살해 진상기'(교학사, 1974)를 출간하였다.

1970년 2월에는 한국기자협회 운영위원, 1971년 3월 국제펜클럽 회원이 되었다. 1972년 1월에는 한국문인협회에 가입하여 활동하였고, 같은 해 6월 한국신문학회 회원이 되었다. 그러나 이전부터 김영삼, 김대중 등의 인물들을 도와 박정희 정권에 반기를 들었다가 1972년 유신이 선포되자, 미국으로 망명했다가 전두환 정권 말기에 귀국했다. 그는 미국 망명 뒤에도 미국과 일본을 오가며 김구에 관련된 자료를 수집, 1975년 초 경향신문에 '백범사록'으로 발표, 연재하여 화제가 되었다. 이를 1976년 8월 '백범 김구사록: 망국의 한'(범우사)으로 출간했다.

그런데 박정희 군사정권 당시에는 야당 지도자인 김영삼, 김대중을 지지하고, 김대중 내란음모사건 때에는 투옥된 김대중을 위하여 미국 정계 및 언론계를

섬진강종주자전거길 마지막 세 구간 남도대교, 매화마을 그리고 배알도수변공원 인증센터.

상대로 구명운동을 하였던 손충무는 1992년 김영삼의 민자당 대통령후보 출마 이후 김영삼과 김대중 공격에 앞장서 '김영삼 저격수' '김대중 저격수' 등으로 불렸다.

1992년 2월 20일자 LA매일신문에 '김영삼 씨의 숨겨둔 딸 가오리, 뉴욕에 거주하고 있다.'는 기사에서 김영삼의 사생아 딸의 존재를 취재, 폭로했다가 다시 미국으로 망명하기도 했다.

이 소문이 '객관적 사실'로 굳어진 것은 김영삼이 임기를 끝마친 지 2년가량이 지난 2000년 1월이다. 당시 자신을 '가네코 가오리(한국명 주현희, 일명 김현희)'라고 밝힌 여성이 김영삼 전 대통령을 상대로 친자확인 소송을 낸 것이다. 특히 가오리 양의 생모인 이경선 씨는 그해 미국 'LA선데이저널'과 인터뷰를 갖고 1960년대 초반 김영삼과의 만남, 가오리 양의 출산 이후, 일본인에게 양녀로 입양시킨 사연 등을 적나라하게 공개하기도 했다.

김영삼 정부 말기 이후 미국에 체류하며 인사이드 월드의 발행인으로 활동하는 동안 1997년 '김대중 X-파일' 시리즈 연재와 책자를 발간해 김대중 당시 대선후보가 광복 이후 북한 노동당에 입당하였고 김일성에게 자금과 인력을 지원받아 정치활동을 하였다는 친공 전력을 폭로하였다.

그러나 대선당선이 확정된 다음 김대중 대선당선자로부터 출판물에 의한 명예훼손죄로 형사 고발당해 2년간 옥살이를 하였다. 그는 2년만에 출소해 다시 미국으로 망명한 이후 미국과 일본에서 구한 자료를 보강해 일본에서 '김대중·김정일 최후의 음모(金大中·金正日 最後の陰謀)'라는 책을 써서 김대중 정권에 대한 한국 여론의 신뢰에 큰 타격을 입혔다. 2000년대 이후에는 탈북자들을 취재, 북한의 조선로동당의 일당독재를 비난하기도 했다.

손충무는 백혈암으로 장기 투병 중에도 언론 활동과 책을 출간하고 강연 활동을 다니기도 하다가, 2010년 10월 19일 (현지시각) 오전 8시쯤 미국 버지니아 주에서 심장마비로 70세로 생을 마감하였다.

박경리의 '토지'의 배경무대인 평사리 악양(岳陽)들
광양 길과 하동 길은 남도대교에서 갈라진다. 다시 남도대교를 건너온 자

저 멀리 모래톱 보이는 곳 오른쪽이 경남 하동군 평사리 악양(岳陽)들이다.

전거길은 섬진강 우안의 백운산 자락으로 난 자동차길과 그 아래의 새로 조성된 자전거길을 들락날락한다. 강변을 따라 아스팔트 포장의 자전거도로가 넓게 조성되어 있다.

바다가 가까워지면서 강폭이 넓어지고, 드넓은 강물은 이제 이해와 화합의 강이 되어 평화롭기 그지없다. 저만치 섬진강의 은빛 모래톱이 보이는데 바로 그 뒤쪽 평야가 박경리(朴景利, 1926~2008) 대하소설 '토지'의 무대인 경남 하동군 평사리 악양(岳陽)들이다.

악양은 경남 함안의 악양루와 같이 중국 악양의 풍치와 닮았다 하여 지어진 이름이다. 그래서 평사리 강변 모래밭을 '금당'이라 하고 모래밭 안에 있는 호수를 '동정호'라 불렀다. 마치 중국 동정호(洞庭湖)의 '소상팔경(瀟湘八景)'에 비교될 만한 한국적인 아름다움이 가득 담긴 풍경을 묘사한 것이리라.

매천(梅泉) 황현(黃玹)이 고종 18년(1881), 그의 나이 26세 때 섬진강 동쪽으로 흐르는 물을 따라 구례에서 고향인 광양으로 종일 걸어내려가다 하동의 그윽한 절경을 보고 그냥 지나치지 못했다. 어린 시절 이곳에서 놀고 자랐을 황현의 그윽한 시어(詩語)들이 발동해 한폭의 한국화 같은 감성을 뿌렸다.

물가 마을엔 연무가 자욱한데 (烟霧濛濛水上村)/ 복사꽃 천향(天香)이 새벽부터 자욱하네 (桃花天氣曉氤氳)/ 봄날 강의 수면은 실비와 같아 (春江一面

如絲雨)/ 둥근 모래톱
백로 흔적을 허물지 않
네 (不壞圓沙鷺坐痕).

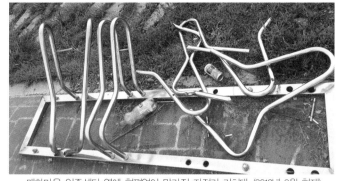

매화마을 인증센터 옆에 형편없이 망가진 자전거 거치대. (2016년 9월 현재)

'토지'는 봉건적 가족 제도와 신분질서의 해체, 서구문물의 수용과 식민지 지배의 과정, 간도 생활과 민족의 이동, 독립운동의 전개와 식민지 사회의 구조적 변화 등을 초점으로 개인의 운명과 역사의 조류가 서로 침투하는 웅대한 조망의 세계를 펼치고 있다. 개항기 이래 한국 사회의 풍속에 대한 풍성한 탐구, 각양각색의 인간상의 창출, 삶의 의미와 역사의 원동력에 대한 심오한 직관은 그 격변과 진통의 시대를 살아갈 한국인의 삶을 장엄한 파노라마로 육화시키는 데 공헌하고 있다.

'토지'의 배경으로 널리 알려진 소설 속 '최참판댁'에서 매년 10월 둘째 주에 전국문인들의 문학축제인 '토지문학제'가 개최되고 있다. 아울러 이 평사리를 지나는 하동 노선도 광양 종주 코스 못지않게 멋진 곳이라니 쌍계사와 함께 다음 기회에 꼭 들러볼까 한다.

예쁜 경치들을 보며 달리다 보면 어느덧 다압면 매화마을에 도착한다. 원래 인증센터가 섬진공원 '섬진강유래비' 바로 옆에 있는 것으로 알았는데, 우리가 갔을 때는 공원 가기 전에 나무데크에서 내려 차도 건너편으로 지나가야 했다. 임시로 옮겨놨는지 어떤지는 모르겠으나 자전거 거치대는 다 망가져 있고 주변 공터는 폐허같이 보였다. 매화마을의 유명한 '홍쌍리 매실가(家)'로 올라가는 가파른 언덕길을 오른쪽으로 보며 곧 섬진공원에 다다른다.

처녀를 업고 있는 커다란 두꺼비상

섬진공원에는 섬진강 유래비가 있고 공원 가운데에 처녀를 업고 있는 커다란 두꺼비상이 있다. 섬진강이 원래 두꺼비 섬(蟾)자를 쓰는 두꺼비 전설이 있는 강이라 두꺼비 조각상을 만들었나 보다. 비교적 최근에 세운 것으로 보아 공사

중 인증센터를 옮겨놓은 것으로 추정된다. 주변에 두꺼비 조각상에 관한 정보가 하나도 없는 것으로 보아 아직 공사가 완전 마무리된 것 같지 않았다.

사연이 궁금하여 검색을 해본 결과 두꺼비 전설은 다음과 같이 두 가지가 전해진다.

고려 우왕 11년(1385)경 왜구가 섬진강 하구를 침입하였을 때 전라남도 광양시 진상면 '섬거(蟾居)마을'에 살던 수십만 마리의 두꺼비 떼가 섬진나루에 몰려와 울부짖어 왜구를 물리쳤다. 이 소식을 전해 들은 우왕이 '두꺼비 섬(蟾), 나루 진(津)' 자를 붙여 섬진강이라 불렀다 한다.

또 한 번은 강 동편에서 왜구에 쫓기던 우리 병사들이 꼼짝없이 붙들려 죽게 되었는데, 두꺼비 떼가 강물 위로 떠올라 다리를 놓아 건너편으로 건너게 해 주었다. 뒤쫓아 온 왜구도 두꺼비 등을 타고 강을 건너던 중, 이들이 강 한가운데에 이르자 두꺼비 떼가 모두 강물 속으로 들어가 버려 왜구만 빠져 죽었다. 이러한 전설 때문인지 이곳 사람들은 마당에 두꺼비가 나타나면 "고수레"라고 말하며 두꺼비에게 음식물을 던져 주는 풍습이 있다.

다른 전설은 섬진강이 본래 모래내, 모래가람 혹은 다사강(多沙江), 두치강(豆恥江) 등으로 불린 것과 연관이 있다. 섬진강 두치진 나루터에 마음 착한 아가씨가 늙은 어머니를 모시고 살았는데, 장마가 진 어느 날 부엌으로 뛰어든 두꺼비가 가여워 보살펴 주었다. 겨울이 와 모든 두꺼비가 겨울잠을 자러 가도 이 두꺼비는 부엌 아궁이 옆을 떠나지 않았다. 삼 년 후 두꺼비는 큰 솥

처녀를 구해준 전설에 바탕한 두꺼비 조각상.

왼편 수월정(水月亭)과 오른쪽 사과조형물 뒤로 섬진강유래비가 보인다.

뚜껑만큼 커졌다. 어느 날 밤 섬진강 상류에 폭우가 쏟아져 물이 불어나 아가씨가 익사할 지경에 이르렀다. 그러나 다행히 아가씨는 두꺼비를 타고 강기슭으로 올라갈 수 있었다. 하지만 물살과 사투를 벌였던 두꺼비는 강기슭에 도착하자마자 죽어 버렸다.

이 설화는 섬진강변 동산에 두꺼비를 장사지내고 매년 제사 지내는 근거로 제시되며, 두꺼비를 매개로 섬진강이라는 생태 환경과 사람들 사이의 삶의 관계를 보여줄 뿐만 아니라 하구와 남해라는 지리적 조건이 왜구의 침입이라는 역사적 사건과 결합하여 회자되었다는 특징을 보여준다.

섬진공원의 랜드마크는 우아하고 단아한 수월정(水月亭)이다. 광양 출신으로 조선 선조 때 나주 목사(羅州牧使)를 지낸 정설(鄭渫)이 만년을 소일할 뜻으로 이 먼 곳에 1573년에 지었는데 지금의 정자는 1999년 다시 지은 것이라고 한다. 송강(松江) 정철(鄭澈, 1536~1593)은 이 정자와 이곳 섬진강의 풍광에 반해 그 아름다움을 '수월정가(水月亭歌)'라는 가사를 지어 칭송했다고 한다. "…물은 달을 얻어 더욱 맑고, 달은 물을 얻어 더욱 희다…" 자연과 인간사를 아우르는 송강의 시구가 따뜻하고 맛깔스럽다.

청렴의 상징 고불 맹사성과 '맹고불고불길'

이제 마지막 인증을 향해 출발. 하동으로 넘어가는 섬진교를 지난다. 다리 건너편에 하동송림이 있고 바로 뒤에 하동읍이 있다.

섬진교에서 조금 내려가면 경전선 열차가 지나는 철교가 나오는데 이 아래를 지나면 강변으로 마치 물길처럼 구불구불하게 자전거길이 나있다. 길이 부드러운 곡선으로 이어지고 자전거길은 사철 꽃이 피는 꽃길로 조성됐다. 길이 좋아 피로도가 훨씬 적고 금방 속도가 붙는다.

이 동네 자전거길 조성 당시 행정안전부 맹형규 장관이 직접 디자인했다고 해서 '맹고불고불길'이라 이름 붙여 놓았다. 고불(古佛)은 조선 세종 때 명재상이요 고려의 최영(崔瑩, 1316~1388) 장군의 손녀사위였던 맹사성(孟思誠, 1360~1438)의 호인데 맹고불을 고불고불한 길 모양에 빗대어 만들어낸 것 같다.

맹사성은 효성이 지극하고 청백하여 살림살이를 일삼지 않고 식량은 늘 녹미(祿米, 조정에서 봉급으로 주는 쌀)로 하였고, 바깥출입을 할 때에는 공무가 아닌 일에는 결코 역마를 이용하지 않고 소를 타거나 걸어 다녔기 때문에 보는 이들이 그가 재상인 줄을 알지 못했다고 한다. 또 맹사성의 사람됨이 소탈하고 엄하지 않아 비록 벼슬이 낮은 사람이 찾아와도 반드시 공복을 갖추고 대문밖에 나아가 맞아들여 윗자리에 앉히고, 돌아갈 때에도 역시 공손하게 배웅하여 손님이 말을 탄 뒤에야 들어왔다.

옛 사람들은 "언덕은 산을 배우고 냇물은 바다를 배운다."고 했다. 이처럼 지혜로우면서도 청렴결백한 맹사성의 성품은 요즘 사람들에게 더욱 귀감이 되는 이유이다.

섬진강 자전거길 종착지, 태인도

남도대교에서 광양 배알도까지는 전 구간이 섬진강변에 붙어 달리는 길이다. 하류에 가까워질수록 여타 강들처럼 바다 냄새가 나기 시작한다. 오사리쯤에서 빨간 우체통 두 개를 만난다. 마음의 편지를 보내는 곳이라 씌어 있지만 정작 이곳은 몸의 근심을 내보내는 곳인 해우소(解憂所) 내지는 소우정(消憂亭)이다.

마침내 종착역이 보이기 시작한다. 진월교에 올라서자 보이는 산이 호남정맥의 마지막 봉우리인 망덕산이라고 한다. 저 멀리 섬진강 자전거길의 종착지인 태인도가 보인다.

해가 저문다. 망덕포구 나무데크 위에서 아이들이 불꽃놀이를 하고 있다. 남원시 금지면에서 망덕포구까지 약 100km 주행. 최종목적지 광양만 배알도 수변공원까지 약 2km를 남겨둔 망덕포구 '가람횟집'(대표 임병숙, 061-772-1988, 010-4765-1985). 주인 아주머니가 특별히 2인분으로 넉넉하게 만들어준 가을의 진미인 전어회무침과 맥주로 마지막 자축하며 섬진강 하구의 정취에 취하다. 여기 화장실에 붙여놓은 문구가 재미있다. "당신의 것은 장총이 아니고 권총입니다. 10㎝만 가까이 서세요."

낙동강, 영산강, 섬진강 등을 이어달려 약 700km 자전거 종주길을 완수한 그 기쁨에 비하면 조촐한 축하연이었지만, 7박 8일 간의 고행길이 한 방에 풀려 버리는 순간이었다. 그것은 분명 도전(挑戰)과 응전(應戰)의 커다란 교훈을 일구어 낸 60대 부부의 일대 거사였다.

하지만 육신의 나이는 세월이 알아서 하니까 집착할 것이 없겠으나 세월이 흐르고 나이를 먹은 만큼 인간적으로 성숙해지고, 성숙한 만큼 마음도 맑고 젊어져야 하는데, 과연 나는 어떤지 두렵다.

섬진강과 태인대교가 바라다 보이는 망덕포구에 있는 비치모텔에서 마지막 밤을 보내다. 일반 4만원. 온돌방, 특실(6만원)도 있으며 설비는 좋은 편. 무인시스템 운영. 주소: 전남 광양시 진월면 백운1로 389. 전화: 061-772-7727. 휴대폰: 010-4477-2050.

[셋째 날]
망덕포구 – 배알도 수변공원 – 중마버스터미널

아쉬운 듯 비가 내린다

9월 16일 금요일, 최종 마무리를 위해 아침 일찍 나섰는데 비가 쏟아져 우의를 걸치다. 지금까지 부산 하단에서 사상 서부버스터미널 갈 때 외에는 천만다행으로 날씨가 대체로 좋았는데 종주 마지막에 아쉬운 듯 비를 맞게 되었다.

태인대교를 건너자마자 우측으로 돌아 내려 잠시 가면 배알도 해변공원이 나오고 그 안쪽에 마지막 인증센터가 있다.

먼저 유인인증센터가 나오기에 문을 두드리니 반응이 없다. 문 바깥에 신발과 자전거가 보이는데 추석 연휴라 쉬는 건지 이른 아침이라 아직 자고 있는지 헷갈렸다. 유인인증센터에서 종주완료 인증스티커를 받았으면 끝마무리가 좋을 뻔 했는데, 할 수 없어 더 안쪽 해변으로 가서 그냥 무인인증 스탬프를 찍었다.

다시 나무데크를 타고 돌아오다 데크가 끝나는 경사지점에서 그미 자전거가 빗길에 미끄러져 넘어졌는데 천만다행으로 다친 데는 없었다. 자전거도 멀쩡했다. 운동신경이 좋아져서 일 게다.

이제 남은 것은 서울행 버스를 타러 가는 일! 배알도 수변공원 인증센터에서 가장 가까운 버스 터미널은 중마터미널(동광양터미널)이다. 그런데 비가 많이 오는데다 가는 길도 잘 몰라서 차라리 콜밴을 부를까 생각하며 태인대교에서 광양제철소 방향으로 천천히 차도 옆 좁디좁은 자전거도로를 따

마지막 '배알도 수변공원 인증센터'에서 만세

라 가는데 광양제철로 들어가는 대형트럭들이 무시무시한 속도로 질주한다.

그때 마침 촌로를 만나 길을 물으니 비를 맞고 있는 몰골이 측은했는지 아니면 길을 설명해 주기가 어려웠는지 차라리 택시를 타고 가는 게 낫다며 일단 우리를 자기 집으로 데려가 전화로 콜택시를 부른다. 자전거 때문에 콜밴을 불러달라고 부탁하니 저쪽에서 회신을 주겠다고 해서 한참을 기다렸는데 결국 추석연휴라 운전기사가 부족해서 안 된다는 대답이 돌아왔다.

난감해 하는 우리를 보고 옆에 있던 촌로의 부인이 자기 차(승용차)로 데려

배알도 수변공원. 나무데크의 오른쪽에 인증센터가 있다.

다 주겠다고 했지만 자전거 2대를 실을 수 없는 일이라 호의를 거절할 수밖에 없었다.

참으로 고마운 노부부에게 연신 고마움을 표시하고 비 오는 길을 다시 물어물어 찾아가는 수밖에…

길고 긴 광양제철소를 지나 끝자락에 있는 어느 편의점에 들러 빵과 우유와 요구르트 등을 사면서 중마터미널 가는 길을 물으니 비교적 상세하게 설명을 해준다.

그 덕에 태인교를 건너 우회전하여 광양제철 정문 앞 전남 드래곤즈 축구경기장을 끼고 또 우회전, 아파트 숲속과 백운플라자를 지나 백운아트홀 앞에서 둥근 건널목 건너 좌우회전을 반복하며 금호대교를 건너. 교각 끝의 차도를 건너서 해안길 자전거도로를 타고 가다 오른쪽으로 꺾어가니 비로소 광양시 중마버스터미널에 당도. 휴우~ 그때서야 비가 그친다. 비에 쫄딱 젖었다. 배알도 수변공원 인증센터에서 여기까지 족히 20km는 될 것 같다.

사실 금호대교를 건너 자전거길로 접어들면 저만치 왼쪽으로 웅장한 다리가 보이는데 길호대교다. 광양제철 정문 사거리에서 우회전하지 말고 직진하여 저 다리를 건넜더라면 거리도 짧고 훨씬 쉽게 찾을 수 있었을 텐데…

추석연휴에다 그 이른 시각에 유일하게 문을 연 '남(男)다른 감자(子)탕'이

고맙게도 어느 블로거가 올려준 중마버스터미널 가는 단축 노선도.

라는 집에서 남다른 감자탕으로 따끈한 아침 식사를 하는데, 옆에 앉은 중년남자가 말을 건다. 자기는 버스 타고 여행하는 중인데 중년부부가 자전거 여행하는 모습이 너무 좋다며 부럽단다.

기운을 좀 차리고 동서울행 표를 끊고 자전거를 버스 짐칸에 한 대씩 넣는데 터미널 직원이 와서 화물이 많으니 한 칸에 2대를 실어야 한다기에 아무리 해봐도 완전분해를 하지 않으면 도저히 넣을 수가 없었다. 또 실은 짐도 사과 상자 정도의 박스 한 개뿐이었다.

자기의 원래 의무인 짐 싣기는 뒷전이고 입으로만 삐딱하게 이래라 저래라 삿대질하는 태도에 기분이 팍 상해 한바탕 붙었다. 운전기사가 말리는 통에 그 자식은 꽁무니를 내리고 달아났다. 하긴 광양은 갑자기 커진 도시 탓에 정신과 물질 사이에 조화가 안 이뤄지는지 대민 업무에 종사하는 사람들이 굉장히 고압적이고 불친절하다는 얘기를 들은 적이 있던 터였다.

부부가 함께 한 7박 8일 동안의 고국 자전거길 700km

동서울터미널에 내려 바로 전철로 팔당까지 가서 대여소에 내 자전거를 반납하고, 돌아오는 길에 아내의 빌린 자전거를 돌려주기 위해 덕소에 있는 작은 처남 집에 들렀다. 오랜 시간 여행담을 신나게 나누고 건대입구 숙소로 돌아오니 밤 12시. 긴 여정이 끝나니 쌓였던 피곤이 몰려온다. 우여곡절이 많았고 이야깃거리도 많이 남긴 자전거 여행이었다. 정말 재미있었고 많이 배웠다.

낙동강, 영산강에 이어 섬진강까지 종주하는 동안 때로는 힘들고 포기하고 싶은 충동을 느끼기도 했지만 도전을 향한 설렘이 있었고, 지나는 곳마다 아름다운 절경이 호기심을 자극하고, 또 우리 조상들의 숨결이 배어있는 역사의 현장에서 새로운 문화유산을 체험하며, 삶의 지혜를 얻는 보람으로 무사히 완주하여 큰 결실을 얻게 되었다. 원래 자화자찬(自畵自讚)이란 자식 자랑하는 팔불출보다 더한 바보라지만, 60대 부부가 함께 700여 km의 길을 7박 8일 동안 두 다리에 의존하여 완주했다는 자부심과 성취감에 한없는 희열을 느낀다.

캐나다 한인 부부의 자전거 여행 1000km

제주 환상 자전거길

제주공항 – 용두암 – 다락쉼터 –
해거름마을공원 – 모슬포항 –
송악산 – 중문단지 – 법환바당 – 쇠소깍 –
표선해비치해변 – 성산일출봉 – '토끼섬 게스트하우스' –
김녕성세기 – 함덕서우봉 –
용두암 – 중문관광단지까지

강물 따라 역사는 흐르고

제주 환상(環狀) 자전거길

또 다른 길을 들기에 앞서

2016년 9월 20일(화)부터 2주간 중국 사천성(四川省), 운남성(雲南省), 하남성(河南省) 등 3개 성을 여행하고 10월 3일(월) 귀국하였다. 중국 여행 가기 전 7박 8일 동안 낙동강, 영산강, 섬진강 자전거길 700km를 종주하였기에 제주도 일주여행을 하면 거의 1,000km를 채우게 될 것 같아 아내와 합의하여 항공예약을 해두었다.

물론 제주도 일주 자전거길은 '국토종주'나 '4대강 종주'와는 무관하지만 나중에 '그랜드 슬램'을 하려면 반드시 갔다 와야 할 코스이기에, 3일 동안 여독을 풀고 10월 6일(목)을 디데이로 정하고 항공예약을 하였다. '국토 종주 그랜드 슬램'은 동해안 자전거길 전 구간이 개통된 뒤 시행되긴 하지만….

떠나기 전날인 10월 5일 한반도 남부지역을 강타한 태풍 '차바' 때문에 제주 노선이 결항되지 않나 염려되었지만 항공사 측에서는 정상 운항 예정이라고 하여 원 계획 대로 추진했다.

아침 6시 10분 첫 비행기를 타기 위해 현재 있는 건대 앞 숙소에서 김포공항까지 너무 멀고 새벽 대중교통 연결편이 수월치 않을 것 같아 전날 밤 가양동 '백두산 찜질방'에서 자고 새벽에 택시로 공항으로 이동, 아시아나 항공으로 설레는 마음을 싣고 제주로 가다.

[첫째 날]
제주공항 – 용두암 – 다락쉼터 – 해거름마을공원 – 모슬포항까지

'제주 환상 자전거길' 234km 장정에 오르다

도착 즉시 자전거 대여소인 '보물섬 하이킹'(또는 소라담하우스. 제주시 조천읍 신촌남8길 10. 휴대폰 010-4582-8240, 이메일 bikesori@naver.com)에 연락하여 공항으로 픽업을 나오다.

기다리는 동안 공항식당에서 몸국으로 제주향토음식을 맛보다. '몸국'의 '몸'은 모자반의 제주말이라는데 돼지고기와 돼지육수로 순댓국처럼 만든 제주 토속음식이다. 그러나 돼지 특유의 잡내가 나고 느끼한 맛이었다.

제주공항에서 10분 거리에 위치한 용두암 근처의 자전거 대여소에서 수속

제주환상(環狀)자전거길. 모두 10개의 인증센터가 있다.

을 밟고 2대의 자전거와 헬멧 등을 챙기고 '제주 환상 자전거길'에 나섰다.

'제주 환상 자전거길'은 총길이 234km로 2015년 11월 7일에 개통하였다. 인증센터는 모두 10군데. 여기서 '환상'이란 용어가 조금 혼란스럽다. 영어로는 'Jeju Fantasy Bike Path' 또는 'Jeju Fantasy Bicycle Trail' 등으로 표기돼 있어 '환상'이 '환상적(幻想的)'으로 생각되지만 실제는 '環狀'이다. 환상(環狀)이란 고리처럼 동그랗게 생긴 모양을 뜻하는 말로 바로 제주 섬을 한 바퀴 도는 것을 나타낸다.

그런데 첫 시작점인 용두암에 도착했을 때 문제가 생겼다. 60대의 건망증이 도진 것일까? 그미의 배낭을 대여소에 놓고 온 것이다. 한창 바쁜 시간대라 사장이 차로 전달해 주기까지 시간이 꽤 소요되어 결국 11시에야 주행을 시작하다. 이렇게 예상밖의 일들 때문에 아까운 시간이 많이 소비되고 주행에 차질을 빚곤 한다.

제주도 인구에 맞먹는 제주에 입국한 외국인 수

기다리는 동안 슈퍼에서 보급품을 구입하는데 우리말은 들리지 않고 온통 중국어다. 손님이 거의 중국인이다. 여행객인지 여기 사는 외래인인지는 모르겠으나 주인도 중국말을 배웠는지 간단한 셈을 중국어로 하며 계산을 한다. 뉴스에서 듣던 '제주는 중국섬'이라는 말이 실감난다. 용두암의 화장실, 식당, 기념품 가게 등은 거의 중국 관광객들로 붐비고 생김새가 같으니 나한테 중국말로 길을 묻기도 한다. 중국 다녀온 지 3일밖에 안 되었는데 도대체 여기가 제주 땅인지 중국 땅인지 헷갈린다.

하기야 제주시가 중국 성·시와 맺은 자매결연이 참 많다. 1995년 산둥성 래주(萊州)시를 시작으로 광서장족자치구 계림(桂林)시, 강소성 양주(揚州)시 및 곤산(昆山)시, 길림성 훈춘(琿春)시 그리고 2015년에 절강성 의오(義烏)시 등이다.

제주는 예부터 돌·바람·여자가 많다고 하여 '삼다도(三多島)' 그리고 도둑·대문·거지가 없다고 하여 '삼무도(三無島)'로도 불리웠지만 지금은 중국인이

용두암.

많다고 '4다도'로 바뀌었고, 또 중국인이 많은 만큼 범죄도 늘어나 삼무도란 별명이 무색하게 되었다고 한다.

2002년 관광 활성화를 위해 외국인이 제주 방문 시 비자 없이 30일간 체류할 수 있도록 하는 무비자제도를 시행한 이후, 2015년 무사증제도를 통해 제주로 입국한 외국인은 62만9,724명이다. 이 중 99%인 62만3,561명이 중국인이었다. 제주도 인구(64만여 명)에 맞먹는 규모다.

중국 관광객의 증가 및 중국계 자본 유입으로 제주도 인구의 증가, 고용률 및 지역내총생산(GRDP)의 증가 등 수치상 드러난 경제활황지표는 파란불이지만, 이 '중국화'로 인한 주민들의 삶이 드러난 지표는 빨간불이다. 다시 말하면 중국인 증가에 의한 이익이 제주로 돌아오는 것이 아니고 중국인의 손으로 들어간다는 얘기다.

예컨대 가장 큰 문제가 부동산 가격의 상승으로 월세, 연세(1년치 월세를 한 번에 납부하는 계약 방식) 등이 오르는 한편 월평균 임금은 전국 최하위로 상대적 빈곤을 느끼기 때문이다. 중국인이나 조선족 가이드는 한국인에

비해 인건비가 싸고, 이중언어를 구사할 수 있는 장점이 있다. 불법체류자들을 고용하면 비용은 더 절감된다. 따라서 중국 관광객이 주는 이익보다 손해가 많다는 의식이 널리 퍼지고 있는 것이 문제다.

또 하나의 문제는 환경오염이다. 도내 생활폐기물 및 자동차 등록 대수가 꾸준히 늘고 있기 때문에 제주환경운동연합은 한라산국립공원 하수의 오염 상태가 심각하다며 '탐방객 총량제' 도입을 논의해야 한다는 논평을 냈다. 또 제주참여환경연대는 2016년 9월에 법정 기준치를 넘어선 하수가 바다에 무단 방류됐다며 원희룡(元喜龍·53) 제주도지사와 제주도 상하수도본부를 검찰에 고발했다.

무비자 제도로 개방한 덕에 제주의 산업·경제 활성화에 기여한 것은 사실이지만 그 부작용도 만만치 않으므로, 부동산 투자에 대한 기준은 적어도 일정기간 거주한 후에야 투자 자격이 부여되는 등 요건을 강화해야 할 것이다. 그리고 국제자유도시라는 제주도 개발비전도 법·제도 등 전반적으로 다시 한 번 재검토 되어야 할 것으로 생각된다.

용두암에서 다락쉼터까지

일단 용두암 인증센터에서 인증수첩에 첫 도장 누르고 다음 인증센터인 '다락쉼터' 까지 20km의 장정에 오른다. 북적대는 용두암을 뒤로 하고 조그만 마을을 지나 오름과 내림을 반복하며 철조망으로 둘러친 제주공항을 에둘러 한참을 간다. 공항 철조망 구역이 거의 끝나는 지점에 이르니 파란색의 자전거길 표시가 끊기고 표지판도 보이지 않는다.

근처 주유소에 가서 물어보니 자전거길은 모르겠으나 '다락쉼터'가 있는 '애월읍'으로 가는 길은 오른쪽 국도를 타면 된다고 친절

용두암 인증센터.

하게 일러준다. 차도를 조심스럽게 타고 가니 해안 쪽으로 꺾이는 길이 나오는데 여러 갈래다. 거기서 길바닥에 파란색 표시를 발견하여 따라가니 '이호테우 해변' 주차장으로 연결된다.

현무암 가루와 섞여 검은 빛을 띠고 있는 모래사장에 '이호 테우 해변'이라는 이름표를 단 '테우'의 모형이 전시되어 있다. '테우'는 바다에서 자리돔, 멸치 등을 잡거나 해초 채취 시 사용했던 통나무 뗏목을 뜻하는 말이란다. 테우의 뱃머리에 큰 그물이 달려 있는데 '자리 사둘' 또는 '국자 사둘'이라고 부른단다. 참고로 '테우리'는 목동(牧童), 목자(牧者)를 뜻하는 말이다.

자리돔은 제주의 대표 어종 중 하나다. 자리를 잘게 썰고 된장을 휘휘 풀어 간단히 만든 자리물회는 오도독 씹히는 식감과 시원하고 담백한 맛에 제주의 깊은 맛이 숨어있다.

이호 테우 해변은 제주시에서 가장 가까운 해수욕장이 있는 해변이며, 제주공항이 가까워 비행기의 이착륙을 바로 눈앞에서 볼 수 있다. 물론 굉음도 대단하다.

특히 제주말을 본떠 만든 '빨간목마'와 '하얀목마'가 인상적인데 사실은 등대다. 국제항로표지협회(IALA) 규칙에 따르면 선박이 항구로 들어올 때 좌측엔 하얀등대, 우측엔 빨간등대를 설치하고, 야간엔 좌측 하얀등대엔 녹색등을, 우측 빨간등대엔 적색등을 밝혀 그 사이로 안전하게 뱃길을 안내하게 되어 있다.

이호 테우 해변의 상징인 이 등대는 흔히 말 등대, 조랑말 등대 또는 트로이 목마를 닮았다고 해서 '목마 등대'라고 부르기도 하고 올레길의 상징인 간세 조랑말에서 따와 '간세 등대'라고 부르기도 한다. 높이 12m로 대진대학교의 정근영 교수와 박동희 작가가 디자인했다. 저녁이면 목마 아래로 떨어지는 낙조(落照)가 아름다워 사진찍기 좋은 장소라고 한다.

해수 풀장이 있고, 솔밭에 캠핑장도 갖추었다. 또 제주 전통 고기잡이 방식인 '원담'도 있다. 밀물 때에 들어온 물고기와 게들이 썰물 때에 빠져나가지 못하도록 둥글게 설치해 둔 돌담을 원담이라 한다. 이호테우축제 때 원담 고기잡이 체험 행사를 연다.

제주 북서부 끝의 해안을 따라 하귀리에서 애월리까지 이어지는 약 9km의 애월해안도로는 무척 아름답다. 바다와 마을 그리고 오름을 잇는 올레길을 따라 구불구불 휘어진 해안선을 따라 지그재그로 가면, 드넓게 펼쳐진 맑고 푸른 바다의 절경을 마주하며, 도로 주변에는 이국적인 분위기의 레스토랑, 카페, 호텔, 민박 등이 자리잡고 있다.

재일 교포들의 애향심을 담은 '애향인(愛鄕人)의 비'

다락쉼터 인증센터 주변에 북제주군 애월읍에서 2002년 공공근로사업으로 조성한 '다락쉼터' 비가 있다. '다락쉼터'는 깎아지른 듯한 해안 절벽 위에 평평한 빌레(돌밭)로 형성된 너른 곳이다. 높은 언덕이 마치 물건을 넣어두는 다락처럼 돼 있다 하여 '다락쉼터'라고 한다.

또한, 이곳에는 '애향인(愛鄕人)의 비'가 세워져 있는데 '재일 고내인 시혜 불망비(在日高內人施惠不忘碑)'이다. 한일합방(韓日合邦) 때 가난을 이기려 고향

애월해안도로 주변에는 이국적인 분위기의 레스토랑, 카페, 호텔, 민박 등이 자리잡고 있다.

고내리를 떠나 현해탄을 건너 일본으로 가서 맨주먹으로 거친 삶을 일구어낸 재일고내리친목회 교포들이 100여 년이 지난 후 고내리 마을 발전과 성장에 도움을 준 애향심에 대해 고마움을 기리고 후손들에게 알리기 위해 세워졌다고 한다.

그 비문에는 '고내 8경(高內八景)'이 언급되어 있다. 여기 다락쉼터 남쪽에 고내리 마을이 있다. 높을 고(高)와 안 내(內)로 고지대 속에 형성된 마을이라는 뜻으로 남쪽으로는 높이 175m의 야트막한 오름인 고내봉을 안고 있어 역사적으로 유래가 깊은 마을이다. 이 고내봉은 '고내 8경' 중 4경을 품고 있다.

고내봉 등허리가 마치 고래(鯨)의 등(背)과 같이 둥글고 넓으며 그곳에는 수초가 무성하여 옛날에는 목축을 하였으므로 제주도에서 '테우리'라고 부르는 목동(牧童)들의 피리(笛) 소리를 뜻하는 '경배목적(鯨背牧笛)', 고내봉 동북쪽 언저리에 '고릉절'이라는 옛 절터와 굴이 있어 문사와 한량들이 풍류를 즐겼다고 하여 '고릉유사(古陵遊寺)', 고내봉 서쪽 오름에 방아오름(舂岳)이

다락쉼터 비.

재일 고내인 시혜 불망비(在日高內人施惠不忘碑).

있는데 1920년 경부터 경제조림을 위해 심은 어린 소나무들이 울창하게 자라는 모습이 보기 좋은 경관이었다 하여 '용악아송(春岳兒松)', 그리고 고내리 남동쪽에 있는 하가리 연화지와 고내봉에서 동북쪽으로 흐르는 물이 합해져서 마을 한복판을 흐르는 하천을 '정천유수(正川流水)'라 하는데, 이 하천은 건천(乾川)이지만 우기에는 물을 바다로 빼내주는 역할을 한 효자천이었다고 한다.

고내봉을 하산하여 소담스럽게 이어지는 고내마을 안길로 들어서면 동쪽 어귀에 마을 수호석이었던 '아기 밴 돌'이 있어 '동문잉석(東門孕石)'이라 불렸으나 근간에 해안도로 직선화 확장으로 이 돌을 발파하여 지금은 절단된 낭떠러지만 남아있다.

고내 마을의 동쪽 해안을 깎아지른 듯한 절벽을 '남당'이라고 하는데 이 절벽에 부딪치는 파도소리를 뜻하는 '남당명파(南塘鳴波)'가 고내 비경으로 꼽힌다. 옛날 인조 6년(1628)에 선조의 손자 이건(李健)이란 사람이 제주에 귀양 와서 8년 동안 살았는데, 그의 '규창집(葵窓集) 풍토기(風土記)' 중에 "가장 괴로운 것은 조밥이요 (最苦者栗飾也), 가장 두려운 것은 뱀과 전갈이요 (最畏者蛇蝎也), 가장 슬픈 것은 파도소리라 (最悲者波聲也)"라고 읊었는데 이 슬픈 파도소리는 바로 남당명파를 두고 한 말이다.

남당 동쪽 높은 절벽은 하얀 갈매기 떼가 사람의 접근을 불허하는 안전지대를 찾아서 잠자고 쉬는 곳이라 하여 '손애숙구(孫崖宿鷗)'의 비경으로 꼽는다. 또 해안선이 구부러져 만을 이룬 곳에 한가롭게 노니는 바다의 물고기를 일컫는 '곡탄유어(曲灘遊漁)' 등이 '고내 8경'이다.

다락쉼터에는 또 '제주해녀상'이 서 있다. 강인한 제주 여성들의 삶을 대변하는 바다의

다락쉼터에 있는 제주해녀상.

어멍(엄마)! 근면, 성실하고 강한 생활력으로 제주를 일구어온 제주 해녀가 2016년 12월 1일 유네스코 인류무형유산으로 등재되었다. 그러나 해녀의 수는 급감하고 있으며 50대 이상이 95%를 넘을 정도로 고령화가 진행되었다. 사실 가는 곳마다 해녀상, 또는 잠녀상이 어김없이 세워져 있지만, 힘든 일인 데다 사회적 위상도 미미한 해녀를 직업으로 삼겠다는 젊은이가 없는 탓이다.

이제 유네스코 인류무형유산 등재를 계기로 단순히 생색내는 해녀상만 세울 일이 아니라 그들의 삶의 질을 높이고 자랑스러운 직업인으로서의 긍지를 가질 수 있도록 현실성 있는 지원책을 강구하여 제주 해녀 문화의 존재 가치와 그 정신을 지속시키기 위한 방안을 찾아야 할 때다.

애월읍에서 삼별초(三別抄)를 생각하다

다락쉼터 인증센터 주변 해안가에는 또 '애월읍경(涯月邑境)은 항몽멸호(抗蒙滅胡)의 땅'이라는 석비와 그 좌우에 장군상이 서 있다. 그리고 너른 빌레에

다락쉼터에 있는 '애월읍경(涯月邑境)은 항몽멸호(抗蒙滅胡)의 땅'이라고 쓴 석비와 장군상.

'항파두리' 가는 길 안내가 있다. 말 그대로 몽고에 항쟁하여 되놈들을 무찌른 곳이 애월읍이었다는 기념비다. 여기서 우리는 '삼별초(三別抄)'를 떠올리지 않을 수 없다.

삼별초는 원래 최충헌(崔忠獻)의 아들로 고려 무신이며 정치가인 최우(崔瑀, 1166~1249)가 도둑을 막기 위해 설치한 '야별초(夜別抄)'에서 유래했다고 한다. 최씨 무신정권의 사병에 가까운 조직은 뒤에 몽골의 침략에 대항하는 정규군으로 편성되었으며, 도방의 직할 부대의 성격을 띠게 된다. 그에 따라 야별초는 다시 좌별초(左別抄), 우별초(右別抄)로 나뉘었으며, 몽골에 포로로 잡혀갔다 돌아오거나 탈출한 이들로 구성된 신의군(神義軍)을 포함하여 '삼별초'라 불렀다.

740여 년 전 고려 원종 11년(1270)에 원종은 몽고군과 강화를 맺고 최씨 일가의 무신독재가 천도했던 강화도에서 개경(開京)으로 환도함으로써, 100년 간 왕권보다 더 강력한 권세를 휘두르던 무인시대는 완전히 종말을 고하게 되었다. 그러나 삼별초는 몽골과 결탁한 왕에게 운명을 맡길 수 없다며 삼별초의 지도자였던 배중손(裵仲孫, ?~1271)과 노영희 등은 항전을 결정한다.

삼별초는 왕족 승화후(承化侯) 왕온(王溫, ?~1271)을 추대하여 왕으로 삼고 강화도의 거의 모든 재산과 사람들을 태운 대선단을 이끌고 진도로 이동하여 '용장사(龍蔣寺)'를 임시궁궐로 삼았다. 진도는 경상도와 전라도 지방의 세곡이 서울로 운송되는 길목이었기 때문이다. 그러나 원종 12년(1271) 여몽(麗蒙) 연합군이 진도를 공격하여 배중손은 전사하고 승화후 왕온은 처형당하자 삼별초 병사들은 김통정(金通精, ?~1273)의 지휘 아래 혼란을 수습하고 탐라(耽羅)로 후퇴하여 제주시 애월읍 고성리 일대 내·외성으로 된 길이 약 4km에 달하는 항파두리 토성을 축조한다.

삼별초가 2년여 활동하다 원종 14년(1273)에 김방경과 몽고의 흔도(忻都)가 홍다구와 함께 이끄는 1만2천여 명의 여몽연합군에 맞섰던 최후의 격전지이자 대몽항쟁의 종착지이며 몽골의 일본 정벌을 위한 전초기지 – 제주올레 16코스가 걸쳐있고 해발 200m쯤에 있는 제주시 애월읍 '항파두리 항몽 유적지'(사적 제396호)에 서린 역사다. 지휘자 김통정이 산 속에서 스스로 목숨을 끊음으로써 4년에 걸친 삼별초의 항전은 막을 내리고 고려는 원나라에 복속되었다.

여몽연합군이 삼별초를 정벌한 뒤 같은 해 원나라는 탐라총관부를 설치해 100년 이상 제주를 지배했다. 제주도가 '말의 고장'이 된 것도 이때부터였고, 유배문화, 장례문화 등에도 몽골의 풍습이 스며들었다. 현재 항파두리성의 복원 및 발굴 작업이 활발히 진행되고 있으며, 고려시대 삼별초가 머물렀던 강화도의 고려도성, 진도의 용장성, 제주 항파두리성 등 3개 섬 지역을 묶어 세계문화유산으로 등재하는 방안도 검토되고 있다고 한다.

항파두리 성에는 김통정 장군이 몸을 날렸다가 떨어진 지점에 발자국처럼 파여 그 곳에서 샘이 솟는다고 전해지는 장수물, 성밖 서민 및 병사들의 음료수로 사용했다고 전해지는 구시물, 삼별초가 항파두리에 웅거할 때 김통정 장군을 위시하여 귀족계급들이 음료수로 사용했던 샘물이라는 옹성물 등이 있다. 그리고 극락봉에서 삼별초군이 궁술연마 시 표적으로 사용했던 대형암석인 '살맞은 돌'에는 40여 년 전까지도 화살촉이 꽂혀 있었다고 전해진다.

김방경(金方慶, 1212~1300) 장군은 신라 마지막 왕인 경순왕의 후손이며 고려의 무신이자 문신으로 삼별초의 난을 진압하고 원나라의 1, 2차 일본 원정에 참여했지만 1277년에 위득유(韋得儒)·노진의(盧進義)·김복대(金福大) 등에게 원나라를 반역하려 한다는 모함을 받는다.

원나라의 홍다구는 이를 더 부풀려 원나라가 고려를 침략할 구실을 만들기 위해 김방경을 모질고 참혹하게 고문하였다. 하지만 김방경은 끝까지 결백을 주장하였고 백령도에 유배되었다. 그 뒤 다시 원나라에 이송되어 원나라의 세조가 충렬왕의 상소에 따라 무죄를 확인함으로써 비로소 방면되어 귀국하는 한편, 홍다구는 뜻을 이루지 못하고 도로 원나라로 돌아가게 된다.

홍다구(洪茶丘, 1244~1291)의 할아버지는 홍대순(洪大純), 아버지는 홍복원(洪福源)이며 대대로 인주(麟州)를 관할하던 수령이었는데, 홍대순은 1218년 몽골의 침입 때 협력하였고, 홍복원은 한 술 더 떠 1231년 몽골의 1차 침입 때 몽골 쪽에 붙어 조국을 여러 차례 침략한 인물이다. 홍복원이 반란을 일으켰다가 패하여 원으로 쫓겨 가서 홍다구는 그곳에서 태어났다. 홍다구의 몽고명은 찰구이(察球爾). 이름대로 '찰구이'로 해서 먹어도 시원찮을 놈이다.

홍복원이 고려에서 인질로 온 영녕공(永寧公) 왕준(王綧)과 귀부(歸附)한 고려 백성들을 관리하는 문제로 마찰을 일으키다 (얼마나 못되게 굴었으면) 매 맞아 죽자 이때부터 홍다구는 고려에 적개심을 품게 된다. 고려 원종 2년 (1261) 홍복원이 맡고 있던 관령귀부고려군민총관(管領歸附高麗軍民摠管)을 이어받은 홍다구는 2년 뒤인 1263년 아버지의 원수인 왕준을 모함해 그가 갖고 있던 고려군민에 대한 관령권을 빼앗았다.

1271년 당시 몽고에 입조해 있던 원종이 권신 임연(林衍)을 처단하고자 원나라에 도움을 요청하는 것을 계기로 홍다구는 두련가(頭輦哥) 장군을 따라 귀부 고려병사 3천 명을 이끌고 들어와 부원(附元) 세력(원에 붙어서 고려에 해를 끼친 세력)의 앞잡이 노릇을 한다. 같은 해 삼별초의 난 진압 때 왕으로 옹립했던 승화후 왕온을 홍다구가 직접 베어버렸는데, 왕온은 아버지의 원수 영녕공 왕준의 형이었기 때문이다. 세력이 약화된 삼별초는 잔여세력을 모아 탐라로 가서 재기를 노렸으나 홍다구는 여기까지 쫓아가서 결국 모조리 토벌하고야 말았다.

1274년 원종이 죽자 충렬왕이 즉위하였다. 고려와의 전쟁이 끝나고 강화가 성립됨에 따라 원나라가 일본을 칠 계획을 세우자, 홍다구가 소용대장군(昭勇大將軍)으로 감독조선관군민총관(監督造船官軍民摠管)으로 임명되어 함선의 건조를 심하게 닦달하므로 고려의 백성들이 모두 죽일놈이라고 원망하였다.

같은 해 홍다구는 도원수(都元帥) 홀돈(忽敦) 휘하의 우부원수(右副元帥)가 되어 고려의 김방경을 도독사(都督使)로 삼아 일본에 쳐들어가서 초반에 쓰시마(對馬島), 이키섬(壹岐島)을 헤집어 놓고 북규슈(北九州) 해안까지 진출하였으나 기후가 영 좋지 않은 탓에 전력의 30~40퍼센트를 잃어버리고 돌아온다.

출발할 때의 군세는 총병력이 2만5천 명, 함선이 9백 척이었다. 이 가운데 고려의 병력은 육군 8,000명, 수군 6,700명이었으나 함선과 군량은 모두 고려의 부담이었다. 이때 돌아오지 못한 자가 절반이 넘는 1만3,500명이나 되었다. 당시 고려인인 홍다구가 김방경 장군과 의견 충돌이 잦았던 것으로 보아 해전의 경험이 없던 몽고군의 군사작전의 문제로 실패한 것으로 보는 의견이 있다.

하지만 원은 일본정벌의 야욕을 버리지 않고 탐라(제주도)에 목마장을 두고 정동행중서성(征東行中書省)을 고려에 설치하였다. 1277년 홍다구를 정동도원수(征東都元帥)로 삼아 고려에 주둔하게 했다. 이때 고려 침략의 구실을 만들기 위해 앞에 언급한 김방경의 무고사건이 발생하게 되었던 것이다. 그 애비에 그 아들이라 끈질기게 동족을 괴롭혔던 못돼 먹은 놈이었고 그 애비처럼 때려죽일 놈이었다.

충렬왕 7년(1281) 원나라가 다시금 일본을 치려고 하자 고려 충렬왕은 홍다구가 오는 걸 격렬하게 반대했고, 그 대신 원정 계획에 적극적으로 참여했다. 이 기회에 부원세력을 축출하고 자신의 측근세력을 육성해 왕권을 강화하고, 왜구의 근절을 기하려는 의도 때문이었다.

이때 군세는 동로군(東路軍)·강남군(江南軍)의 양군으로 편성되어 동로군은 합포(合浦, 마산)에서 출발하고, 강남군은 중국의 명주(明州)·정해(定海) 등 강남에서 출발하였다. 동로군은 여·원 연합으로 편성되어 총병력 4만 명에 함선 9백 척이었다. 그 중 원나라가 3만 명, 고려가 1만 명이었으며 함선 900척은 역시 고려의 부담이었다. 그리고 중국 강남지역에서 차출된 강남군은 총병력 약 10만 명에 함선 약 3,500척이었다.

마치 1차 원정을 반복하듯 이번에도 초반에 승승장구하지만 태풍과 전염병 때문에 1차보다 더 심하게 망한다. 그 후 원나라가 일본에 대한 정벌을 중단하면서 홍다구는 다시는 고려땅을 밟지 못했고 50도 안 돼 죽었다. 그러나 일본정벌을 위해 설치되었던 정동행성(征東行省)은 이후 원나라에서 고려의 정치에 간섭하는 기관으로 변모하였다. 2차에 걸친 일본 정벌은 고려의 국력을 피폐하게 했을 뿐만 아니라 원나라가 망하는 원인이 되었다.

'제주 화연이네'에서 점심을 먹다

다락쉼터를 떠나 다음 인증센터인 '해거름마을공원' 가는 길에 점심시간이 좀 넘었다. 이리 기웃 저리 기웃하다 '제주 화연이네'(064-799-7551, 010-2697-0420)라는 깨끗한 간판에 '정낭'이 그려져 있고 거기에 '어멍 밥상 그맛! 1996'이라고 쓴 삽화가 재미있어 들어갔다.

'정낭'은 제주의 옛날 대문을 말하는데, 대문 양 옆에 구멍 3개가 뚫린 돌이 있고 그 구멍에 나무를 가로로 3개 끼운다. 나무가 한 개도 걸쳐 있지 않을 경우는 집안에 사람이 있다는 것이고, 한 개 걸쳐져 있는 것은 이웃집 등 가까운 곳에 잠시 나가 있다는 것이고, 두 개 걸쳐져 있으면 이웃 마을 등 좀 먼 곳에 갔다는 것이고, 세 개 모두 걸쳐져 있는 것은 멀리 출타중이라는 뜻이란다.

요즘 말로 하자니 대문이지 원시적인 그러나 믿음에 바탕한 인간적인 표지라고 할 수 있겠다. 그래서 제주를 도둑, 대문, 거지가 없는 '삼무도(三無島)'라고 부르지 않았던가?

식당 안은 크지 않지만 20여 년의 '향토음식의 명가'라는 이름값 때문인지 가격표가 상당히 세다. 갈치조림이 50,000원(2인분), 고등어조림 25,000원(2인분)부터 옥돔구이 19,000원 등등. 가장 싼 게 몸국 8,000원이다. 옛날에 갈치는 서민들이 먹는 생선이었는데 이제는 금치가 되었다.

결국 1만원 짜리로 집사람은 갈치국, 나는 보말미역국으로 결정했다. '보말'

제주 '화연이네'식당.

은 바다에서 나는 일종의 고동을 말한다. 맛은 괜찮은데 국물이 상당히 진하고 색깔이 누렇다. 아마 돼지육수인 것 같았다.

다음 인증센터인 해거름마을공원으로 향하다

다음 인증센터인 해거름마을공원까지 약 21km를 가는 길에 한림읍 금능리 사거리에 다다른다. 여러 간판이 눈에 띈다. 왼쪽은 송악산, 마라도 잠수함, 평화박물관, 생각하는 정원 등으로 가는 길이고, 오른쪽은 한림공원으로 가는 길이다. 왼쪽은 가는 길이 모두 멀어 비교적 가까운 거리로 보이는 오른쪽 길로 접어든다. 울창한 소나무 등이 길 양편에 빼곡히 들어찬 한림공원을 지나 삼거리에서 우회전하여 가니 '금능으뜸원' 해변이 나온다.

해수욕장이라고 하기에는 규모가 작아 보이지만 윈드서핑을 즐기는 사람들이 많다. 여기서 오른쪽 해안에는 협재해수욕장이 있는데 거긴 주로 관광객들이 많이 간다고 한다. 주차장과 화장실 시설 그리고 앙증맞게 보이는 종합상황실 등이 비교적 최근에 지은 것 같은데 아마도 스포츠객들이 찾는 명소로 자리매김하는 것 같다. 해변에서 바다를 보면 비양도가 멋있게 폼을 잡고 있다. 사람들이 살고 있는 섬이다.

윈드서핑을 즐기는 금능으뜸원 해변.

금능으뜸원 해변에서 본 비양도.

한 농부의 집념으로 이룩한 '생각하는 정원'

우리 부부가 10여 년 전에 들렀던 '생각하는 정원'은 뉴스에도 많이 나온 곳이어서 잠깐 언급하고 가야겠다.

1968년 박정희 대통령 시절 새마을운동의 일환으로 단 한 자락의 전문지식과 장비도 없는 상태에서 한 농부의 집념과 창조의 정신으로 3만5천 평의 가시덤불로 덮인 황무지를 개간한 지 반세기가 지난 지금, 그의 영혼이 깃든 500여 점의 분재와 1만여 점의 정원수가 오름과 돌과 물을 모티브로 품격 있게 꾸며진 정원, '생각하는 정원'은 세계에서 가장 아름답고, 평화롭고, 고귀한 정신이 깃든 정원이라는 극찬을 받고 있다.

그 주인공이 성범영 원장(77)이다. 생각하는 정원 개장연도는 한국과 중국이 수교를 맺은 1992년이었는데, 2012년 한 · 중 수교 20주년을 기념하는 행사가 역시 개장 20주년이 되는 '생각하는 정원'에서 치러졌다. 특히 중국인 관광객들에게는 거의 필수 코스나 다름없는 생각하는 정원이 중국인들의 사랑을 독차지한 것은 지난 1995년 11월 17일 장쩌민(江澤民) 중국 주석의 방문(당시 분재예술원)이 계기가 됐다.

장 전 주석은 "한국 제주도에 있는 분재예술원은 농민 한 사람이 정부 지원 없이 세계적인 작품으로 만들었다. 가서 개척정신을 배우라"고 한 말은 유명하다. 1998년엔 후진타오(胡錦濤) 주석도 방문한 바 있다. 이후 5만여 명이 넘는 중국 공산당원과 정부공무원, 군인 등이 '생각하는 정원'을 찾아 성범영 원장의 정원 운영 노하우와 철학을 배우기 위해 제주를 찾았다. 2012년 노벨문학상을 수상한 중국 작가 모옌(莫言)도 지난 2008년 정원을 찾아 '보기 드문 기이한 풍경'이라는 방명록을 남기기도 했다.

현대자동차가 중국에 진출할 수 있었던 것은

그런데 1995년 11월 13일에 중국 국가원수로서 최초로 방한한 장쩌민 주석은 이보다 먼저 울산에 있는 현대중공업과 현대자동차 공장을 방문하였다.

당시 현대자동차에 근무하던 필자는 한·중 간 정식 국교가 수립되기 전부터 노력하여 2년여의 천신만고 끝에 1994년 중국 후베이성(湖北省) 우한(武漢)에 '무한만통기차(武漢万通汽車)'라는 승합차 합작공장을 설립하여 중국진출의 작은 싹을 틔웠던 터였다. 중국에서는 자동차를 기차라고 하고 우리의 기차는 화차(火車)라고 한다.

대만 측 장구요(張九瑤) 씨가 총경리(總經理·사장)를 맡고, 동사장(董事長·이사장)은 중국 측이, 현대는 기술지원을 맡는 것으로 했다. 현대 측으로서는 중앙정부로부터 궁극적인 승용차 허가를 받으려면 일단 한 발을 담궈 중국의 현실을 경험할 필요가 있다는 결론이었고, 투자금액은 조립부품의 수출을 통해 1년 안에 만회할 수 있다는 계산이 깔려 있었다. 말하자면 수업료 바쳐 중국을 배우되 밑져봐야 본전이라는 배수진을 치고 있었던 것이다.

이런 상황에서 장 주석의 방문을 계기로 고 정세영(鄭世永, 1928~2005) 회장과 박병재(朴炳載·76) 울산공장장의 극진한 정성과 진솔한 대화로 격을 튼 것 등이 또 하나의 큰 '꽌시(關系)'로 상승작용을 함으로써 결국 베이징(北京)에 둥지를 틀게 되는 쾌거를 이루게 되었던 것이다.

지금 북경에 소재한 북경현대자동차(BHMC)는 현대차와 북경기차(北京汽車)가 50:50의 합자(合資)를 통해 2002년에 중앙정부의 정식비준을 받아 설립한 유한회사이다. 그러나 승용차 생산허가를 받기까지는 본격적 중국시장 개척시점부터 꼬박 10년의 세월이 걸렸다.

필자는 우리의 그런 헌신적인 노력과 인내가 없었다면 그리고 무한 만통기차가 없었다면 지금의 북경현대기차가 존재하기는 어려웠을 것이라고 생각한다. 왜냐하면 무한 만통기차를 통해 보여준 현대의 현지화 노력이 중앙정부에 낱낱이 보고되고 그 역량을 나름대로 종합판단하고 있었기 때문에 방한 시 직접 공장을 방문하게 되었던 것이다.

그때 필자가 경험했던 것 중 하나는 중국 관료들의 부패상이 좋게 말해서 '상당히 심하다'는 것이었다. 말단 공무원부터 고위층은 물론 공안(경찰), 소방원, 전기·수도 등 공공기관원, 세관 및 통관원, 심지어 트럭운전기사, 군인들까지 요소요소마다 손을 내밀고, 거절하면 응징('심통을 부린다'는 표현이 더 적절할 것이다)을 하는 것이 다반사였다.

이런 불합리하고 불필요한 일 같잖은 일 때문에 생산라인의 안정화와 내부 조직 구축을 위한 노력에도 시간이 모자랄 판에 장구요 사장이 정말 죽을 고생을 했다. 지금은 미국 남가주 오렌지카운티 어딘가에 살고 있다고 들었지만 장 사장이 정말 고맙고 고마울 따름이다.

우리 부부 뒤로 선인장밭과 그 너머로 비양도와 월령코지, 풍력발전소가 보인다.

착한 사람은 이쪽 길로 가라

금능리를 떠나 시나브로 선인장자생지로 유명한 월령마을을 지나는데 삼
거리가 나온다. 거기서 자전거길이 끊겨 한 마을남자에게 길을 묻는데 대답은
않고 넋두리처럼 욕을 해댄다. 조금 전에도 길을 묻는 라이더족이 있었는데
영 태도가 못마땅해 엉뚱한 길을 가르쳐줬다며 저쪽을 손으로 가리킨다. 그
러면서 '착한 사람'은 이쪽 길로 가야 한다며 빨리 가라고 하지 않는가! 뜬금
없이 착한 사람이란 말이 뭣 하긴 하지만, 아마도 제주토박이로서 외지인들
의 오만불손한 태도에 마음이 몹시 상했던 모양이다.

여행자는 잠시 다른 세계에 방문한 이방인일 뿐이므로 그 지방의 사람들
은 물론이고 그 곳의 역사와 문화에 대한 예의를 갖추어야 함은 여행자로서
의 기본자세다.

가르쳐준 길은 정확했다. 멋있게 지은 호텔 같은 곳이 나오는가 싶었는데
'서부하수처리장'이다. 낙동강종주길에서도 봤지만 정부관련 건물은 모두 저
렇게 호화롭게 지어야 하는지 도통 모르겠다. 저 돈이 모두 누구의 주머니에
서 나오는데?

해거름마을공원이 보일 즈음 자전거동호인 네댓 명이 기다렸다는 듯 사진
촬영을 요청한다. 그 덕에 우리도 사진을 찍었는데, 선인장 밭 너머로 비양도
와 월령코지, 풍력발전기의 모습이 배경으로 들어왔다. 그들은 중문에서 잘
예정이라고 한다. 여기서 약 50~60km는 달려야 할 터, 야간주행을 해야 하
겠지만 젊은이들이니까 그것도 즐겁고 아름다운 추억이 될 것이다.

일몰이 아름다운 해거름마을

해거름전망대 카페가 나오는 끝자락에 해거름마을공원 인증센터가 있다.
'해거름마을'은 일몰이 아름다운 마을이라는 뜻으로 한경면의 신창리, 두모
리, 금동리, 판포리 등을 아우르는 지역 브랜드이다. 세 번째 인증 스탬프 누
르고 카페에 들렀으나 문이 닫혔다.

공원에서 서쪽을 바라보니 줄지어 늘어선 풍력발전기가 태양에 반사되어 마
치 바다에 떠 있는 듯한 모습이 장관이다. 한국남부발전 국제풍력센터에서

관리하는 신창리 풍차해안이란다. 이 신창풍차해안도로(한경해안도로))에 제
주 시범 바다 목장사업의 일환으로 조성된 '싱계물공원 생태체험장'이 있단
다. '싱계물'은 바닷가에서 새로 발견한 갯물이라는 뜻으로, 체험장 한 가운
데에는 스테인리스로 만든 물고기 조형물이 있는데 자바리상, 제주말로는 '다
금바리상'이라고 한다. 여기에 보도육교 위에서 낚시 체험을 할 수 있는 해상
낚시터와 원담체험장이 있다. 원담은 '이호테우'에서 설명했듯이 밀물 때 들어
온 물고기가 썰물 때 빠져 나가지 못하게 갯가에 돌담을 쌓아서 잡는 방식이
다.

　필자가 20여 년 전에 제주도에서 맛본 다금바리는 지금도 잊을 수가 없다.
당시 제주 출신 동료 직원이 안내해서 간 어느 해녀가 운영하는 조그만 식당
에서, 갓 잡아온 다금바리의 회맛은 물론, 회를 뜨고 남은 뼈로 만든 서덜찌
개는 뽀얀 국물에 진한 맛이 기가 막혔다. 머리끝부터 꼬리까지 하나도 내버
릴 게 없는 생선이다. 다만 값이 엄청 비쌌다는 기억이 남아있다.
　제주 방언의 다금바리는 표준어로 '자바리'라고 한다. '회의 왕자'라고 불리
는 자바리는 진품을 구하기는 지금은 하늘의 별따기다. 그래서 생김새가 비
슷한 '구문쟁이(능성어)'를 다금바리라며 내놓는 경우가 많다고 한다. 능성어

해거름마을공원 인증센터에서 바라본 풍력발전기의 모습.

제주 1132번 일주서로에서 본 낙조(落照).

와 자바리를 가장 간단하게 구분하는 방법은 다금바리는 두 줄의 무늬가 뺨으로 이어지는데, 능성어에는 뺨으로 이어지는 무늬가 없다는 것이 결정적이다. 또 자바리는 회를 떠 놓으면 연한 핑크빛이 난다.

제주 1132번 일주서로를 달리다

다음 인증센터인 '송악산'까지 약 35km에 도전하기 위해 또 페달을 밟는다. 한경해안도로의 아름다움을 만끽하면서 오름과 내림을 반복하다 이제 제주 일주도로인 1132번의 일주서로(一週西路)를 달린다.

찻길과 자전거길을 구분해 놓아 맘껏 달릴 수 있어 좋았지만 어제 몰아닥친 태풍의 영향으로 신호등과 가로등이 많이 파손돼 제대로 작동되는 신호등이 거의 없었다. 가로수 나무도 많이 쓰러져 곳곳에서 가다 서다를 반복하며 길을 비켜가야 했다. 해변은 온통 인간들이 버린 오물들을 도로 토해 놓아 해변가의 검은 현무암에 꼴사납게 널브러져 있다.

고산리선사유적지를 지나고 신도리마을 어귀 쯤에서 노을이 지기 시작한다. 시간이 지나며 붉은빛이 점점 더 짙어지고, 저 멀리 바다 위로 비추는 해 그림자는 긴 꼬리를 남긴 유성처럼 모든 사물들을 황금색으로 물들이며 한 폭의 그림을 그린다. 어제 내린 비로 더욱 선명해진 하늘가에 역광으로 비친 태양이 빚어내는 낙조는 그지없이 아름답다. 잠시 갈 길을 멈추고 간식을 들며 그 광경을 수십 장 찍는다.

갈 길이 바쁘다. 아직은 허허벌판이라 일단 가는 데까지 가보자고 열심히 달려가는데 해가 꼴깍 넘어간다. 땅거미가 몰려오고 금세 앞이 분간이 되지 않는다. 얼마 안 가 민가가 보이기 시작하고 '대정' 표지판이 나온다. 촌로에게 물으니 직진하면 송악산 가는 길이고 시내는 왼쪽으로 가란다.

자전거길은 끊기고 좁은 차도는 주차장으로 변해 아예 끌고 간다. 지친 모습으로 대정 시내를 걸어 한참을 가니 오름이 나오고 다시 오른쪽으로 내려가는데 모텔 간판이 하나 보인다. 네온사인불이 꺼져 있어 긴가민가하고 들어갔더니 여주인이 TV를 보고 있다 반색을 하며 맞이한다.

먼저 방 두어 개를 둘러보고 그 중 작지만 깔끔하게 정돈이 되어 있는 이층 방을 선택했다. 물론 값도 더 저렴했다. 자전거는 로비에 시건 장치해 맡겨두고 주인에게 가까운 식당 위치를 물어보니 친절하게 길 바깥까지 나와서 여기저기 식당의 특징을 설명해 주어 너무 고마웠다.

모슬포항에서

여기가 바로 서귀포시 대정읍 하모리에 있는 '모슬포항(摹瑟浦港)'이었다. 방어가 많이 잡힌다는 모슬포항이 위치한 대정읍(大靜邑)은 마늘 주산지로 유명하고 추사(秋史) 김정희의 유배지가

옹두암에서 다락쉼터, 해거름마을공원, 고산리유적을 지나 모슬포항에서 숙박.

있으며, 옛날 당(堂)이 있어 무당은 물론 동네 사람들까지 찾아와 빌었다는데서 '당발'이라 불렸다고 한다. 대정읍의 행정구역은 13개 법정리, 23개 행정리로 구성돼 있다.

모슬포는 원래 '모슬개(또는 모실개)'로 불렸다. 모슬개의 '모슬'은 모래의 제주방언인 '모살'이 변한 것으로, 한자음을 빌어 '모슬(摹瑟)'로 표기한 것이고, '개'는 포구를 뜻하는 '포(浦)'다. 따라서 모슬포는 '모래가 있는 포구'란 의미이다.

대정읍 상모리 송악산 아래 들판에 1930년대에 일제가 건설한 공군 비행장으로 2002년 근대문화유산 제39호로 지정된 '알뜨르' 비행장이 있다. 알뜨르 비행장은 1937년 중일전쟁이 발발하자 이곳에서 출격한 전투기들이 700km가량 떨어진 중국 난징(南京)을 폭격하기도 했는데 폭 20m, 높이 4m, 길이 10.5m의 격납고 20개가 조성됐다.

'알뜨르'는 모슬봉 앞의 상모리와 하모리의 '들(뜨르)'을 말한다. 대정 마을 사람들은 북쪽을 '우'라고 했고, 남쪽을 '알'이라고 했는데 우와 알은 '위'와 '아래'의 제주방언이다. 북쪽 산간마을은 '웃뜨르'라고 했고, 남쪽 모슬봉 앞들을 '알뜨르', 즉 '아랫들'이라고 불렀다.

이곳 제주도에 유배되었던 추사 김정희, 교유하였던 인물들

또 대정읍 안성리에는 조선후기 문신으로, 학문적으로는 '금석학(金石學)과 역사'에서, 예술적으로는 '그림과 서예'에 출중했던 추사 김정희(金正喜, 1786~1856)의 유배지가 있다. 기념관과 함께 초가 4채가 단장되어 있다.

당시 정치세력에 힘입어 호조판서, 한성판윤, 예조판서, 홍문관 제학, 병조판서 등 고위 관직을 두루 거친 김정희의 아버지 경주 김씨 노경(金魯敬, 1766~1837)이 72세로 작고한 후 김정희 일문의 승승장구를 질시한 안동김씨 세력이 정치적 보복을 가하여 김정희 부자를 탄핵함으로써 김노경은 추삭되고, 김정희는 제주로 위리안치(圍籬安置, 죄인을 배소에서 달아나지 못하게 하기 위해 귀양 간 곳의 집 둘레에 가시가 많은 탱자나무를 돌리고 그 안에 가둠) 되기에 이르렀다.

헌종 6년(1840) 10월 1일부터 헌종 14년(1848) 12월 6일까지 9년간 유배생활을 하였던 곳으로, '실사구시(實事求是)'의 북학의 대가이며, 금석역사가이며 서예가로 당대의 선구자였던 추사 선생이 일생 동안 귀양 가고 풀려나기를 반복한 귀양살이 13년 중 가장 긴 기간이었다.

이 때에 삼국시대로부터 조선시대까지 내려오는 한국의 서법을 연구하여 새로운 경지를 개척한 서체가 추사체이다. 이 추사체는 금석학 연구과정, 즉 한국의 필법뿐만 아니라 한국의 비문과 중국의 비문의 필체를 연구하는 과정에서 만들어졌다.

추사는 15세 무렵부터 20세까지 '북학의(北學議)'로 유명한 당대의 학자 박제가(朴齊家, 1750~1815)에게 사사했으며, 24세 때인 1809년 생원시에서 일등으로 합격한 뒤 동지겸사은부사(冬至兼私恩副使)로 북경에 가는 아버지 김노경을 따라 수행한 것이 성리학뿐 아니라 차(茶)를 접하는 계기가 됐다.

거기서 추사는 여러 거유(巨儒)들을 만나게 되는데 특히 당시 47세인 완원(阮元)과 78세인 옹방강(翁方綱)을 찾아 사제의(師弟義)를 맺은 것은 추사의 안목을 한꺼번에 넓히는 계기가 되었다. 특히 완원은 옹방강과 함께 청(淸)을 대표하는 학자였는데 추사가 찾아오자 태화쌍비지관(太華雙碑之館)이라는 거처에서 '용봉승설(龍鳳勝雪, 송대에 만든 명차로, 황실에 올려진 차의 이름)'이라는 명차를 대접했다. 이때부터 추사는 그 차의 맛을 잊지 못해 '승설도인'이라는 호를 쓸 정도였는데, 그 인연은 완원이 사망한 1849년까지 무려 40여 년 가까이 이어졌다.

필자는 2003년 겨울 전라남도 해남 땅끝마을을 여행한 일이 있다. 그 당시 사명대사의 유적지를 답사하던 터라 서산대사가 거느린 승군의 총본영이 있던 두륜산(頭輪山, 703m) 대흥사(大興寺)의 '표충사(表忠祠)'를 들러볼 목적이었다. 그런데 거기서 뜻밖에 초의선사(草衣禪師, 1786~1866)를 만나게 되었다.

조선 정조 10년(1786) 전남 무안에서 태어난 초의선사의 속성은 장씨로 19살

때 영암 월출산에서 바다 위로 떠오르는 보름달을 보고 득도를 하여 마침내 대흥사의 13대 대종사가 된 인물이다. 초의선사는 '호남팔고(湖南八高)'라고 칭송받는데 불법뿐 아니라 초묵법(焦墨法·진한 먹을 사용하는 화법)에 능하여 '다산도(茶山圖)' '백운동도(白雲洞圖)' 등 시서화에도 조예가 깊어 활동의 폭이 넓었다. 흔히 '다성(茶聖)'으로 잘 알려져 있는데 그와 동갑인 추사가 30살 되던 1815년에 서로 금난지교(金蘭之交)를 맺게 된다.

여기서 다 얘기할 수는 없지만 그가 추사를 알게 된 것은 강진에서 17년간 귀양살이 한 다산(茶山) 정약용(丁若鏞, 1762~1836)의 아들 유산(酉山) 정학연(丁學淵, 1783~1859)의 소개 때문이었다고 한다.

이곳 대흥사에는 조선 후기의 3대 명필이라고 할 수 있는 원교(圓嶠) 이광사(李匡師, 1705~1777)와 추사 김정희, 그리고 창암(蒼巖) 이삼만(李三晚, 1770~1847)의 글씨로 쓴 현판이 걸려 있어서 3대 명필의 서예전시장을 방불케한다. 침계루(枕溪樓), 무량수각(無量壽閣), 가허루(駕虛樓)가 바로 그것이다.

이런 일화가 있다. 추사가 제주도로 귀양 가던 길에 대흥사에 들렀을 때 명필 원교가 쓴 '대웅보전(大雄寶殿)' 현판을 보고 마음에 들지 않아 '무량수각(無量壽閣)'이라는 글씨를 써 달게 했다. 더욱이 추사는 친구인 초의선사에게 이렇게 호통까지 쳤다. "조선의 글씨를 다 망쳐놓은 것이 원교인데 어찌 안다는 사람(초의선사)이 그가 쓴 대웅보전 현판을 버젓이 달아놓을 수가 있는 것인가?" 추사의 극성에 초의선사는 현판을 떼버렸다.

원교는 중국과 다른 우리나라 특유의 서체인 동국진체를 완성한 인물로 유명하다. 그런 이광사의 글을 폄하한 추사의 자존심도 대단했지만 9년간의 귀양살이를 끝내고 한양으로 가는 길에 다시 대흥사에 들른 추사는 초의선사에게 이렇게 묻는다. "내가 귀양길에 떼어내라고 했던 원교의 현판은 어디 있는가? 내 글씨를 떼고 그것을 다시 달아주게. 내가 그때는 잘못 보았어."

이것은 자신이 태어나기도 전에 활동했던 인물인 원교조차 깔볼 만큼 자신의 능력이 대단했다 하더라도, 자만심이 극에 달한 처사가 아니었나 하는 생각이 든다. 그러나 온갖 부귀영화를 누리다 하루아침에 사형을 당할 뻔한 위기를 맞고 가까스로 목숨을 부지한 추사가 제주도라는 절해고도에서 스스로를 반성하고 인격적으로 원숙해진 결과가 아니었나 싶다.

추사와 초의선사의 관계는 추사가 40살 때 제주도로 유배당하면서 초의선사에게 보낸 편지를 통해 외로운 유배시절, 초의선사가 보내준 차로 시름을 달랬음을 알 수 있다.

"햇차를 몇 편이나 만들었습니까. 잘 보관하였다가 내게도 보내주시겠지요. 자흔과 향훈스님들이 만든 차도 빠른 인편에 부쳐 주십시오. 혹 스님 한 분을 정해 (그에게 차를) 보내신다 해도 불가한 일이라고 여기지는 않을 것입니다. 김세신도 편안한가요. 늘 염려됩니다. 단오절 부채(節箑)를 보내니 나누어 곁에 두세요."

"갑자기 돌아오는 인편으로부터 편지와 차포를 받았습니다. 차 향기를 맡으니 곧 눈이 떠지는 것만 같습니다. … 나는 차를 마시지 못해 병이 났습니다. 지금 다시 차를 보고 나아졌으니 우스운 일입니다."

참고로 이때 하동 쌍계사의 만허(晩虛) 스님이 보낸 차에 대한 추사의 평가와 답례에 대한 얘기는 '섬진강 종주자전거길 하동편'에서 언급한 바 있다.

여기서 주목할 부분은 '인편(人便)으로부터 편지와 차포를 받았다'는 부분인데, 인편은 소치(小癡) 허련(許鍊, 1809~1893)이라고 전해진다. 초의선사는 허련에게 단비와 같은 존재였다. 진도읍 쌍정리 궁벽한 섬에서 상민으로 태어난 허련은 어렸을 때부터 그림에 뜻을 두고, 고달픔 속에서 환희를 맛보며 살았던 꿈같은 그의 삶을 그린 '몽연록(夢緣錄)'에서, 초의선사는 허련의 재주를 알아보고 대흥사 한산전에 머물며 불화를 가르치는 한편 녹우당(綠雨堂)의 해남 윤씨에게 부탁해 호남 화단에 절대적 영향을 미친 공재(恭齋) 윤두서(尹斗緒, 1668~1715) 선생의 그림을 열람하도록 주선해 주었다.

초의선사가 이렇게 할 수 있었던 것은 어린 시절 다산의 문하에서 해남 윤씨 후손인 윤종민, 윤종영, 윤종심, 윤종삼 등과 동문수학했기 때문이다. 허련은 "공재 선생의 그림을 열람한 뒤 수일간 침식을 잊을 정도로 감동을 받았다."고 술회하고 있다.

초의선사는 이제 허련을 추사에게 소개한다. 1838년 8월 무렵 금강산 유람을 떠난 초의선사는 허련의 그림을 추사에게 보여주는데, 이를 본 추사는 대번에 "압록강 이동에 소치만한 화가가 없다"며 격찬하고 "허 군의 그림 격조는 거듭 볼수록 더욱 묘해 이미 격을 이루었다고 할 만합니다. 다만 보고 들은 것이 좁아 그 좋은 솜씨를 마음대로 구사하지 못하고 있으니 빨리 한양으로 올라와 안목을 넓히는 것이 어떨지요?"

초의선사는 이 소식을 허련에게 전했고 기별을 받은 허련은 20일을 걸어 추사를 만나고 그의 문하생이 된다. 소치는 당시를 "초의선사가 전하는 편지를 올리고 곧 추사 선생에게 인사를 드렸다. 처음 만나는 자리였지만 마치 옛날부터 서로 아는 것처럼 느꼈다. 추사 선생의 위대한 덕화가 사람을 감싸는 듯했다"고 회고했다.

특히 제주 유배생활 중 그린 '세한도(歲寒圖)'는 그의 서화의 경지를 유감없이 발휘한 작품으로 국보 제180호로 지정돼 있다. 추사가 제주도에서 귀양살이를 할 때 사제간의 의리를 지키기 위해 두 차례나 북경(北京)으로부터 귀한 책을 구해다 준 역관(譯官·통역관)인 우선(藕船) 이상적(李尚迪, 1804~1865)의 의리에 보답하기 위해 1844년에 그려준 것이다.

제자의 인품을 '추운 계절이 된 뒤에야 소나무와 잣나무가 푸르게 남아 있음을 안다(歲寒然後 知松柏之後凋)'라는 공자의 명언을 주제로 삼아 겨울 추위 속에 소나무와 잣나무가 청청하고 지조 있게 서 있는 모습을 화폭에 담아낸 것이다. 이상적은 청나라에 이를 가지고 가서 추사의 옛 친구를 비롯한 명사들의 글을 이 그림에 이어 붙여 두루마리를 만들었다.

그 후 세한도는 이씨 문중에게서 떠난 후 130여 년 동안 유전을 거듭

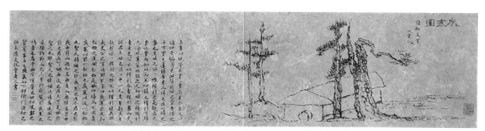

김정희가 제자 이상적에서 선물한 '세한도'. 〈위키피디아〉.

하다가 1930년대 중엽에 일본인 경성제대 교수 후지쓰카 지카시(藤塚鄰, 1879~1948)에게 들어갔다. 세한도는 일제 말에 후지쓰카와 함께 일본으로 건너갔으나, 전남 진도 출신인 서예가 소전(素荃) 손재형(孫在馨, 1902~1981) 선생의 노력과 재력에 힘입어 국내에 돌아오게 되었다.

역사학자 후지쓰카 지카시는 최초의 전문적인 추사 연구가이며 보기 드문 '추사 마니아'로 추사 연구의 디딤돌을 마련한 사람이다. 추사의 인격과 학문에 매료되었던 후지쓰카는 한·중·일 국경을 넘나들며 추사와 관련된 자료들을 광범위하게 수집하여 문집 등 기초자료의 부실을 보완하는 데 일생을 바쳤던 인물이다.

제주도에서 보내는 모슬포에서의 첫날밤

부두 구경도 할 겸 가르쳐준 대로 부두 쪽으로 걸어내려 가니 식당 뿐만 아니라 편의점, 빵집, 카페, 술집 등 있을 건 다 있다. 유독 사람이 북적대는 두 식당 중 좀 덜 붐비는 집으로 들어갔다. 아까 화연이네 식당보다 값이 싸 보이는 데다 다른 메뉴도 먹어볼 겸 갈치조림을 주문했는데 밥 한 공기를 더 시켜 포식을 했다.

용두암에서 모슬포항까지 약 70km를 주행했지만 피로도는 그렇게 크진 않았다. 아마도 새롭고 독특한 제주의 역사와 문화가 호기심을 자극하고 아름다운 해변을 끼고 있는 해안도로를 달렸기 때문일 게다. 제주에서의 첫 밤은 이렇게 깊어만 갔다.

대한민국의 최남단인 '마라도'와 '가파도' 그리고 대한민국과 중화인민공화국이 배타적경제수역(EEZ)을 두고 갈등 중인 '이어도'가 대정읍 가파리의 관할이다.

모슬포항에는 마라도와 가파도를 연결하는 여객선이 운항되고 있다. 가파도는 대정읍 모슬포항에서 5km 떨어져 있으며, 가파도에서 7km 남쪽에 마라도가 있다. 가파도의 면적은 마라도보다 3배가 큰 0.9㎢이고 인구는 마라도(139명)의 약 2배인 245명(2014년 9월 말 기준).

가파도는 둘레가 4km 남짓되는 섬으로 땅이 매우 평평해 농사짓기 좋은 환경인데 섬 안의 농경지는 대부분 청보리밭이고, 낚시터를 비롯하여 식당, 숙박업소가 갖추어져 있다. 해안선을 따라 자전거도로와 올레길이 나있어 인지도가 높아지면서 관광객의 발걸음이 늘고 있다.

가파도에 검은 소를 키우는 목장을 설치한 것은 영조 27년(1751) 제주목사 정언유에 의해서였다. 처음에 소 50마리를 방목했는데, 1840년에 영국 함선 1척이 와서 정박하고 소들을 약탈하고 죽이고서 동아줄로 묶어 배에 실었다. 제주 지방관이 가볍고 빠른 배를 띄워 그 사정을 알아보려 하자 영국 함선이 대포 3발을 쏘았다. 한 알은 바다에 떨어지고 하나는 절벽에 맞고 하나는 땅 위에 떨어졌는데, 그 크기가 둥근 박과 같았다고 한다.

1842년에 제주 목사였던 이원조가 나라의 가축을 놓아 기르도록 하고, 주민들에게 들어가 농사를 짓는 것을 허락하여 세금을 내게 하면서 큰 마을이 형성되었다고 한다. 가파도는 해산물과 감저(甘藷, 고구마)가 특산물이다. 섬 부근에는 암초가 많고 바닷물의 흐름이 급하여 예로부터 자주 선박이 재난을 당했다고 한다. 여기서 파도가 물결을 더하여 섬을 덮었다는 뜻에서 '가파섬'이라고 불렀다는 설과 섬이 가파리(가오리)처럼 생겼다 하여 붙였다는 설 등이 있다.

가파도 남쪽 5리 해상에 외롭게 떠 있는 섬이 한국의 최남단에 자리 잡은 마라도이다. 해양국립공원으로 지정되어 있는 마라도는 여객선을 탑승하고 가면 입도가 가능하다. 마라도는 대한민국 국토 최남단 표지석이 있으며 섬의 가장 높은 곳에는 등대도 자리잡고 있다. 섬 가장자리엔 가파른 절벽과 기암, 남대문이라 불리는 해식 터널, 해식 동굴 등이 있다.

마라도는 소규모의 섬이지만 절과 성당 등 종교시설, 가파초등학교 마라분교 등 교육시설도 있으며 하수처리장도 있다. 이곳에는 중화요리점이 많은 편인데 자장면이 유명하며 민박과 한반도 최남단 편의점도 있다.

유인도인 마라도에서 남서쪽으로 149km(80해리, 93마일) 떨어진 동중국해 북서쪽의 한·중 잠정 조치 수역 내에 위치해 있는 '이어도'에 2003년 6월 해양수산부에서 '종합해양과학기지'를 설치하였다. 이어도 정봉에서 남쪽 약 700m 떨어진 위치(동경 125도 10분 56.81초, 북위 32도 07분 22.63초), 수심 41m 지점의 수중암초 위에 설치한 것이다.

해양·기상·환경 관측 체계를 갖추고 해양 및 기상, 파고, 수온 등 해상 상태와 어장 정보, 지구 환경 및 해상교통 안전, 연안 재해 방지와 기후 변화 예측에 필요한 자료를 실시간으로 수집, 무궁화 위성을 이용하여 관측 정보를 제공하며, 국립해양조사원에서 데이터 검증을 거쳐 기상청을 비롯하여 관련 기관에 실시간으로 자료를 제공한다.

이 해양과학기지는 무엇보다 우리의 해양 영역 뿐만 아니라 대한민국의 영공 영역의 범위까지 전 세계에 확실하게 알리는 가장 중요한 포인트이다.

[둘째 날]
모슬포항–송악산–중문관광단지 – 법환바당–쇠소깍까지

다음 목적지인 송악산 인증센터를 향해 출발

10월 7일 금요일, 약간 흐린 날씨에 안개비가 조금씩 내린다. 우의를 걸쳐 입고 대정읍 모슬포항을 뒤로 하고 다음 목적지인 송악산 인증센터로 출발하다. 검은 현무암을 둘러쳐 경계를 지어놓은 널따란 마늘밭 등이 제주의 정취를 듬뿍 느끼게 한다. 오른쪽에 산방산과 단산 자락이 슬쩍 보이기도 한다.

은근히 높은 오름을 올라 정상에 이르니 앞이 탁 트인 바다가 보인다. 제법 굵어진 빗줄기 속에 펼쳐진 바다를 파노라마로 담기엔 너무 넓다. 오른쪽에는 송악산, 왼쪽엔 산방산, 그 가운데에 형제섬이 있다. 그 뒤로 한라산이 비구름을 비집고 고개를 살며시 내밀고 있다.

내리막길에서 왼쪽으로 꺾이는 지점에 송악산 주차장이 있고 넓은 공원이 있다. 송악산은 높이가 104m밖에 안 되지만 세계적으로 유례가 드문 이중 분

왼쪽에 산방산, 오른쪽에 형제섬 그리고 저 멀리 한라산이 보인다.

화구로 된 독특한 화산지형이다. 송악산은 '절울이'라 해서 제주 말로 물결 (절)이 운다는 뜻의 이름을 갖고 있는 산으로 서귀포 앞바다의 물결이 부남 코지에 부딪쳐 울려 퍼지는 울음소리 때문에 붙여진 이름이다.

정상에 오르면 형제섬, 한라산, 마라도까지도 한눈에 볼 수 있으며 마라도 잠수함 타는 곳도 송악산 앞바다에 있다.

제주도의 상처, 역사적 아픈 사건들

제2차 세계대전이 막바지로 치닫던 1945년 전세가 불리해진 일본군은 제주 도를 일본 본토 사수를 위한 최후의 방어기지로 이용하기 위해 무려 7만 명의 병력을 제주도에 집결시키고, 송악산의 해안 절벽에 15개의 군사용 동굴진지, 모슬포 알뜨르 비행장 건설 등에 제주도민들을 강제 징용하여 요새화하였다.

또 송악산과 이어진 섯알오름에 '섯알오름 희생자 추모비'가 있다. 한국전쟁 때 군경의 예비 검속(豫備檢束·미리 검사하여 단속함)에 의해 상모리 주민 132명이 송악산 이곳에서 학살되었다. 즉 범죄를 저지를 개연성이 있는 사람 을 사전에 단속하여 구금한다는 명목으로 무고한 사람들을 재판도 없이 검 속하여 학살, 처형한 만행을 저지른 것은 인권의 말살이며, 당시 좌익과 우익 으로 갈린 이 나라의 슬픈 역사를 대변하는 역사적 현장이다.

당국은 학살 현장에 민간인 출입을 통제하고 은폐하였으나 1956년 우연히 유해가 드러나 발굴되었다. 사건이 일어난 지 6년 8개월만이었다. 유해가 뒤엉켜 있어 구분할 수 없었기 때문에 유가족들은 유해를 한데 모아 '백조일손지지(百祖一孫之地)'를 조성키로 하였다. 즉 132명의 희생자를 한 조상으로 하여 유족들이 한 자손으로 뭉쳐 모시겠다는 데에 의견을 모았다는 뜻이다.

이 학살 사건은 '제주 4·3사건'과 관련이 있다. 4·3사건의 발단은 8·15광복 이후 남한에서의 단독정부 수립을 위한 5·10총선을 저지하고 통일 공산국가를 세우기 위해 1948년 4월 3일 새벽 2시, 남로당 제주도당 골수당원 김달삼 등 350여 명이 무장을 하고 제주도 내 24개 경찰지서 가운데 12개 지서를 일제히 급습하면서 시작되었다. 여기에 우익단체의 처결에 대한 제주도민들의 유언비어와 반감, 공포가 합해져 유혈사태는 급속도로 제주도 전역으로 번져나갔다.

이로 말미암아 제주 전역에 행정기능이 마비되는 등 심각한 치안불안 상태가 지속되었다. 이 제주 4·3사건은 한국전쟁이 끝날 때인 1954년 9월 21일 한라산의 금족(禁足) 지역이 전면 개방됨으로써 발발 이후 7년 7개월 만에 막을 내렸지만, 그동안 무력 충돌과 진압 과정에서 30여 만 명의 제주양민들이 연루된 가운데 2만5천~3만 명의 학살 피해자를 냈다. 4·3사건을 경험한 유족들의 회고에 따르면, "좌익도 우익도 자기 마음에 안 들면 마구잡이로 죽여버리는, 완전히 미쳐버린 세상이었다."고 술회하고 있다.

4·3사건으로 인한 민간인 학살과 제주도민의 처절한 삶을 기억하고 추념하며, 화해와 상생의 미래를 열어가기 위해 제주시 봉개동 명림로 430번지에 '제주 4·3평화공원'이 세워졌고, 2014년부터 '4·3희생자 추념일'이라는

'송악산 인증센터'에서 네 번째 인증도장을 찍다.

비를 맞으면서도 해맑은 웃음을 짓던 女프로 사진작가가 찍어준 사진.

국가기념일로 지정되어 정부주관행사로 치러지고 있지만 아직도 진상규명과 명예회복은 금기시되고 있는 상태다.

한국전쟁 발발 당시 제주도민들은 "우리는 빨갱이가 아니다!"라는 것을 증명하고 싶어 대한민국 해병대에 자원입대하는 경우가 많았다. 또 재일(在日) 한국인들 출신구성을 보면 제주도 출신자가 상당히 많은데, 이는 제주 4·3 사건과 깊은 연관이 있다. 당시 군정경찰 및 서북청년단 등의 반공 우익단체의 가혹한 탄압을 피하기 위해 이른바 '보트피플'로 대한해협을 건너 일본지역(주로 오사카 지역)을 피난처로 떠나간 사람들이 많았기 때문이다.

송악산 인증센터에서 네 번째 스탬프를 누르고 해안도로를 따라 산방산 쪽으로 달린다. 해안길을 따라가다 보면 식당과 민박집이 줄을 이었다. 이른 시각이고 비도 오니 문을 연 집이 없어 제주식 아침식사는 물론 차 한 잔 마실 기회가 없는 게 아쉽다. 제주도 해안에서 가장 분위기 있는 곳 중 하나인데….

안덕면 사계리에 있는 '형제 해안로' 앞에서 비가 내리는데도 카메라를 들고 무엇이 그리도 재미있고 우스운지 까르륵거리며 연방 사진을 촬영하고 있는 두 여인을 만나다. 우리 부부를 보고 촬영을 해주겠다며 포즈를 이리저리 주문하면서 찍어 주었는데 역시 프로 냄새가 난다. 비를 맞으면서도 해맑은 웃음을 흘리며 우리가 왔던 길을 걸어가는 뒷모습이, 마치 밀란 쿤데라의 '참을 수 없는 존재의 가벼움(The Unbearable Lightness of Being·1984)'을 원작으로 필립 카우프만 감독이 만든 영화 '프라하의 봄(1988)'에서의 두 여주인공 테레자(줄리엣 비노쉬)와 사비나(레나 올린)를 연상시킨다.

네덜란드 표류인 하멜 상선 전시관

모슬포항의 해안과 연결된 산방산 주변에는 수천만 년 동안 쌓이고 쌓여 이루어진 사암층의 하나로 마치 용이 머리를 틀고 바다로 뛰어들려는 듯한 오묘한 해안절경을 연출하는 '용머리 해안'이 있다. 여기에 제주 유명 관광지 중 하나인 '하멜 상선 전시관'이 있다. 현 서귀포시인 당시 남제주군에서 하멜의 제주도 표류 350주년이 되는 2003년에 20억 원을 들여 길이 36.6m, 높이 11m 규모의 당시 네덜란드 항해용 상선을 85% 규모로 축소, 제작하여 기념한 것이다.

헨드릭 하멜(Hendrik Hamel, 1630~1692)은 네덜란드 호린헴(Gorinchem) 출신으로 조선을 서양에 최초로 알린 공덕과 네덜란드와 한국 간의 우호 증진의 증표로 제주도의 해변가 언덕에 '하멜기념비'가 세워졌다. 때맞춰 2003년에 국립제주박물관에서 '하멜표류기'의 육필 원고 원본을 공개하였다.

하멜과 조선의 인연을 두고서 최근까지 네덜란드에서 많이 아는 사람이 없었으나 2002년 FIFA 한·일 월드컵에서 대한민국 축구 국가대표팀을 준결승에 진출시키는 기염을 토했던 네덜란드 출신 축구 감독 거스 히딩크(Guus Hiddink·71)가 네덜란드에 소개되면서 하멜도 알려졌다. 첫 '포니' 국산자동차를 유럽에 첫수출하기 위해 네덜란드에서 햇수로 5년을 살았던 나와 아내는 그래서 2003년에 하멜 상선전시관을 들른 적이 있다.

그 결과 하멜의 고향 호린헴에 하멜 동상이 세워졌고, 하멜이 조선에 억류당해 7년간 체류했다고 알려진 전라남도 강진군에도 하멜 기념관이 2007년 8월경에 세워졌으며, 일본의 나가사키 시에도 하멜 기념관이 있다.

하멜은 네덜란드 동인도 회사(Verenig de Oostindische Compagnie, VOC) 소속 선원이자 서기로, 1653년 36명의 선원이 탄 '스페르베르(De Sperwer: The

Sparrowhawk, 즉 '새매'의 뜻)' 호가 바타비아(지금의 자카르타)를 출항하여 일본 나가사키로 향하던 중, 제주도 인근해역에서 폭풍을 만나 해안에 좌초하여 체포된다. 그 즉시 당시 조선 효종의 명으로 한양으로 압송되었다.

이때 흥미를 끄는 사람이 하멜의 통역자였던 '박연'이라는 사람이다. 본명은 얀 얀세 드 벨테프레이(Jan Janse de Weltevree, 1595~?)로 역시 네덜란드인이다. 그는 조선 인조 5년(1627)에 '아우베르케르크(Ouwerkerck)' 호로 일본으로 항해하던 중 땔감과 음료수를 구하러 제주도에 상륙했다가 관헌에게 붙잡혀 한양으로 호송되고, 그후 귀화하여 훈련도감에서 훈련대장 구인후(具仁垕)의 지휘를 받아 항복해 온 일본인과 포로가 된 청나라 군인을 통솔 감시했고, 명나라에서 수입한 홍이포(紅夷砲)의 제작법·조종법을 지도했던 인물이다. 같이 붙잡혔던 2명의 동향 디르크 하이스베르츠(Dirk Gijsbertsz)와 얀 피에테르세 페르바에스트(Jan Pieterse Verbaest)는 박연과 함께 병자호란(1636) 때 출전하여 전사함으로써 불귀의 객이 되었다.

인조 26년(1648)에 박연이 무과에 장원으로 뽑혔다는 기록이 있고, 조선 여성과 결혼하여 1남 1녀를 낳았다고 한다. '하멜 표류기'에 따르면, 효종 4년(1653) 헨드릭 하멜 일행이 제주도에 이르렀을 때 파견되어 하멜 등을 한양으로 호송하고, 하멜이 도감군오(都監軍伍)에 소속되자 이를 감독하는 한편 한국의 풍속을 가르쳐 주고 통역했다고 한다.

그는 겨울에 솜옷을 입지 않을 정도로 건강했으며, 동양 각국의 풍물 및 선악(善惡), 화복(禍福)에 대해 이야기하는 것을 즐겼다고 한 것으로 보아 개신교의 교리를 조선인들에게 설파한 것이 아니냐는 추측을 낳기도 한다.

아무튼 박연은 조선에 유럽을 처음 알린 사람이었으며, AD 49년 김수로왕과 인도 아유타국 공주 허황옥의 결혼은 우리나라 최초·최고(最古)의 국제결혼이었던 반면, 거꾸로 귀화한 유럽인 남자가 우리나라 여성과 국제결혼 한 최초의 예가 아니었나 싶다.

하멜은 1653년에서 1666년까지 13년간 조선에서 억류당했을 때, 효종이 죽은 1659년 후 현종 1년에서 3년 동안 닥친 식량난 때문에 그의 일행들은 7년 간은 각각 남원, 순천, 좌수영 등 세 곳에 분산되어 억류당했다.

2번의 탈출 시도가 실패하여 "조선에서는 이방인을 외부에 보내지 않는다."
는 법을 어긴 선원 22명은 곤장을 맞고 일부 관리들의 학대와 심각한 식량난
에 시달리다가, 결국 하멜을 포함한 8명은 어선을 타고 탈출하여 일본 나가
사키 데지마에 도착하였으니 이때가 1666년이었다. 이 사람들은 일본 관리에
게 심문받은 후, 약 1년간 체류했다.

　그 후, 고향을 떠난 지 15년 만인 1668년 바타비아를 거쳐 네덜란드에 귀국
한 하멜과 동료들은 소속 회사인 VOC에 조선과 일본에서 지낸 13년간 받지
못한 임금을 달라고 요구하여 보상금을 받았다. 이때 하멜은 정식 보고서인
1653년 바타비아 발 일본행 스페르베르호의 불행한 항해일지를 회사에 제출
했는데, 이 문서가 '하멜표류기'라는 이름으로 세상에 알려진 것이다.

　하멜이 남긴 기록은 '하멜표류기'와 '조선왕국기'로 나뉘어 세상에 나왔는
데 조선에서 억류당해 체험한 사건을 날짜, 마을 이름, 거리 등등 상세히 기
록했을 뿐만 아니라 조선의 정치·외교·교육·종교·문화·사회상·언어를 대
상으로 구분해, 서구인의 시각에서 당시 조선을 알고 이해할 귀중한 자료이
다. 필자의 경험에 비추어 볼 때 작은 일에도 꼼꼼하고 어쩌면 곰살스럽기까
지 한 네덜란드인이기에 가능한 일이었다고 판단된다.

형제해안로에서 바라본 종모양의 오름 산방산.

500장군과 산방산

파란 실선의 자전거길은 산방산 주변 마을의 좁다란 골목길을 누비며 점점 해안에서 멀어져 내륙인 산방산 쪽으로 다가간다. 마을을 빠져나오니 삼거리가 나오는데 왼쪽인지 오른쪽인지 표지가 없다. 편의점에 가서 물어보니 아침부터 날씨 탓인지 이 아저씨 영 기분이 언짢은 모양이다. 기대했던 대답을 못 듣고 짐작으로 제법 가파른 오른쪽 오름길로 잡아 달린다.

산방산은 높이 395m의 종 모양을 한 특이한 화산으로 산 자체가 거대한 용암덩어리로 이루어져 있다. '산방(山房)'이라는 말은 굴이 있는 산을 뜻한다. 제주에는 숱한 전설들이 전해져 오는데 더욱이 유명한 산방산에 그런 얘기가 없을 수 없다.

옛날 500장군이 있었는데 이들은 제주섬을 만든 설문대할망의 아들들로 주로 한라산에서 사냥을 하면서 살았다고 한다. 하루는 500장군의 맏형이 사냥이 제대로 되지 않아 화가 난 나머지 허공에다 대고 활시위를 당겨 분을 풀었다. 그런데 그 화살이 하늘을 꿰뚫고 날아가 옥황상제의 옆구리를 건드리고 말았다. 크게 노한 옥황상제가 홧김에 한라산 정상에 바위산을 뽑아던져 버렸는데, 뽑힌 자리에 생긴 것이 백록담이고 뽑아 던진 암봉이 날아가 사계리 마을 뒤편에 떨어졌는데 이게 바로 산방산이라 한다.

앞에서 여러 번 '오름'이란 말이 나왔는데, '오름'은 제주도 방언으로 '산 같은 언덕'을 일컫는 말이지만, 실은 측화산(側火山)을 뜻하는 제주말이다. 주분화구가 분출을 끝낸 뒤 화산 기저(基底)에 있는 마그마가 약한 지반을 뚫고 나와 주변에서 분출되어 생성된 것이 측화산 또는 기생화산, 즉 오름이다. 제주도에는 약 384개의 오름이 존재하는 것으로 알려져 있다.

보통 화산활동이 끝나고 남은 봉우리의 형성원인에 따라 칼데라와 화구로 나뉘어지는데, 화산의 내부 밀도가 충분히 낮지 않아 붕괴하지 않으면 '화구'가 생성되고, 화산의 내부 밀도가 낮아져 붕괴가 일어나 화산의 주 분화구가 함몰되면 '칼데라(caldera)' 지형을 형성한다고 한다. 한반도에서 대표적인 화구는 한라산 백록담이며, 칼데라 지형은 백두산 천지이다.

오름의 종류는 여러 가지가 있다. 송악산은 시차를 두고 연속으로 분화하여 2중의 분화구를 갖는 특이한 모양새를 지니게 되었고, 산방산은 바다에서 오름이 형성된 후 융기과정을 거쳐 산 중턱에는 파식 동굴인 산방굴과 해안가에 퇴적 지형인 용머리 해안이 형성되는 독특한 모습을 띠게 되었다. 해안에서 솟아오른 오름은 성산일출봉과 같이 한 면만 제주도와 연결된 모습을 띠기도 하고 우도나 차귀도, 비양도와 같이 제주도 주변의 섬이 되기도 하였다.

비도 오는데 마음 같아선 온천이나 하며 쉬어가고 싶다

산방산 탄산온천장 가는 길이 나오는데 마음 같아선 비도 오고 누가 기다리는 것도 아니니 온천이나 하며 쉬어가고 싶었지만 다음 코스로 향하는 의지가 몸을 이끌어서 인내하며 페달을 밟는다.

오름의 왼쪽으로 산봉우리 2개가 보이는데 서귀포시 안덕면 사계리에 있는 높이 158m의 '단산(簞山)'오름이다. 그 모양이 대바구니를 연상시킨다고 하여 '바구미·바굼지'로 불렸는데 한자로 대광주리 '단(簞)'자를 빌어 단산으로 표기하게 되었다고 한다.

이 산은 세 봉우리로 되었는데 중앙의 봉우리는 가장 높고, 좌우의 두 봉우리는 주봉보다 낮아 박쥐의 모양과 흡사하다. 곧 주봉은 박쥐의 머리를 이루고 좌우의 두 봉우리는 박쥐의 두 죽지를 이루고 있어 거대한 박쥐가 날개를 편 모습 같다. 마치 양산 통도사를 품고 있는 영축산(靈鷲山, 1,087m)이

독수리가 비상하려는 모습인 것같이 닮았다. 그러나 필부(匹夫)의 눈에는 각도에 따라 영락없는 여자의 유방으로 보임은 어쩌랴!

이 단산 기슭에는 제주유형문화재 제4호인 대정향교(大靜鄕校)가 있는데 조선 태종 16년(1416)에 세운 후 터가 좋지 않다하여 여러 차례 옮기다가 효종 4년(1653)에 지금 있는 자리로 옮겼다. 추사 김정희가 유배생활을 할 때 이곳에서 후학들을 가르치기도 했다고 전하는데, 지금은 교육적 기능은 없어지고 제사 기능만 남아있다. 향교 서쪽 길가에는 산기슭 바위틈에서 흘러나온 '석천(石泉)'이라는 샘(새미물)이 있다. 이 곳은 최근 추사 유배길 1코스(집념의 길)에 포함되어 탐방객들이 늘고 있다고 한다.

사실은 제주 환상 자전거길 완주를 끝내고 이틀간 온천을 하고 상경했기에 뒤에서 따로 얘기할 기회가 없을 것 같아 여기서 산방산 탄산온천장에 대해 얘기하고 넘어가는 게 좋겠다.

서귀포시 안덕면 사계리에 위치한 산방산 탄산온천은 용머리해안에서 3km, 대정마을 추사 김정희 유배지와도 2km 정도로 가까운 거리에 있으며, 2005년 3월 5일 제주 최초로 개장하여 온천관광시대를 열었다.

산방산 온천은 온천공 3곳을 시추했다. 이 중 현재 온천탕에서 쓰는 물은 지하 600m 깊이에서 뽑아 올리는 3호공. 하루 1,588톤의 양수량을 자랑한다. 8,000여 명이 목욕할 수 있는 양이다. 그런데 산방산온천은 물이 나올 때 '구구구' 하는 비둘기 울음소리를 낸다 하여 '구명수(鳩鳴水)'라고 불린다. 마치 경북 청송에 있는 '달기약수'의 이름이, 물이 나올 때 '고고고' 또는 '꼬록꼬록' 하는 소리가 암탉이 알을 품을 때 내는 소리와 같다 하여 경상도말로 닭을 '달기'라 해서 붙여진 이름이듯이….

산방산 온천은 국내 최고 수질의 천연탄산탕, 이른바 '정명지천(淨命之泉)'이다. 온도가 높을 경우 용출되는 온천수에 함유된 유리탄산이 쉽게 기화해 원래의 효능이 사라져 버리기 때문에 산방산 온천은 지하 600m에서 직수되는 31℃의 천연탄산수를 그대로 사용하고 있다. 그래서 사람의 체온보다 낮은 저온 온천으로 차가운 느낌이다. 뜨끈하게 지지는 온천이 아니다. 아니 온천은 뜨겁다는 상식을 뒤엎은 온천이라 해야 맞다.

원탕인 정명지천 탕에 들어가서 2~3분만 있으면 피부 위로 탄산의 작은 기포들이 뿌글뿌글 생긴다. 탄산가스 냄새도 살짝 난다. 그 기포에 의해 피부 노폐물이 자연 제거되며 깨끗해진 피부 위로 계속되는 탄산의 자극으로 각종 미네랄이 증착, 흡수되는 순환 과정을 거치기 때문에 물에서 나오면 파스를 붙인 것처럼 따갑다. 이것이 성인병 예방은 물론 심장과 혈압에 좋으며 혈당 수치도 떨어뜨리는 '중탄산 나트륨온천'의 효과란다. 5~10분 입욕 후 3~4분 휴식을 서너 번 반복하는 것이 가장 좋다고 한다.

온천수는 29도에서 31도 사이. 샤워꼭지에서 나오는 물도 온천수다. 냉탕과 냉수샤워만 빼고는 모두 온천수다. 뜨거운 물에 지지기를 좋아하는 사람들을 위한 미온탕과 열탕도 있다. 샴푸·린스는 사용금지다. 매끄러운 탄산수 효능을 떨어뜨리기 때문이다. 손바닥으로 밀기만 해도 때가 그냥 밀릴 정도니 굳이 있을 필요도 없다.

노천탕도 있지만 철이 지나서인지 사람이 없다. 찜질방과 황토방 등은 전기를 사용하지 않고 옛날 방식대로 나무를 때서 열처리하는 것이 특징. 황토방이 있는 아래층에 식당이 있는데 무료 셀프서비스지만 식단이 풍성하다. 옥상에 올라가면 산방산이 코앞에 보이고 왼쪽으로 한라산, 오른쪽에 송악산과 단산(簞山)이 보인다.

'제주조각공원'과 '건강과 성(性)박물관'

1132번 일주서로를 오르내리며 힘들게 가는데 '제주조각공원' 및 '건강과 성(性)박물관' 안내표지가 나온다. 서귀포시 산방산 동북쪽에 자리 잡은 '제주조각공원'은 13만여 평의 제주 원시림 속에 조성된 조각공원으로 1987년 10월에 개관했다.

자연과 예술과 인간의 만남을 주제로 하여 국내의 유명원로 및 중견작가(109명)들이 출품한 160여 점의 조각 작품이 주변의 아름다운 경치와 조화롭게 전시되어 대장관을 이룬다고 한다.

하지만 비도 오고 갈 길도 바빠 밖에서만 보고 그냥 지나치다. 조금 더 가

제주조각공원.

제주 '건강과 성(性)박물관'.

니 오른쪽에 '건강과 성박물관'이 나온다. 입장료는 실내전시관 관람만 유료, 야외전시관은 무료. 자전거를 내려놓고 야외전시장을 한 바퀴 돌아보았다. 우산을 쓰고 우리처럼 자전거를 타고 온 외국인 한 쌍을 만나다. 반가웠지만 그들은 관람을 끝내고 떠나는 중이었다.

한데 전에 뉴스에서 본 적이 있는 좀 낯 뜨거운 성관련 야외전시물은 보이지 않아 의아해 했는데, 여기는 안덕면이고, 그건 '제주 러브랜드'로 제주공항과 한라산을 잇는 남북길인 연동 1100로에 있다고 한다. 비가 오니 모든 게 귀찮아진다. 이것이 자전거 라이더들의 속성인지도 모를 일이지만, 바깥만 대충 훑어보고 가던 길을 재촉하다.

중문 관광단지의 이국적인 풍경과 다양한 테마박물관

송악산에서 다음 인증센터인 '법환바당'까지가 약 30km인데 서귀포 일대에 계속 나타나는 구릉 때문인지 오름과 내리막을 반복하다보니 피로도가 무척

크고 가도가도 거
리가 줄어들지 않
는 느낌이다. 제주
의 오름은 육지와
는 달리 높지는 않
지만 힘은 더 드는
것 같다. 제주 골프
장 그린에서 퍼팅을
할 때 전후좌우의
기울기가 잘 읽히지
않았던 경험이 있

비내리는 중문관광단지를 달리고 있는 그미.

다. 캐디가 가르쳐주는 방향은 육안의 판단과는 반대의 경우가 많았던 것이
다. 한라산 방향이 항상 높다는 사실을 염두에 두고 이런 착시현상을 극복
했던 적이 있다.

서귀포 중문단지에 가기 전 1136번 도로와 만나는 지점, 어느 삼거리에 있
는 제법 번듯한 식당가에서 잠깐 쉬다. 이름표까지 달고 식당 주차관리를 하
는 손 아무개 아저씨가 참 친절하여 인상에 남았는데 나중에 이 식당에 다시
찾아와서 신세를 질 줄은 이때는 몰랐다.

이 식당에서 또 구릉을 올라 힘겹게 올라가니 내리막길에 바다가 보이면서
중문 관광단지가 나온다. 회사에 다닐 때 행사 때문에 서너 번 들렀고 개인적
으로도 두어 번 왔던 곳을 막상 자전거로 오니 감회가 새롭다.

남방의 휴양지에 온 듯 야자수들이 늘어서 있고 현직에 있을 적에 출장 올
때마다 묵었던 신라호텔, 롯데호텔 등이 해안 절벽 위에 자리잡고 있다. 다만
옛날에 못 보던 별의별 테마박물관들이 즐비하고 사람들은 거의 중국인들인
것이 다르다면 달라진 것들이다.

테마박물관들의 이름은 테디베어 뮤지엄(Teddy Bear Museum), 테지움
(Tesium), 초콜릿랜드(Chocolate Land) 등 외래어 일색이다. 우리 고유의 테마
는 아예 보이지 않는다.

제주국제평화센터와 (주)신세계공연장을 지나 제주국제컨벤션센터를 끼고 오른쪽 '이어도로'를 따라가니 '중문·대포주상절리대(中文·大浦柱狀節理帶)'가 나온다. 전에도 몇 번 봤지만 그미는 또 가보잔다. 시간이 빠듯하지만 거역할 수 없어 증명사진이나 찍을 요량으로 들러본다.

점심시간이 훨씬 지난 시각에 어느 식당 같은 간판이 보여 들어갔더니 남자 주인이 나와 여기는 회만 뜨는 집이라 식사는 안 되니 포구 쪽으로 내려가라

중문·대포주상절리대(中文·大浦柱狀節理帶).

중문 대포항은 운치 있고 아담한 어촌이다.

277

고 한다. '대포항'이다. 작은 어촌이지만 운치 있고 아름다워서 한 번 걸어보고 싶은 욕망이 생긴다. 하지만 금강산도 식후경이라 '운해 횟집'에 들러 주인장의 배려로 메뉴에 없는 일종의 서덜찌개 같은 '돔매운탕'을 들다.

그런데 이 대포항에서 전화했더라면 금방 뛰쳐 올 수 있는 불과 200여 미터 거리에 아내의 절친한 친구 부부 노송성 장로와 이영옥 권사가 기거하고 있는 '풍림빌리지'가 있음을 나중에서야 알았다.

최영장군승전비.

최영장군 승전비와 역사적 배경과 의미

산방산에서부터 바다를 벗어난 자전거 길은 중문단지를 지나 대포포구에서 바다를 잠시 보고 다시 내륙으로 들어간다.

'이어도로'를 줄곧 달리던 자전거는 '월드컵로'를 만나 다시 바다로 나가는데 뜬금없이 '최영장군승전비(崔瑩將軍勝戰碑)'를 만난다.

안내문에는 "이 곳은 1374년 고려 공민왕 때 목호의 난을 평정하기 위하여 최영 장군을 삼도도통사로 삼아 토벌을 담당케 하여 마지막 격전을 벌였던 곳이다. 당시 마지막 잔당인 초고독불화(肖古禿不花)와 관음보(觀音保)는 범섬 낭떠러지에 떨어져 죽고, 석질리필사(石迭里必思)는 처자와 함께 포로로 잡히고, 여적들은 모두 참수하여 왕경에 승전보고를 하였으며, 이때 동도합적(東道哈赤), 석다시만(石多時万), 조장홀고손(趙莊忽古孫) 등이 남았으나 모조리 사로잡아 관아의 노비로 삼았다. 이로써 목호들이 범섬에 웅거하여 항거한 지 불과 10여 일만에 평정되었으며 범섬은 목호들이 최후까지 버티다 항복한 역사적인 격전장으로 이를 기념하기 위해 최영장군승전비를 세우게 되었다."고 씌어 있다.

솔직히, 읽어도 그 역사적 배경을 모르면 선뜻 이해가 가지 않는다. 우선 '목호(牧胡)의 난(亂)'이란 고려 공민왕 23년(1374)에 당시 원(元)나라의 목장이 있던 제주도에서 말을 기르던 몽골인 목자인 '목호'들이 주동해 일으킨 반란을 말한다. 목자를 몽골어로 하치(哈赤)라고 부르기 때문에 '하치의 난'이라고도 한다.

삼별초에 의한 대몽항쟁이 여·몽 연합군에 의해 평정된 원종(元宗) 14년(1273) 이후, 원은 삼별초가 점거했던 탐라에 군민총관부를 설치하고 다루가치(達魯花赤, 점령지의 행정·군사·재정면을 관장하는 원의 통치관)를 두어 다스렸으며, 충렬왕 3년(1277)에는 황실의 말을 탐라에 방목해 목장을 설치하였다.

탐라가 충렬왕 21년(1295)에 고려에 반환된 뒤에도 제주도는 그대로 원 조정의 목장 기능을 했는데, 이 목호의 숫자는 많을 때는 1,400명에서 1,700명에 이르렀다고 한다. 약 100년 동안을 제주도에 머물며 현지 주민들과 섞여 살면서 말 기르는 기술을 전수하는가 하면 탐라 여인과 혼인해 자식을 두기도 했다.

원나라가 망하고 중국 대륙을 차지한 명(明)은 고려에 대해 위압적인 태도를 보이며, 북쪽으로 쫓겨 간 원의 잔당인 북원(北元)을 치는데 필요한 제주마(濟州馬) 2천 필을 바칠 것을 고려에 요구하였는데, 제주 목호의 지도자였던 식질리필사·초고독불화·관음보 등은 이에 반발하여 350필만 내어주자 조정은 마침내 탐라를 정벌할 것을 결정하였다.

이에 당시 문하찬성사(門下贊成事)로 있던 최영(崔瑩, 1316~1388)을 양광전라경상 도통사(都統使)로 삼아 왜구로부터 빼앗은 314척의 전함과 총 25,605명의 군사를 동원하여 혹시 있을지 모를 목호와 왜구의 합세 내지 왜구의 기습에 대비하도록 하였다.

당시 최영과 고려가 맞서 싸워야 했던 적은 원나라만이 아니었다. 북쪽 지방에서는 공민왕 3년(1354) 장사성(張士誠, 1321~1367) 등의 홍건적이, 남쪽에는 왜구가 거의 매년 창궐하여 종횡무진 활약, 대승을 거두고 있을 때였다.

1374년 8월 28일에 명월포(明月浦)에 도착한 고려군은 배 11척에 타고 있던 군사를 상륙시켰지만 석질리필사의 3천 기병에게 몰살당하자 군사들이 두려움에 진군하지 않으려 했다. 이때 최영은 비장(禅將·하급장교) 한 명을 병사들이 보는 앞에서 목을 베어 조리돌려 보였고 그제서야 군사들이 해안에 상륙해 목호와 전투를 치렀다.

수세에 몰린 목호들은 연래(延來)와 홍로(烘爐)를 거쳐 서귀포(西歸浦) 남쪽의 범섬으로 달아났다. 이에 최영은 '외돌개 바위'를 장군의 모습으로 치장하는 한편, 빠른 배 40척을 모아 범섬을 포위하게 한 뒤 정병을 거느리고 범섬으로 쳐들어갔다. 한편 멀리서 외돌개 바위를 본 목호들은 대장군이 진을 친 것으로 알고 그만 겁에 질려 석질리필사는 그의 세 아들을 데리고 나와 항복하고, 다른 목호 지도자 초고독불화와 관음보는 벼랑에 뛰어내려 스스로 목숨을 끊었다.

최영은 항복한 석질리필사와 그의 세 아들을 모두 허리를 베어 처형하고, 벼랑에서 자결한 나머지 두 목호 지도자의 시신도 찾아내 목을 베었으며, 수급은 개경의 왕에게 보내졌다. 남은 무리들은 달래서 양민으로 편입시켰는데, 최영에게 포로로 잡혔다가 달아난 석다시만·조장홀고손 등 105인은 다시 동쪽으로 달아나 동도(東道) 아막을 거점으로 농성하였다. 최영은 이마저도 격파하고 도망치는 목호 무리를 샅샅이 찾아내 모두 죽였다. 이때 죽은 시체가 들을 덮었다고 한다.

목호들을 쳐부수고 거둔 전리품 가운데 말 1,700필 중 774필은 현지 관인에게 맡겨서 기르게 하고, 나머지 말을 가지고 9월 30일(음력 8월 24일)부터 10월 4일까지 추자도(楸子島)에 머무르다 10월 5일에 목포로 출발했으나 풍랑을 만나 다시 추자도로 돌아와 10월 28일부터 11월 14일까지 머무르게 된다. 이때 주민들을 많이 도와준 최영을 기념하기 위해 추자도에 제주도기념물 제11호로 지정된 최영의 사당이 세워져 있다.

조선 태종 17년(1417)부터 세종 2년(1420)까지 제주 대정현(大靜縣)의 판관을 지냈던 하담(河澹)은 목호의 난을 가리켜 "우리 동족도 아닌 것들이 섞여들어 갑인의 변(목호의 난)을 불러왔다. 칼과 방패가 바다를 덮었고 간과 뇌수로 땅을 발랐으니, 말을 하자면 목이 멘다."고 하여 치열했던 전란의 모습을 회고하였다.

탐라에서 일어난 목호의 난을 진압함으로써 그때까지 반은 고려, 반은 몽골의 세력 아래에 있던 제주는 완벽하게 고려에 귀속되었으나 제주는 전보다 더 많은 마필 공납 요구에 시달렸다. 우왕(禑王) 5년(1379)부터 공양왕(恭讓王) 4년(1392)까지 고려에서 명에 바친 약 3만 필의 말 가운데 2만 필 이상이 탐라산 말이었다.

당시의 국내 정세는 최영이 제주도로 내려가 있는 사이에 개경(開京)에서는 공민왕이 시해되었고, 명의 사신은 3백 필의 말을 가지고 돌아가던 중 개주참(開州站)에서 호송을 맡았던 고려의 관리 김의에 의해 피살되어, 고려와 명의 외교관계는 험악해지게 되었고, 이윽고 명의 철령위(鐵嶺衛) 설치 통보 때문에 최영 등에 의해 요동 정벌 시도가 촉발되었다.

이때 팔도도통사(八道都統使)로서 직접 정벌군을 지휘하려는 최영을 우왕은 "선왕(공민왕)이 시해된 것은 경(최영)이 남쪽(제주)으로 정벌하러 나가서 개경에 아무도 없었기 때문"이라며 한사코 자신의 곁에 붙잡아두려 하였고, 결국 최영 대신 요동정벌군을 지휘하게 된 우군도통사(右軍都統使) 이성계(李成桂)가 위화도(威化島)에서 군사를 돌려(위화도 회군) 최영을 처형하고 우왕을 폐위시킴으로써, 조선 건국의 단초를 마련하게 된다. 그래서 최영 장군의 요동 정벌 계획은 두고두고 역사의 한으로 남는다.

평소 '황금 보기를 돌같이 하라'는 아버지 최원직(崔元直)의 유언을 받들어 평생 여색과 재물을 멀리하였다는 최영 장군은 죽임을 당하면서, 자신에게 탐욕이 있었다면 무덤에 풀이 자랄 것이고, 결백하다면 무덤에 풀이 자라지 않을 것이라 유언하고 최후를 맞이하였다. 이때 그의 나이 73세. 실제로 경기도 고양시 덕양구 대자동에 있는 그의 무덤에 풀이 자라지 않아서, 이에 적분(赤墳)이라 하였는데, 후손들이 무덤흙의 유실을 막기 위해 1976년에 떼를 입혀 현재는 무성하다고 한다.

최영 장군의 첩 은씨 부인에게서 난 서녀인 영비 최씨(寧妃 崔氏)는 우왕(禑王)의 후궁이 되었는데, 그가 간곡히 만류하였으나 왕은 듣지 않았다. 그러니까 우왕은 그의 사위가 된 셈이다. 또 조선 초기 세종 때 명재상 맹사성(孟思誠, 1360~1438)은 그의 손녀사위이다.

법환바당 인증센터 다섯 번째 스탬프를 찍고

여기서 경치가 좋은 해안도로를 따라 1km 가량 가면 법환포구 못 미쳐 '법환어촌계 횟집' 앞에 인증부스가 있다. 법환바당 인증센터에서 다섯 번째 스탬프를 찍는다. 이제 전체 코스의 절반을 온 셈이다. 송악산에서부터 중문 관광단지를 거쳐 여기까지 오는 동안 오름과 내림을 반복하며 정말 길고 지루했지만, 그 보상을 받을 만큼 법환바당 해안에는 바다 색깔과 멋스럽게 조화를 이룬 아름다운 조형물들이 반긴다. '바당'은 '포구(浦口)'를 뜻하는 제주 말이다.

법환바당에 서 있는 해녀상을 감싸고 있는 커다란 물고기 조형물.

두 마리의 물고기가 포옹하고 있는 형상과 어우러진 노랑색 빨강색의 앙증스런 어린이 의자와 '쫄지 마' '힘내라 청춘'이라고 쓴 격려문과 하트모양의 문양으로 예쁘게 꾸민 정육면체 조형물.

서귀포 문화원 법환마을회에서 문화관광부 선정 문화·역사만들기의 상징물로 만든 잠녀상과 서 있는 해녀상을 감싸고 있는 커다란 물고기 조형물 그리고 두 마리의 물고기가 포옹하고 있는 듯한 형상 등이 노랑색 빨강색의 앙증스런 어린이 의자와 '쫄지 마' '힘내라 청춘'이라고 쓴 격려문과 하트모양의 문양으로 예쁘게 꾸민 정육면체 조형물과 곱닥하게 어우러진 모습이 동화 속 같다. 정말 그 아이디어에 칭찬을 해주고 싶다.

'장군바위'로도 불리는 '서귀포 외돌개'

법환바당 인증센터를 지나면 다시 내륙으로 들어간다. 다음 인증센터는 여기서 14km 떨어진 '쇠소깍'이다. 가는 길에 고려 공민왕 23년(1374) 최영 장군이 원나라 세력(목호)을 물리칠 때 범섬으로 달아난 잔여 세력들을 토벌하기 위해 바위를 장군 모습으로 변장시켜 물리쳤다고 해서 '장군바위'로도 불리는 '서귀포 외돌개'를 답사하다. 그 전에 두어 번 와 본 곳이지만 자전거로 다시 돌아보니 천혜향 만큼이나 새로운 맛이 난다. '천혜향'은 밀감류와 오렌지류를 교배시켜 만든 귤품종으로 향기가 천리를 간다고 해서 불리는 이름이다.

'오름' 즉 측화산인 삼매봉(三梅峰) 아래 바다에 있는, 고석포·장군석·할망바우라고도 불리는 '외돌개'는 제주시에 있는 용두암과 함께 제주 해안에서 기암절벽으로 손꼽히는 바위다. 이 바위를 외돌개라고 부르는 것은 육지와 떨어져 바다 가운데 외롭게 서 있기 때문이다.

높이가 약 20미터에 이르는 외돌개 정상에는 여러 그루의 소나무들이 자라고 있다. 모진 비바람에 크지 못하고 머리털같이 되어 있으니 장군이 떡 버티고 있는 형상으로 보일 만도 하다.

이 외돌개에는 또 다른 이야기도 있다.

옛날에 이 지역에 사이 좋은 두 노인이 살고 있었다. 그러던 어느 날 고기를 잡으러 나갔던 하르방이 돌아오지 않자 오매불망 바다만 바라보고 기다리던 할머니는 지쳐서 돌이 되고 말았다. 그것을 본 용왕님이 그 지극한 정성에 감동하여 죽은 남편의 시체를 이 바위 앞바다에 띄워 놓아서 두 부부가 함께 돌이 되었다고 한다.

서귀포 외돌개(또는 장군바위). 가운데 범섬이 저 멀리 보인다.

이중섭과 이중섭 거리

신호등을 몇 개 지나며 제법 큰 규모의 마을을 지나 내리막길을 내려가니 바다가 보이고 다시 칠십리로를 따라 올라가니 왼쪽으로 유흥식당가가 쫙 펼쳐지는데 이른바 '서귀포 칠십리 음식특화거리'란다. 여기서 북쪽 서귀포 시내로 들어가면 '이중섭 거리'가 있다. '흰 소' '부부' 등의 그림으로 잘 알려진 천재화가의 이름을 딴 것인데 평양 출신이 뜬금없이 왜 제주도에?

40세의 젊은 나이로 요절한 천재 화가 대향(大鄕) 이중섭(李仲燮, 1916~1956)이 한국전쟁이 한창인 1951년 1월경에 일본인 아내 이남덕(李南德, 일본명 山本方子·야마모토 마사코), 장남 태현(泰賢), 차남 태성(泰成)과 함께 서귀포 알자리 동산에 피난을 온 적이 있단다. 그 때 이 마을 반장 송태주·김순복 부부가 흔쾌히 초가집 방 한 칸을 내주었는데 이 방의 크기가 4.7㎡(1.4평)이었다는데 1997년 9월 6일 '이중섭 주거지'로 복원되었다.

당시 네 식구가 고구마나 깅이(게)를 삶아 끼니를 때우는 궁핍한 생활이었지만 11개월가량 서귀포에 머물면서 가장 행복한 시간을 보낸 이중섭은 서귀포의 아름다운 풍광과 넉넉한 인심을 소재로 하여 '서귀포의 환상' '섶섬이 보이는 풍경' 등 많은 작품을 남기고 같은 해 12월에 부산으로 떠났다.

그가 살던 서귀포 단칸방의 방벽에는 그의 유일한 시작(詩作)이라는 '소의 말'이 붙어있었다.

높고 뚜렷하고/ 참된 숨결//
나려나려 이제 여기에/ 고웁게 나려/ 두북두북 쌓이고/ 철철 넘치소서//
삶은 외롭고/ 서글프고 그리운 것//
아름답도다 여기에/ 맑게 두 눈 열고//
가슴 환히/ 헤치다

그림 재료를 살 돈이 없어 담뱃갑의 은박지에 그림을 그릴 정도로 극심한 어려움에 시달렸던 이중섭은, 이 때문에 1952년 부인이 두 아들과 함께 일본으로 건너가 버리자 가족에 대한 뼛속까지 사무치는 그리움과 처절한 사랑을 담은 '나의 사랑하는 남덕군(南德君)에게'라는 편지 등 수채화와 펜으로 그린 90여 장의 엽서를 보내며, 한편으로는 가족을 책임지지 못한 가장이라는 자괴감에 젖어 술로 시름을 달래다 1956년 간염으로 적십자병원에서 쓸쓸히 세상을 떠났다. 친구들이 수소문해서 찾아오니 싸늘한 시체와 밀린 병원비 청구서만이 있었다고 한다.

처음 '이중섭 거리'로 명명한 후 '이중섭 주거지'를 복원하고 몇 년 뒤 '이중섭 미술관'이 건립되어 20여 년이 지난 지금 이곳 서귀포 이중섭 거리는 매년 9월에 이중섭 예술제를 개최하는 등 문화의 거리로 자리를 잡아가고 있다.

서복과 '서복불로초공원'

오름길 끝에 해안을 따라 오른쪽으로 꺾이는 곳에 색다른 풍경이 나타난다. 색다르다는 것은 뜬금없이 기원전의 중국인 '서복(徐福)'의 이름을 딴 공원과 전시관이 있기 때문이다. '서복공원'이라는데 그 안에 있는 '서복전시관'은 관람시간이 지나서인지 문을 닫아서 '서복불로초공원'만 관람하고 정방폭포로 향하다.

그런데 서복(또는 서불)은 고대 중국 진(秦)의 방사(方士)였던 인물로 제(濟)

나라, 즉 지금의
산둥성(山東省) 출
신이다. 당시 불로
초에 환장한 진시
황(秦始皇)에게 동
해에 있다는 봉래
(蓬萊), 방장(方丈),
영주(瀛洲) 등 삼
신산(三神山)에서
불사약을 구해오

서복공원에 있는 서복불로초공원

겠다고 상소를 올려 BC 219년 동남동녀(童男童女) 3천 명, 장인(匠人)을 포함
한 5천여 명의 일행과 많은 보물을 실은 대선단(大船團)을 거느리고 허베이성
(河北省) 진황도(秦皇島), 또는 일설에는 저장성(浙江省) 닝보시(寧波市) 츠시
(慈渓)를 떠났지만 영영 돌아오지 않았다.

불사약을 구하는 일에 골몰했던 시황제는 이번에는 후생(候生)과 노생(盧
生)으로 하여금 영약을 구해오도록 했으나 그들도 도망치고 말았다.

이들의 행방을 찾고 있던 중에 노생이 황제인 자기를 비방했다는 사실을
알고 격노하여 함양(咸陽)의 학자들을 철저히 조사하도록 했다. 그 결과 불
로초에 대한 부아가 엉뚱한 데로 불꽃이 튕겨 유생 460명을 체포하여 구덩
이를 파고 생매장하였다. 이것이 시황제 35년(BC 212)의 일로 역사상 유명한
'분서갱유(焚書坑儒)' 사건이다.

일설에 의하면 서복이 언급한 삼신산은 모두 한반도를 가리킨 것이며, 봉래
산과 영주산, 방장산은 각각 한국의 금강산(金剛山)과 한라산(漢拏山), 두류
산(頭流山·지리산의 다른 이름)이라고 한다. 서복은 불사약은 구할 수 없고
그대로 돌아가면 죽임을 당할 것이 확실했기 때문에 그 길로 동남동녀와 함
께 일본으로 도망가서 살았다는 이야기도 있다.

안내문에 의하면 "…영주산의 제일경인 정방폭포 해안에 닻을 내린 서불은
영주산에 올라 볼로초를 구한 후 서쪽으로 돌아갔다. 서불이 돌아가면서 정

방폭포 암벽에 '서불과지(徐市過之)'라는 글자를 새겨 놓았는데, '서귀포'라는 지명도 여기에서 유래한다는 이야기가 있다…. 파한록(破閑錄 上, 김석익 저)에는 '서귀포 해안 절벽에 진나라 방사인 서불이 새겨 놓았다는 글자 흔적이 있는데, 백낙연(百樂淵) 제주목사(1877. 1~1881. 5)가 이러한 말을 듣고 정방폭포 절벽에 긴 밧줄을 내려 글자를 그려오게 하였다. 글자를 살펴보니 전부 12자였는데 과두문자여서 해독할 수가 없었다'는 기록이 있다."고 한다.

일설에는 산둥(山東)성 롱커우(龍口) 출신인 서복 일행이 삼신산을 찾아 일본까지 갔지만 허탕치고 돌아올 때, 제주도를 거쳐 서쪽으로 돌아간 포구라는 뜻으로 '서귀포(西歸浦)'란 이름이 생겨났다고 한다. 아무튼 그 인연으로 2,200년이 지난 지금 서귀포와 롱커우는 자매결연 도시가 되었고 서복기념관이 생긴 것이다.

2013년 6월 6일에 제10차 한·중 여성지도자 포럼에 참가했던 중국대표단의 이해봉 중국전국정협 부주석 등 15명이 사단법인 제주서복문화국제교류협회(이사장 이영근)의 초청으로 서귀포시의 서복전시관을 방문해 불로장생을 상징하는 황칠나무 두 그루를 기념 식수했다.

얘기가 나온 김에 진시황 얘기를 조금 더 하고 지나가자. 살아생전 호화 궁궐 아방궁에 살았던 진시황은 죽어서도 사후 세계를 통치할 지하 아방궁이 필요했다. 그래서 시황제는 13세(BC 246)에 즉위하면서부터 서안(西安)시 동쪽 30km 떨어진 임동(臨潼)현 부근에 있는 여산(驪山) 기슭에 자신의 능묘를 만들기 시작하였다. 36년에 걸쳐 75만 명을 동원하여 조성한 이 진시황릉(또는 여산릉)이 완성되자마자 그는 산동 순시 중 객사하여 50세(BC 210)에 이 릉에 묻혔다.

서안에 진시황이 남긴 또 하나의 유적은 병마용갱(兵馬俑坑·병사와 말의 흙인형이 묻혀 있는 구덩이)이다. 1974년 3월 농부들이 여산릉 동북쪽 약 1km 되는 지점에서 우물 파는 공사를 하던 중 고대의 도용(陶俑·흙인형) 파편이 다량으로 출토되면서 2천여 년 진시황릉을 지켜왔던 지하군단이 세상에 모습을 드러냈다.

이 중에서 가장 규모가 큰 1호 갱은 보병부대 군단이고, 2호 갱은 마차부대 군단이며 가장 작은 3호 갱은 전차에서 부대를 지휘하는 사령부라고 한다. 병사, 말 도용 6천여 점과 전차 130대 등 오늘날 사단 규모의 친위군단이다. 사람들의 표정과 모습, 동작이 다 다르고 원형 보존이 잘 돼 있다.

내가 갔을 때는 1호관과 3호관만 관람할 수 있었고, 2호관은 발굴 관계로 아예 입장이 되지 않았다. 지금이야 사진 촬영도 어느 정도 가능하겠지만 그땐 일절 촬영금지가 돼 있었다. 찍을까 말까 망설이고 있는데 중국 감시인이 다가와서 5위안(약 1,000원)을 주면 1분 간 촬영을 허용해 주겠다고 했다. 그리곤 보초까지 서 주었다. 캠코더로 찍었는데 5위안의 값어치가 있긴 했다.

이들 도용은 모두 여산릉 곁에 있는 배총(陪塚)에서 발견된 것으로 본체인 진시황릉의 규모는 상상할 수 없을 정도로 큰 규모로 밝혀졌다. 현재까지 알려진 바로는 전체 면적이 2㎢(60여만 평)에 달하고, 지하 4층으로 된 하나의 거대한 도시궁전으로 이뤄져 있어 당시의 도읍지인 서안의 모습을 담았다고 한다.

묘역의 핵심 지하궁전 4층 중앙에 관을 안치했으나 황후(皇后)의 관은 합장하지 않았다고 한다. 그 이유는 당시 '황제권력은 한없이 높다'는 '황권지고무상관(皇權至高無上觀)'을 반영했기 때문. 갱 입구마다 자동사살 장치 또는 수은으로 채운 연못 등이 만들어져 있어 현대기술로는 발굴이 쉽지 않은 점도 있겠지만 중국인들은 절대 서둘지 않는다. '죽은 진시황이 산 사람 먹여살린다'는 말마따나 중국의 관광수입을 자손대대로 끌어들이기 위한 장대(長大)한 수입원으로 보존하려는 의도가 있다고 본다.

그런데 진시황의 병마용은 사실은 진시황이 아닌 진나라 소왕이 고향인 초나라로 돌아가고 싶어 한 어머니 진선태후(秦宣太后) 미씨(米氏)를 위해 만들었다는 주장이 있다. 발견된 1974년 당시는 중국 문화대혁명의 막바지 시기였는데 한참 비림비공(批林批孔) 운동을 주도하던 마오쩌둥(毛澤東)의 세 번째 부인 장칭(江靑)이 병마용이 발견된 지 불과 1주일 만에 '진시황의 병마용'이라 선전을 했기 때문에 그렇게 돼 버렸다는 것이다.

정방폭포(正房瀑布)는 필자가 현직에 있을 때 가본 적이 있어 자전거를 지키며 휴식을 취하는 동안 그미만 잠깐 구경하고 왔다.

오늘은 이곳저곳 모두 둘러보느라 시간이 많이 소비되어 정작 자전거 탄 거리는 별로 소득이 없는 것 같다.

게우지코지와 생이돌/모자바위

드디어 바다가 보이고 해안을 오르락내리락 하며 가다보니 '개우지코지(게우지코지)'와 '생이돌/모자바위'가 보인다. 하효마을 바닷가에 불쑥 튀어나온 지형에 위치하고 있다. 게우지는 전복 내장을 일컫는 '게웃'을 의미하고 코지는 '곶(岬)'을 뜻하는 제주 방언이다. 모자바위는 게우지코지 서쪽에 있는 커다란 두 개의 암석으로 바다 철새들이 돌에 앉아 놀았다 해서 '생이돌'이라고 불렀는데, 이 바위는 마치 먼 바다로 고기잡이 떠난 아버지를 기다리는 어머니와 아들처럼 보인다고 하여 모자암(母子岩)으로도 부른다.

이 게우지코지 저 멀리 빨간 등대와 하얀 등대가 보이는 곳이 쇠소깍이다. 마을로 들어서니 먼저 해녀상이 반긴다. 앉아있는 네 명의 해녀 옆에 인어(人魚)도 두 손을 모으고 얌전히 앉아있는 모습이 잘 어울린다.

먼저 '쇠소깍 인증센터'에서 여섯 번째 스탬프를 누르고 주변을 돌아보니 '쇠소깍 전설'이 새겨진 돌비석을 만난다. 용의 형상을 돌비석 이마에 조각해 놓았다.

내용에 의하면 쇠소깍은 유네스코가 생물권 보전지역으로 지정한 효돈천의 끝자락에 담수와 해수가 만나 깊은 웅덩이를 만든 곳을 말한다. '쇠'는 소

게우지코지에서 바라본 쇠소깍의 빨간 등대와 하얀 등대.

쇠소깍 전설과 용의 형상을 새겨놓은 돌비석.　　　　　쇠소깍의 해녀상과 인어상.

쇠소깍의 담수와 해수가 만나는 소(沼·웅덩이).

쇠소깍 소(沼)의 상류 담수가 흘러들어오는 계곡의 기암괴석.

(沼), 즉 웅덩이라는 뜻으로 효돈천을 나타내고, '깍'은 끝지점이라는 의미의 제주어이다. 용암이 흘러내리면서 깊은 골짜기를 만든 곳으로 기암괴석이 멋진 모습을 연출한다.

쇠소깍 일대는 한라산 남쪽으로 감귤의 주산지다. 곳곳에 감귤밭이 있고 자전거길 옆 가로수도 감귤나무로 심어 향긋한 감귤 향기가 맴돈다. 제주도 남쪽인 서귀포 일대는 기후 조건이 좋아 감귤이 가장 맛있다고 한다. 이곳에 감귤박물관도 있다.

'소금막'이라는 리조트호텔에 숙박하다

오늘은 불과 50여 km밖에 타지 않아 다음 코스까지 가는 데만큼 조금이라도 더 갈까 하다가 아무래도 중간에 숙소 찾는 일이 여의치 않을 것 같고, 또 쇠소깍의 분위기가 마음에 들어 여기서 자고 가기로 서로 합의를 본다. 어느 가게에 들러 물어보니 추천해 준 곳이 우리가 지나왔던 언덕배기에 있는 '소금막'이라는 리조트호텔이었다.

지은 지 1년 남짓밖에 안 된 깨끗한 방이어서 오 사장과 좀 저렴한 가격인 5만원으로 협상하다. 해녀가 운영하는 식당도 있다. '소금막 리조트 & 식당'(대표 오상윤) 주소 제주특별자치도 서귀포시 하효동 1029-2. 전화 064-767-0883. 휴대폰 010-7116-0883. 이메일 sogeummak.com.

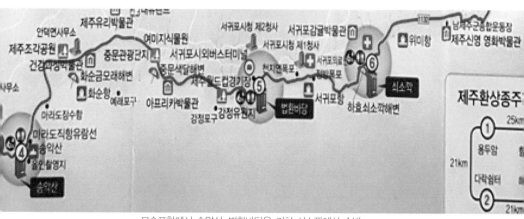

모슬포항에서 송악산, 법환바당을 거쳐 쇠소깍에서 숙박.

자전거는 복도에 시건 장치해 두고 샤워를 한 후 저녁식사 할 장소를 찾아 나섰다. 이름이 좀 촌스럽긴 하지만 '복순이네집'을 선택해서 들어갔는데 이 집도 소금막과 비슷한 시기에 새로 지은 집이라 정결하게 보였다. 여행에서 먹 거리의 즐거움이 없으면 여행의 즐거움은 없는 법. 매일 한 가지식 메뉴를 바 꿔가면서 제주향토음식을 맛보는 터라 이번에는 '갈치구이'를 주문했다. 반찬 의 가짓수가 많지는 않지만 음식이 정갈하고 깔끔할 뿐만 아니라 간간한 맛 이 참 좋았다.

알고보니 식당명이 한복순 여사장님의 이름을 따서 붙였다. 제주특별자치 도 서귀포시 쇠소깍로 156. 전화 064-767-5008. 휴대폰 010-3119-2692, 010-3119-2231.

잠깐 이대로 잠자리에 들 수 없을 것 같아 등대있는 쪽으로 산책을 하다. 초록빛과 빨간빛이 번갈아 깜빡거리는 등대불이 낭만적이다. 불현듯 초등학 교 다닐 때 음악선생님이 늦게까지 대청소하고 교실 밖으로 나오는 우리들을 불러모아 즉석에서 가르쳐주시던 '등대'라는 노래가 생각난다.

"저기 먼 바다 외론 섬에 등대불이 하나. 깜빡깜빡 비추이네. 저만치 비추이 네…" 그러나 바람도 세찬데 아무도 없는 캄캄한 길을 가기가 두렵기도 해서 반도 못 가 되돌아오다. 숙소 가는 길에 편의점에 들러 내일의 보급품을 구입 하다. 오늘은 보통 주행의 반밖에 타지 않았지만 구경하는 게 더 힘들었던지 금세 꿈나라로 빠져들었다.

[셋째 날]
쇠소깍 – 표선해비치해변 – 성산일출봉 – '토끼섬 게스트하우스'까지

우중에 표선해비치해변 인증센터를 향하여

10월 8일 토요일, 비가 내린다. 그동안 낙동강, 영산강, 섬진강 코스를 종주하면서 비가 오지 않아서 천만다행이었고 정말 축복받은 것으로 생각했었는데 역시 제주는 다르다. 어제보다 더 많이 내리고 아침 7시 출발 2시간 후쯤 남원포구, 산물통교차로를 지나 오른쪽으로 꺾어 표선(表善) 해비치 해안도로를 달릴 무렵부터는 폭우로 변한다.

현무암더미가 새까맣게 쫙 깔린 해안과 그 속에 하얗게 우뚝 서 있는 등대를 오른쪽으로 보며 가다 집 한 채가 보여 잠깐 비를 피하러 들르니 대학생 한 명이 비도 아랑곳 않고 심각하게 전화를 하고 있다. 애인과 싸우는 것 같지는 않아 뭔가를 도와주려고 물어보니 자기는 걸어서 '올레길 답사'를 하는 중인데 간밤에 '표선해비치 호텔'에서 자고 아침에 나왔는데 지갑을 방에 두고 나왔다는 것이다. 그래서 매니저 겸 사장에게 연락했었는데 방금 찾았다는 연락을 받았고 지금 차로 오고 있을 그 사람을 기다리고 있단다. 방심은 금물! 그나마 다행이다.

산물통교차로에서 오른쪽으로 꺾어 표선해비치해안도로로 빠진다.

비가 그칠 기미가 보이지 않아 서로의 행운을 빌고 헤어져 해안가를 달린다. 그러니까 학생은 우리와는 반대로 올레길 1코스부터 시작하여 여기 올레 4코스를 지나 시계도는 방향으로 걷고 있는 것이다.

왼쪽에 해비치호텔이 보이는 지점의 우측 해변에 잠녀상이 서 있고 거기에 관광객들로 보이는 여자들이, 파도에 밀려온 해초를 거두어들이고 있는 해녀와 얘기를 나누고 있다. 해초는 말렸다 먹는다는데 이름을 들었지만 까먹었다. 우리는 몇 커트의 사진만 찍고 '표선해비치해변 인증센터'로 향하다.

현무암더미가 쫙 깔린 표선해비치해안도로에 하얗게 서 있는 등대.

표선해비치해변에 서 있는 잠녀상.

맨도롱 커피 한 잔 마시멍 쉬멍 갑서예!

비는 계속 내리고 인증스탬프보다 따뜻한 커피 한 잔이 더 그립다. '맨도롱 커피 한 잔 마시멍 쉬멍 갑서예!' 마침 인증센터 바로 길 건너편에 '커피의 향기(The Aroma of Coffee)'라는 집이 문을 열었다. 두세 명의 라이더들도 합세했다. 김이 모락모락 나는 프레쉬한 모닝커피 한 잔의 향과 맛이 이렇게 감사할 줄이야!

어제의 목표치를 오늘 만회하지 않으면 안 된다는 자신과의 묵언의 의지를 지키기 위해 집사람을 재촉하여 인증도장 누르고 빗속을 뚫고 출발하다.

빗물에 비친 빨간 인증부스와 그 옆에 나란히 서 있는 하르방의 모습이 정겹고 믿음직스럽다.

표선해비치 해수욕장은 제주도에서 백사장이 가장 넓은 해수욕장이다. 만조가 되면 전체 해수욕장이 수심 1m정도가 되고 썰물 때는 백사장이 된단다. 이 해수욕장 왼쪽에 '제주민속촌'이 있다. 나는 외국 자동차딜러들과 함께 와 본 적이 있는 곳이라 그미에겐 좀 미안하지만 폭우 때문에 그냥 지나치다.

'커피의 향기(The Aroma of Coffee)' 카페에서의 커피 한 잔의 향과 맛이 이렇게 감사할 줄이야!

빗물에 비친 빨간 표선해비치해변 인증부스와 그 옆에 나란히 선 하르방의 모습이 정겹다.

섭지코지와 오조리마을

 일주도로와 해안도로를 번갈아 달리다보니 저 멀리 성산일출봉이 비구름 속에 그 모습을 간간이 드러내는데 '섭지코지' 이정표가 나온다. 그러나 도로 공사 때문에 우회도로를 따라가다 그만 섭지코지 가는 길을 놓쳐버렸다. TV 드라마 '올인'으로 유명세를 탔던 '신양 섭지코지'를 2003년에 집사람과 같이 와봤기 때문에 그 아쉬움은 덜했지만 그래도 기록사진을 남기지 못하게 된 것이 못내 서운하기만 했다. 날씨만 괜찮았다면 다시 되돌아갔을 텐데…

 섭지는 '좁은 땅'이란 뜻이며 코지는 '곶'을 뜻하는 제주 방언이다. 이곳에는 조선시대에 봉화를 올렸던 연대(煙臺)가 있다. 여느 해안과는 달리 송이(붉은 화산재를 나타내는 제주말)로 덮여있어 봄에 노란 유채꽃이 피면 붉은 흙빛, 파란하늘빛, 에메랄드 바다 빛과 어우러지는 이곳은 또 다른 이국적인 정취를 불러일으킨다.

 우회도로는 성산일출봉으로 가는 대로와 연결된다. 신호등을 기다려 가까 스로 찻길의 왼쪽 자전거길로 건너간다. 바닷바람이 차다. 배까지 고프니 비에 젖은 몸이 으스스하다. 그런데 인증센터가 보이지 않는다. 성산일출봉을 뒤로 하고 성산항 앞의 갑문다리를 건너가니 왼쪽 길가에 빠끔히 세워져 있

'첫 햇빛 닿는 마을 오조리'라고 쓴 돌옆에 세워놓은 성산일출봉 인증센터.

인증센터에서 바라본 성산일출봉의 모습.

다. 인증부스 오른쪽에 큰 자연석 위에 올려놓은 돌에 '여기는 오조리. 첫 햇빛 닿는 마을 오조리'라고 씌어 있다.

인증센터를 멀찌감치 세워놓은 이유를 알 것 같다. 여기서 바라보는 성산일출봉은 짙푸른 바다 위에 큰 성채처럼 웅장하게 솟아 보이기 때문이다. 해발 182m의 성산일출봉은 커다란 사발 모양의 분화구가 특징인데, 잦은 해외출장으로 비행기를 타고 가면서 가끔씩 보았던 곳이고 한때 애국가 배경화면에도 등장했던 명물이다.

수많은 분화구 중에서 바닷가에서 폭발해 만들어진 화산체로 빼어난 경관과 지질학적 가치를 인정받아 유네스코 세계자연유산에 올랐으며 세계 지질공원으로 인증되기도 했다. 성산 일출봉에서의 일출은 이름 그대로 대한민국에서 가장 아름다운 해돋이로 꼽히며 '영주십경(瀛洲十景)' 중 '제1경'이다. 여기서 '영주'는 신선이 사는 곳을 뜻하는 제주도의 별칭이다.

참고로 '영주십경'은 제주에서 경관이 특히 뛰어난 열 곳을 선정한 것으로, 다음과 같다.

제1경 성산일출 (城山日出) - 성산의 해돋이

제2경 사봉낙조 (沙峯落照) - 사라봉의 저녁 노을

제3경 영구춘화 (瀛邱春花) - 영구(속칭 들렁귀)의 봄꽃

제4경 정방하폭 (正房夏瀑) - 정방폭포의 여름

제5경 귤림추색 (橘林秋色) - 귤림의 가을 빛

제6경 녹담만설 (鹿潭晚雪) - 백록담의 늦겨울 눈

제7경 영실기암 (靈室奇巖) - 한라산 영실코스의 기이한 바위들

제8경 산방굴사 (山房窟寺) - 산방산의 굴 절

제9경 산포조어 (山浦釣魚) - 산지포구의 고기잡이

제10경 고수목마 (古藪牧馬) - 풀밭에 기르는 말

그미의 친구 이영옥 권사와 반가운 해후

그미가 인증센터에서 여덟 번째 스탬프를 찍고 나오는데 제주도 중문단지 '풍림빌리지' 별장에 와 있는 그의 친구 이영옥 권사로부터 전화가 왔다. 내용인즉, 이 나이에 자전거를 타고 돌아다니는 사실 자체도 믿기 어려운데, 이 폭우가 쏟아지는 날에 도대체 어떻게 자전거를 타고 있는지 궁금하고 걱정스러워 집에 가만히 있을 수 없다는 것이었다.

우리는 방금 지나온 갑문다리를 다시 건너 성산항 쪽으로 돌아가 성산일출봉 들어가는 길 초입에 있는 '카페 코지'에서 친구를 기다릴 겸 점심을 해결하다.

이 집의 모토인 '자연을 담은 베이커리 카페'라는 말마따나 그동안의 계속된 해산물 위주의 음식보다는 오랜만에 빵과 커피를 먹으니 한결 개운한 것 같고, 아침부터 비로 젖은 몸이 조금은 풀리는 것 같다. 네 종류의 빵과 라테 및 아메리카노 커피

성산일출봉 '카페 코지'에서 주문한 빵과 커피.

헬멧을 써보고 현장감을 확인하며 기념촬영하는 이영옥 권사(왼쪽)와 아내 이양배.

값이 모두 25,000원. 그러나 양이 차지 않아 좀 더 주문할까하고 일어서는데 막 도착하여 들어오는 이 권사와 맞닥뜨린다.

주위사람들도 아랑곳 하지 않고 셋은 반갑게 포옹했다. 성산일출봉의 포옹! 사랑스런 장면이다. 비 오는 날 중문에서 택시를 대절하여 여기까지 약 90킬로미터를 달려온 것도 대단한데, 바나나, 포도, 사과 등 과일과 야채모듬주스 그리고 추울까 봐 일회용 핫팩까지 보급품을 한보따리 챙겨 와서 눈물이 날 정도로 감격했다.

벗어놓은 헬멧도 써보며 자전거 타는 현장감을 확인한 이 권사는 비도 오니 이 고생하지 말고 아예 용달차 불러 이제 남은 두 구간의 스탬프 찍고 자전거 반납하고, 편안히 자기 집에 가서 식사하며 며칠간 푹 쉬고 가라고 권한다. 빈 말이 아니라 마음에서 우러나오는 사랑스럽고 우정 있는 설득이라 그 고마움이 천근만근의 무게가 된다.

하지만 단순히 패스포트에 인증도장 찍는 것이 목적이었다면 애당초 이런 고생(?)을 사서 하지는 않았을 것이다. '여행은 제힘으로 길을 떠나 끝없는 질문과 마주함으로써 자신이 지금껏 쌓아 온 세계를 부수는 행위'라고 누군가 말했다. 가는 곳마다 현장을 확인하고 역사·문화와의 만남을 통해 옛날에 살았던 인간들의 행위에 대한 경이에서 시작하여 여기에 오늘날을 사는 우리들의 삶의 좌표를 그리고, 나아가 자신을 둘러싼 미래의 세계에 대한 이정표를 발견하는 놀라움으로 끝나는 것이 여행의 목적이 아닐까.

오랜만에 제주도에서 처음 만난 친구와 라이딩이 끝난 후 다시 만나자며 아쉬운 작별을 고하고 한 움큼의 사랑과 감사의 마음을 가슴에 안고 다시 폭우 속을 달린다. 그런데 어느 해수욕장 부근을 지나면서 뒤돌아보니 그미가 한참 떨어졌다. 기다리는 동안 천막을 치고 과일을 팔고 있는 아저씨에게 숙박할 곳을 물어보니 세화리까지는 가야 있다고 한다. 혼자만 내뺀다고 핀잔을 들었지만 힘에 벅찬 모습이 역력하다. 아마도 친구의 말에 달리려는 의지가 조금은 꺾인 탓인지도 모를 일이었다. 하지만 이런 날씨에도 계속 도전하는 자체가 무모한 짓임에 틀림없지만 그래도 용기를 잃지 않는 그미의 의지를 칭찬하고 싶다. 그러면서도 한편으로는 적당한 쉼터를 찾기까지 제발 그미가 좌절하지 않기를 바랄 뿐이다.

폭우 속에 달리는 아름다운 해맞이해안로

사실 성산일출봉에서 나와 갑문다리를 건너 해안도로로 접어들었는데, 제주 해안도로 중 가장 아름다운 곳으로 꼽히는 '해맞이해안로'이다. 해맞이해안도로는 제주도 동쪽 끝의 해안도로로 성산읍 성산리에서 구좌읍 세화리를 거쳐 김녕성세기해변까지 이어지는 약 30km 구간으로 제주해안도로 중에

쇠소깍에서 표선해비치해변, 성산일출봉까지 약 50km 구간 지도.

서 가장 길다.

오른쪽으로 드넓은 바다를 끼고 차도 옆에 붉은 아스콘으로 포장된 자전거 길이 있어 더없이 좋은 풍광을 즐기며 탈 수 있으련만 이제는 매몰찬 바닷바람까지 불어 가히 태풍 수준이다. 자전거는 휘청거리고 빗줄기는 회초리같이 사정없이 뺨을 때린다. 제주 환상 자전거길의 백미라지만 감상은커녕 주변에 바닷물 외엔 아무것도 보이지 않는다.

이젠 우의를 걸쳤는지 안 그런지는 문제가 되지 않는다. 우리는 아예 속옷이며 양말, 신발 할 것 없이 모조리 물에 빠진 생쥐꼴이다. 아마 그미 친구가 이 꼴을 봤더라면 "그것 봐! 내가 이 고생하지 말고 용달차 부르랬지!" 하고 선견지명을 예찬하였으리라.

종달리 해수욕장으로 이어지는 다리를 지날 때는 몸이 바람에 날려가 혀를 날름거리고 있는 바닷물에 처박힐 것 같다. 하도리 쯤 어느 폐쇄된 초가집 추녀 밑에서 잠깐 숨을 고르고, 어차피 버린 몸이라 생각하고 숙소가 나오면 무조건 쉬고 가기로 하다. 태풍에 버금가는 날씨 때문에 아예 사진 촬영 등은 꿈도 못 꾼다. 삼다도 제주의 바람의 위력을 제대로 실감한다. 거기에서 해맞이해안로가 왼쪽으로 돌면서 저만치 집들이 보이기 시작한다. 얼마나 반가운지 암흑에서 광명을 보는 것 같다.

첫 번째 집에 들렀으나 펜션이라 단체손님이나 장기투숙객들만 받는단다. 아마 '제주파도소리펜션'이었지 싶다. 그러면서 주인장이 친절하게 대안을 가르쳐주어 다시 폭우 속을 타고 조금 더 가서 그 집을 찾았다. 그러나 예약손님만 받는다며 지금 빈 방이 없다고 한다. 주차한 차량은 한 대도 없는데도, 또 이런 날씨에 과연 오기나 할는지도 모르는데 아무튼 문전박대를 받았다. 기대가 실망으로 바뀐다.

비는 쏟아지는데 이방인의 신세 처량하기 짝이 없다. 그 집을 나와 길가에서 어디로 갈까 잠깐 고민하고 있는데 왼편 허허벌판에 하얀 빌딩 한 채가 보인다. 혹시나 하고 지푸라기라도 잡을 심정으로 거길 가본 다음에 결정해야겠다고 생각했다. 오후 5시경인데도 날이 어둑하여 마음이 급해지지만 진작 그미를 다독여 언덕길 하얀 집으로 찾아간다.

행운으로 만난 '토끼섬 게스트하우스'

따로 간판은 없고 하얀 건물 벽에 예쁜 토끼 아이콘과 함께 '토끼섬 게스트 하우스'라고 핑크색 페인트로 써놓았다. 주인장이 마침 방이 하나 있다고 하여 그 순간 얼마나 기뻤는지 모른다. 값도 아침 포함하여 5만원이라 적정했다.

모두 3층 건물인데 게스트 방은 1, 2층이고 3층은 음료를 마시며 TV를 보거나 독서를 할 수 있고 셀프 식당 공간이 있는 카페와 바깥 해변 경치를 감상할 수 있는 옥상이 있다. 올라가는 층계와 객실, 카페 등에 깔끔한 인테리어와 동심을 불러일으키는 아기자기한 소품들로 꾸며놓아 '작은 디즈니랜드'에 온 느낌이다. 또 객실은 흔해 빠진 번호가 아닌 다양한 색깔과 꽃이름 등으로 구별하여 붙여놓아 그 아이디어가 신선해 보였다.

자전거를 로비에 들여놓고 안내해 준 이층 객실로 올라갔다. 객실은 스키장 샬레(chalet)처럼 복층으로 되어 있다. 아래층은 응접실과 샤워실이고 위층에 침실이 있다. 그런데 연결 계단이 가파르고 매끈한 나무로 돼 있기 때문에 미끄럼 방지 등을 위한 장치 및 안전손잡이가 설치되어야 할 것 같아 주인장에게 나중에 보완하도록 조언을 했다. 이 책의 출간을 위해 다시 한 번 확인해

'토끼섬 게스트하우스' 전경. 앞의 핑크빛 메일박스가 앙증스럽다.

보니 벌써 난간 설치가 돼 있어 방 주인장에게 칭찬을 해주고 싶다.

　침실은 바닥에 매트를 깔고 이부자리도 어린이들이 좋아할, 그러나 튀지 않는 무늬로 디자인하여 깨끗하게 정돈해 놓았다. 한데 무엇보다 전기장판이 설치돼 있어 우리같이 우천(雨天)에 젖은 옷가지와 신발 등을 말리기에는 안성맞춤이었다. 오늘 입었던 옷과 신발은 물론 배낭에 들어있던 옷가지 등을 다 끄집어내 빨래해서 말렸는데 아침에 대부분이 뽀송뽀송해졌다. 특히 신발이 건조해져서 기분이 너무 좋았다. 아마 '토끼섬'을 만나지 못했다면 감기가 흠뻑 들 수도 있었을 텐데, 따끈한 방에서의 휴식이 돈 주고도 누리지 못할 포근함과 행복으로 밀려왔다.

　얘기가 났으니 얘기지만 스포츠용 옷이나 신발 등은 좀 비싸더라도 '기능성 제품'을 장만하는 것이 좋다. 예컨대 고어텍스(Goretex)가 들어있는 재킷이나 신발, 땀을 잘 흡수·방출하는 내의 등은 체온 유지는 물론 빨리 탈수·건조가 되기 때문이다.

　쇠소깍에서부터 표선해비치해변, 성산일출봉을 지나 여기 구좌읍 하도리까지 폭우 속을 헤치고 약 60여km를 온 것만 해도 장하다. 특히 일생일대에 감당하기 힘든 최악의 조건 속에서도 '극기(克己)훈련'이라며 끝까지 인내하고 꿋꿋이 함께 해준 그미에게 또 한 번 경이의 찬사를 해주고 싶다.

　주인장에게 우리가 내일 아침 일찍 떠나니 대신 저녁으로 제공해 줄 것을 요청하자 쾌히 승낙해 주었다. 식사 준비하는 동안 집사람은 빨래하고 나는 그것을 받아 말리기 위해 위층을 오르락내리락 하며 끝내자, 식사가 준비됐다는 전갈이 와서 3층 카페에 올라가 조촐하지만 정갈하게 준비된 저녁을 맛나게 든다. 설거지는 셀프라 내가 하고, 그미는 처음으로 제주 TV방송을 틀어 뭔가를 시청하느라 정신이 없어 나만 먼저 내려와 깊이 잠든다. 이런 일을 당하고도 아무렇지도 않은 듯 피곤한 줄도 모르고 한없는 여유를 즐기는 그미의 모습에 한편으로 적이 안도하다.

[넷째 날]
구좌읍 – 김녕성세기 – 함덕서우봉 – 용두암 – 중문관광단지

눈부신 일요일 아침 햇살

10월 9일 일요일. 언제 그랬냐는 듯 바다 너머 운해를 헤치고 솟아오르는 아침 해가 신선의 세계를 보는 듯 황홀하다. 실내 통유리창으로는 그 정경을 다 볼 수 없어 옥상에 올라가 우도(牛島)를 배경으로 한 일출 광경과 주변 돌담밭을 촬영하다.

여기서 우도를 바라보는 해안에 있는 섬의 이름이 '토끼섬'인데, 그래서 게스트하우스의 이름을 '토끼섬'으로 지었단다. '토끼섬 게스트하우스' 주소: 제주특별자치도 제주시 구좌읍 문주란로 121. 휴대폰: 010-4646-3992. 블로그: http://blog.naver.com/bangyh0860. instagram.com/smile_uni.

그러니까 우리는 성산읍을 지나 제주특별자치도 제주시에서 가장 동쪽에 위치하여 한라산에서 가장 멀리 뻗어 있고, 동북쪽이 남해에 면하고, 서쪽은 조천읍, 남동쪽은 서귀포시와 접하고 있는 구좌읍에 와 있는 것이다.

참, 한 가지 깜빡 잊고 있었던 것이 생각났다. 아들 내외로부터 엊그제 카카오톡으로 '제주 성산맛집 순덕이네해산물장터'의 '돌문어볶음'과 '톳밥'을 꼭 맛보고 오라고 정보를 주었는데 어제 경황이 없어 그만 까먹고 말았던 것이다. 토끼섬 주인장 방윤희 씨에게 물어보니 어제 우리가 지나왔던 종달리 불턱에 있단다. 불턱은 해녀들이 물질(해녀작업)을 하고 난 후에 불을 지펴 몸을 녹이는 장소를 말한다. 자동차로는 그리 멀지 않지만 자전거로 다시 돌아가기에는 마음이 멀다.

이제 갓 30을 넘긴 숫싱글인 방윤희 주인장에게 고마움을 표시하고 '토끼섬 게스트하우스'를 배경으로 자료사진을 담는데, 화면에 들어온 앙증스런 핑크빛 메일박스가 토끼를, 아니 주인장을 닮은 듯 유난히 빛나고 예쁘다. 내년 봄쯤에는 그 메일박스에 좋은 소식이 날아들기를 기원해본다.

'토끼섬 게스트하우스'에서 본 우도(牛島)를 배경으로 한 일출 광경.

세화리 다랑쉬오름

하도리를 출발하여 다음 인증센터인 '김녕성세기해변'으로 향하다. 다시 해맞이해안도로를 달린다. '보라보라리조트' '용문사' 세화해수욕장을 지나 세화리가 나온다.

구좌읍 세화리에는 원뿔 모양의 분화구인 '다랑쉬오름'이 송당리와 걸쳐있다. 높이 382.4m, 바깥둘레 1,500m, 바닥 약 190m, 깊이는 한라산 백록담의 깊이와 똑같은 115m로 산 자체 높이의 반 이상이 패어있다.

분화구가 마치 달처럼 둥글게 보인다 하여 다랑쉬(도랑쉬, 달랑쉬)라고 부른다는데, 이는 부여·고구려어 '달수리'가 변화된 것이라고 한다. '달(達)'은 '높다·산·고귀하다' 등의 뜻을 가졌고 '쉬'는 봉(峰)의 뜻을 가진 '수리'에서 'ㄹ'이 탈음되어 '수리, 수이, 쉬'로 변한 것으로, '높은 산봉우리'라는 뜻인 '달수리'란 원어가 '달쉬'로 준 것인데 그 사이에 아무런 이유 없이 '랑'이 덧붙여져서 '달랑쉬'가 되어 '다랑쉬, 도랑쉬, 달랑쉬'로 불리게 되었다고 한다. 언어학적으로 본 제주의 역사는 이렇게 2천 년을 훌쩍 뛰어 넘는다.

전해오는 전설로는 거신(巨神) '설문대할망'이 치마로 흙을 나르면서 한 줌씩 집어 놓으며 간 것이 오뚝오뚝 수많은 오름으로 자리 잡게 된 것인데, 이곳에 있는 다랑쉬오름에 흙 한줌을 집어놓고 보니 너무 도드라져 있어 보여 주먹으로 탁 친 것이 패어져 생겼다고 한다. 신화와 전설이 풍성한 제주도다운 얘기이다.

이 오름의 꼭대기가 조선 때 이름난 효자로 성산 고성 사람인 홍달한(洪達漢, 1666~1749)이 1720년 숙종 임금의 승하를 슬퍼해 매달 초하루 보름마다 나막신을 신고 올라가 궁궐을 향해 절을 하고 통곡하며 삼년상을 치렀던 망곡(望哭)의 자리로 알려져 있다. 또 어머니가 세상을 떠나자 아버지 묘와 나란히 묘를 쓰고는 삼년 동안 시묘(侍墓)했다.

그가 국상(國喪) 내내 어버이를 잃은 심정으로 성산읍 고성리에서 구좌읍 세화리에 있는 다랑쉬오름 정상까지 먼 길을 걸어 고행하며 문상한 사실과 평생 어머니를 모시는 효행으로 희생했다는 얘기가 1744년 당시 제주목사였던 김윤을 통해서 조정에 알려졌다. 그 후 조정은 충(忠)과 효(孝)의 표상인 홍달한에게 정3품의 통정대부(通政大夫)와 종2품의 가의대부(嘉義大夫) 교지를, 중추원의 종2품 벼슬인 동지중추부사(同知中樞府事) 직을 내렸고, 그

넘실대는 파도 너머 해맞이해안로를 따라 늘어선 풍력발전기.

자전거길에 해초를 말려놓아 위험한 차도로 들어가야 할 때가 많다.

가 죽은 1749년에는 그의 효를 널리 기려 효자비를 세웠다고 한다.

　저딴 거 찍어서 뭐해!

　풍차가 늘어선 해변을 달린다. 용문사를 지날 즈음 사진 촬영을 하려는데 용량 초과로 휴대폰이 작동되지 않는다. 중국 여행 때 촬영한 자료사진이 넘쳐서 그런 모양이다. 섣불리 지울 수도 없어 그미의 휴대폰을 빌려 찍으려니 "저딴 것 찍어서 뭐 해?"라는 퉁명스런 대답이 돌아왔다. "자료사진은 많을수록 좋다. 한 번 지나간 순간은 영원히 오지 않는 법. 그렇잖음 두고두고 후회하게 된다."고 말하는데도 막무가내다.

　슬슬 화가 치밀어 오른다. 내가 하고 싶은 욕망이 일언지하에 거절당하는 불쾌감 내지는 '부부 일심동체'인데 이해는커녕 무시하는 듯, 그것도 남편의 자존심을 깔아뭉개는 듯한 태도였다. 우리는 이런 사소한 문제로 가끔 삐지고 말도 안 할 때가 있다. 나이가 들면서 여자는 남성호르몬이 많아지고, 남자는 여성호르몬이 많아진다는 설이 있는데, 아무리 남녀평등이라지만 서로의 위치를 지키고 사랑과 감사로 서로 존중하며 어루만지고 보듬는 자근자근한 행동과 따뜻한 격려의 말을 하는 연습을 항상 하며 살아가야 할 것이다.

따라오든 말든 이제 사
진 찍을 일도 없으니 혼자
서 냅다 달리는데, 자전거길
에 온통 해초를 말리느라
펼쳐놓아 위험한 차도로
들어가야 할 때가 많다. 하
지만 이것도 딱히 말릴 장
소가 없어 벌어지는 제주도
만의 진풍경이라 생각하면
그렇게 탓할 일은 아니지 싶다.

월정리해변에 나타난 '김녕·월정 지질 트레일' 표시.

월정리 해변에 다다른다. '김녕·월정 지질 트레일' 표시가 나오는 지점에 목
각을 직접 다듬어 파는 가게가 있다. 무슨 나무뿌리를 생긴 모양대로 다듬고
있는 아저씨에게 길 건너 대궐처럼 생긴 한옥집이 무슨 박물관이냐고 물으니
'물관리센터'라고 대답하며 씩 웃는 모습에서 조소를 감지할 수 있었다.

'지질트레일'이란 세계적으로 가치를 인증 받은 유네스코 세계지질공원 브랜
드를 활용하여 각 지역의 독특한 지질자원과 이를 원형으로 만들어진 마을
의 역사·문화·신화·생활 등 다양한 이야기를 접목시켜 만든 도보 길을 말
한다. 2014년 4월 산방산·용머리해안 지역의 산방산·용머리해안 지질트레일
개발을 시작으로 만장굴 지역의 김녕·월정 지질트레일, 성산일출봉 지역의 성
산·오조 지질트레일 등 총 3개의 지질트레일이 있다.

제주는 2002년에 생물권 보전지역, 2007년에 세계자연유산, 2010년 세계 지
질공원 인증까지 유네스코 3관왕을 달성했다. 이는 세계에 유례가 없는 것으
로 '환경보물섬'이라고 할 만하다.

일곱 번째 인증센터 김녕성세기해변

그때 집사람이 도착했으나 그냥 말없이 가던 길을 향해 무심(無心)의 경지
에 든 듯 페달을 밟는다. 저만치 비취빛 파도가 넘실거리는 바다 너머로 김녕
성세기해변과 마을이 보이고 그 뒤로 삿갓오름과 멀리 한라산이 보인다. 왼쪽

저만치 비취빛 파도가 넘실거리는 바다 너머로 김녕성세기해변과 마을. 그 뒤로 삿갓오름과 멀리 한라산이 보인다. 왼쪽엔 풍력발전기들이 늘어서 있고 오른쪽으로는 방파제와 하얀 색과 빨간 색의 등대가 보인다. 한 폭의 그림 같은 풍경이다.

엔 풍력발전기들이 늘어 서 있고 오른쪽으로는 방파제와 하얀색과 빨간색의 등대가 보인다. 한 폭의 그림 같은 풍경이다.

김녕성세기 해변에 설치된 빨간 부스의 인증센터에서 9번째 스탬프 찍고 그 옆 식당으로 들어가니 염불 소리가 요란하다. 아마도 같은 건물에 있는 선물가게에서 장사가 잘 되라고 공을 들이기 위해 아침부터 틀어놓은 모양인데 무턱대고 소리공해라고 나무랄 수도 없는 노릇이다.

혹시나 하고 '돌문어볶음'이 되는지 여주인에게 물어보니 해녀들이 잡아와야 하기 때문에 미리 예약을 해야 한단다. 그리고 10월이라 철이 조금 지났다고도 했다. 아침부터 기분 잡쳐 입안도 찝찝하고 식욕도 별로 없고 해서 구미가 당기지 않는데 '전복죽'을 그미가 대신 시킨다. 간간한 국물에 전복이 많이 들어있어 고소하게 씹히는 맛이 싫지는 않았다. 그 맛을 음미하는 동안 부아도 어느새 스르르 잦아든다.

철이 지나서인지 한가롭기만 한 김녕성세기 해수욕장은 코발트빛 물빛과 보드라운 은모래 해

김녕성세기해변 인증센터에서 아홉 번째 스탬프를 누르고 있다.

변이 자랑거리다. 바람에 날린 모래가 길을 덮고 있다. 그런데 '김녕성세기'란 이름이 좀 생소하여 주인장에게 물어보니 '김녕(金寧)'은 마을 이름이고, '성세기'는 해변 이름이라고 한다. 띄어쓰기를 하지 않아서 헷갈리는 것 같다.

인어와 애틋한 사랑을 나눈 총각 이야기

여기라고 전설이 없을 수 없다. 그 중에 한 가지만 소개해 본다. 옛날에 김녕 마을에 사는 총각이 밤 고기잡이 중에 반짝이는 푸른 비늘을 가진 아름다운 인어를 만나 사랑에 빠지게 되었는데 바람이 몹시 불던 밤, 인어를 만나기 위해 무리하여 배를 타고 나갔다가 배가 그만 뒤집혀 바다에 빠지고 말았다. 그때 인어가 총각을 구해 김녕 성세기 해변으로 데리고 갔지만 돌아가는 길에 더욱 거세진 바람으로 인해 인어는 파도에 부딪쳐서 죽었는데, 그 인어의 푸른 비늘 때문에 김녕성세기 해변이 반짝이는 푸른빛을 띠게 되었다는 것이다.

정설로는 고려 말부터 조선 중기까지 제주 북동쪽에 위치한 해변에 왜구의 침입이 잦아서 조선 태종 16년(1416)에 이를 막기 위해 김녕에 환해장성(環海長城)을 쌓고 방호소를 설치하고 방호별감을 배치하였는데, 성세기는 김녕 방호소 성 밖에 있어서 작은 성이라는 뜻의 '성새끼'의 음이 제주말로 '성세기'라고 붙여진 이름이라고 한다.

김녕성세기 해수욕장은 코발트빛 물빛과 보드라운 은모래 해변이 자랑거리다.

천연기념물 98호인 김녕굴과 만장굴

제주시 구좌읍 김녕리에는 대한민국의 천연기념물 98호로 지정된 김녕굴 및 만장굴(萬丈窟)이 있다. 김녕굴과 만장굴은 원래 하나의 굴이었으나 천장이 붕괴되면서 두 개로 나뉘었다. 만장굴은 세계 최장의 용암동굴로서 총 길이가 약 7,416m이며, 부분적으로 2층 구조를 갖는다. 특히, 주 통로는 폭이 18m, 높이가 23m에 이르는 세계적으로 큰 규모이다. 동굴 형성은 약 250만 년 전 제주도 화산 발생시 한라산 분화구에서 흘러넘친 용암이 바닷가 쪽으로 흘러내리면서 지금과 같은 커다란 공동이 형성되었다고 한다.

지하 궁전 같은 내부 경관은 웅장하면서 심오한 맛이 나는데, 특히 정교한 조각품 같은 돌거북은 그 모양이 꼭 제주도 같이 생겨서, 관광객들에게 인기가 있다. 그리고 동굴 천정의 용암 종유석과 벽의 용암 날개 등이 곁들여 신비로운 지하 세계를 연출하고 있다. 동굴의 온도는 연중 계절에 관계없이 항상 섭씨 11~21도를 유지하고 있다. 굴속을 걷다보면 거대한 돌기둥에 이르게 되는데, 여기가 1km 지점이며 이 곳에서 더 이상은 들어가지 못하게 통제한다.

또 만장굴 주변지역에 있는 '김녕·월정 지질트레일'에는 용암동굴을 만들었던 용암이 식은 해변, 즉 '빌레(평평한 용암류의 표면)' 해안이 계란 지단처럼 넓고 평평하게 펼쳐져 있고, 빌레 해안 위에 마치 식빵이 부풀어 오른 것 같은 모양의 암반이 발견된다. 이것을 지질학적 용어로 '투물러스(tumulus)'라고 한다는데, 까만색의 현무암이 부풀어 오른 투물러스는 성세기해변의 옥색 모래바다와 어우러져 아름다운 해안 풍경을 자아내고 있다.

마지막 인증센터 함덕서우봉 해변을 향하여

여기서 해맞이해안로가 끝나고 김녕로로 바뀌어 그 길로 접어드는가 했더니 곧 왼쪽으로 꺾어지며 마을로 들어간다. 전형적인 제주 초가집으로 이루어진 마을을 한바퀴 휘익 둘러보는데 오름과 내림이 마치 시소게임(seesaw game)을 하듯이 재미있다. 올망졸망 부둥켜 앉고 있는 듯한 제주 마을을 벗어나니 큰 도로로 연결된다. 바로 1132번 일주동로(一週東路)이다. 이제 해안에서 멀

함덕서우봉 해변의 이국적인 정경. 뒤로 한라산이 그 위용을 뽐내고 있다.

어진 것이다.

다음 인증센터는 마지막 열 번째 '함덕서우봉해변'. 김녕성세기 해변에서 약 11km로 가장 짧은 구간이다. 마지막 보너스 받는 기분으로 시나브로 달려가니 조함해안로로 빠진다. 그런데 주변의 풍광이 마치 하와이에 온 듯한 이국적인 느낌이 든다 싶었는데 함덕서우봉해변에 당도했다. 섬사람들은 매일 지겹게 보던 제주 풍경이련만 외지인에게는 제주의 특별한 매력으로 다가온다. 나와 친한 동창도 중문을 마다하고 여기에 제2의 둥지를 튼 이유를 알 것 같다.

에메랄드빛 바다의 물빛이 제주도의 어느 해수욕장보다 아름다울 뿐만 아니라 하와이 와이키키 해변이나 사이판에 비교해도 결코 뒤지지 않는 풍광이다. '제안행로(堤岸行路) 수광은파(水光銀波)'란 이를 두고 이름이리라. 해안을 따라 걷는 길에 바닷물은 은빛물결로 빛난다는 낭만이 깃든 시이다. 여기가 바로 제주 올레길 19코스가 지나는 길이다.

멀리 우람하게 솟은 한라산이 모습을 드러내고 있고 동쪽으로 원당오름이 머리만 살짝 내밀고 있다. 이제 마음의 여유가 생긴 탓일까. 걸어보고 싶은 욕망이 발동한다. 산책로 입구에 안내도와 서우봉에 대한 안내문이 있다.

서우봉(犀牛峰)은 조천읍 함덕리와 북촌리 경계에 위치한 높이 111m로 2개의 봉우리가 남북으로 솟아있는 원추형 화산체이다. 남쪽 봉우리는 '서모봉', 북쪽 봉우리는 '망오름'이라 하며 둘을 합쳐 서우봉이라 부른다. 서우봉은 두 봉우리의 연결 형상이 마치 바다에서 기어 나오는 서우(犀牛), 즉 '무소'와 같다는 데서 붙여진 이름인데, 1899년 제작한 제주도지에 처음 등재되었다고 한다.

산책로가 오른쪽으로 꺾이는 삼거리 지점에서 곧장 가는 둘레길로 접어들었다. 산책로 망오름기슭에는 송이(붉은 화산재 흙)에 일군 돌담밭이 계단식 농경지를 이루고 있다. 둘레길 바닥에는 토사를 막고 미끄럼을 방지하기 위해 가마니 같은 것을 깔아놓았다. 발끝에 자꾸 걸리는 느낌이 좋지는 않지만 환경 및 안전을 위한 배려는 높이 살 만하다. '말등이굴' 조금 못 미쳐 아직 여정은 끝나지 않았고 가야할 길이 멀다는 생각에 미친다. 해안을 내려다보며 걷는 아름다운 벼랑길을 뒤로 하고 아쉽지만 되돌아 올 수밖에 없었다.

마지막 인증센터에서 스탬프를 누르다

이제 제주환상자전거길 10개의 인증센터 중 마지막인 함덕서우봉해변 인증

제주 환상자전거길 마지막 함덕서우봉해변 인증센터에서 스탬프를 누르고 나서 그미와 기념촬영.

센터에서 떨리는 손으로 꾹꾹 눌러 스탬프를 찍는다. 마침 한 무리의 동호인들이 우리 뒤에 막 도착하여 성취감의 기쁨을 억누를 길 없다는 듯 서로 붙잡고 폴짝폴짝 뛰며 어쩔 줄 모른다. 이것이 청춘이다!

세월은 우리의 주름살을 늘게 하지만 열정을 가진 마음을 시들게 하지는 못한다. 영감이 끊어져 정신이 냉소라는 눈에 파묻히고 비탄이란 얼음에 갇힌 사람은 비록 나이가 이십 세라 할지라도 이미 늙은이와 다름없다. 그러나 머리를 드높여 희망이란 파도를 탈 수 있는 한 그대는 팔십 세일지라도 영원한 청춘의 소유자인 것이다. '인천상륙작전'으로 유명한 맥아더 장군이 애송하던 사무엘 울만(Samuel Ullman, 1840~1924)의 '청춘'이란 시의 일부다.

이 청춘의 모습을 담아주지 않을 수 없어 각자의 핸드폰을 받아 각각 다른 포즈로 찍어주고 자기들도 똑같이 우리 부부를 다양한 각도로 촬영해 준다.

주민 학살의 현장이었던 서우봉 북촌마을

서우봉은 삼별초 항쟁 때 여몽연합군과 삼별초군의 최후의 격전지이기도 하며 4·3사건 당시 생이봉오지 언덕에 비극적인 아픔이 서려있는 곳이다. 또한 서우봉 북쪽 해안에는 태평양 전쟁 말기, 패전을 눈앞에 둔 일제가 1945년에 미국의 일본 본토 공격을 방어하기 위해 제주도민들을 대규모로 강제동원해 만든 23개의 동굴 진지가 있다. 특공기지 중에서도 가장 큰 규모로 송악산과 수월봉, 삼매봉, 일출봉에 있는 특공기지와 유사한 구조라고 하는데, 왕(王)자형 진지의 경우 총 길이가 110m, 폭과 높이는 310cm 내외이다.

함덕 서우봉해변의 동쪽에 북촌 마을이 있다. 제주 출신 작가 현기영(玄基榮·76)의 소설 '순이삼촌'의 무대가 바로 이 북촌마을이다. 65년 전 이승만 정권 때 우리 군경에 의해 '빨갱이'를 검속(檢束)한다는 명분하에 펼친 광란의 제주 4·3살인극으로 인해 남자들이 다 죽어 무남촌이라 불렸고 대가 끊어졌던 마을이다.

1948년 12월 26일 함덕의 서우봉 생이봉오지에서 주민 26명이 군인들에 의해 학살되었다. 대부분은 20대의 젊은 여성들이었다. 생이봉오지 벼랑에는 학살 후에도 오랫동안 시신과 옷이 널려 있어 해녀들을 공포에 떨게 했다.

1949년 1월 17일 마침 세화리 주둔 제2연대 3대대 11중대 일부 병력이 대대 본부가 있는 함덕으로 가던 도중에 북촌마을 어귀 고갯길에서 무장유격대의 기습을 받아 2명의 군인이 사망하는 일이 발생했다. 당황한 북촌마을 원로들은 숙의 끝에 군인의 시신을 들것에 담아 함덕 대대본부로 찾아갔다. 흥분한 군인들은 본부에 찾아간 10명의 노인 가운데 경찰가족 한 명을 제외하고 함덕리 해변 서우봉 기슭에서 모두 사살해 버렸다. 2개 소대 가량되는 군 병력이 북촌마을을 덮친 것은 이 때였다.

시간은 오후 11시 전후. 무장 군인들이 마을을 포위하고 집집마다 들이닥쳐 총부리를 겨누며 남녀노소, 병약자 가릴 것 없이 사람이란 사람은 전부 북촌국민학교 운동장으로 몰아내고는 온 마을을 불태워 버렸다. 400여 채의 민가가 순식간에 잿더미로 변했다. 학교 운동장에 모인 1,000명 가량의 마을 사람들은 두려움과 공포에 떨었다.

군 지휘관이 민보단장을 불렀으나 타 지역에 출타 중이었다. 이에 머뭇거리던 청년단장 장운관(당시 39세)이 나오자 "민보단 운영을 이 따위로 해서 폭도를 양산시켰다"며 총대로 사정없이 때린 뒤 웃옷을 벗겨 운동장을 돌리다가 사살해 버렸다. 마을보초를 잘못 섰다는 이유다.

군인들은 다시 군경 가족을 나오도록 해서 운동장 서쪽 편으로 따로 분리시켰다. 어린 학생을 일으켜 세워 '빨갱이 가족'을 찾아내라고 들볶다가 뜻

구좌읍에서 김녕성세기해변, 마지막 인증센터 함덕서우봉해변을 거쳐 용두암으로 가는 자전거길.

대로 되지 않자 군경 가족을 제외한 나머지 주민들을 20여 명 단위로 묶어 '너븐숭이'라 부르는 옴팡밭(움푹 패인 밭)으로 끌고 가 차례로 죽이기 시작했다.

일제강점기에도 겪지 않았던 비극은 서우봉 주변 조천읍 조천, 함덕과 북촌에서 가장 참혹하게 일어났다. 강간과 살육으로 이어진 이 학살을 합리화하기 위해 함덕대대본부 군인들은 이덕구 무장대사령관의 부인을 찾기 위해 비슷한 나이의 여성들을 학살했다는 명분을 내세웠다. '빨갱이'만 내세우면 빨갱이 자체뿐만 아니라 빨갱이를 찾기 위하여 어떤 학살도 합리화 되었던 것이다. 빨갱이는 죽여도 죄가 되지 않는 버려진 생명이고 '배제(排除)된 타자(他者)'였다. 제주도의회에서 발간한 4·3피해 조사보고서는 이 마을의 희생자를 총 479명으로 기록하고 있다.

명실상부한 완벽한 일주를 위해 용두암까지 달리다

대부분의 라이더들이 여기 '함덕서우봉해변'에서 용두암까지 약 30km를 가기보다는 대여소에 추가 2만원을 지급하고 빌린 자전거 주차 위치만 알려주고 홀가분하게 끝내는데, 우린 힘은 들지만 명실상부한 완벽한 일주를 달성할 욕심과 제주시까지의 구간에 있을 역사·문화 유적지를 놓치지 않기 위해 용두암까지 타고 가기로 결정하다.

다시 조함해안로를 타고 해안을 꼬불꼬불 돌아가는 지점에 '다래향'이라

제주시 조천읍 함덕리 조함해안로에 있는 '다래향' 중화요리식당.

'다래향'의 '불끈한 짬뽕'(위)과 전복짬뽕.

는 중화요리식당이 눈에 띤다. 조금 이른 시간이지만 간만에 먹고싶은 충동에 별로 생각이 없다는 집사람을 꼬셔서 들어가다. '짬뽕전문점'으로 제주시, 서귀포시에도 분점이 있단다. 그미는 '전복짬뽕'으로, 나는 '불끈한 짬뽕'으로 주문. 손님이 많아서인지 한참 후에 나왔는데 홍합이 절반 이상 그릇 위로 수북이 쌓여있다. 그미의 것은 홍합이 좀 적은 대신 전복이 아주 많이 들어있다.

겉모양은 육지의 짬뽕과 같지만 제주만의 싱싱한 해물에서 우러나온 독특한 짬뽕맛과 푸짐한 인심을 느낄 수 있어 추천하고 싶다. '다래향' 주소: 제주특별자치도 제주시 조천읍 함덕리 조함해안로 428-4. Tel: 064-782-9466. Mobile: 010-5638-8004. Fax: 064-784-9469.

바다를 오른쪽으로 끼고 조함해안로를 한참을 꾸불꾸불 돌면서 가다가 바다정원펜션 못미쳐 좌회전하여 내륙으로 들어간다. 다시 좌회전 하면 왼쪽으로 '삼일운동기념탑'과 '조천만세동산'이 보이는데 또 우회전하여 1132번 일주동로로 올라간다.

조천읍 만세동산은 일제시대 3·1운동 당시 제주도에서 맨처음 독립만세의 함성이 터져나온 곳이다. 조천, 신촌, 함덕리의 주민 500~600여 명이 모여 독립선언문을 낭독하고 만세구호를 외쳐 도내 곳곳에 만세운동이 퍼져나가게 된 시발점인 셈이다. 그 이후 이 곳을 만세동산이라 부르게 되었고 삼일운동기념탑이 세워졌고 그 옆에 기념관이 건립되어 있다.

일주동로에 올라서니 무슨 이벤트가 있나보다. 새로 나온 '전동자전거'를 선전하기 위한 행사인 것 같았는데 서울에서 내려온 자전거 동호인들뿐만 아니라 사진기자들도 대거 동원되어 아마 그 속에 낀 우리까지 찍힌 건 아닌지 모르겠다. 노청노홍 각일점(老靑老紅 各一點)?

한국 유일한 함몰분화구, 산굼부리

제주시 조천읍 교래리에는 제주 주요 관광코스 중 하나인 '산굼부리' 오름이 있다. 산굼부리는 폭발이 없는 마그마 공급 부족에 따른 함몰분화구로 '산이 구멍난 부리'라는 말 뜻대로 낮은 평지에 구멍만 깊숙이 패어 있다. 이

제주시 교천읍 교래리에 있는 '산굼부리'. 〈위키피디아〉.

런 화구를 마르(Maar)라고 하는데 한국에서는 산굼부리가 유일하며 세계적으로는 일본과 독일에 몇 개 알려져 있을 뿐이라고 한다.

산굼부리 분화구의 깊이는 약 100m, 지름은 600m가 넘는다. 이렇게 분화구의 높이가 낮고 지름과 깊이가 백록담 화구보다도 더 큰데도 물은 고여 있지 않다. 화구에 내린 빗물은 화구벽의 현무암 자갈층을 통하여 바다로 흘러나가기 때문이다. 분화구 안에는 원시상태의 식물군락이 완벽하게 보존되어 있어 관광 및 학술적으로 그 가치가 높아 1976년에 천연기념물 제263호로 지정되었다.

국민의 생수, 제주 삼다수 공장이 있는 교래리

또 '국민의 생수'로 유명한 '제주 삼다수(三多水)' 공장이 조천읍 교래리에 있다. 제주도에 내린 빗물이 현무암층을 거치면서 화산암반에서 걸러진 물을 지하 420m 암반층에서 끌어올려 가공하여 만든 대한민국 유일의 화산암반수이다.

제주특별자치도 개발공사가 생산하고 광동제약이 판매하는 생수제품으로 1998년 3월 출시된 이후 6개월 만에 대한민국 먹는 샘물 페트병부문에서 1위를 차지하였다. 2009년도 조사에서는 먹는 샘물 PET 부분에서 50.7%의 점유율을 기록하는 등 2013년까지 15년 연속 시장점유율 1위를 고수하여 불황이 없는 기업으로 벤치마킹의 대상이 되었다.

매년 실시하는 미국 FDA, 일본 후생노동성의 수질검사와 더불어 미국 국가과학재단(NSF), ISO22000(HACCP) 인증을 획득하고 있다. 한때 대한항공 기내 음료수로도 선을 보였던 '제주삼다수'는 중국과 일본, 인도네시아, 미국,

홍콩, 사이판 등으로 용량 0.5L와 2L짜리를 수출하고 있는 1등 브랜드로 부상했다. 앞으로 세계적 생수 '에비앙(Evian)'을 추월할 것을 기대해 본다.

풍자문학의 백미 배비장전의 무대, 제주도

이제 제주시 화북동으로 진입한다. 옛날 제주의 관문으로 해상교통의 요지였던 화북 마을에는 제주 목사가 직접 마을의 안녕과 풍어를 기원하는 제를 지내던 해신사(海神祠)가 있다. 그 풍습은 지금까지도 전해져 내려오고 있어 마을에서 1년에 한 번 음력 1월 5일 마을 원로들이 제를 지낸다.

또 화북동에는 생뚱맞게도 '애랑과 배비장의 집'이라는 펜션의 이름을 접하게 된다. 하기야 조선 후기의 고전소설인 '배비장전(裵裨將傳)'의 무대가 제주도이고, 그 주인공이 애랑과 배비장이라는 점에 착안하여 붙인 이름이니 나무랄 일은 아니다. 또 뭔가 남달리 튀는 이름이어야 살아남는 세상이 아닌가. 다 아는 이야기이지만 이왕 얘기를 끄집어냈으니 머리도 식힐 겸 쪽글로 살펴보기로 하자.

소설 '배비장전'은 주인공인 남자 배비장이 정절(貞節)을 잃는 '남성 훼절담(男性毀節談)'이 전체적인 줄거리이고, 그 속에 여러 다른 인물들에 대한 풍자(諷刺)가 삽화(揷話)처럼 들어있는 문학 작품이다.

배비장은 제주목사로 부임하는 김경이라는 사람의 비장(하급관리)이 되어 제주도에 가게 된다. 제주목사가 배를 타면서 처음에는 큰소리를 치다가 풍랑이 일자 넋이 나가 벌벌 떠는 모습을 통해 지배층의 위엄이 별 볼일 없는 것임이 풍자된다. 또 전 제주목사의 비장이었던 정비장이 애랑(愛娘)과 이별하면서 집으로 가지고 가던 모든 물건을 애랑에게 다 내주고, 마침내는 입고 있던 옷마저 다 벗어주고 알몸이 된다. 게다가 마지막에는 이까지 뽑아준다. 즉 '발치설화(拔齒說話)'를 통해 기생에 빠져서 헤매는 어리석은 관리의 모습이 폭로된다. 이를 본 배비장은 양반 망신을 시킨다며 정비장을 비웃는다. 곁에 있던 방자(房子)와 자신은 절대 애랑에게 빠지지 않겠다고 '내기'를 한다.

한편 배비장은 지배층과 피지배층 양쪽에게 풍자의 대상이 된다. 제주도 부임 첫날, 남들은 기생과 어울리고 노는데, 배비장은 혼자 '구대정남(九代貞

男' 곧 '대대로 바람을 안 피우는 집안의 남자'라고 깨끗한 척한다. 이에 제주목사와 동료 비장들은 그를 길들이기 위해 기생들에게 배비장을 '훼절'시키는 사람은 큰 상을 주겠다고 제의하게 된다. 이에 애랑이 자원하여 '공모(共謀)'가 이루어진다.

애랑은 배비장을 유혹하고, 결국 배비장은 애랑의 집을 찾아간다. 배비장이 동침하기 위해 옷을 벗는 순간 방자가 애랑의 거짓남편 행사를 하며 들이닥치자 알몸으로 쌀궤(뒤주)에 들어간다. 배비장이 들어있는 궤는 동헌으로 옮겨지고, 사람들이 구경하고 있는 동헌 마당에서 알몸으로 헤엄치는 망신을 당한다. 즉 '미궤설화(米櫃說話)'를 통해 그의 위선은 여지없이 폭로되고 위신(威信)은 끝없이 추락하고 만다.

한편 기생 애랑은 배비장이 여자를 좋아하면서도 겉으로는 싫어하는 척하는 위선을 미워한다. 방자는 배비장이 유식한 척 늘 문자를 입에 달고 말하는 꼴불견을 싫어한다. 잠수(潛嫂·해녀)나 뱃사공 같은 상민들도 배비장이 양반이라고 반말로 하대(下待)하는 것을 싫어한다.

이처럼 배비장은 정직하지 못하고 겸손하지 못한 처신으로 위아래 모두에게 미움을 받는다. 그런 그가 애랑이 목욕하는 모습을 보면서 스스로 무너져 버린 것이다. 남달리 근엄한 체하는 관리들의 중세적 관념의 권위를 조롱하는 내용이다.

'배비장전'의 진정한 주인공은 배비장이 아닌 애랑이라 할 수 있다. 작품 첫머리가 애랑의 인물 소개로부터 시작하는 것이 그것을 말해준다. 또 제주목사 일행이 제주에 도착하여 첫 번째로 보게 된 사건도 애랑이 떠나가는 정비장을 데리고 노는 장면이다. 또 그 뒤에 펼쳐지는 내용도 애랑이 배비장을 희롱한 사건들이다. 그러니 애랑이야말로 육지에서 온 관리들의 권위와 위선에 맞서는 제주도의 당차고 슬기로운 여성을 상징하는 인물로서, 기생이 양반을 농락한 이야기인 '기롱설화(妓弄說話)'의 참다운 주인공이라 할 수 있다.

'배비장전'은 풍자문학으로 말장난도 재미있다. 등장인물의 이름 중 '정비장'은 '정(情)이 너무 많은 비장'이라는 의미가 숨겨져 있다. 또 '배비장'은 알몸이 되었다고 해서 '옷 입지 않은(非+衣) 비장'이라는 뜻에서 '배(裵) 비장'이라 이름 붙인 것이다.

그러나 '배비장전'은 여자를 밝히다가 망신 당하는 비속한 줄거리에다가 음탕한 성적인 표현까지 들어있는 작품이기 때문에 충(忠)·효(孝)·열(烈) 등 유교적 덕목을 내세우는 다른 판소리들은 살아남아 현재 '판소리 다섯 마당'이라는 이름으로 전승되고 있지만, 아쉽게도 판소리로는 전하지 않는다.

화북동의 '동제원 전적지(東濟院 戰跡地)'

화북동의 해안길에서 마을 골목길을 누비다가 다시 1132번 일주동로로 이어지는 지점에 있는 버스정류장 앞에서 느닷없이 비석 하나를 만난다. '동제원 전적지(東濟院 戰跡地)'라고 씌어있다. '삼별초와 고려관군이 결전을 벌인 격전지'인 동제원의 내력은 이렇다.

삼별초 정부가 수립된 지 1년 만에 진도가 여·원연합군의 공격을 받아 함락되자, 진도를 탈출한 삼별초의 잔여 세력은 제주로 진입하였다. 원종 11년 (1270) 선발대로 탐라를 확보하기 위해 명월포로 상륙해온 이문경(李文京) 장군의 삼별초를 맞아 고려관군은 이 동제원(현 제주시 화북1동 거로마을 입구)에 주진지를 구축하고 탐라 수비를 위해 도민을 동원하여 환해장성(環海長城)을 쌓기 시작했다.

치열한 송담천(松淡川) 전투 끝에 고여림(高汝霖) 장군, 김수(金須) 영광 부사 등이 전사하고 관군은 전멸했다. 이 전투의 승리로 삼별초는 명월포에서 조천포까지 교두보를 확보하고 제주도를 지배하여 여·원(麗元)연합군과 항쟁을 벌이게 된다.

이미 앞에서 살펴보았듯이 원종 14년 (1273) 개경 정부의

제주시 화북동 '동제원 전적지'.

321

김방경 장군과 몽골의 홍다구가 여·원연합군 약 12,000명을 이끌고 제주에 들어와 육지부에서 출동한 지 20여 일 만에 삼별초군의 항파두리성을 함락시킴으로써 3년여 동안 이어진 제주 삼별초의 항몽 활동은 종식되고 말았다.

송담천은 오현중·고등학교와 제주대학교 사라캠퍼스 사이에 있는 하천으로 추정하는데, 이 싸움에서 군사적인 열세에도 불구하고 이문경 부대가 승리할 수 있었던 것은 관군의 성벽쌓기에 동원되어 고초를 겪었던 제주도민의 직간접적인 지원 때문이었다.

제주 주민의 성금으로 세운 사당 모충사(慕忠祠)에 모신 영령들

제주대학교 사라캠퍼스를 지나 국립제주박물관을 끼고 오른쪽 '사라봉동길'로 접어든다. 조금 올라가니 왼편에 사라봉길로 가는 안내와 함께 제주중요무형문화재전수관과 모충사로 가는 삼거리가 나온다. 모충사(慕忠祠)는 제주지역 주민의 성금으로 세워진 사당인데, 그 안에는 '의병항쟁 기념탑'과 '순국지사 조봉호(趙鳳鎬) 기념탑' '의녀 김만덕 할머니 묘탑' 등이 20m 높이로 삼각형을 이루며 우뚝 솟아 있다.

'의병항쟁 기념탑'은 고사훈, 김석훈, 노상옥, 김만석 등의 의병들이 1909년 제주시 광양에 대장간을 마련하여 무기를 만들고 의병을 규합하던 중 왜경에 붙잡혀 총살돼 순국한 것을 기리기 위한 탑이다. '순국지사 조봉호 기념탑'은 한일 합방 이후 제주도 내에서 독립군 자금 1만원을 모금해 상해 임시정부에 송금하였다가 탄로 나자 혼자 책임을 떠안고 대구형무소에서 옥사한 애국지사 조봉호를 기리기 위한 탑이다.

특히 '의녀 김만덕(金萬德) 할머니 묘탑'이 흥미를 끈다. 제주 태생으로 영조 15년(1739)부터 순조 12년(1812)까지 74년을 살았던 '만덕 할망'은 독신녀 상인으로서 남다른 재능을 보였을 뿐만 아니라, 돈을 제대로 쓸 줄 알았던 조선 최초(?)의 멋있는 여성CEO였기에 하는 얘기다.

김해김씨 김응렬 종친의 3남매 중 외동딸로 태어난 만덕 할머니는 어려서 부모를 여의고 늙은 기생집에 의탁하여 산 것이 원인이 되어 기생 명단에 올

라가게 되었는데, 나이 스물이 넘자 본인이 본래 양인 출신임을 관에 호소하여 가까스로 기생부에서 벗어나게 되었다. 그 후 독신으로 지내며 처음에는 제주시내에서 식당을 운영하면서 돈을 모으기 시작했고, 앞을 내다보는 상술도 뛰어나 물가의 시세변동을 이용하여 그 차익으로 이익을 남겨, 십수년 만에 큰 재산을 모을 수 있었다. 김만덕이 재산을 모은 방식은 북학파(北學派)의 영수, 연암(燕巖) 박지원(朴趾源, 1737~1805)이 지은 '허생전(許生傳)'의 허생을 연상케 한다.

그런데 정조 16년(1792)~19년(1795) 사이에 제주에 큰 흉년이 들어 1년간 1만 8천 명이 굶어죽는 참상이 일어나고, 게다가 1794년에는 국가에서 보낸 구호 식량마저 풍랑으로 도착하지 못하자 제주 백성의 곤궁한 처지는 더욱더 심했고 다음해 1795년 봄에는 그 참상이 극에 달했다.

이를 지켜본 그녀는 생각 끝에 자신이 장사해 모은 돈을 내놓아 지리적으로 가까운 전라도에서 양곡을 사들이고, 배편 또한 직접 마련하여 제주로 운반하도록 하였다. 이 선행을 제주목사가 정조에게 보고하여, 당시 국법은 제주 여자들이 육지로 나오는 것을 금하였는데, 정조는 특별히 만덕을 내의원의 의녀(醫女)로 임명하여 서울로 오게 했다. 이것이 지금까지 '의녀 김만덕'으로 부르게 된 계기가 되었는데, 이 때가 정조 20년(1796) 가을로서, 그녀의 나이 57세 때였다.

서울로 상경한 그녀는 반년동안 궁궐에 머무르면서 재상 채제공(蔡濟恭, 1720~1799) 등 유명인사를 만나게 되고, 1797년 늦은 봄에 그의 소원대로 금강산을 두루 구경하고 제주도로 돌아가게 된다. 그 후 채제공은 '김만덕전'을 지어주었고, 병조판서 이가환(李家煥, 1742~1801)은 만덕의 선행을 시에 담아주었다고 한다. 나중에 헌종 6년(1840) 제주에 유배온 추사 김정희는 만덕의 진휼행장(賑恤行狀, 흉년에 곤궁한 백성을 구원하여 도와준 일을 기록한 글)에 감동하여 손수 '은광연세(恩光衍世, 은혜의 빛이 온 세상에 퍼진다)'라는 글을 지어 만덕의 3대손 김종주에게 주었고, 비석도 세워 김만덕의 덕을 칭송하였다고 한다.

매년 한라문화제 때에는 모충사에서 의녀 김만덕 할머니를 기리는 '만덕제'

가 봉행되고 있는데, 이 날에는 백성들을 구해낸 의녀 김만덕 할머니의 숭고한 이웃사랑을 기리기 위해 제주도 일원에서 사회봉사에 공헌한 여성을 선정해 '만덕봉사상'을 수여하고 있다. 또 2003년 11월 15일에 '김만덕기념사업회'도 발족돼 나눔쌀 만섬쌓기와 김만덕 할머니를 5만원권 지폐의 인물로 넣기 위한 노력을 벌이고 있는데, 2010년 만덕 할머니의 6대손인 김균(金均, 당시 79세)씨가 대대로 보관해 오던 추사 김정희의 친필 편액(扁額)인 '은광연세(恩光衍世)'를 김만덕기념사업회에 기증했다.

바람의 여신 영등 할망과 무속 제례인 영등굿

사라봉동길을 직진하여 높이 148m이지만 꽤 높아보이는 사라봉(沙羅峰) 오름을 올라가다 보면 왼쪽에 '칠머리굿당전승지'가 있다. '제주 칠머리당 영등굿'은 국가무형문화재로 지정되었고, 2009년 9월 30일 유네스코 '세계무형문화유산'으로 등재되어 우리 같은 문외한에게도 알려졌다.

혹독한 환경 조건 때문에 바다를 중요하게 생각한 제주도 사람들에게 영등굿은 특별한 의미가 있다. 바람의 여신인 영등 할망이 온다는 음력 2월이 되면 바다의 평온과 풍어를 기원하는 제사가 섬 전역에 걸쳐 벌어진다. 이 중 칠머리당에서 열리는 '제주 칠머리당 영등굿'이 가장 중요하다. '칠머리'라는 이름은 영등굿이 치러지는 대표적 마을인 바로 이곳 '건입동(健入洞)'의 속칭이다. 제주에는 마을마다 마을을 지키는 수호신을 모신 본향당(本鄕堂)이 있는데, '칠머리당'은 건입동 본향당을 일컫는 말이다.

영등제는 영등 할망뿐만 아니라 마을의 여러 수호신과 바다의 용왕, 산신에게 바치는 일련의 여러 의식을 주관한다. 따라서 내륙에서 음력 정월에 거행하는 산신을 모시는 제사(당제)와 바다의 신 영등을 모시는 제사는 오직 제주도에서만 '영등굿'이라는 하나의 무속 제례로 결합되어 있다.

영등굿에 참여하는 사람은 무당 이외에 해녀들, 선주(船主)들이 참여하는데 이들은 음식과 공양물을 지원한다. 일정한 시기에 치러지는 의례이자 문화 축제이기도 한 영등굿은 제주도 사람들에게 일체감을 심어주고 돈독한 관계를 맺도록 해주는 가교역할을 할 뿐만 아니라 제주도 바닷사람들의 삶을 좌우하는 바다에 대한 존중의 표현이기도 하다.

음력 2월 1일이 되면 칠머리당에서는 영등신이 들어오는 '영등 환영제'를 열어 신을 소환하는 초감제(初監祭)로부터 시작하여, 풍어를 기원하는 풍어제로 이어진 뒤 조상신을 즐겁게 하기 위한 석살림굿 등 3막의 굿을 펼친다.

2주 후인 2월 14일에는 '영등 송별제'를 열어 마을의 안녕을 축원하는 본향듦 의례, 술과 밥, 떡을 대접하는 추물공연, 용왕에 대한 제사, 해조류의 씨를 뿌리는 행사인 씨드림이 이어진다. 그 다음에는 수탉을 던져 마을 전체의 재앙을 막기 위한 도액막음을 하고, 마을의 노인들이 바다에 짚으로 만든 배를 띄워 보내는 배방선(送神)이 이어진다. 영등송별제는 마지막에 여러 신들을 돌려보내는 도진으로 끝맺는데 단순한 영등환영제와 비교할 때, 그 행사가 매우 화려하고 더욱 중요하다.

영주십경(瀛州十景)의 두 번째로 꼽히는 '사봉낙조(沙峰落照)'

사라봉공원이 중간에 자리 잡고 있는 사라봉 봉우리에 오르면 북쪽으로 망망한 바다가 눈앞에 펼쳐지고, 남쪽으로 웅장한 한라산이 바라다 보이며, 발아래에는 제주시의 시가지와 주변의 크고 작은 마을들이 그림같이 아름답고, 특히 저녁 붉은 노을이 온 바다를 물들이는 광경은 장관이어서 '사봉낙

사라봉에서 북쪽으로 내려오면 제주연안여객터미널이 발 아래에 펼쳐진다.

조(沙峰落照)'라 하여 영주십경(瀛州十景)의 두 번째로 꼽힌다.

오름의 형태는 북서쪽으로 벌어진 말굽형 화구로서 붉은 송이(scoria)로 구성된 측화산이며, 전체적으로 해송(海松)이 조림되어 숲을 이루고 있다. '사라(沙羅)'라는 이름은 해질녘의 햇빛에 비친 산등성이가 마치 황색 비단을 덮은 듯 하다는 데서 나온 이름이라는 설과 동쪽 땅, 또는 신성한 장소의 뜻이라는 설 등이 있다. 그러나 원래 '사라'는 조금 거칠게 짠 비단을 가리키는 말로, 우리 고유말은 '깁'이라고 한다.

사라봉은 오름 전체가 제주시민을 위한 체육공원으로 조성되어 체력단련을 위한 각종 설비가 웬만한 피트니스 뺨칠 정도로 튼실하고 좋아보인다. 정상에는 망양정(望洋亭)이라는 팔각정이 서있고, 그 주변에 우거진 숲에서 산림욕하는 사람들로 붐빈다. 제주도기념물 제23호로 지정된 연대(煙臺)의 북쪽 산허리의 사라봉동길 순환도로변에는 사라사(紗羅寺)라는 태고종 절이 바다 쪽으로 자리 잡고 있고, 사라사 북쪽 바닷가 벼랑 위에는 1917년 신축된 제주특별자치도 최초의 유인등대인 '산지(山地)등대'가 있다.

사라봉동길에서 서쪽으로 사라봉숲길을 빠져나와 임항로와 맞닥뜨리는 지점에 서면 제주연안여객터미널이 발아래 펼쳐진다.

사라봉에서 제주항으로 내려가는 자전거전용길이 장난 아니다. 경사도 30도쯤 되는 시멘트로 된 내리막길이기 때문이다. 임항로를 따라 용두암 쪽으로 좌회전하여 제주시내로 들어가는 길이 지옥을 연상케 한다. 게다가 도로 확장 및 보수 공사로 인해 아수라장인 교통난에 자전거족은 아예 설 자리가 없는 듯하다.

임항로가 탑동로로 이름이 바뀌는 지점에 이르자 차들이 엉켜 꼼짝달싹 않기에 오른쪽으로 방향을 틀었더니 사물놀이패가 한바탕 신나게 풍악을 울리고 있다. 알고 보니 '탐라문화제'가 열리는 탑동광장이다. 10월 5일(수)부터 오늘 9일(일)까지 열리는 탐라문화제의 마지막 날이라 인산인해(人山人海)를 이루고 있어 발 디딜 틈이 없다.

제주특산물 오메기떡과 고사리육개장

　텐트를 친 여러 곳 중 유독 사람이 많은 곳에 줄을 서보았다. 제주특산물인 '오메기떡'과 '고사리육개장'을 무료로 제공하고 있다. 오메기떡은 1인당 2개씩 나눠주는데 워낙 팥고물을 좋아하는지라 다시 얻으러 갔으나 동이 나버렸다. 대신 고사리육개장을 또 한 번 얻어왔다.

　오메기란 제주 방언으로 좁쌀(차조)을 말하는데 워낙 쌀이 귀한 곳이라 차조가루를 반죽하여 도넛 모양처럼 가운데 구멍이 뚫리게 둥글게 빚어 삶아내 고물을 묻힌 떡이 오메기떡이다. 원래는 오메기 술을 담글 때 재료로 만든 떡인데 맛이 좋아 간식삼아 고물을 묻혀 떡으로 먹게 된 것이 유래란다. 맛이 아주 좋다!

　제주 고사리육개장은 우선 생김새가 흔히 빨간 매운 국물에 고기가 들어있는 육지의 육개장과는 달리 색깔이 희멀겋다. 제주 음식에 많이 사용되는 돼지뼈를 우려낸 국물에 잘게 찢은 돼지고기와 고사리를 넣고, 거기에 메밀가루를 넣어 국물이라기보다는 걸쭉하게 만든 찜같이 보인다. 매운맛과는 거리

'탐라문화제'가 열리는 탑동광장에서의 사물놀이.

무료로 나눠주는 '오메기떡'과 '고사리육개장'을 받고있는 장면.

가 멀고 담백하고 구수해서 제주말처럼 '배지근한' 맛이다.

마땅히 앉을 곳도 없고 해서 길 옆에 퍼지고 앉아 먹고 있는데 갑자기 카메라와 마이크를 들이대며 취재차 나온 앵커가 인터뷰를 요청한다. 캐나다에서 와서 제주환상자전거 여행을 방금 끝내고 왔다는 말에 족히 2분여 정도를 찍었는데 제주 JTV 방송에서 나왔다고 한다. 자전거 여행을 통한 제주의 인상과 소감을 본대로 느낀 대로 얘기했는데, 연락처를 알려주지도 않았고 그날 TV도 못 봤으니 방송에 나왔는지 안 나왔는지는 모르겠다.

종주인증스티커

아직 여정은 끝나지 않았다. 종주인증스티커를 받아야 하고 또 자전거를 반납해야 한다. 탑동해안로를 따라 서쪽으로 가다 오른쪽으로 꺾이는 표지가 나온다. 그리고 곧바로 왼쪽 방향으로 들어가면 용연교를 만난다. '영주십경'의 하나인 '용연야범(龍淵夜泛)'의 장소이다. 용두암 옆에 위치한 용연계곡에서 옛 선인들이 달이 비치는 밤에 뱃놀이 하며 풍류를 즐기던 밤풍경을 일컫는 말이다.

용연계곡은 높이 7~8m의 기암계곡으로 산등성이부터 바닷가로 흐르며, 바닥이 보이지 않을 정도로 깊다. 목재로 만들어진 용연 다리에서는 다소곳한 정자와 어우러져 있는 계곡의 정경을 구경할 수 있다. 용연은 가뭄이 들어도 물이 마르지 않는다는데, 용연에 살고 있는 용이 승천하여 이곳만큼은 비를 내리게 했다는 전설에서 비롯된 이름이다.

용연의 구름다리를 건너면 맨 처음 출발했던 용두암 인증센터가 나오고, 그 옆에 있는 관광안내센터에서 '종주인증스티커'를 발급받는다. 비로소 제주 환상자전거길 일주여행, 3박 4일의 긴 여정이 끝난다. 처음 용두암을 출발할 때부터 반나절을 까먹은 다음에 시작한 점을 감안하면 결과가 그리 나쁜 것만은 아니라고 자위한다.

이제 남은 일은 자전거 반납이다. 다시 조천읍 쪽으로 가서 '소라담하우스'에 자전거와 헬멧 등을 돌려주니 홀가분하기도 하지만 한편으론 약 300km를 돌아 여기 원점까지 별탈없이 안전하게 돌아올 수 있도록 해준 자전거를 떼놓으니 일종의 관성의 법칙이랄까 뭔가 달리지 못해 허전한 기분이다.

노송성 장로와 이영옥 권사 부부의 극진한 환대

여기서 노송성 장로와 이영옥 권사가 있는 중문관광단지행 버스를 타기 위해 시외버스터미널로 가려니 어정쩡한 거리다. 택시를 타기엔 너무 가까운 거

용연계곡 위에 설치된 멋진 용연구름다리. 〈한국관광공사〉.

리이고 걸어가기엔 좀 멀다. 일단 다리도 풀 겸 여유롭게 거리를 구경하며 슬슬 걸어가서 표까지 끊고 출발시간을 기다리는 동안 편의점에서 꼬치어묵을 사서 먹고 있는데 아내가 급히 부른다.

이 권사의 배려로 제주시에서 중문단지로 돌아가는 '중문택시'의 번호판을 가르쳐주며 밖에서 기다리라는 전화연락을 받았기 때문이다. 원래는 5만원인데 돌아가는 길이라 2만원밖에 받지 않는다고 하는데, 사실은 중문에 사는 주민, 즉 내지인들은 외지인에 비해 반값 이하로 해주는 숨은 특전(?)이 있기 때문이었다. 제주에서의 공공요금 등은 이런 숨어있는 2중 가격구조를 갖고 있음을 알았다.

중문관광단지에서의 망중한을 즐기다

마침내 중문 '풍림빌리지'에 도착하다. 노 장로와 이 권사가 반갑게 맞이한다. 특히 그미의 친구인 이 권사는 중간에 성산일출봉에 택시 대절까지 해와서 우리를 격려해 준 고마운 분이다. 벌써 저녁까지 준비해 놓으셨다. 그리고 서귀포시 상예동에 있는 '서귀포 호텔'의 스파에 가서 며칠간의 노독(路毒)을 풀다. 노송성 장로는 인천국제공항 급유시설 사장을 역임하고 지금은 은퇴하

'산방산 탄산온천장' 앞에서 택시를 기다리고 있는 일행의 모습.

여 주로 제주도에서 노후를 보내고 계신다. 나와는 20여 년 지기(知己)다.

10월 10일 월요일 화창한 날씨다. 노 장로 부부와 함께 중문관광단지 해변도로를 걸어보고 중문택시를 이용하여 산방산 탄산온천으로 향하다. 진종일 온천을 해보긴 난생 처음이다.

산방산온천장을 출발하여 서귀포 중문단지 집으로 돌아가는 길에 어느 삼거리에 있는 식당을 들렀는데 며칠 전 바로 우리가 길을 물으며 쉬었던 곳이었다. 이름표를 달고 있는 손 씨 아저씨가 우리를 알아보고 반색하며 지금 만석이니 별도 방을 준비해 주겠다며 잠깐 기다리라고 한다. 외지인에 대한 특별대접인 셈이다.

오늘이 마지막이라 우리가 쏘는 것으로 하여 푸짐하게 시킬 참이었는데, 노장로가 제주도민에게 적용되는 할인 혜택이 없다는 종업원의 말에 적이 실망하는 눈치다. 음식은 정갈하고 때깔이 좋았지만 맛은 그저 그런 셈. 아마도 손님의 상당수가 관광객인 외지인인 것 같다. 여기서 돌아가는 교통편은 손 씨가 무료 마을버스를 잡아주어 또 신세를 진 셈이 되었다.

추억을 가슴에 담고 공항으로

10월 11일 화요일, 잔뜩 흐리고 가끔 가랑비가 흩뿌린다. 숙소에서 넷이서 걸어서 제주공항행 버스정류장으로 내려간다. 마을 주변이 온통 감귤밭이다. 그런데 눈앞에 펼쳐지는 바다와 간판이 눈에 익은 듯하다. 그렇지! 바로 우리가 들렀던 대포항이다. 이렇게 지척에 있었음을 예전엔 미처 몰랐다. 아마 미리 알았다면 종주에 차질을 빚었을지도 모를 일이지만서도.

한참을 기다렸으나 공항버스가 오지 않아 조금 애를 태우는데 콜밴 한 대가 우리 앞에 서며 '공항, 만원!'이라고 소리친다. 얼른 타느라 제대로 인사도 못 나누고 우린 헤어졌다. 하지만 단산과 대포항을 닮은 두 분의 사랑과 격려는 우리의 제주환상자전거길 여정에 큰 의미를 부여하고 아름다운 추억이 되도록 마무리해 주셨기에 이 자리를 빌어 감사의 말을 전하고 건강을 기원드린다.

제주공항에서 탑승을 기다리며 들른 'Angel-in-us' 카페. 주문한 커피가 나온다. 인형같이 예쁜 아가씨가 "커피 맨도롱 홀 때 호로록 들여 싸붑서." 하고 말한다. '커피가 먹기 좋을 만큼 알맞게 따뜻할 때 후루룩 마시세요.'라는 뜻이란다. 그런데 이 간판을 볼 때마다 세자르 프랑크(Cesar Franck, 1822~1890) 작곡의 '생명의 양식(Panis Angelicus)'이 생각나는데, 'Angelicus'에 착안하여 지은 것인지 모르겠기 때문이다. 무슨 유행처럼 간판이 거의 다 외래어 투성이인데 사대주의(事大主義)·상업주의 근성에 다름 아니다. 전남 북광주에 갔을 때 보았던 정겹고 아름다운 우리말 간판은 그래서 더 정이 가고 소중한 느낌을 지울 수가 없다.

'시작이 반(半)'이라는 말도 있듯이 뭐든 시작이 어렵고 두려워서 그렇지 일단 도전해서 성공하면 나도 할 수 있다는 뿌듯함과 성취욕을 느낄 수 있다. 그러나 도전하지 않으면 기회는 영원히 오지 않는다. 지금 심정은 무덤덤할 뿐이지만 가장 인상에 남는 일은, '영등 할망'의 짖궂은 장난 때문에 예정보다 하루가 더 걸리긴 했지만 그래도 '토끼섬 게스트하우스'를 만나게 되었던 일이다.

제주는 섬이기에 대륙과는 또 다른 민중의 애환이 깃든 뼈아픈 역사와 그만의 독특한 해양문화를 엿볼 수 있었다. 비록 삼다도에 중국인을 포함하여 '사다도(四多島)'라 불릴지언정 도둑(범죄)·거지·대문 없는 진정한 '삼무도(三無島)'가 되길 바라는 마음 간절하다.

아내는 국토종주를 끝내고 이제 4대강 종주의 마지막인 '금강 종주 코스'를 남겨두고 있지만 내가 토론토로 먼저 돌아가야 하기 때문에 더 이상 동행 못해 미안하고 안타까운 마음이다. 하지만 그미는 어쨌든 해낼 것으로 믿는다.

강물 따라 역사는 흐르고

여행을 마치며

나는 아내의 '4대강 및 국토종주 자전거길'의 낙동강과 영산강 그리고 미래의 '국토완주 그랜드 슬램'을 달성하기 위해 섬진강 및 제주 환상자전거길 등 약 1,000km의 종주를 함께 완주했다. 처음부터 그럴 의도가 있었던 것은 아니었으나 달리다 보니 그런 결과를 이루었다. 함께 종주를 못한 '금강 종주자전거길'은 내가 캐나다로 돌아간 뒤 곧바로 그미의 올케와 조카랑 셋이서 종주함으로써 아내는 결국 4대강 국토종주를 완주하였다.

2016년 11월 말에 국토교통부와 행정자치부가 발행하는 '국토 종주 인증서' 및 '4대강 종주 인증서'와 금메달 2개가 토론토로 배달되었다. 인증서와 금메달을 바라보니 마음이 찡해지고, 끝내 쾌거를 이룬 그미의 노력과 의지를 새삼 칭찬해 주고 싶었다. 2017년 3월 14일자 '캐나다한국일보'에 "자전거만 타면 청춘이 불 탄다"는 제하의 기사와 사진이 전면으로 실렸다.

이번 1,000km의 여정을 돌이켜보면 무엇보다 길에서 만난 사람들이 너무도 소중했다는 점이다. 우리 부부가 당한 위기 때마다 그분들의 도움이 없었다면 큰 낭패를 당했을 것은 불을 보듯 뻔하고, 아마 중도에 포기해야 했을지도 모를 일이었다.

예컨대 안동하회마을에서 때늦은 식사와 민박집까지 가르쳐준 '길목에' 식당 아주머니, 가게 열쇠를 선뜻 건네며 자전거를 보관해 주신 강정고령보의 '에코로드' 왕통발 윤옥희 사장님, 경남 창녕군 이방면을 찾다 대동월포로에서 길을 헤맬 때 길을 가르쳐 준 기사님, 박진고개를 지나 의령군 부림면의 영아지 고개 직전에 있는 미니 수퍼와 민박집 두발자전거 쉼터 주인장 등. 목포 삼호대교와 남창대교 사이에서 엇갈려 서로 숨바꼭질 하고 있을 때, 동기 같은 도움을 준 30대 젊은이와 개인휴대폰을 몇 번이나 선뜻 빌려준 남악신

이양배(오른쪽)씨가 국토부가 인증한 '국토종주' '4대강' 완주 인증서와 메달을 목에 걸고 있다. 왼쪽은 아내의 도전을 옆에서 지원한 필자 손영호씨. 사진 정재호 캐나다한국일보 기자.

도시 편의점의 앳된 아가씨. 그리고 영산강 소댕이나루터 쉼터에서 펑크 난 자전거를 수리해 준 서명현 씨, 추석날 이른 아침 다시 펑크 난 자전거의 수리점을 알선해 준 북광주 용두동의 황토방 모텔 김근성 사장님. 섬진강길에서 해가 저물어 남원시 대강면에서 재를 넘어 금지면까지 용달차로 태워준 분. 섬진강 종주를 끝내고 우천(雨天)에 중마터미널을 찾아가던 중 콜택시를 부르랴, 승용차로 태워주랴 챙겨주시던 노부부 등. 그밖에 곳곳에서 마음에서 우러나오는 인정미를 느끼게 했던 많은 분들에게 고마움을 느낀다.

나는 어렸을 때 젓가락을 길게 잡는 습관이 있었는데 우리 어머니는 멀리 외유(外遊)할 모양이라고 늘상 말씀하시곤 했다. 그래서인지 역마살이 붙어 현대자동차 회사 생활 중 많은 세월을 해외 주재원으로 활동했다. 예컨대 1978년에 최초의 국산차 '포니'를 유럽에 수출하기 위해 첫 현지법인을 네덜란드에 세워 1982년까지 주재원으로 지냈고, 우리 딸은 거기서 태어났다. 그런데 귀국하자마자 바로 캐나다 현지법인으로 나가라고 해서 극구 사양하여 결국 출장을 통해 지원하는 방법으로 토론토와 퀘벡 주 브로몽 공장에 참 많이도 들락날락했다.

1984년에 미국시장 진출을 위해 태스크 포스 팀(Task Forces Team)으로 1년여를 미국을 누비다가 결국 캘리포니아 주 오렌지 카운티 파운틴 밸리에 현지법인을 설립하면서 본인의 사양에도 불구하고 또 주재원으로 파견돼 1988년까지 성공적인 런칭을 이루고 귀국했다.

1990년대 초반부터는 중국프로젝트 책임자로 1년 중 반 이상은 종횡무진 중국출장을 다녔다. 합자(合資) 파트너를 찾기 위해서였다. 베이징(北京) 사무소를 설립하고 결국 후베이성(湖北省) 우한(武漢)에 승합차 합작공장을 세우는 밑거름을 뿌려놓고, 그동안 추진해온 인도네시아 프로젝트에 매달렸다. 인도네시아측 파트너와 합작계약을 성사시킨 후 1997년 초 현지 공장을 짓기 위해 현대측 책임자로 자카르타에 나가 있던 중, 같은 해 10월에 인도네시아, 12월에 한국이 IMF 위기를 맞아 프로젝트를 부득불 중단하고 귀국했다.

1998년 12월 현대차가 부도 난 기아차를 인수하게 됨에 따라 1999년 초반에 '기아 캐나다 현지법인' 초대(初代) 법인장으로 캐나다로 온 것이 계기가 되어 이민을 하게 되었다. 한 회사에서 유럽, 북미, 중국을 비롯한 동남아 등 해외시장 개척의 최전방에 나서 파이어니어로 일한 것이 모두 획일적이고 속박되지 않는 성격의 역마살 때문이었지 싶다.

이번 자전거길 여행을 통해 느낀 점이 참으로 많다. 우선 자전거 타기는 쫓아가는 여행이 아닌 작은 것들에 좀 더 눈을 주는 여행이며 자신과 만날 수 있는 기회였다. 요컨대 자전거 여행은 자기 자신을 들여다보게 하는 거울같은 것이었다. 차를 타고 가면 그냥 스쳐지나갔을 길 위에서 다양한 사람들을 만나고 사물도 멈춰 서서 좀 더 자세히 들여다보게 된다.

'느림의 철학'이랄까. 천천히 가니까 보이는 게 많고 생각이 깊어진다. 평소에 지나치고 살았던 사소한 것들이 다시 보이기 시작하고 주위는 온통 감사할 것들이었다. 그래서 인간은 누구나 시한부 인생을 살고 있지만 살아있는 동안은 최선을 다해 열심히 그리고 남을 배려하는 삶을 살아야한다는 긍정의 교훈을 다시금 배우게 되었다.

또한 자전거를 타면 건강한 땀을 흘리게 된다. 발바닥, 피부, 척추 등의 무뎌진 감각을 찾을 수 있고, 회색빛 몸과 마음이 투명한 에너지로 변해 오장육부가 시원하고 맑은 숨을 쉬는 치유를 느낄 수 있다. 콘크리트 도심 속에서 자유를 팔아 소비의 향락과 편리함에 젖어 스스로의 감옥에 갇히는 생활을 박차고 나와, 자연을 느끼며 느리고 힘들더라도 낯설고 새로운 것을 만나는 자전거 여행이 주는 진정한 기쁨을 누려보기를 적극 권하고 싶다.

우리는 섬진강 종주자전거길을 가장 아름답고 다시 가보고 싶은 코스로 꼽는데 주저하지 않는다. 높은 산 사이에 협곡을 만들며 굽이굽이 흘러가는 섬진강은 이 땅의 마지막 남은 때 묻지 않은 자연 그대로의 아름다움을 간직하고 있으며 수려한 자연경관과 조화를 이루어 소박한 정취를 느낄 수 있으며 생명이 약동하는 강이기 때문이다. 우리의 자연과 강산이 더도 말고 덜도 말고 이 섬진강만 같으면 좋겠다.

또한 이미 '들어가기에 앞서'에서 밝혔듯이 이번 자전거 여행은 강 따라 길 따라 숨 쉬는 우리의 역사와 문화를 담담하고도 따뜻한 시선으로 재음미해 보는 기회이자 도전이었다. 영남인들의 삶의 젖줄이자 근대화와 산업화의 대동맥 역할을 한 낙동강과 호남인들의 생명의 젖줄인 영산강, 그리고 그 두 강의 중심에 있는 섬진강 및 제주도를 여행하면서, 구석구석 우리 선조들의 삶의 애환과 숨결이 배어있는 역사와, 높은 정신문화가 서려있는 전통 문화 및 정서를 통해, 진정 우리가 대립과 증오, 분노와 저주가 아닌 이해와 화합, 관용으로 민족의 단결과 발전을 위해 뭉쳐야 할 이유를 보게 되었다.

특히 이번 자전거길 종주여행에서 새삼 느낀 것은 강물은, 삼라만상은 그저 자연 그대로 굴러가고 있으며 세상이 달라지는 것은 없다는 점이다. 나의 길에 더 힘을 쏟지 않고 남의 길을 힐끗거리며 그 속도를 따라잡는 것이 인생의 비장한 목적인 것처럼 달려온 우리의 삶이었다. 그렇다. 세상이 달라져 보이는 것은 다만 그 속에 사는 인간들의 마음이 달라질 뿐 우리의 삶은 크든 작든 모두 아름답고 의미있는 것이다. 하여 내 안의 순수를 돌아보면 숨 쉬고 살고 있는 것 자체가 얼마나 아름답고 행복한 것인지 모른다.

세월은 우리의 주름살을 늘게 하지만 열정을 가진 마음을 시들게 하지는 못한다. 늙어서도 계속해서 새로운 도전을 하고 삶에 변화를 주어 기억할 거리를 만들어야 노년의 시간이 길어질 수 있다. 사랑도 마찬가지가 아닐는지. 어쩌면 쉽게 만나 사랑하고 쉽게 결혼하여 아내가 가장 편하고 잘 이해해 주는 사람임을 60이 넘도록 몰랐던 사실을 이번 자전거 여행을 통해 새삼 깨닫는다.

"내 사랑, 지금 여기에!"